KB166049

로맨스를
기각합니다

추미자 장편소설

동아

로맨스를 기각합니다

초판 1쇄 인쇄일 | 2021년 3월 19일
초판 1쇄 발행일 | 2021년 3월 29일

지은이 | 추미자
펴낸이 | 박성면
펴낸곳 | (주)동아

출판등록 | 제406-3960100251002007000071호
주소 | 경기도 파주시 문발로 115, 세종대학교출판부 206호
전화 | (031)8071-5201
팩스 | (031)8071-5204
E-mail | bear6370@hanmail.net

정가 | 11,800원

ISBN 979-11-6302-466-8 (03810)

ⓒ 추미자, 2021

※이 책은 (주)동아와 저작자의 계약에 의해 출판된 것이므로, 무단 전재 및 유포, 공유를 금합니다.

로맨스를 기각합니다

추미자 장편소설

동아

목   차

삼재가 틀림없다

"여기 어레스트요![1]"

어째 하루가 잔잔하게 끝난다 싶었다. 세영은 타이핑하던 손을 멈추고 중환 구역을 향해 뛰었다. 엉망으로 헝클어진 머리카락을 귀 뒤에 대충 꽂아 넣고 급하게 장갑을 꼈다.

"인투베이션[2] 할게요."

"십이 분 에피[3] 들어가요."

---

1) 심정지
2) 기관 삽관
3) 에피네프린(epinephrine): 신경 전달 물질의 하나. 교감 신경을 자극하여 혈압을 상승시키고, 심장 박동 수와 심장박출량을 증가시킨다.

"인턴 쌤 한 명 더 어디 있어요?!"

간호사가 건네는 후두경을 손에 쥐고 환자의 혀와 턱을 꾹 밀어낸다. 마스크 너머로 들큰한 구취가 몰려왔지만 세영은 기도를 향해 침착하고 정확하게 튜브를 꽂아 넣었다. 튜브 끝에 앰부 백이 끼워지고 환자에게 최대 용량의 산소가 공급되기 시작한다.

119 카트에 실려 왔을 때부터 불안해 보였던 간암 말기 환자였다. 배에는 복수가 가득 차 출렁거렸고 피부는 단무지처럼 노래서 혈액 검사 결과는 안 봐도 뻔했다. 검사실에서도 이상 범위의 수치가 나와서 확인 전화가 왔을 정도였다.

'아이 씨…… 랩4) 기다리지 말고 바로 내과한테 던질걸.'

부질없는 후회도 잠시뿐이었다. 어차피 ICU(중환자실) 자리가 없었으니 응급실에서 대기했을 것이고, 결국 세영의 근무 중 CPR(심폐소생술) 할 운명은 변하지 않았다. 기도 삽관을 마친 세영은 허리를 펴고 주위를 둘러보았다.

"이 환자 보호자 어디 있어요?"

"한 시간 걸리신대요."

"전화번호 있죠?"

"네, 환자 정보예요."

전공의와 인턴들이 CPR을 하는 번잡스러운 침상을 떠나 세영은 스테이션에 와 앉았다. 급히 차트를 열어 보호자 전화번호를 눈으로 훑은 뒤 전화기를 들어 버튼을 눌렀다. 세영은 항상 이 순간이 싫었다. 눈에 보이지 않는 환자의 상태를 설명해야 하는 상황.

---

4) 검사 결과

'가족이 암 환자인데 같이 좀 살지, 하다못해 가까이 살든지……'

곧 시간차를 두고 하나둘씩 들이닥칠 환자의 보호자들은, 가운 입은 사람이라면 아무나 붙들고 우리 어머니 혹은 아버지 어떻게 된 거냐고 물을 거였다. 최선을 다해서 설명하고 돌아서면 또 다른 보호자가 와서 우리 어머니 어떻게 된 거냐고 또 묻겠지.

'저분께 설명 드렸으니 저분께 들으세요.'

전공의 시절, 보호자를 쳐다보지도 않고 대답했다가 뭐 이런 싸가지 없는 의사가 다 있냐며 세영은 턱을 주먹으로 얻어맞은 적이 있다. 이번 케이스는 제발 그런 상황이 오지 않기를 바라면서 세영은 미간을 긁적였다.

뚜르르, 뚜르르 연결음이 길게 이어지더니 끊어지기 직전에 연결되었다. 전화번호 주인인 중년의 여성이 작게 속삭이며 전화를 받았다.

- 여보세요오…….

"여보세요, 연희 병원 응급실인데요. 혹시 김홍 님 보호자분……."

- 아우, 자꾸 왜 전화야. 한 시간 걸린다니까요.

"보호자분 그게 아니라요, 김홍 님이 지금 심정지가 왔어요."

- 예? 뭐요? 뭔 정지?

밖으로 나온 듯 커진 목소리 너머로 정정한 남자가 마이크에 대고 연설하는 소리가 들렸다. 이 아줌마 출발 안 한 것 같은데…… 어쨌든 전화상으로 길게 설명할 필요는 없었다. 세영은 최대한 이 상황을 간결하게 설명했다.

"방금 김홍 님의 심장이 멈춰서요, 저희가 지금 심폐소생술을 하고 있어요."

- 심장이 멈춰요? 죽었단 말이에요?

"멈춘 심장이 다시 뛰도록 저희가 지금……."

- 아니, 그래서 죽었다는 거예요. 살았다는 거예요? 확실히 좀 말해 봐요.

세영은 욱신거리는 관자놀이를 꾹꾹 눌렀다.

"이론적으로는 사망하신 거구요, 저희가 지금 심폐소생술로 인위적으로 심장을 짜고 있어요. 심장박동이 회복이 되면……."

- 그럼 죽었다는 거잖아요?

아. 저절로 탄식이 나왔다. 오랜만에 진또배기 노답 냄새가 솔솔 났다. 이런 보호자들에게는 환자 상태에 대해 전화로 설명하기보다는, 당장 응급실로 내원하라고 하는 편이 나았다. 환자 상태를 눈으로 보고 들어야 겨우 납득하는 타입들이었다.

"보호자분, 지금 빨리 응급실로 오셔야 돼요."

- 몇 번 말해요, 저 예배 끝날 때까지 한 시간 걸린다구요!

"예?"

황당해서 말이 안 나왔다. 예배라니. 가족이 심정지가 왔다는데 교회에서 뭉개고 있단 말인가?

- 저 안수기도도 받아야 하고, 용하다는 목사님 겨우 찾아왔는데 왜 하필 지금!

"보호자분! 그게 중요한 게 아니잖아요, 김홍 님이 지금……."

- 아우 몰라! 당장 내가 머리가 너무 아픈데 어떡해!

"보호자분……."

– 가만 좀 있어 봐요. 얼른 영기 치료 받고 갈 테니까, 기다리고 있어요!

그리고 뚝. 통화는 이미 끊어졌지만 세영은 한동안 멍하니 수화기를 귀에 붙이고 있었다. 지금 내가 뭘 들은 거야.

* * *

세상에는 상식적이지 않은 일들이 상식처럼 일어났다. 응급실 짬밥이 몇 년이고, 그동안 황당한 케이스를 수도 없이 봤지만, 이런 일들은 기습적으로 다가와 멘탈을 흔들고 기억에 진하게 눌러앉는다.

'심지어 그냥 교회도 아니고 사이비였어.'

환자의 심박동이 돌아왔다 늘어졌다 하는 바람에 심폐소생술을 몇 번이나 반복했는지 모른다. 다행히 속 터지는 통화로부터 40분가량 지난 뒤 보호자가 왔고, 그녀는 주렁주렁 매달린 수액과 항생제가 섞인 생리식염수를 보자마자 찢어지듯 소리를 질렀다.

'당장 피 떼!'

노르스름한 항생제가 섞인 팩을 혈청이라고 생각했는지 그녀는 눈을 뒤집으며 방방 뛰었다. 피가 아니고 항생제라고 몇 번이고 설명해도 거짓말하지 말라며 의료진들을 방해했다. 결국 보안 요원의 손에 의해 그녀는 격리되었고, 의료진들의 노력에도 불구하고 환자는 결국 사망했다.

이 모든 게 퇴근 한 시간 전에 일어난 일이었다. 세영은 근무 시간을 훨씬 넘겨 퇴근하게 된 것보다도, 그렇게 애썼는데도 환자를 구하지 못했다는 찝찝함이 컸다. 속이 영 시끄러웠다.

'황다름한테 술이나 먹자고 해야지.'

세영은 깊게 한숨을 내쉬며 변기에서 일어났다. 칸 밖으로 나가려는데 낯익은 목소리들이 들려왔다.

"야, 아까 강세영 교수님 좀 오바 아니었냐."

"대박, 나 지금 너한테 그 얘기 하려고 했는데."

환복을 마치고 퇴근하는 간호사들인 듯했다. 목소리만 들어서는 누군지 구분이 잘 안 갔지만, 아무튼 응급실 사람들인 건 알았다. 게다가 자신을 들먹인다. 저절로 귀를 기울이게 됐다.

"보호자가 사이비면 사이비지 그걸 꼬치꼬치 캐내서 어쩌겠다고"

"내 말이. 갑자기 거기에 꽂혀서 급발진 하는데 진심 누가 말려? 그 성질."

"지금이 나아진 성격이라는 게 믿어지지가 않는다. 옛날에는 더했다는 거 아니야."

성질? 급발진? 눈에서 불이 튀었다. 그럼 그 상황에서 치료 다 스톱 하고, 다 같이 손에 손잡고 환자를 위해서 기를 모으자는데 소리 안 지르고 배겨? 세영은 당장 뛰쳐나가 뭐라 하고 싶었지만 안 그래도 많은 뒷말, 간호사들한테까지 시비를 건다고 할까 봐 주먹만 꾹 쥐었다.

"그냥 무시하고 할 일 하면 되는데 같이 삿대질하고…… 나 이쪽 고막 터졌나 봐봐."

"어, 살짝 금 간 것 같다."

세영은 바짝바짝 타는 입술을 말아 물었다. 좀 과했던 건 인정한다. 지독한 무신론자인 세영은 종교에 썩 호의적인 편은 아니었지만, 그렇다고 종교나 종교인을 대놓고 무시하는 무개념은 아니었다.

그런 세영도 유독 참지 못하는 게 몇 가지 있는데, 그중 하나가 사이비였다. 과학도, 논리도, 개념도 없는 개노답 집단들. 간호사들 말대로 그냥 입 다물고 할 일 했으면 좋았겠지만, 자신도 모르는 사이 본능이 이성을 이겨 버렸다.

'좀 심하긴 했지.'

"누가 보면 또 다른 경쟁 사이비인 줄."

"아, 웃겨!"

하나도 안 웃겨 이것들아. 간호사들이 천진하게 웃으며 화장실을 나갔고, 세영은 그러고서도 한참을 칸 안에 있다가 슬그머니 눈치를 보며 나왔다. 혹여 누구라도 마주칠까 응급실 반대쪽 복도로 걸으며 붉어진 얼굴에 손부채질을 했다.

하여튼 이놈의 성질머리. 강세영은 늘 성질머리가 문제였다. 그걸 알면서도 쉽게 고쳐지지 않았다. 천성을 어떻게 고쳐, 세영은 툴툴대며 의국 문을 덜컥 열고 들어갔다. 한 연차 아래인 다름을 꼬드겨 술이나 진탕 마시러 가야지 싶은 생각이었다.

"황다름!"

그런데 의국 안이 이상하게 조용했다. 의자에 앉아 마우스를 딸깍이던 응급의학과 과장이 빙그르르 돌아 세영을 마주했다. 근무 아니면 사무실 밖으로 잘 안 나오는 과장님이 어쩐 일이지. 세영은 멋쩍게 묵례했다.

"과장님."

"강 교수 좀 앉아 봐."

세영이 인턴 때부터 까마득한 교수님이었던 과장님은, 한참 어린 후배인 세영이 조무래기로 보일 텐데도 꼬박꼬박 교수 소리를 붙여 주었다. 세영은 주춤거리며 곁에 있는 의자를 빼고 앉았다. 다 헐어서 뒤로 휘떡 젖혀지는 의자에서 끼익 소리가 났다. 슬며시 둘러보니 의국에는 아무도 없었다. 하실 말씀이 있으면 그냥 사무실로 부르시지, 괜히 쉬고 있는 애들까지 내보내신 거 아닌가 싶은 생각이 들었다.

그러나 세영은 몰랐다. 남 걱정해 줄 시간에 자신이나 걱정해야 했다는 사실을.

"이 환자 기억하나?"

과장이 마우스를 딸깍여 어떤 환자의 차트를 열었고, 세영은 마우스를 건네받아 스크롤을 찬찬히 내렸다. 이름만 봐서는 특별한 점이 기억나지 않지만, 초진부터 입원까지 세영이 맡았던 환자였다. 서너 달 전, 뇌출혈로 신경외과 중환자실에 입원했던 50대 여자 환자. 기록을 읽고 있자니 어떤 환자였는지 살금살금 기억이 되살아났다.

"네. 이분 수술장 자리 안 나서 NS ICU(신경외과 중환자실) 먼저 가신 분 같은데."

"어. 근데 이 환자가 사망했거든?"

"아, 그래요?"

이 환자의 경우는 중환자실 입원이라고 해도 입원 당시 의식이 명료했다. 사망할 만한 컨디션이 아니었던 것 같은데, 갑자기 왜 죽었지? 그리고 과장님은 왜 갑자기 이 환자에 대해 물어 보시지? 세영이 마스크를 내리며 미간을 찌푸렸다. 불안감이 엄습했다.

"이거."

과장이 모니터 옆에 아무렇게나 놓여 있던 서류 봉투를 세영에게 내밀었다. 세영은 봉투를 한 번, 과장의 얼굴을 한 번 번갈아 보다가 못내 그것을 받아 들었다. 그리고 그 안에 든 내용물을 천천히 꺼내 읽어 보았다.

〈〈의료 분쟁 조정 신청서〉〉
의료 분쟁 내용 : 뇌출혈 수술 후 사망
조정 신청액 : 15억 원
환자 상태 : 사망

아, 왜 슬픈 예감은 틀리지 않을까. 복잡한 일에 엮이는 건 딱 질색인데. 세영은 잠시 서류 읽는 걸 멈추고 자가 검열을 시작했다. 환자가 대단히 안 좋은 상태도 아니었고, 특별하게 기억나는 게 없는 걸 보니 응급실에서 이 환자를 볼 때 특이사항은 전무했다고 봐도 좋았다.

아마 신경외과로 입원한 후 진행한 치료에 불만이 있어서 그런 거겠지, 나하고는 엮일 거 전혀 없는데. 세영은 딱 금액 부분까지만 읽고 서류를 다시 봉투에 넣어 과장에게 내밀었다.

"잘 읽었습니다."

"야, 야, 그 위를 봐야지."

"예?"

〈피신청인〉

보건 의료인 성명 : 강세영

보건 의료인 진료 과목 및 분야 : 응급의학과

세영은 눈을 끔벅이며 느리게 떴다 감았다. 어디에도 신경외과 주치의의 이름은 없었다.

"이거 뭐예요? 저만 걸린 거예요?"

"어. 뭐 기억나는 거 없나?"

"전혀요. 너무 스무쓰하고 완벽하게 진료 봤는데."

억울했다. 걸려도 신경외과가 걸려야지, 왜 나만 갖고 그래? 그리고 난 꼬투리 잡힐 만한 일 아무것도 안 했는데? 그런데 과장의 눈초리가 심상치 않았다. 눈을 희게 뜨고 세영을 바라보는 것이, 꼭 너 뭔가 꿍꿍이셈 숨기고 있지, 하고 의심을 거두지 않은 표정이었다.

"아…… 왜요. 저 뭐 진짜 안 했어요."

"너 보호자랑 싸웠나?"

아. 그제야 입에서 바보 같은 탄식이 흘러나왔다. 그래, 이 환자. 보호자로 온 사람이 남편이었고, 신경과 의사라고 했다. 자꾸 간호사들 처치하는 데 옆에서 알짱거리며 이건 뭐냐, 저건 뭐냐, 여기는

루틴이 왜 이러냐, 끝도 없이 딴죽을 걸기에 세영이 한 마디 했다.

'보호자분 근무하시는 병원으로 전원하시는 건 어떠세요?'

딴에는 환자 데리고 우리 병원에서 나가라는 말을 최대한 순화해서 한 거였다. 그런데 상대도 의사라 그랬는지, 세영의 말 속에 숨은 가시를 귀신같이 찾아냈다. 그때부터 파르르 떨면서 세영을 졸졸 따라다니며 지독하게 힘들게 했던 보호자였다.

"안 싸웠어요, 그 사람 혼자 개지랄 떨었지!"

"어쨌든."

"아니 과장님, 어쨌든이 아니고요. ER(응급실)에서 사망한 것도 아니잖아요!"

"너 내가 성질머리 죽이라 했지."

"저 그래도 옛날보다는……."

"강세영."

무서운 얼굴로 다그치니 더 할 말이 없었다. 세영은 그만 입을 다물었다. 과장은 조용하고 나직하게 세영을 타박하기 시작했다.

"네가 뭐 잘못해서 환자가 그렇게 됐겠냐, 보호자도 억울하고 풀 데 없으니까 생각난 게 너인 거지."

"그럼 NS(신경외과)를 걸어야지 저를 왜……."

"NS에는 칭찬 메시지 보냈던데."

기절해 돌아가시겠네. 뒤로 확 젖혀지는 후진 의자라는 걸 알면서도 세영은 아찔한 기분에 등을 뒤로 기댈 수밖에 없었다.

"내가 몇 번이나 얘기했지만, 사실 여부보다 감정적으로만 움직이는 사람들이 많아."

"네……."

"내일 법무 팀 두 시. 잘 갔다 와라."

아, 내일 오프인데. 정확히 말하자면 지금 이 순간부터 오프인데. 세영은 깊게 한숨을 내쉬며 고개를 끄덕였고, 과장은 자리에서 일어나며 침울한 세영의 어깨를 툭툭 쳐 주었다. 그리고 분위기를 풀어 주려 농담을 한 마디 던졌다.

"오늘은 보호자랑 안 싸웠지?"

싸웠는데요. 그것도 서로 삿대질해 가면서, 지독하게 싸웠는데요.

차마 대답을 할 수가 없었다. 혼란의 소용돌이에 빠져 있는 세영을 두고 과장은 별말 없이 의국을 나섰다. 쿵, 문 닫히는 소리와 세영, 그리고 서류 봉투만이 의국에 남았다. 한숨만 푹푹 내쉬며 세영이 주머니에서 핸드폰을 꺼내 들었다. 다름의 메시지가 몇 개 와 있었다.

[사진]

[사진]

[제주도 하늘 미쳤죠?]

"하…… 얘 휴가였지, 참."

땅이 꺼져도 열댓 번은 꺼졌겠다. 세영은 핸드폰을 책상 위에 아무렇게나 던져 버리고 뒤로 훅 기댔다. 아뿔싸 하는 찰나와 쿠당탕탕 소리는 동시에 벌어졌다. 의국 바닥에 거꾸로 처박혀 넘어진 세영은 기괴하게 꺾인 모양새 그대로 몇 초간 있었다. 너무 황당해서 아픔을 느낄 틈도 없었다.

"떡볶이 시킬…… 헉, 교수님!"

하필 그때 의국 문이 열리고 전공의들이 들어올 건 뭐람. 세영은 왜 그러고 있느냐는 듯한 전공의들의 황망한 시선과 부축을 받으며 넋을 놓았다.

사이비 싫은데. 그런 건 정말 딱 질색인데. 나 진짜 뭐 붙었나 봐.

* * *

세영은 아침 일찍 예약해 뒀던 미용실에 들렀다. 오랫동안 미뤄 왔던 뿌리 염색을 드디어 했다. 시커멓게 자라 있는 머리카락의 길이가 결코 뿌리라고는 볼 수 없었지만, 그래서 결국 전체 염색 값에 준하는 비용을 내야 하긴 했지만, 드라이까지 받고 깔끔하게 정돈된 갈색 머리카락을 보니 썩 아깝진 않다는 생각이 들었다.

집순이가 집 밖으로 나오기까지는 큰마음을 먹어야 한다. 세영은 이왕 밖으로 나온 거 미용실이 위치한 쇼핑몰에서 아이쇼핑이나 하자 싶었다. 이 가게 저 가게를 드나들며 이런저런 옷이며 소품들을 가져다 대 보았다.

화려한 이목구비를 죽이기 위한 단정한 화장과 깔끔하게 세팅된 머리카락 위로 대어지는 옷들은 어떤 것이라도 세영과 잘 어울렸다. 그러나 막상 당사자는 시큰둥했다. 별달리 마음에 드는 것도 없었고, 딱히 돈 쓰고 싶은 생각도 들지 않았다.

'좋은 데 가는 것도 아닌데 옷 사서 뭐 하나.'

세영은 시무룩하게 옷걸이를 행거에 걸며 터덜터덜 가게를 나왔다. 손목시계를 흘끔 보니 간단하게 점심 먹고 출발하면 약속 시간에 맞출 수 있을 것 같았다.

"하아."

쇼핑몰 밖으로 나온 세영은 하늘을 바라보며 연신 한숨을 내쉬었다. 친구도 애인도 없지만 알차게 보낼 수 있는 소중한 오프였다. 정장 풀세트 입고 세상에서 가장 억울한 사람인 척 병원 법무 팀에 끌려가는 건 선택지에 없었다.

사실 이런 일로 법무 팀 회의에 참석한 게 처음은 아니었다. 그러나 그때는 화살이 세영을 향해 있지 않았고, 그저 당시 세영이 주치의였으므로 응급실에서의 상황은 어땠는지 간단하게 참고 정도만 한 거였다. 그게 전공의 시절이니 벌써 몇 년이나 지난 일이었다.

'교수 달자마자 액땜 거하게 하네.'

암흑기 같았던 전임 강사 시절을 끝내고 올 초에 얻어 낸 교수 직함이었다. 자대생 출신에 수련도 자대 병원에서 쭉 받고 공부한 공로를 인정받아 겨우 받아 낸 자리였다.

자리가 사람을 만든다고. 이제 교수씩이나 되었으니 좀 그만 까불고, 불같은 성질 좀 죽이고, 무게감 있게 후배들을 이끌어야지 다짐했던 게 엊그제 같은데. 전공의 시절이나 하다못해 인턴 때도 남의 일이었던 의료 분쟁에 휘말리다니 믿기지가 않았다.

'내가 성격은 좀 그런 거 인정하지만…… 일은 곧잘 하는데.'

어제 조정 신청서를 좀 열심히 읽어 보고 올 걸 그랬다. 무슨 일을 꼬투리 잡아 세영을 심판대에 올려 세웠는지, 거기까지는 머릿속에 담아 뒀어야 했다. 황당하고 서글퍼져서 서류를 가방에 아무렇게나 쑤셔 넣고 집에서도 한 번도 꺼내 보지 않았던 것이다.

'지금이라도 집에 들러서 한 번 읽어 보고 갈까.'

집에서 병원까지의 동선을 잠시 생각해 보던 세영이 고개를 가볍게 흔들었다. 어차피 회의에 가면 서류가 구비되어 있을 테니 그 자리에서 읽으면 된다. 무엇보다 집에 한 번 들어가면 다시 나오기 힘들 것 같았다. 갈 곳 잃은 구둣발이 죄 없는 땅만 콩콩 두드리다가, 어느 한 곳을 향해 걸어가기 시작했다. 그 발걸음에는 힘이 없었다.

* * *

그렇게 발 닿은 곳이 결국 병원이었다. 점심도 구내식당에서 먹었다. 한식 코너에 줄을 서 있는데, 식판 들고 가던 전공의들과 마주쳤다. 어, 교수님 안녕하세요! 어쩐 일이시지? 자기들끼리 떠들며 퇴식구로 향하는 전공의들에게서 시선을 거두며 세영은 식판을 집어 들었다.

아, 스트레스…… 돈까스 다 부신다. 스트레스로 입맛이 달아난다는 사람을 이해할 수가 없었다. 세영은 깨끗하게 식판을 비우고 의국에서 노닥이며 아이스 캐러멜 마키아토까지 해치웠다. 별일 없는 척 마우스를 딸각이며 응급실 내원 환자들을 구경하고 있는 세영의 뒤통수를 한 전공의가 의아한 눈으로 바라보았다.

"저기…… 교수님?"

"어? 왜?"

"그, 블라우스 뒤집어 입으신 거 같은데……."

뭐? 세영은 황급히 일어나 벽에 걸린 전신 거울 앞에 서서 뒤돌아보았다. 목 바깥쪽으로 달랑거리는 태그가 꼭 자신을 놀리는 듯했다.

"허…… 이럴 수가."

수많은 옷가게를 들르고, 심지어 아침나절 내내 미용실에 있다가 왔으니 하루 종일 거울만 봤다고 해도 과언이 아닌데. 어떻게 이걸 몰랐지? 세영은 급하게 블라우스를 벗어 뒤집어 입었다. 내가 정신이 없긴 없구나. 세영이 옷매무새를 다듬으며 말했다.

"고마워. 큰일 날 뻔했다."

"오늘 어디 가세요? 정장을 다 입으시고."

"어…… 병원 회의."

회의는 회의가 맞으니 거짓말은 아니었다. 그게 가까이 해서 하등 득 될 게 없는 법무 팀 회의라는 게 문제지만.

"나 갈게. 수고해."

약속된 시간이 다가오자 세영은 의국 문을 나섰다. 법무 팀은 신관 건물 지하에 있었다. 몇 년 전이라도 두어 번 가 봤다고 헤매지 않고 바로 사무실을 찾을 수 있었다. 문이 반쯤 열려 있었다. 세영은 살며시 문을 밀며 사무실 안으로 들어섰다.

"안녕하세요……?"

조심스럽게 인사하는 목소리를 들은 한 직원이 파티션 너머로 고개를 빼꼼 내밀고 세영에게 묵례했다.

"안녕하세요. 무슨 일이세요?"

반짝거리는 눈이 동그랗고 꽤나 예쁘게 생긴 여직원이었다. 20대 중반이나 되었을까.

'되게 귀엽게 생겼다……'

세영은 잠시 직원의 얼굴을 감상하다가, 뒤늦게 정신을 차리고 자기소개를 했다.

"응급의학과 강세영 교수라고 합니다. 중재원 사건 때문에요."

"아, 잠깐 들어가서 기다리시겠어요? 변호사님 금방 오실 거예요."

"네, 감사합니다."

생글거리며 웃는 낯이 예쁘기도 하다. 세영은 직원의 안내를 받아 변호사실 안으로 들어갔다. 머뭇거리는 세영의 앞에 직원이 친절하게 의자를 빼 주었다. 우리 의국에 있는 것보다 훨씬 고급 이네. 쿠션감이 좋은 의자에 앉으며 세영은 살짝 입술이 부루퉁 튀어나왔다.

빽빽이 들어찬 책과 터져 나갈 듯한 서류 봉투들로 가득한 방 이었다. 세영은 얌전히 눈동자만 굴리며 사무실 안을 구경했다. 그러다 문득 책상 위에 한 자리를 차지하고 있는 명패를 보았다.

'변호사 최은결'

최은결. 세영은 이름을 입안으로 굴리며 발음해 보았다. 낯익은 이름이었다. 그러나 세영이 아는 최은결은 변호사가 아니었다. 흔하지 않은 이름이긴 하나 그렇다고 동명이인이 없을 만큼 특이한 이름도 아니었기에 세영은 그만 이름 생각을 머리에서 지워 버렸다.

"차 드릴까요? 녹차, 커피 어떤 걸로."

"아, 괜찮아요."

"변호사님 곧 오실 거예요. 잠시만 기다려 주세요."

직원이 생긋 웃고는 세영을 홀로 두고 방을 나갔다. 세상의 모든 소음이 차단된 듯 적막이 흘렀다. 문 너머로 간간이 타이핑하는 소리와 전화벨 소리가 들렸고, 세영은 초대받지 않은 손님처럼 멀뚱히 앉아서 방의 주인을 기다렸다.

길지 않은 시간이 지나고, 문 너머가 잠깐 소란해졌다. 왔나 보다. 세영이 땀이 나는 손바닥을 허벅지에 문질렀다. 곧 문이 벌컥 열리며 찬바람을 몰고 키 큰 남자가 거침없이 저벅저벅 걸어 들어왔다.

"죄송합니다, 많이 기다리셨죠."

"아닙니다."

뚜걱 뚜걱, 구둣발이 바닥을 찧는 소리가 중후했다. 남자는 책상 위에 가방을 탁, 던지고 재킷을 벗어 옷걸이에 걸었다. 군더더기 없고 어찌 보면 화가 난 것 같기도 한 몸놀림에 세영은 침을 꿀꺽 삼켰다.

세영은 아까부터 자리에서 어정쩡하게 일어나 있는 채였다. 인사를 제대로 나눈 것도 아니고, 그렇다고 덜컥 앉자니 예의가 아닌 것 같고. 남자는 세영에게 편하게 계시라는 말 한 마디 없이 고개를 숙여 종이 뭉치를 뒤적였다.

'뭐야, 앉으라는 말도 없어…….'

주춤하게 선 채로 세영이 남자를 흘깃 보았다. 몇 년 전 왔을 때는 나이 많은 호호 할아버지 변호사였는데, 사내 변호사가 바뀌었는지 제 또래의 젊은 남자였다. 180cm은 훌쩍 넘도록 훤칠하게 큰 키, 와이셔츠가 팽팽해질 만큼 건장한 어깨와 가슴팍. 안 그러려고 해도 자꾸 흘끔거리며 눈길이 갔다.

'직업도 사짜에, 인기 많겠네. 자기 관리도 철저한 것 같고.'

그러다 시선이 얼굴에 닿은 순간, 세영은 헉 하고 숨을 멈추었다.

"강세영 교수님 맞으시죠."

종이 두어 장을 찾아낸 남자는 세영이 멀뚱히 서 있는 테이블로 다가왔다. 그리고 세영에게 앉으란 말도 없이 의자를 빼내 혼자만 자리에 앉았다. 그리고 안 앉고 뭐 하냐는 듯한 의아한 눈으로 세영을 올려다보았다.

앞머리를 올려 시원하게 드러낸 잘생긴 이마, 짙고 검은 눈썹, 남자다운 눈매와 선이 굵고 높은 코. 천금을 주어도 열리지 않을 것처럼 굳게 닫힌 입술까지, 세영은 바보같이 입을 벌리고 그의 조각 같은 얼굴을 바라만 보고 있었다. 눈을 몇 번이나 깜빡여도, 그 얼굴 그대로였다.

설마, 설마 너⋯⋯?

* * *

여유롭게 긴 다리를 꼬아 앉은 은결과는 대조적으로 세영은 시종일관 죄 지은 사람처럼 고개만 푹 숙인 채 서류만 노려보고 있었다.

'아이 씨⋯⋯ 집에 들렀다 올걸.'

머릿속에 망했다는 생각만 맴맴 돌았다. 은결은 제 앞에만 서류를 놓고 세영의 앞에는 아무것도 내주지 않았다. 그러니 세영의 입이 바짝바짝 마를 수밖에 없었다.

"환자 사망인데 십오 억, 과하죠."

은결이 손깍지를 껴 배 위에 올려놓으며 나른하게 말했다.

"의료상 과실로 잡힐 만한 건도 아니고요."

"……."

"교수님도. 아시다시피."

어절을 분명하게 끊으며 발음하는 은결의 목소리는 낮고 정확해서 귀에 안 들어올 수가 없었지만, 세영은 그럼에도 좀처럼 대화에 집중하지 못했다. 첫째로 강세영 자신이 잘못한 일이 하등 없었고, 둘째로 그럼에도 악감정을 가진 보호자가 소송을 걸었으며, 셋째로 그런 억울한 처지의 자신을 변호해 줄 사람이…… 최은결이었다.

세영을 아는 사람이라면, 이 상황에서 그녀가 피해 의식이나 자격지심을 갖지 않으리라고 생각할 수 없었다.

"사건에 대해서 뭐 더 하실 말씀 없으세요?"

그 질문을 마지막으로 은결은 더 이상 가타부타 말이 없었다. 중재 신청서를 책상 위에 살며시 내려놓으며 느긋하게 상체를 뒤로 기댔다. 그리고 세영의 대답을 기다렸다. 이제는 입을 다물고 있기만 한다고 될 일이 아니었다.

"할 말, 없는데요."

"아, 그러세요. 알겠습니다."

그리고 은결은 자리를 털고 일어나 무신경한 얼굴로 세영을 내려다보았다. 안 나가고 뭐 하냐는 듯한 표정이었다. 세영은 혼돈에 휩싸였다. 알겠습니다? 알겠습니다아? 그걸로 끝이라고?

이대로 순순히 나가서는 안 될 것 같다는 예감이 들었다. 아무리 동아줄을 잡고 있는 사람이 최은결이라고 하더라도, 아니, 오히려 최은결이기 때문에, 세영은 더 적확하게 따져 물어야 했다.

"궁금한 게 있어요. 사망인데 어떻게 십오 억을 청구하죠? 그게 청구가 되는 금액인가요?"

내용을 전혀 모르는 상태에서 나름 머리를 굴려 뱉어 본 말이었다. 그런데 그 말에 모순이라도 느낀 사람처럼 은결의 표정이 이상해졌다. 의아한 눈으로 자신을 바라보는 은결의 시선이 따가웠지만, 이런 초급 기 싸움에서 밀리면 안 된다. 세영은 지지 않고 그 시선을 정면으로 맞받아쳤다. 이게, 진짜 끝까지 모르는 척하겠다 이거지. 다분히 공격성 짙은 눈빛에도 불구하고 은결은 아무런 표정의 변화 없이 다시 의자에 앉았다. 그리고 황당하다는 듯한 목소리로 되물었다.

"조정 신청서 읽어는 보셨나요?"

아, 들켰다. 세영의 호전적인 눈빛이 살짝 주춤해지자, 감을 잡은 은결이 그 틈을 놓치지 않고 공격했다.

"강세영 교수님."

"……."

"손 놓고 있어도 원내 법무 팀이 다 해결해 줄 거라 생각하시나 보네요."

"그게 아니고, 제가……."

"자기 일인데. 남이 다 해결해 줄 거라고 믿고. 아닙니까?"

확연한 빈정거림에 세영의 얼굴이 삽시간에 붉어졌다. 은결은 공격을 멈추지 않았다.

"아무리 과실 없는 건이라고 해도, 걸린 돈이 십오 억입니다."

"……."

"십 프로만 맞아도 일억 오천이에요. 교수님한테는 별거 아닌 가요?"

한심하다는 듯 차가운 눈빛이 이마에 꽂힌다. 전공의 시절 선배나 교수에게 까일 때도 이 정도 수치심은 아니었다. 세영은 어금니를 꾹 물고 머리를 굴렸다. 이런 상황에서 벗어날 수 있는 방법은 단 하나였다.

"시정하겠습니다."

자신의 잘못을 받아들이고 변명하지 않는 것.

"사건 제대로 인지하고 의견서 메일로 보내 드리겠습니다."

"저는 서면 보고 안 받습니다."

"그러면……."

이것도 싫다 그리고, 저것도 싫다 그리고, 진짜 지랄 맞네. 예전에 나한테 당했던 거 그대로 갚겠다는 심산인가. 세영의 눈초리가 점차 험악해지는 걸 아는지 모르는지 은결은 여전히 무뚝뚝한 목소리로 다짐을 받듯 말했다.

"내일 다시 오세요."

"저 내일 근무합니다. 이십사 시간."

"그럼 근무하고 오세요. 모레 금요일, 아침 아홉 시."

"에?"

"아홉시 이전에는 문 안 열려 있습니다."

그 말을 끝으로 은결은 자리에서 일어나 제 책상으로 뚜벅뚜벅 걸어갔다. 그리고 세상 편해 보이는 회장님 의자에 턱하니 앉아 서류 가방을 정리하기 시작했다. 테이블 앞에 여전히 앉아 있는 세영은 없는 사람인 양 굴었다.

'저 싹바가지…….'

세영은 이를 바득 깨물었다. 어이없고 열 받았지만 달리 할 말도, 하고 싶은 말도 없었다. 여기 앉아 있는다고 될 일도 없었고. 상황 파악을 마친 세영이 가방을 들고 일어섰다.

"그럼 그때 뵙죠."

"네. 사건 꼼꼼하게 읽어 오시면 좋겠네요."

내가 진짜 드러워서 조사 하나까지 다 외워 온다. 세영은 더 대답하지 않고 사무실을 나가려 문을 벌컥 열었다. 그런데,

"엄마야!"

"앗, 뜨거!"

쟁반을 들고 들어오던 직원과 부딪혔다. 쟁반 위에 가지런히 담겨 있었을 종이컵이 앞으로 쏟아지며 내용물이 세영의 블라우스를 적셨고, 작은 다과들이 이리저리 바닥으로 흩어져 떨어졌다.

"어떡해! 괜찮으세요? 어떡해!"

패닉에 빠진 듯 어떡해를 외치던 직원이 가까운 자리의 티슈를 몇 장 벅벅 뽑아 세영의 가슴팍을 사정없이 문질렀다. 민망해진 세영이 직원의 손목을 잡아 티슈를 가로챘다.

"괜찮아요. 놀라서 그렇지."

"어떡해요, 엄청 뜨거울 텐데, 죄송해요……."

귀여운 얼굴이 거의 울기 직전이었다. 세영은 흐르는 액체만 대강 닦아 낸 뒤 직원을 향해 웃어 보였다. 쪽팔려서 뜨거운지 아픈지도 모를 지경이었다. 당장 이 자리를 벗어나고만 싶었다.

"진짜 괜찮아요."

"죄송합니다, 죄송합니다……."

연신 고개를 꾸벅이는 직원을 뒤로하고 세영은 다급하게 발을 움직였다. 법무 팀을 나서 한참을 걸었는데도 뒤통수에 와 꽂혔던 은결의 시선이 아직도 느껴지는 듯했다.

엉망이 된 블라우스를 가릴 생각도 못 하고 엘리베이터를 향해 걸으며 세영은 이를 꽉 깨물었다. 억울하고 분해서 눈물까지 나올 지경이었다.

나 진짜 사이비 싫은데. 진짜 진심 정말 싫은데. 굿이라도 해야 될까 봐.

* * *

같이 근무하면 유독 환자가 몰리는 사람이 있다. 속된 말로 '환자 탄다.'고 한다. 환자가 많이 내원해서 바쁘게 타는 사람이 있고, 유독 중환자를 많이 타는 사람이 있고, 희한하게 진상 환자를 타는 사람도 있다. 세영의 경우는 마지막 케이스였다.

"이게 다 교수님 때문이에요."

"뭐가?"

"교수님이랑 근무 겹쳐서 멘탈 털렸어."

이게. 세영은 툴툴거리는 승재를 향해 작게 주먹을 들어 보였다. 불같은 응급실 여자 간호사들 사이에서 벌써 4년째 응급실 밥 먹고 있는 남자 간호사였다. 그는 백구십 센티미터를 육박하는 키에 거대한 근육으로 단단하게 뭉친 털북숭이 거구였지만, 그 속에는 새초롬한 귀염둥이가 살고 있었다. 승재가 주취자에게 아프게 꼬집힌 팔뚝을 세영에게 내밀며 의기양양하게 말했다.

"진상 타는 거 맨날 교수님 아니라 그러고."

"나 진짜 아니야."

"이거 봐요! 교수님 아니면 누가 내 가냘픈 팔뚝을 꼬집어?"

세영이 곁눈질로 승재의 팔뚝을 흘긋 보았지만, 통나무만 한 굵기의 우락부락한 팔에는 손톱자국 하나 남아 있지 않았다. 얘 피지컬 보고도 덤빈 주취자가 대단하다고 해야 하나. 세영은 혀를 내둘렀다.

"도대체 무슨 운동을 하면 그렇게 두꺼워지냐?"

"두껍다뇨, 종잇장보다 가녀린 제 팔한테 사과하세요."

"너 퇴근하고 헬스장 갈 거지."

"네."

그럴 것 같았다. 폭풍 같은 나이트 근무를 마치면, 좀비처럼 집에 돌아가 뻗어서 자는 게 국룰이거늘 헬스장이라니. 그러니 저 몸을 유지할 수 있는 거겠지. 그러고 보면 얼마 전 법무 팀에서 만났던 그 인간도 몸은 참 좋았다. 성격이 지랄 맞아서 그렇지, 외모나 피지 컬로나 어디서 빠지지는 않을 인간이었다. 단정한 와이셔츠 밑으로도 팽팽하게 긴장된 근육이 언뜻 비칠 정도였으니, 벗기면 얼마나 대단할지…….

"으악!"

"으악! 왜요! 왜!"

미쳤어. 내가 지금 무슨 생각을 하는 거야. 세영이 귀신을 본 듯 세차게 고개를 흔들었고, 팔자 눈썹이 된 승재가 거대한 손바닥으로 가슴을 쓸어내렸다.

"에휴, 빨리 도망가야지. 교수님이랑 더 있다가 진상 또 오면 어떡해."

"야!"

"안녕히 계세요."

승재가 자리에서 일어나 촐싹거리며 간호사실로 도망갔다. 다분히 놀리는 말이었음에도 불구하고 그 뒤통수를 향해 세영은 한마디도 반박할 수 없었다. 솔직히 맞는 말이었다. 세영은 근무하면서 유독 까다롭고 톡톡 쏘는 사람들을 많이 마주했다. 그러다 보니 처음 응급의학과 박힌 가운 입었을 때의 패기와 고집 같은 것들은 희미해진 지 오래였다.

그렇게 인생 모토도 바뀌었다. 대충 넘기자. 좋은 게 좋은 거지. 옛날의 세영을 아는 사람이라면 지금의 세영이 얼마나 부드러워졌는지, 또 한편으로는 얼마나 무기력해졌는지 한 눈에 알 수 있었다.

"하…… 아홉 시 언제 되냐."

세영은 깜빡이는 디지털시계를 야속하게 바라보며 한숨 쉬었다. 오전 여덟 시 오 분. 근무는 진작 끝났는데 스테이션에서 뭉개고 있는 것도 애들 눈치 보였다. 의국에서 잠깐 눈 좀 붙이고 있어야겠다. 세영은 잔뜩 지친 어깨를 이끌고 터덜터덜 응급실을 나섰다.

* * *

망했다.

어쩐지 눈이 가뿐하게 떠진다 싶었다. 사십 분 뒤로 맞춰 둔 핸드폰 알람은 잠결에 꺼 버린 모양이었다. 세영은 앞자리가 '10'으로 시작하는 시계를 보고 육성으로 히익 소리를 내뱉었다. 부어 있을 얼굴이나 헝클어진 머리 같은 건 신경 쓸 겨를도 없이 세영은 가운 차림으로 법무 팀 사무실을 향해 뛰었다.

"허억, 허억, 안녕하세요."

부끄러운 줄도 모르고 가쁜 숨을 그대로 몰아쉬며 세영이 허리를 꺾었다. 얼마 전 만났던 직원이 세영을 보자마자 벌떡 일어서며 아는 체를 했다.

"응급의학과 교수님이시죠!"

"네, 너무 늦어서, 허억, 죄송……."

"어떡하죠, 변호사님 잠깐 자리 비우셨는데."

이놈의 인간은 자리 지키고 앉아 있는 일이 없어. 꼴랑 한 시간 늦었다고 자기 일 보러 내빼냐. 세영이 사무실 문패에 달린 은결의 이름을 날 선 눈으로 노려보았다.

"잠시만 기다려 주시겠어요? 언제 오실지 한 번 여쭤 볼게요."

직원이 똘망한 얼굴로 세영에게 양해를 구한 뒤 빠르게 전화번호를 연타했다. 핸드폰 번호를 다 외우고 있단 말이야? 조금 놀란 세영은 그제야 그녀의 자리에 붙은 이름표를 읽어 보았다. 법무 팀 이나은, 비서. 비서구나. 그러니 전화번호 정도는 가뿐하게 외우고 있는 거겠지.

"네. 네, 알겠습니다. 네."

간단한 통화를 끝낸 나은이 밝게 웃으며 세영을 올려다보았다.

"다 오셨대요. 방에서 조금만 기다려 주시겠어요?"

"아, 네."

세영은 머뭇대며 은결의 방 안으로 들어섰다. 그래도 한 번 와 봤다고 익숙한 공간이었다. 지금 이럴 때가 아니었다. 세영은 머릿속으로 빠르게 조정 신청서의 내용을 복기해 보았다. 은결에게 흠 잡히지 않으려 토씨 하나 틀리지 않도록 달달 외웠으니, 이번엔 그때와 같은 꼴은 안 당할 거였다.

"커피 드릴까요?"

살짝 열린 방 문 사이로 나은이 고개를 빼꼼 내밀며 물었다. 중얼거리며 내용을 복기하던 세영이 화들짝 놀라 무심결에 고개를 끄덕였다. 그러자 나은이 문을 반쯤 열고 들어와 미안하다는 표정을 지었다.

"지난번엔 정말 죄송했어요. 제가 그런 실수 잘 안 하는데……."

"괜찮아요. 별로 안 뜨거웠고, 다치지도 않았는데요 뭐."

"저 그날 변호사님한테 엄청 혼났어요."

뭐? 최은결이? 다치면 다치는 대로 꼴좋다 하고 있을 인간이지,

걱정해 줄 위인은 절대로 아닌데. 세영이 나은의 말을 못 미더워 하는 사이 은결이 찬바람을 몰고 방 안으로 들어섰다.

"지각하셨네요."

"죄송합니다."

"응급실이 바쁜 모양이죠."

바쁜 모양이죠? 응급실 상황 누구보다 뻔히 잘 알면서 묻는 뻔뻔함이 거슬렸다.

"늘 그렇죠."

"교대는 오전 일곱 시로 알고 있는데. 환자가 많이 밀렸나 봅니다."

세영이 아랫입술을 말아 물었다. 이거 빈정거리는 거다. 교대는 진작 해 놓고 왜 늦었냐고 타박하는 거다, 지금. 은결이 재킷을 벗어 옷걸이에 아무렇게나 건 뒤 세영의 맞은편에 와 앉았다. 나은이 작게 노크를 한 뒤 들어와 커피 두 잔을 내려놓고 나갔다. 곧 방 안에는 종이가 사그락대는 소리 외에 그 어떤 소리도 들리지 않았다. 숨 막히는 정적을 먼저 깨뜨린 건 은결이었다.

"신청서는 좀 읽어 보셨나요?"

뿌드득, 이가 갈렸다. 이게 사람을 농락해도 정도가 있지. 세영은 목소리에 힘을 주어 대답했다.

"그럼요."

"의견 있으신가요?"

"없습니다."

세영이 기억하고 있던 대로 진료상 과실점은 전혀 없었다. 세영은 교과서대로, 프로토콜대로 환자를 진료했고, 처방했다. 그러니 몇 달 뒤의 환자 사망에 세영이 잘못한 일은 전혀 없다고 봐도 무방했다.

그리고 말도 안 되는 조정 신청액. 사망 사건이라면 보통 일실손해 더하기 위자료인데, 환자는 이십 년차 은행원이었으니 뭐 어느 정도 번다고 쳐도, 위자료만 십삼억을 신청하는 건 또 무슨 경우람?

[아내를 잃고 하늘이 무너지고 땅이 솟는 슬픔으로 한 달째 일상생활을 못 하고 있습니다. 신경과 전문의인 저는 실로 많은 환자 사망 건을 보았지만 제 아내와 같은 황망한 사고는 본 적도 없습니다. 이 찢어지는 가슴을 무엇으로 보상해야 한단 말입니까? 돈이라도 받아야겠습니다. 인간미라고는 하나 없는 짐승과도 같은 강세영 교수는 필히 위자료로 13억을 지급해야 합니다.]

아내가 사망해서 슬픔으로 제정신이 아닌 건 알겠지만…… 왜 갑자기 나를 걸고넘어지시냐고요. 드럽게 억울했다. 세영이 뜨거운 커피를 한 번에 들이켰고, 은결은 그런 세영을 바라보며 흠, 잠시 앓는 소리를 냈다.

"그럼 됐습니다."

"뭐가요?"

"가세요."

"네?"

"제가 어렵게 말했나요?"

빤한 얼굴을 보고 있자니 황당했다. 한편으로 수치심도 들었다. 이렇게 간단하게 끝날 일을, 전화로도 일 분이면 해결될 일을! 지금

이십사 시간 풀 근무 때리고 온 나한테 직접 와서 말하게 하고 이렇다 할 상담도 없이 물려? 이러자고 조정 신청서를 토씨 하나 안 틀리고 외워 온 게 아니었다. 세영이 멍해져 있는 사이 은결은 커피를 들고 자리에서 일어났다. 이만 돌아가라는 명백한 시그널이었다. 눈에서 불이 튀었다. 도저히 더 참아 줄 수가 없는 지경에 이르렀다.

"야."

노기 띤 목소리에 제 책상을 향해 가던 은결이 멈칫했다.

"너 진짜 이러기냐?"

하루를 꼬박 새워 근무한 탓에 형편없이 쉰 목소리는 얼핏 우스꽝스럽게도 들렸다. 그러나 세영의 눈에서는 분노가 이글이글 타오르고 있었다.

"네가 나 싫어하는 건 알겠는데. 그래도 공과 사는 구분해야지."

"무슨 말씀이시죠?"

"너 내 사건이라고 대충하고 있잖아, 지금."

가슴 언저리에서 미적지근하게 맴돌던 말이 기어이 입 밖으로 튀어나왔다. 세영이 충혈된 눈을 희게 뜨고 은결의 단정한 이목구비를 노려보았다. 우뚝 선 채 한동안 세영을 내려다보는 은결의 얼굴에, 표정 변화라고는 단 한 톨도 찾아볼 수 없었다. 말 한 마디 없이 이글거리는 시선만이 충돌했다. 몇 년 같은 몇 초가 지나고, 은결이 크게 한숨을 내쉬며 천천히 입을 떼었다.

"뭔가 착각하고 있는 거 같은데."

뚜걱. 한 발짝 걸어와 세영의 앞 테이블에 손을 짚고 삐딱하게 선다. 세영은 이 와중에도 은결의 팽팽한 와이셔츠가 신경 쓰이는 자신이 혐오스러웠다. 조명을 등진 은결의 얼굴에 짙게 그림자가 졌다. 곧 공기를 울리는 나직한 저음의 목소리.

"첫째. 이번 건은 누가 봐도 과실 없으니 더 말 얹을 거 없고."

"……."

"둘째. 당신은 내가 불편한지 몰라도 난 당신한테 아무 감정도 없어."

낮은 목소리에 점차 노기가 얹어진다. 세영의 얼굴은 어느새 목 뿌리까지 붉게 달아올라 있었다. 그런 세영의 귓가를 향해 천천히 허리를 굽힌 은결이 씹어뱉듯 말했다.

"셋째. 나를 공과 사도 구분 못 하는 인간으로 본 거라면."

곧 으르렁대는 협박 같은 목소리가 들려왔다.

"대단히 실례한 거야."

그 말을 마지막으로 은결은 테이블을 떠나 다시 자신의 자리로 돌아갔다. 신경질적인 구둣발 소리가 세영더러 당장 나가라는 듯 들렸다. 이런 인간이 내가 다쳤을까 봐 걱정했다고? 하, 아서라. 세영은 붉은 입술을 꾹 깨물었다. 수치심과 분노 같은 미적지근한 감정들이 뒤섞여 회오리쳤다. 이대로 물러날 수는 없었다. 아무리 예전의 강세영 다 죽었다지만, 그래도 뭔든지 확실히 해야 직성이 풀리는 강세영은 남아 있었다.

"야, 최은결."

이전의 목소리가 호전적이었다면, 이번에는 살짝 가시가 빠진 목소리였다. 그러나 은결은 꿈쩍도 하지 않고 마우스를 딸깍이며 제 할 일을 하고 있었다.

"미안해."

우물거리며 말하면 제대로 못 알아들었다고 할까 봐, 부러 크고 똑똑히 말했다. 그 말에 은결이 천천히 고개를 돌려 세영의 얼굴을 시큰둥하게 바라보았다. 여기서 눈 피하면 지는 거다. 세영은 다시 쐐기를 박듯 한 마디 얹었다.

"어떻게 하면 화 풀래?"

* * *

몇 년 전.

남의 일에 관심이 없어서 사실상 소문의 끝자락인 세영의 귀에까지 한 인턴의 이야기가 들려왔다.

"간호사들이 걔한테는 일부러 별일 없이 콜 한대."

"같이 턴 도는 여턴들이 걔 일 다 해 준다는데?"

"어떻게든 얼굴 한 번 더 보고, 연락 한 번 해 보겠다는 심산이지, 뭐."

식어 빠진 도시락을 우걱우걱 삼키던 세영이 고개를 돌려 동기들을 노려보았다. 아무리 일 년 선배라도 선배씩이나 돼서 남의 일이나 왈가왈부하고 말이야…… 그러나 친구들을 다그치기 이전에 궁금한 건 궁금한 거였다. 세영은 입술 옆에 제육볶음 양념을 묻힌 채 우물거렸다.

"누군데 그게?"

"인턴."

"인턴 누구."

"이름은 몰라. 타 대 출신인데, 엄청나게 잘생겼대. 지금 거의 전설이야."

세영은 코웃음을 쳤다. 병원도 사람 사는 곳이라 이런 지라시 같은 소문이 자주 도는데, 막상 당사자들의 얼굴을 보면 그저 그랬다. 아니, 오히려 실망스러웠다. 유독 남자들 사이에서 잘생겼다고 얘기가 돌면 쌍꺼풀만 진한 남방계 인간이었고, 여자들 사이에서 잘생겼다는 얘기가 돌면 키만 크고 허여멀건 하게 생기다 말았다. 남의 생김새, 특히 남자의 외모에 관용이라곤 없는 세영이 비죽이며 웃었다.

"야, 그런 애들 맨날 생기다 말았더라."

"어쩐 일로 네가 남자 얘기에 관심을 가지냐? 연예인이나 교수급 아니면 눈에도 안 찬다는 녀석이."

세영이 식은 밥에 젓가락을 팍 꽂으며 동기를 노려보았다. 동기는 흥흥거리며 다시 먹던 밥에 집중했다. 저게, 헤어진 거 빤히 알면서 속 뒤집고 있어.

세영은 이별의 수렁에서 좀처럼 벗어나지 못하고 있던 차였다. 구남친은 같은 학교 출신인 가정의학과 의사로, 학번 차이가 꽤 나는 OB 선배였는데 세영이 인턴으로 들어오자마자 바로 꼬드겼다. 그 인간 그래 봬도 꽤 뿌듯하게 데리고 다닐 만하게 생겼고, 무엇보다 일 잘하고 스마트한 걸로 유명했기에 외모 지상 주의자이자 덤으로 능력 만능주의까지 지닌 세영은 그에게 홀라당 넘어갔었다.

'미안해. 아버지가 의사 며느리를 달가워하지 않으셔서.'

그러다 아닌 밤중에 홍두깨처럼 뻥 차였다. 그것도 사랑해 염불을 외며 뽀뽀 쪽쪽 나누고 들어온 밤이었다. 누가 결혼해 달랬나. 누가 결혼해 달랬냐고. 누가 너랑 결혼한대?! 전화기에 대고 불처럼 쏘아 대고 싶었지만 어이가 없어서 목소리도 채 안 나왔다.

'어…… 그래요. 잘 지내세요.'

그렇게 민둥민둥하게, 간편하게, 속성으로 남친은 구남친이 되었다. 지금 와서 생각하면 그때 쌍욕이라도 시원하게 한바탕해 주고 끊어 줄 걸 싶은 후회뿐이었다. 세영은 몇 날 며칠을 제대로 먹지 못했다. 그 과정에서 친구인 도영이 같은 가정의학과 의국원이라는 이유만으로 많이 괴롭힘당했다.

'이찬희 암살 좀 해.'

'교수님을 내가 무슨 수로.'

'간단해. 죽이기만 하면 되잖아.'

상실감에 헛소리를 늘어놓는 친구를 끄집어 현실로 복귀시키는 건 학교 동기인 도영의 몫이었다. 강도영은 강세영과 출석 번호가 붙어 있던 죄로 세영의 지랄을 감내해야만 했다. 퇴근하고 나면 술이나 퍼마시고 질질 울다 화내다 잠들던 세영은, 그나마 도영 덕분에 일상으로 돌아올 수 있었다고 봐도 과언이 아니었다.

그래서일까, 세영의 마음이 비뚤어진 건. 세영은 반반한 남자가 사짜 직업을 가졌다고 하면 우선 이유도 없이 싫어하고 봤다. 그건 찬희의 잘 정돈된 생김새 때문이었기도 했고, 엄마가 쉬지도 않고 내미는 선 자리 상대들이 다 고만고만한 얼굴의, 속이 빤히 보이는 인간들이기 때문이었기도 했다.

세영은 실제로 본 적도 없는 인턴의 얼굴을 반찬처럼 으적으적 씹었다. 갸도 분명 생기다 말았을 거야. 그리고 지 반반한 거 이용해서 세상 좀 편하게 살려고 하는 족속이겠지. 빤하다 빤해.

* * *

전설의 인턴. 이름은 몰랐지만 세영은 그게 누군지 곧 알게 되었다. 어떻게 아냐고? 그냥 얼굴 보면 알았다.

"선생님은…… 왜 의대 갔어요?"

잘생긴 남자가 세상에서 제일 싫다던 남자 동기 녀석이 인턴의 얼굴을 멍하니 바라보며 한 질문이었다. 인턴은 부끄러운 듯 고개를 숙이고 우물거렸다.

"수능 성적이 생각보다 잘 나와서요."

한 걸음 떨어져 관조하고 있던 세영이 기가 찬 듯 헛웃음을 지었다. 기껏해야 열아홉 먹은 고딩이 대단한 사명감을 가지고 의대에 가는 일도 별로 없지만, 그렇다고 해서 그 사실을 입 밖으로 내뱉는 머저리는 그보다 더 없었다. 대답 한 번 드럽게 못하네. 구시렁거리는 세영의 옆에서 동기는 연신 인턴의 얼굴을 보며 감탄하고 있었다.

"진짜 미안한데 얼굴 하나도 안 건드린 거죠?"

"야, 니네 그만하고 일이나 해."

"네, 네, 죄송합니다."

불호령 같은 세영의 한 마디에 인턴이 잔뜩 주눅 들어 고개를 숙이며 자리를 떴다. 단추가 잠기지 않은 긴 가운 자락을 펄럭거리면서 돌아다니는 것도 마음에 안 들었다. 가슴팍에 흘림체로 새겨진 의사 최은결, 다섯 글자가 유독 잔상처럼 남았다. 이름도 꼭 지 얼굴같이 고차원적으로 획수 많아 가지고는.

"갈구지 마. 잘생겼잖아."

"안 갈궜어. 그리고 잘생기면 갈구면 안 되냐?"

"연예인을 했으면 떼돈을 벌었을 텐데, 의사 됐잖아. 사명감 있어 보이지 않냐?"

헛소리하고 있네, 언제는 잘생긴 남자가 세상에서 제일 싫다더니. 세영이 입술 사이로 피유우 소리를 내며 엄지손가락을 치켜들고 땅을 향해 뒤집었다.

안 그래도 턴 체인지 하면서부터 저 녀석, 영 마음에 안 들던 참이었다. 소문이 거짓말은 아닌지, 같이 응급실 도는 여턴들이 정말로 은결의 일을 다 빼앗아 갔다. 사소하게는 혈액 배양 검사에서부터, 크게는 당직 바꿔 주는 것까지. 심지어 24시간 풀 근무가 된다고 하더라도. 남자 친구도 아닌데, 아니 남자 친구라도 그렇게는 안 바꿔 준다. 그게 말이 되냐!?

세영은 은결의 모든 점이 마음에 안 들었다. 아무리 남이 해 준다고 해도 자기가 할 일은 자기가 해야지. 무엇보다 인턴 시절은 잡스러운 술기를 몽땅 경험해 볼 수 있는 소중한 시기였다. 그때 고생하며 익힌 술기와 일머리가 평생 간다고 했다. 그런데 은결은 혈액 검사 키트를 들고 있다 세영과 눈이 마주치면 어, 하다가 다른 인턴에게 빼앗기곤 했다. 저렇게 야무지지 못해서야, 원. 쯧.

"저 EM(응급의학과)에 지원하고 싶습니다."

인턴 송별회 회식 자리에서 괜히 저런 말 하는 것까지 마음에 안 드는 것들투성이였! 저렇게 말해 놓고 마이너 과 자리만 나면 토끼는 인턴들이 한둘이 아니라는 건 이 바닥 불문율이었다. 은결이 바로 제 옆자리에서 자신을 향해 얘기하는데도 세영은 영 들은 체 만 체 했다. 그저 바싹 익어 버석거리는 삼겹살을 젓가락 끝으로 밀어 대기나 할 뿐이었다.

"그러든지."

제발 그래 줬으면 좋겠다고, 너무나 환영이라고 호들갑을 떠는 응급실 사람들의 반응이 잦아든 뒤 세영이 작게 중얼거린 첫 마디였다. 그러나 그 시큰둥한 대답에도 은결은 눈을 빛냈다. 열심히 하겠습니다 선생님! 하더니 빈 잔에 투명한 소주를 꼴꼴꼴 따라 주는데, 세영은 열심히 안 하기만 해 봐, 속으로 벼르고 있었다. 자신으로서도 무슨 심술인지 알 방도가 없었다.

* * *

전공의 2년차쯤 되면 슬슬 응급실이 집 같아진다. 그 말인즉슨. 집에 식구랍시고 낯선 사람이 들어와 헤집는 게 영 마뜩잖다는 이야기다.

꽃 피는 춘삼월부터 최은결과 근무가 겹쳤다. 꼭 사수와 부사수 처럼 거의 똑같은 근무를 섰고, 오프를 받았다. 그도 그럴 것이 아직 일이 미숙한 일 년차를 커버할 이 년차와 삼 년차가 필요한데, 턴

짜기 귀찮아하는 과장님이 임의로 몇 명을 묶어서 짝꿍처럼 계속 돌려 막는 까닭이었다.

처음엔 최은결이 좀 기특하기도 했다. 응급의학과 지원하고 싶다더니 안 도망간 것만 해도 어디냐 싶은 생각에. 그리고 은결은 세영이 뭘 하나 가르쳐 주면 열심히 고개를 끄덕이며 듣고 메모했다. 그건 다른 일 년차들도 마찬가지였지만, 사실 얼굴만 믿고도 대충 살 법한 녀석이 열심히 배우려 드는 모습에 잠시 호감 쪽으로 마음이 돌아서기도 했다.

그러나 그것도 잠시였다. 세영이 아무리 은결보다 선배라지만, 그래 봤자 세영도 자기 앞길 찾아가기 막막한 꼴랑 전공의 이 년차였다.

"죄송합니다……."

은결이 입을 꾹 다물고 고개를 푹 숙였다. 세영은 눈을 꾹 감고 신경질적으로 머리를 쓸어 넘겼다.

"도대체 왜 그러냐, 너."

"……."

"나 멕이는 거지 지금?"

다른 동기들이나, 선배들은 최은결 일 잘한다는데. 세영은 그 말을 믿을 수가 없었다. 은결은 늘 세영과 근무할 때만 사고를 뻥뻥 쳤다. 벌써 몇 번째 사고인지 몰랐다. 특히나 오늘은 도저히 봐줄 수가 없었다. 환자의 목에 C-line(중심정맥관)을 잡아 놓고, 제대로 꿰매 두지 않아서 환자가 무의식중에 몸서리를 치자 그만 후루룩 빠져 버린 것이다.

하필 혈소판이 모자라 지혈도 잘 안 되는 환자였다. 은결이 뚫어 놓은 구멍은 모래주머니를 몇 개나 올려 두어도 불룩하게 솟아오르기만 했다. 같은 시간 윗년차들은 CPR 중이었고, 자연스럽게 뒤처리는 세영의 몫이 되었다. 쇄골 쪽 진입이 잘 안 돼서 목에 넣은 거였는데, 목이 그 지경이 되자 정맥관 미확보의 문제보다도 당장 보기가 흉했다. 보호자들이 컴플레인 거는 건 당연했다.

세영은 끊임없이 이어지는 욕 섞인 불평을, 기꺼이 한 귀로 듣고 흘리며 어떻게든 다시 그 자리에 C-line을 잡아내고 말았다. X-ray로 정맥관이 잘 진입한 것을 확인한 후에야 몰래 안도의 한숨을 내쉬었다.

의국 구석에 은결을 몰아넣은 세영이 방금 전의 상황을 복기했다. 세영이 겨우 한숨 돌리고 있을 때, 은결은 큰 키로 빨빨거리고 돌아다니며 다른 보호자들에게서 음료수와 샌드위치를 선물 받으며 웃고 있었다.

"선배는 너 때문에 개고생하고 있는데 너는 빵 받으면서 처웃고 있어?"

"죄송합니다. 진짜 잘하려고 했는데……."

"변명하지 마. 진짜 잘하려 드는 새끼가 그래? 너 나한테 걸린 것만 몇 번째야?"

은결은 입을 꾹 다물었다. 조각처럼 잘생겼지만, 살짝 수척해진 하얀 얼굴이 수치심으로 붉게 달아오르기 시작했다. 지금까지 은결의 과오들은 환자에게 대단한 피해를 주었다거나 사망에 이르게 할 정도는 아니었다. 그것들은 딱히 은결뿐 아니라 다른 일 년차들도 으레 할 법한 실수였고, 어쩌면 너그럽게 넘어가 줄 수도 있었다.

세영도 그걸 알았다. 그러나 최은결한테는 너그럽게가 안 됐다. 자잘한 실수들이 자꾸 반복되면 언젠간 큰 사고가 된다. 일단 혼내는 명목은 그랬다. 그러나 세영이 정말로 명목에 그쳤다면 적당히 혼내고 타이르며 끝냈을 테였다. 지금처럼 감정적으로 최은결을 쥐 잡듯 잡을 일도 아니었다. 그녀에게는 자신도 모르는 깊은 심술이 박혀 있었다.

"은결아."

"예."

"나는 너 같은 애들이 세상에서 제일 싫어."

인간미라고는 전혀 없는 목소리에 은결이 천천히 고개를 들어 세영을 내려다보았다. 시선은 머리 하나 밑에서 마주쳤지만 은결은 어쩐지 세영이 훨씬 위에서 자신을 하찮은 듯 바라보는 것 같았다.

"아주 사는 게 쉽지? 빙긋 웃어 주기만 하면 남들이 궂은일 다 해 주고."

"선생님……."

"은결아. 그렇게 얼굴로 비비고 대충 살 거면 연예인을 하지 그랬어."

"……."

"부잣집 장가가려고 의사 짓 하나?"

세영의 붉은 입술에서 쏟아져 나오는 독한 말들을 믿을 수 없다는 듯 은결의 입이 천천히 벌어졌다. 하얀 얼굴은 이미 경악으로 더 희게 질린 채였다. 하지만 세영은 독설을 멈추지 않았다.

"난 앞으로 너 없는 사람 취급 할란다, 그냥."

"선생님, 앞으로 잘하겠……."

"너 좀 나갈래? 아까 욕 세게 처먹어서 머리 너무 아프다."

더 이상 찾아볼 수 없는 대화 의지에 은결이 아프게 입술을 깨물고 천천히 묵례했다. 의국 밖으로 향하는 발소리가 처량하게만 들렸다.

* * *

다분히 감정적인 갈굼이었다. 세영도 자신이 선배답지 못한 짓을 하고 있다는 걸 알았다. 그러나 은결을 생각하면 너무 화가 나서 주체가 안 됐다. 자기 앞가림만도 허덕이는데, 매번 은결의 뒤치다꺼리를 해야 하는 상황이 싫었다. 그리고 세영이 그렇게 째빠지게 수습하고 나면, 의국 사람들은 물론 심지어 교수님들까지 최은결한테만 괜찮다고 보듬어 주었다. 빈말이라도 세영에게 수고했다고 치사하는 놈이 하나 없었다. 최은결을 곱게 보려야 볼 수가 없었다.

유치하다는 걸 알아도, 유치하기 때문에 더 그렇게 행동했다. 세영은 제일 먼저 은결의 인사를 모조리 씹었다. 처음엔 세영의 무시에도 밝게 인사하던 은결은 시간이 갈수록 목소리가 작아졌다.

그럼에도 최은결 딴에 꽤 노력했다. 처음 해 보는 처지나, 모르는 것이 생기면 꼬박꼬박 세영에게 가서 물었다. 그럴 때면 세영은 다른 사람들과 웃고 떠들다가도 은결이 다가오면 대답해 주면서도 냉랭하게 굴었다. 없는 사람 취급 한다더니, 그게 그냥 혼내는 말이 아니고 진짜였다니. 그러면서도 근무 스케줄은 계속 세영과 겹쳐서 은결은 퍽 힘들어했다.

"쌤은 어떤 스타일 제일 싫어해요?"

"얼굴 믿고 나대는 새끼."

"……최은결이요? 은결이 안 나대요."

밤 근무 후 들어간 24시간 감자탕집에서 다름이 조심스럽게 은결의 이름을 입 밖으로 꺼낸 적 있었다. 직전까지만 해도 신나게 떠들던 세영이 입을 꾹 다물었다.

"은결이 착해요. 잘하려고 공부도 많이 하고 엄청 노력하고요."

"최은결이 너한테 부탁하던? 나한테 얘기 좀 해 달라고?"

"아, 아니요? 무슨 그런 부탁을 해요. 그냥 그렇다구요."

다름의 눈이 휘둥그레지며 다급히 손을 내저었다. 세영이 눈을 희게 뜨고 다름을 노려보았다. 같은 학교 출신에, 아끼는 후배이니 이 정도지 다른 녀석 같았으면 한 소리 들었다.

"나한테 걔 쉴드 치지 마."

"네……."

"나 걔 극혐해, 진짜."

다름은 그만 입을 다물고 밥만 먹었다. 세영은 미간을 찌푸리면서도 자신이 좀 너무한가, 싶었다. 사실 그간 은결에게 심하게 대한 게 슬슬 미안해지던 참이었다. 그러나 이미 돌이킬 수 없을 정도로 사이는 최악이었고, 응급실 사람들도 암암리에 세영이 은결을 싫어한다는 사실을 알고 있었다. 세영은 엉망이 된 인연을 다시 되돌리는 방법도 몰랐거니와 그럴 용기도 없었다.

결국, 최은결은 전공의로서 채 백 일을 채우지 못하고 병원을 나갔다. 은결이 사직서를 냈다는 이야기를 들었을 때 세영은 눈을 질끈 감았다. 올 게 왔구나. 그리고 한동안 의국원들의 진심 어린 비난과 빈정거림을 감내해야 했다. 그렇게 조지더니 나가니까 속이 시원하냐. 세영은 그저 어금니를 꾹 물고 일만 했다. 나도 그렇게 지낸 게 편하지만은 않았다고!

이제 와 생각하면 과거의 자신이 왜 그랬는지 이해할 수가 없다. 치기 어린 시절이었다고 해도, 그렇다고 해서 용인될 정도의 갈굼이 아니었다. 그저 인간이 덜 되어서. 나이만 먹었지 어른이 되지 못해서 그랬던 거라고…….

세영은 가끔 은결을 떠올리며 자책했다. 다시 예전으로 돌아갈 수 있다면 적당히 혼내고 말았을 텐데. 어쩌면 괜찮은 선후배 사이가 되었을 수도 있었을 텐데. 다 부질없는 후회들이었다. 그러나 그런 후회들도 일 년, 이 년 시간이 덮이면서 변질하였다.

세영은 더 이상 은결을 떠올리고 싶지 않았다. 이제 그녀에게 은결은, 다시 들춰 보고 싶지 않은 과거의 미숙하고 유치한 흑역사에 불과했다.

* * *

그러니까 이렇게 말할 수밖에 없는 거다.

"미안해."

크고 똑똑한 목소리로, 아주 예전의 은결에게 해야 했을 말을 이제야 건넨다.

"어떻게 하면 화 풀래?"

진심이었다.

* * *

세영은 커피를 받자마자 뚜껑을 열고 거칠게 입을 댔다. 놀란 도영이 세영을 만류하려 손을 뻗었으나 한 발짝 늦은 뒤였다.

"야, 야…… 너 그러다 죽어."

"크흐, 개또라이, 상또라이. 완전 도라방스 똘갱이 새끼."

얼음만 남은 컵을 픽업대 위에 쾅 소리 나게 내려놓은 세영이 씩씩댔다. 작게 씨발거리는 소리까지 들은 도영이 얼른 세영의 어깨를 감싸고 제 커피를 집어 들었다. 그리고 완력을 사용해서 세영을 꾹꾹 밀며 테이블까지 걸어갔다. 주위의 시선 따위는 아랑곳하지 않고 욕설을 뱉는 친우 덕에 도영은 꼭 신도림역에서 타의로 스트립쇼를 하게 된 사람이 된 것 같았다.

도영은 의자를 꺼내 세영을 앉히고는 그 맞은편에 앉았다. 그리고 픽업대에서 들고 온 두어 장의 냅킨으로 세영의 얼굴을 향해 부채질해 주었다. 묘하게 달뜬 희고 작은 얼굴. 도영은 혀를 쯧쯧 찼다.

"강 교수야, 내가 그랬지. 열 받는다고 커피 한 번에 마시지 말라고."

"열 받는데 어쩌나?"

"카페인이 언젠간 널 죽일 거야."

"닥쳐. 난 안 죽을 거야. 영원히."

그래, 그러세요. 세영의 협박에도 도영은 눈 하나 깜짝하지 않았다. 욕쟁이와 십 년을 넘게 붙어 다니면 보통 이렇게 된다.

"그래서. 그 또라이가 누군데?"

도영이 눈으로는 세영을 좇으며 입을 어물거려 겨우 빨대를 물었다. 시종일관 분노로 씩씩대던 세영의 얼굴에서 순간 맥이 빠졌다.

"내가 누군지 말 안 했나?"

"어. 나 보자마자 욕하면서 커피 사 달랬잖아."

지하 주차장에 차를 대고 출근하던 도영은 퇴근하던 세영과 엘리베이터에서 마주쳤다. 도영이 탄 줄도 모르고 고개만 푹 숙이고 있던 나달거리는 가운 차림의 강세영.

도영은 앞에 선 세영의 목덜미를 집게손가락으로 꼬옥 눌렀다. 그러자 잔뜩 성난 예민한 얼굴이 잡아먹듯 홱 돌아보았고, 자신을 건드린 게 도영인 걸 알자마자 세영은 그대로 그의 뒷목을 멱살 잡듯 잡아챘다. 그렇게 잡힌 채 끌려온 곳이 이곳, 원내 프랜차이즈 카페였다. 도영이 여유롭게 뒤로 기대고 앉아 팔짱을 꼈다.

"누가 우리 깡세 야마를 스피닝 하게 만드셨을까."

"있어. 옛날부터 알던 놈."

"남자야?"

"어."

드럽게 잘생기고 드럽게 몸 좋은데, 성격도 드러운 놈. 세영이 어금니를 으득 무는 소리가 들리자 도영이 혀로 똑똑 소리를 내어 주의를 환기했다. 하여튼 저거, 지 성질 못 이겨서 자기 몸망가뜨리는 데 선수라니까. 도영이 작게 한숨을 쉬며 물었다.

"그 새끼가 너한테 무슨 짓 했는데?"

도영의 다정한 질문에 신나게 욕을 쏟아 내려던 세영의 입이 움찔하고 멈추었다. 세영은 잠시 생각에 빠졌다. 잘못했지. 그 새끼가 잘못했지. 전화로도 끝날 수 있는 일을, 괜히 바쁜 사람 오라 가라 하게 만들고, 내가 그냥 외래 보는 사람도 아니고, 야간 당직을 하고 온 사람한테 말이야.

그러나 한 발짝 더 깊게 생각하면 그건 딱히 은결의 탓이라고 볼 수만은 없었다. 애초에 제 일이 달린 회의에 신청서를 안 읽고 간 건 세영의 잘못이었다. 서면 보고 대신 대면 보고를 선호하는 건 은결의 죄가 아니었고, 24시간 근무는 그저 세영의 문제였다. 무엇보다 은결의 태도가 시원찮은 것도…… 따지고 보면 과거의 자신이 최은결한테 한 짓 때문일 테니. 금세 시무룩해진 세영이 테이블 위에 볼을 문대며 엎드렸다.

* * *

"어떻게 하면 화 풀래?"

숙이고 들어온 발화의 내용과는 대조적으로 표정이나 목소리는 제법 까칠했다. 모니터에 시선을 틀어박고 있던 은결이 천천히 고개를 돌려 세영을 바라보았다. 잔뜩 지쳐 천천히 끔뻑이며 자신을 바라보는 쌍꺼풀진 큰 눈이 날을 세운 채 은결의 대답을 기다리고 있었다. 이거 뭐라고 대답해야 해. 은결이 손깍지를 껴

책상 위에 올려놓으며 자세를 고쳐 앉았다. 우선 전제부터 잘못
됐으니 바로잡아야 하겠지.

"화 안 났는데요."

"뻥 치고 있네. 내가 널 모르냐?"

"저기요."

은결의 잘생긴 미간이 찌푸려졌다. 내키는 대로 선을 넘는구나,
아주.

"예의 좀 지키시죠. 제가 아직도 후배인 줄 아시는 것 같네요."

"어어, 어, 미안. 미안합니다."

은결이 하, 헛웃음을 쳤다. 빠른 사과에 뭐라고 한 마디 덧붙일
시간도 없었다. 사과는 했으나 여전히 불퉁한 얼굴을 한 세영을
향해 은결이 어깨를 으쓱해 보였다.

"저 화 안 났고요, 그러니까 풀 화도 없습니다."

"제가 보기엔 저한테 아주 단단히 화가 나신 것 같습니다."

"그건 교수님 혼자만의 생각입니다."

"제가 알던 최은결 선생님은 어디로 갔나요?"

무슨 일을 시켜도 웃으며 고개를 끄덕이는 후배. 그런데 같이 근무
만 서면 온갖 사고를 다 치고 다니는 후배. 그래서 저에게 혼나고
나면 하루 반나절이 시무룩해 있는 후배. 잘생긴 얼굴이 수심에 잠겨
있으면 여기저기서 음료수며 간식 조공이 디밀어지곤 했다. 주머니
가 터지도록 가득 받은 간식을 세영에게 미안스럽게 내밀던 그 후배.

인정상 봐주는 데에도 한계가 있었다. 세영은 일 못 하는 사람
을 세상에서 제일 싫어했다. 살면서 제일 많이 소리 지르고 감정

실어 혼냈던 대상을 떠올리자면 단연 최은결이었다. 언젠가 다름과의 대화에서 세상에서 제일 싫어하는 사람이 최은결 같은 인간이라 대답한 적도 있었다.

"하…… 자기애 한번 지독하네, 진짜."

은결이 손깍지를 풀어 제 앞머리를 헤집었다. 희고 잘생긴 이마가 길고 곧은 손가락 사이로 언뜻 비쳤지만, 선홍빛 입술 사이로 곧 터져 나오는 신경질적인 목소리에 세영은 미처 감상할 여지가 없었다.

"제가 보기에. 제가 알던. 도무지 역지사지가 안 되십니까?"

"그게 무슨……."

"자기 멋대로 해석하고, 자기 멋대로 기억하고. 선생님 생각만이 아주 세상의 기준이죠?"

은결의 말은 얼핏 모호하게 들릴 수도 있었으나 그 의미는 직설적이었다. 그건 과거에 자신을 조금 봤다고 아는 척하지 말라는 경고였다. 다른 사람 같았으면 민망함에 진작 얼굴이 붉어졌을 공격이었다.

그러나 세영은 뻔뻔했다. 32년 인생 살면서 그런 말 많이 들어서 사실 별 타격이 없었다. 그리고 솔직히, 최은결의 말은 맞는 말이었다. 내가 내 세상 사는데 내 주관 가지고 남한테 피해만 안 주면 됐지, 그럼 남의 의견 오종종 따라가서 쫄따구같이 맞추고 사냐? 거 미안하게 됐수다. 되게 뭐라고 하네.

마음 같아서는 인중 늘어뜨리고 똑같이 빈정대 주고 싶었으나 꾹 참았다. 그 말을 입 밖으로 꺼냈다가는 겨우 벌여 놓은 대화의 장이 순식간에 무너지고 말 것이었다. 세영은 미안한 표정을 하고 우물거렸다.

"미안하다."

민둥민둥한 사과를 들은 은결은, 언제 감정적인 토로를 했냐는 듯 다시금 시큰둥한 얼굴로 돌아와 있었다. 그리고 이만 세영에게서 시선을 거두고 모니터를 향해 돌아앉았다. 그 모습에서 대화의 의지 혹은 이 얼어붙은 상황을 타개하려는 목표 의식 따위는 찾아볼 수 없었다.

"제가 교수님께 화가 났다고 해도, 풀어야 할 이유는 뭡니까?"

그러고는 세영의 대답을 듣지도 않고 타이핑을 타닥타닥 치기 시작했다. 애초에 대답이 궁금해서 물은 질문이 아니라는 거였다. 저게 대놓고 사람 무시하네. 그러나 이 상황에서 아쉬운 건 강세영뿐이었다.

"최은결 씨가 내 사건을 맡고 있으니까요."

"전 교수님 사건뿐 아니라 연희 병원의 모든 의료 소송을 담당합니다."

"내가 싫어서 내 사건만 일부러 대충하는 것 같으니까요."

"아까 분명 아니라고……."

"아니라고 했지만, 아니라고 믿고 싶지만, 그렇게만 생각됩니다."

옛날에 행한 전적이 있고, 최은결이 자신을 여전히 싫어해도 할 말은 없지만 그건 사적인 영역이었다. 공적인 영역에까지 영향 받고 싶지는 않았다. 사망한 환자 보호자로부터 지독하게 미움받는 것만으로도 충분히 피로했다.

"뭘 원하는 겁니까?"

은결이 모니터에서 눈을 떼지 않은 채 물었다. 근본적인 질문이자, 세영이 대답해야 할 궁극적인 본질. 세영은 마른침을 한 번 삼킨 뒤 천천히 입을 뗐다. 그녀의 대답은 은결로 하여금 할 말을 잃게 했다.

"나한테…… 성의 있게 대하세요."

"……."

"아니, 저기, 그, 성의라는 게, 그러니까, 됐습니다, 가세요, 아까처럼 말고……."

은결은 황당해서 입이 헤 벌어진 줄도 모르고 멍하니 세영을 바라보았다. 그야말로 헛소리의 향연이었다. 이 말 저 말을 주절거리던 세영의 얼굴이 점점 붉어지는 게 보였다. 도대체가 이 여자는 이런 것까지 정리를 해 줘야 하는 건가. 은결은 작게 한숨을 쉬었다.

"사건 진행에 대해 충분한 설명이 필요하단 말씀이시죠."

"네, 네. 바로 그거예요!"

지금까지 어떻게 됐는지, 앞으로 어떻게 진행할 건지 설명해 줬으면 좋겠어요. 아까는 죄인처럼 끌려왔다가 영문도 모르고 쫓겨나는 사람 같았단 말이에요. 우물거리는 세영의 말을 딱 끊고 은결이 심드렁한 목소리로 말했다.

"아직 아무것도 진행된 게 없어서, 설명해 드릴 것조차 없었습니다."

"아……."

"향후 조정 진행하면서 상황 전달 해 드리죠."

네에. 세영이 아랫입술을 비죽이며 대답했다. 아직도 뭐가 불만이 남은 건가. 은결이 팔짱을 끼고 의자 뒤로 깊숙이 기대며 잠시 생각에 잠겼다. 짧은 사색이 끝나고 은결은 불만스러운 얼굴의 세영을 향해 물었다.

"제가 화난 것 같다고 하셨죠."

"어. 아니, 네."

"그건 오히려 교수님이 저를 불편해해서 그런 게 아닐까요."

불편하지. 어떻게 안 불편하냐. 살면서 너만큼 죽어라 혼내고 태운 사람이 없는데. 구시렁대는 세영을 물끄러미 바라보던 은결이 천천히 입을 열었다. 낮은 목소리가 뱀처럼 미끈하게 흘러나왔다.

"교수님이 저를 안 불편해하면 되겠네요."

무슨 수로? 하루를 꼬박 새운 머리는 멍해져 눈이 반쯤 풀려 있었다. 점차 독기가 빠져 순해지는 눈꼬리를 보며 은결이 스읍, 하고 숨 들이마시는 소리를 냈다.

"저랑 친해지세요."

"엥?"

이 미묘한 명령조는 뭐야. 세영이 의뭉스러운 눈으로 은결의 무표정한 얼굴을 의뭉스러운 눈으로 바라보았다. 속내를 짐작하기 어려운 차갑고 깊은 눈동자가 자신을 관통하는 것 같았다.

"아예 모르던 사람처럼, 우리 사이에 아무 일도 없었던 것처럼."

"……."

"처음부터 친해지자구요. 그러면 서로 간에 오해도 없을 거고."

그러더니 입꼬리만 올려 빙긋 웃는데 세영은 소름이 돋았다.

웃는 얼굴이 이렇게 오싹할 일이야. 무슨 꿍꿍이셈이지.

"노력 좀 하셔야 할 겁니다."

의미심장한 말을 던진 은결은 금방 웃음을 거두고 종전의 무신경한 얼굴로 돌아왔다. 그래도 이만큼 대화가 진전된 게 어디냐 싶어 마음이 가벼워진 세영은 밝게 웃으며 대답했다.

"알았어! 우리 친하게……."

"반말하지 마세요."

"……."

"좀 나가 주시겠어요?"

아.

우와.

이렇게 나오겠다 이거지.

* * *

"깡도."

"어."

"아무것도 묻지 말고 내 편 들어 주면 안 되나?"

그냥 나한테 화가 난 거야. 최은결을 보자마자 유치하고 어리석었던 과거의 나를 마주하게 됐으니까. 그렇게까지 혼내지 않았어도 됐는데, 정말 진심을 담아서 싫어할 필요가 없었는데. 되돌아보면 제 자신도 꼴랑 전공의 2년차 주제에 갓 인턴 끝난 어리바리 일년차한테 너무 대단한 걸 바라고 있었다. 누구나 처음부터 잘하는 사람은 없다는 걸 알면서도 아집을 부렸다.

언젠가 어디선가 한 번쯤 만날 수도 있다는 생각은 못 한 거지. 그게 내 사건을 책임져 줄 사람이 될 거라고 누가 상상이나 했겠어? 그러니 세상 더럽게 인연을 끝내 버린 과거의 내가 싫어서, 그냥, 부아가 치민 거야. 꼴에 존심은 있어서 자책하는 것보다 최은결더러 또라이라고 욕하는 편이 마음이 편해서. 그런 속 좁은 인간이라서. 어른이 못 된 인간이라서.

그러나 자존심 강한 세영은 애초에 다른 사람 앞에서 자책할 수 있는 사람이 아니었다. 내가 붕신이라서 그래, 차마 목소리는 안 나오고 도톰한 입술만 허공에 어물거린다. 도영의 눈썹이 흥미롭다는 듯 들썩였다.

"알았어. 나중에 얘기하고 싶어지면 그때 해."

"응."

휴우우우. 세영이 긴 한숨을 내쉬었다. 안 그래도 마른 몸이 땅으로 꺼질 만큼 깊고 긴 한숨이었다. 도영이 큰 손을 들어 세영의 뒤통수를 마구잡이로 쓰다듬었다. 그리고 들릴 듯 말 듯 한 작은 목소리로 중얼거렸다.

"난 다 듣고도 늘 네 편이었어."

* * *

저랑 친해지세요.

저랑 친해져 보세요.

어디 한번 그렇게 해 보세요.

할 수 있다면.

의자에 기대 잠깐 졸았던 세영이 퍼뜩 눈을 뜨며 파르르 떨었다. 방금까지 눈앞에 번드르르하게 차려입은 최은결이 빈정거리고 있었다. 어쩌고 있었냐면, 영역 표시 하는 고릴라 혹은 헐크처럼 가슴팍을 부풀려 팽팽해진 와이셔츠의 단추가 터지기 직전이었다. 세상 그 어떤 상식인도 화났다고 그렇게 행동하지는 않는다. 그게 꿈이란 걸 인지하는 데까지 몇 초나 걸렸다.

온종일 싹바가지 최은결과의 만남을 복기하고 있자니 꿈에까지 최은결이 나온다. 어찌 보면 당연한 일이었다. 일하는 시간 빼고는 종일 최은결만 생각하고 있다는 얘기니까. 그게 은결이 좋아서 그런 게 아니고, 질근질근 씹어 먹고 싶은 대상이라는 게 문제였지만.

"이것으로 이번 달 모탈리티 컨퍼런스(mortality conference) 마치겠습니다."

다름의 마지막 말에 회의실이 분주해진다. 잔뜩 지친 채 늘어앉아 있던 엉덩이들이 부스스 일어나며 제각기 갈 길을 찾아갔다. 세영은 아니었다. 그저 힘없이 책상 위에 철푸덕 엎드렸다.

연이은 풀 당직에 반쯤 감긴 눈이 생기를 되찾지 못하고 있었다. 서른 넘어가면 한 해 한 해 체력 달리는 게 집요하게 느껴진다더니, 선배들 이야기 흘려들을 게 아니었다. 건강한 맛, 쓴맛 싫어하는 세영이 제 손으로 홍삼을 검색해 봤을 정도면 체력이 정말로 바닥에 다다른 거였다. 단상에서 USB를 들고 내려온

다름이 고개를 갸웃하며 세영에게 다가왔다.

"안 가세요?"

"가야지…… 너 좋아 보인다?"

고개를 살짝 돌려 다름의 얼굴을 흘긋 노려보았다. 남자 친구랑 제주도 여행 다녀왔다더니 맛있는 거 많이 먹고 다녔는지 볼살이 포동해져 있었다. 다름이 입으로 쯥, 소리를 내며 어깨를 으쓱해 보였다.

"놀다 왔는데 당연히 좋죠. 지금부터 근무라는 걸 믿을 수가 없어요."

"배신자. 남자 친구 생긴 거 왜 숨겼어?"

"숨기다뇨? 제일 먼저 쌤한테 얘기했는데."

다름이 눈을 동그랗게 뜨고 자신을 응시하자 민망해진 세영이 부스스 일어났다. 그리고 머리를 긁적이며 생각에 잠겼다. 그러고 보니 언제 치킨 먹으면서 얘기했던 것 같기도 하고…….

"잊어버린 거예요? 너무해, 진짜."

"미안. 내가 요새 정신이 없다."

"내 얘기만 좀 할라치면 맨날 바쁘대. 진지하게 할 말이 있다고요."

"남의 연애사 들어서 뭐 하냐."

심드렁하게 중얼거리던 세영이 기지개를 켜며 늘어지게 하품을 한다. 그런 세영의 모습을 멍하니 바라보던 다름이 흐으음 앓는 소리를 내며 책상 위에 걸터앉았다.

"그거 진짜예요?"

"뭐가?"

"수5) 걸린 거?"

휴가 중인 애 귀에까지 들어갈 정도면 도대체 어디까지 소문이 난 거냐. 세영은 눈을 감고 무성의하게 고개를 끄덕였다.

"삼잰가 봐."

"의대 교수가 삼재를 믿어요?"

"그건 끝이 있잖아."

"어, 그거 되게 긍정적인 사고방식이구나?"

다름이 실실 웃으며 세영의 어깨를 탁탁 털어 주었다.

"뭘 걱정해요. 이럴 때 대학 병원 노예인 게 다행이지, 개원의 였어 봐."

"과실점도 없어. 보호자가 나한테 악감정만 가지고 건 거야."

"별로 놀랍진 않네. 쌤 성정이면……."

이게. 자꾸 까불거리는 다름에게 세영은 주먹을 쥐어 보였다. 세영보다 한 연차 아래인 임상 강사 황다름은 세영의 가장 친한 의국 친구였다. 비록 후배지만 눈치도 빠르고 센스도 좋아서 세영은 기꺼이 붙어 다니는 편이었다. 상대적으로 남자가 많은 응급의 학과에서 오랜 시간 뭉쳐 다니며 동고동락한 여자들이니 얼마나 돈독할지는 안 봐도 뻔했다.

문제는 황다름이 최은결과 짧은 시간이나마 동기였다는 사실. 그리고 강세영이 최은결을 죽어라 조졌던 지우고 싶은 과거를, 황 다름은 실시간으로 똑똑히 봤다는 사실. 그래서 제 사건을 맡은 사내 변호사가 최은결이라는 사실을 다름이 알게 되면, 몇 년 치

---

5) 고소, 소송(Sue)

놀림감이 될지도 모른다는 사실.

이러나저러나 황다름은 저보다 반죽도 좋고 친구도 많은 편이었다. 그러니 사이가 안 좋은 사람과 반드시 풀겠다고 다짐한 자신에게 힌트를 줄 수 있을지도⋯⋯.

"야, 다름아. 친구랑 싸워 본 적 있나?"

본질을 들키지 않으려 차근차근 빌드업을 시작했다. 근무하러 가기 위해 자리에서 일어난 다름이 의아한 눈으로 세영을 바라보았다.

"친구랑요?"

"어, 아니면 같이 일하는 사람이나⋯⋯."

"쌤, 나랑 마주치기만 해도 욕하는 내과가 몇 명인지 몰라요?"

세영이 작게 웃었다. 다름은 누가 세영의 후배 아니랄까 봐 만만치 않은 성격의 소유자였다. 한편으로 그것은 여자 의사로서 험난한 응급실에서 살아남는 방법이기도 했다.

"사이 안 좋아도 일하는 덴 지장 없어요. 깔끔하게 일 얘기만 하고 마니까."

"걔네랑 화해해 본 적 있어? 그러니까, 막 사과하고 사과받고 해 본 적."

"걔네랑요? 뭐 하러요?"

다름이 못 볼꼴 봤다는 듯 인상을 찌푸리며 혀를 내둘렀다. 아무래도 다름에게서 힌트를 얻기는 그른 것 같다. 세영은 작게 한숨을 쉬며 고개를 꺾어 목에서 우둑, 우둑 소리를 냈다. 빨리 옷 갈아입고 집에 가서 잠이나 자야⋯⋯.

"세영 쌤, 사이 안 좋은 사람한테 잘 보여야 되는구나?"

이거 은근히 눈치 귀신이네. 엉거주춤 일어나던 세영이 다름의 한 마디에 그 자리에서 얼어붙었다. 예정되어 있던 순서처럼 천천히 고개를 끄덕였다. 다름이 음, 하며 잠시 눈동자를 굴렸다.

"마X쮸가 최고죠."

"뭐?"

"과일 맛 캐러멜 몰라요?"

그걸 왜 몰라. 뚱딴지같은 소리에 세영의 얼굴이 의뭉스러워졌다. 다름은 쉬지 않고 이야기를 이어 나갔다.

"애들이 새 학기에 친구 사귀는 제일 빠른 방법이잖아요. 간식 나눠 먹는 거."

"……."

"애나 어른이나 군것질로 꼬시는 게 제일 빨라요. 오며 가며 얼굴 볼 핑계도 좋고."

다름은 그 말을 끝으로 가타부타 더 질문 없이 싱긋 웃은 뒤 회의실을 나갔다. 적막이 감도는 회의실 안에 홀로 남은 세영은 생각에 잠겼다.

간식. 간식이라고.

* * *

오며 가며. 말이 쉽지, 응급실 사람 강세영이 오며 가며 법무 팀에 들르는 일은 쉽지 않았다. 우선 세영의 퇴근 시간이 법무 팀 사무실이 열려 있는 시간과 맞는 일이 좀처럼 없었다. 법무 팀은 정확하게 아침 아홉 시부터 오후 다섯 시까지만 열려 있었으니까. 세영은 아침 일찍 퇴근하거나, 아니면 말도 안 되게 늦은 시간에 일이 끝났다. 게다가 문제는 하나 더 있었다.

어떡하죠, 변호사님 안 계신데…….

외근 나가셔서 오늘은 안 들어오시는데…….

방금 재판 나가셨는데…….

어쩌다 한 번 시간이 맞아 쏜살같이 법무 팀으로 내려가면 이놈의 인간은 자리에 붙어 있는 법이 없었다. 그럴 때마다 세영이 할 수 있는 일은 미묘하게 시무룩해진 모습으로 나은에게 편의점 로고가 대문짝만하게 박힌 묵직한 비닐 봉투를 전하는 것뿐이었다. 원내 편의점에서 눈에 보이는 간식이란 간식거리는 다 쓸어 온 작품이었다. 이번에도 나은은 봉투를 받아 들며 곤란하다는 듯 웃었다.

"얼마 전에 주신 것도 한참 남았어요."

"그럼 오래 두고 드세요."

"바로 가실 거예요?"

"네. 방금 퇴근했어요."

밤샘 근무하고도 의대생들 실습 교육 봐 준다고 아침까지 남아 있던 참이었다. 오늘은 어쩌면 자리에 붙어 있지 않을까 하는 생각에 편의점에 들른 길이었는데, 최은결은 없고 마주칠 때마다 민망하기만 한 나은이 세영을 맞아 주었다. 나은이 벽에 걸린 시계를 잠시 보다가 세영을 향해 물었다.

"변호사님 금방 오실 것 같은데, 뵙고 가시겠어요?"

"아, 아니에요, 저 그냥 지나가다가 들른 건데…….."

누가 들어도 뻥이다. 지하 2층에 있는 법무 팀까지 일부러 찾아오는 사람이 어디 있어. 그렇다고 이 사무실에 아는 사람이 있는 것도 아니고. 나은이 다 안다는 듯 고개를 숙이고 작게 웃었다.

"다음에 오실 때는 제 자리로 전화 주세요. 헛걸음하시지 않게 미팅 잡아 드릴게요."

그게…… 마X쮸 갖다 주는 데 굳이 미팅까지 잡을 일은 아니라. 머쓱해진 세영이 눈동자를 굴리며 딴청을 피웠고, 나은이 싱그럽게 웃으며 은결의 사무실 문을 열어 주었다.

"들어와서 기다리세요."

늘 느끼는 거지만 저 정도 마인드는 되어야 빈정의 최고봉인 최은결 성질머리 받아 줄 수 있는 거구나. 세영은 나은을 향해 살짝 눈인사를 하고는 주춤거리며 은결의 사무실 안에 들어섰다.

탕, 작게 문 닫히는 소리가 났다. 또다시 적막이었다. 일도 없는데 도대체 여기에 몇 번째 와서 앉아 있는지 모르겠다. 세영은 몰려오는 피로에 테이블 위에 살짝 팔을 베고 엎드렸다. 눈꺼풀이 약속이라도 한 듯 내려와 앉았다. 손가락으로라도 억지로 밀어 올려 보려 했지만 역부족이었다. 엎어진 몸을 일으켜 의자에 똑바로 앉으면 잠이 깰 것도 같은데, 지친 몸뚱이가 제발 십 초만, 제발 오 초만 이렇게 있게 해 달라고 비는 것 같았다.

그렇게 세영은 눈 감은 지 삼 초 만에 잠들었다. 세상에서 제일 미워했던, 또 지금은 세상에서 제일 미움받는 최은결의 사무실에서.

"변호사님!"

늘 그렇듯 쏜살같이 사무실 안으로 들어와 제 방으로 들어가려는 은결의 소매를 나은이 잡아챘다. 나은의 반대쪽 손에는 편의점 커피가 들려 있었다.

"뭐예요?"

"커피요."

"편의점? 나 커피 까다로운 거 알잖아요."

"강세영 교수님이 사 오셨는데요······."

"또?"

나은이 은결의 눈치를 보며 눈동자를 굴렸다. 은결은 나은의 얼굴을 한 번, 손에 들린 커피를 한 번 바라보다가 작게 중얼거렸다.

"돈이 썩어 나는가 보네."

"네?"

"이 주임님 먹어요. 간식 많아 좋겠네."

나은이 든 커피를 손바닥으로 살짝 밀어내며 희미한 미소를 지어 보인 은결이 돌아서 제 방문 손잡이를 잡았다. 그런데 이번에도 나은이 다급하게 은결을 부르며 재킷 자락을 잡아당겼다.

"변호사님!"

"왜, 또."

"안에 강 교수님 계세요."

그나마 희미하게 걸려 있던 웃음마저 싹 날아가 버리는 은결의 얼굴에 나은이 티 나게 움츠러들었다. 제 방인데도 들어가지 못하고 그 앞에 서서 연신 한숨만 쉬어 대던 은결이 신경질적으로 앞머리를 쓸어 넘겼다.

"무슨 일로 왔대요?"

"그냥 지나가다가 들르셨다고……."

"주임님, 그렇다고 아무나 방에 들이면 어떡해요."

책망 어린 목소리에 나은의 흰 얼굴이 붉어지며 큰 눈에 물기가 어리기 시작했다.

"저번에 손님 서서 기다리게 말구 방으로 모시라 하셔서……."

"그땐 그랬지만, 강세영은."

아. 무어라 질책하려던 은결이 그만 입을 다물었다. 제가 생각해도 모순적인 태도였다. 은결은 재판이나 미팅 때문에 자리를 비우는 일이 많았다. 그 와중 손님이 불시에 찾아오면 정히 앉아 있을 곳도 없으니 제 방에서 편히 기다리게 하시라 말한 적 있었다.

나은의 입장에서는 세영 역시 부재중 손님 중 하나이므로 은결의 지시가 똑같이 적용되는 게 당연했다. 그러니 나은은 죄가 없었고 그녀를 다그칠 일이 전혀 아니었다. 그래, 강세영은 내가 해결해야 할 선이지. 은결이 작게 한숨을 내쉰 뒤 금방이라도 눈물을 떨어뜨릴 것 같은 나은을 위로했다.

"아니야, 잘했어요. 앞으로도 그렇게 해요."

"네……?"

도무지 이랬다가 저랬다가, 종잡을 수 없는 변호사님이다. 은결이 피식 웃으며 긴 손가락으로 자신의 잘생긴 미간을 톡톡 쳤다.

"주름 생겨요."

화닥닥거리며 얼굴을 정리하는 나은을 뒤로하고 사무실 문을 열었다. 끼익- 거슬리는 소리와 함께 시야에 들어온 것은, 거슬리는 소리보다 더 거슬리는 강세영.

"……커……"

게다가 자빠져 자고 있다. 은결의 얼굴이 얼음장처럼 차갑게 굳어 갔다. 뚜걱, 뚜걱. 세영은 점점 다가오는 구둣발 소리에도 꿈쩍도 안 하고 엎드려 잠을 잔다. 괜히 뒷골이 당겨 오는 것 같아 천장을 한 번 올려다보았다. 제발, 꿈일 거야. 다시 천천히 고개를 숙였지만, 세영은 그 자리 그대로였다.

'미치겠네.'

밤새워 일하고 뻗어서 잠든 사람을 가차 없이 깨우는 짓은 너무 극악무도한 행위 아닌가 싶다가도, 그렇다고 여기에서 퍼질러 잠든 강세영을 쭉 재울 수도 없었다. 곧 다가오는 기일이 많았기에 한 시라도 낭비해선 안 됐다. 결국 은결은 세영의 안위보다 자신의 안위를 선택했다.

"……."

말없이 손가락을 세워 세영의 어깨를 꾹 찔렀다. 정나미라고는 없는 그 행위에 은결은 속으로 좀 심한가, 생각했지만 사실상 진짜 너무한 건 세영이었다. 세영이 두어 번을 찔려도 꿈쩍도 하지 않자 결국 은결은 화난 듯 제 허리에 손을 짚었다.

"저기요."

"……."

"저기요, 강세영……."

"흐핫!"

"으와앗!"

용트림 같은 몸서리와 함께 우렁찬 기합을 외친 세영이 얼떨떨한 표정으로 벌떡 일어났다. 여긴 어디, 나는 누구. 미처 다 깨지 못한 잠이 판단력을 흐리게 했다.

사방이 책장으로 가득한 사무실, 두꺼운 법전들, 내가 엎드려 자고 있던 동그란 테이블. 그리고 바닥에 나자빠져 있는 잔뜩 빡친 최은결. 아, 나 얘 사무실에서 잠들었구나. 근데 쟤 저기서 뭐 하는 거지. 어머, 어머 나 때문에 놀라서 자빠졌나 봐. 상황을 파악하고 나자 곧 진심으로 화난 남자의 음성이 벼락처럼 떨어졌다.

"도대체 선생님은 뭐가 문제예요?!"

문제는 무슨, 사람이 피곤하면 좀 잘 수도 있지. 머쓱해진 세영이 아랑곳하지 않고 히죽 웃었다.

"안녕."

"안녕 못 해요!"

"너 기다렸어."

"왜요!"

세영이 바지 주머니를 뒤적거려 한 뼘짜리의 물건을 꺼내 은결의 손에 억지로 쥐여 주었다.

"친하게 지내자고."

"……그 얘기 하려고 왔다고요?"

"응!"

씩씩하게 말하는 목소리가 그저 새 학기 새 친구 사귀는 초딩 그 이상도 이하도 아니었다. 은결이 황당하다는 듯 마X쥬를 한 번, 세영을 한 번 번갈아 쳐다보았다. 지금 제 손 위에 오른 게 달디단 캐러멜이라는 게 믿어지지 않는다는 듯.

"그럼 안녕. 나 또 올게."

아직 졸리는지 눈을 끔벅이면서도 바람처럼 사무실 문을 쾅 닫고 나간다. 순식간에 홀로 남겨진 은결은 아직 가방도 내려놓지 못한 채 그저 멍하니 서 있었다. 별일 없이 오지 마세요, 경고라도 할 걸. 하지만 그런 말 할 여유도 없이 나가 버렸는걸. 아니면 이 주임님한테 강세영은 출입 금지 해 달라고 해야 하나…….

아침인데 벌써 피로했다. 은결은 책상 위에 가방을 던지고 의자에 푹 기대여 앉아 손에 쥔 것을 물끄러미 보았다. 세영이 손에 쥐여 준 캐러멜은 체온으로 뜨끈했다. 은결은 그것을 잠깐 노려보다가, 무언가 결심한 듯 포장지를 까기 시작했다. 은색 종이로 낱개 포장된 캐러멜에서 단 냄새가 폴폴 났다.

"반말하지 말라니까……."

캐러멜이 에일리언의 알이라도 되는 것처럼 엄지와 검지로 조심스럽게 들어 올린 은결이 한순간 그것을 입안에 턱 집어넣었다. 그리고 힘주어 꾹꾹 씹었다. 씹으면 씹을수록 얼굴이 일그러졌다. 어금니에 쩌덕쩌덕 들러붙는 인공적인 향내와 싸구려 탄수화물의 맛이 불쾌하기만 했다.

"친하게 지내잔다고 진짜 오냐."

비웃듯 피식 웃은 은결의 얼굴이 금세 일그러졌다. 은결은 모니터 옆에 놓인 티슈를 한 장 뽑아 입에서 녹아 가던 것을 급하게 뱉어 냈다. 그리고 손으로 쥐엄거려 꼭꼭 싼 뒤 책상 밑 쓰레기통에 집어 던졌다. 사 오는 것도 꼭 지 같은 것만 사 와요, 구시렁대는 건 덤이었다.

* * *

대학 병원 교수 직함을 달기 위해 필요한 것. 많은 사람들이 '빼어난 실력'이나 '풍부한 경험' 등을 가장 먼저 떠올릴 것이다. 그러나 의외로 그 조건들은 전문의 달고 있는 어지간한 후보라면 공통으로 갖고 있기에 별로 메리트가 되지 못한다. 그렇다면 운? 뭐, 지원 시기에 하필 널널한 티오가 나는 천운을 타고난 사람이라면 모르겠지만 정규직 티오는 그리 쉽게 나지 않는다. 그러면 뭐가 필요하냐.

동아줄. 비빌 구석. 라인. 즉 사회생활이 취업의 한 끗을 좌우한다. 병원 생태계도 결국은 정치판이나 마찬가지라, 뛰어난 정치 감각과 눈먼 충성심이 필요했다. 부당한 지시에도 군말 없이 기라면 기고, 까라면 까는 그런 거.

그러나 폭주 기관차 강세영은 기라면 기고 까라면 까는 사람이 아니었다. 납득할 수 없는 지시가 있다면 페널티를 받을 걸 각오하면서도 부득불 자신의 의지를 관철하는 타입이었다. 그럼에도 그녀가 정년을 보장받는 대학 병원의 노예가 될 수 있었던 이유? 다름 아닌 근성 덕분이었다. 항간에는 꾸준함과 근성도 재능이라고 했다.

그러니까 세영은 양질의 그것을 대단히, 충분하게, 많이 가지고 있었다.

그래서 원내에 성질 드러운 또라이라고 소문이 나도, 타과와 소리 높여 아락바락 싸워서 다른 과 교수님에게 연락받는 일이 있다고 해도, 윗분들은 세영의 지치지 않는 근성과 쉽게 꺾이지 않는 기개를 높게 샀다. 패기 넘치는 젊은 의사라며 좋아했다.

"안녕? 오늘은 어쩐 일로 있네."

"……."

"오늘은 포도 맛이야. 수고해!"

은결이 책상 위에 툭 던져진 보라색 포장지를 멍하니 바라보며 잠시 아득해졌다. 그리고 은연중에 강세영의 생존 특성에 대해 생각해 보았다. 시종일관 땍땍거리며 정나미 없이 대하는데도 풀이 죽거나 지치지도 않는다. 도대체가 저 인간은.

그녀가 찾아오기 시작한 지 벌써 보름이 다 되어 간다. 재회로부터 보름쯤 지났단 얘기였다. 아무리 밤낮없이 일하는 세영과 외근 많은 은결이라고 해도, 방문 횟수가 늘면 어떻게든 사나흘에 한 번은 마주치게 되어 있었다. 그렇다고 세영이 대단한 용건이나 말을 전하러 오는 건 아니었다. 그냥, 구운 계란이나 캐러멜 던져 주고, 생과일주스 한 병 던져 주고, 안녕, 수고해 하며 얼굴도장 찍고 사라졌다.

오늘도 은결은 유령처럼 스스스 뒷걸음질 쳐 문밖으로 사라지는 세영에게 어떻게든 눈길을 주지 않으려 노력했다. 달칵, 문이 닫히고 나은과 인사를 나누는 목소리가 완전히 사라진 후에야 허리를 숙여 책상 맨 밑 서랍을 무심하게 열었다. 세영이 건네주고 간 간식들이 포장 그대로 산처럼 쌓여 있었다. 은결은 그 위에 툭, 포도 맛 캐러멜을 집어 던지고 구둣발로 성의 없이 서랍을 닫은 뒤 다시 모니터를 바라보았다.

"아…… 이다음에 뭐 쓰려고 했더라."

키보드 위에 손가락을 가지런히 올려놓았지만 한 번 깨어진 집중력이 금방 들러붙진 않았다. 세영이 다녀가면 온종일 집중이 안 된다. 은결은 심기일전의 마음으로 후, 숨을 불어 앞머리를 날려 보았다. 그러나 손가락은 고장 난 듯 키보드 위에서 꼼짝도 하지 않았다.

"망했다."

한참이 지나도 서면에 무슨 말을 써야 할지 기억해 내지 못하자, 결국 은결은 의자 뒤에 깊숙이 기대았다. 그리고 눈을 감은 채 마른세수를 했다. 한창 일빨 잘 받고 있었는데, 하필 강세영이 지금 들어와 가지고. 이씨.

은결은 친하게 지내자고 말했던 과거를 잠시 후회했다. 그렇게 말하면, 자존심 강한 세영이 치사하고 드러워서라도 일과 관련된 거 이외로는 절대로 연락 안 할 줄 알았다. 그런데 이렇게 지독하고 성실하게 제 얼굴을 보러 사무실에 출석할 줄이야. 물론 그만큼 자기 일에 노심초사하고 있다는 방증이기도 하겠지만.

'그 말을 곧이곧대로 들을 건 또 뭐야.'

누가 진짜 지랑 친해지고 싶어서 친해지자고 한 줄 아나. 초등학생도 아니고.

은결은 세영의 기행을 처음 겪었던 날, 혹시나 하는 마음에 인터넷에 '친구와 친해지는 법'을 검색해 본 적 있었다. 첫 번째, '먼저 말을 건다.' 두 번째, '먹을 것을 준다.' 전부 강세영이 하고 간 짓이었다. 이 기세로라면 세 번째 방법, '내 이야기를 많이 한다.' 역시 조만간 시작될 것 같아 은결은 불안해졌다. 세영의 TMI 같은 거, 별로 듣고 싶지 않았으니까.

사실 요즘 최은결은 세영이 사무실에 다녀가지 않아도 일에 집중을 잘 못 한다. 그녀가 언제 나타날까 하는 생각이 머리를 떠나지 않는다. 그래서 괜히 허리도 곧추세우고, 거북목이 되지 않으려 고개도 빳빳하게 들고, 지적인 척 고고하게 앉아 일을 한다. 드라마에 나오는 무슨 무슨 실장님처럼. 보는 사람도, CCTV도 하나 없지만 아무튼 그렇게 일한다.

그러다 노크 소리가 나면 얼른 화난 표정을 연기하며 키보드가 부서져라 타이핑을 한다. 그런데 문을 열고 들어온 게 나은이나 다른 손님임을 확인하고 나면, 표정도 자세도 미묘하게 텐션이 내려갔다. 그 얼굴에는 아주 조금, 아무도 눈치채지 못할 정도로 실망감이 깃들곤 했다.

* * *

의료 분쟁 조정 중재원 조정 일자가 다가올수록 세영은 초조해졌다. 아무리 자신의 과실이 없다고 해도, 그래서 당연히 신청인의 요구가 받아들여지지 않는다고 해도, 그래도 불안한 건 불안한 거였다. 은결의 말마따나 십오억 원이라는 거대한 숫자가 오가기 때문이기도 하고. 도영은 사무실에 쳐들어와 안절부절못하는 세영을 끌어 앉혔다. 그리고 습관적으로 손목에 손가락을 짚고 박동을 느꼈다.

"너 또 커피 마셨지."

"아니."

"근데 펄스6)가 왜 이래."

"몰라, 부정맥인가 보지."

시큰둥하게 대답하는 세영을 향해 스읍, 하고 도영이 짐짓 무서운 표정을 해 보였다.

"바른대로 말해."

"진짜 안 마셨다고."

도영의 손아귀에서 가느다란 손목을 빼낸 세영이 억울한 듯 투덜거렸다. 세영이 내키는 대로 사는 스타일이긴 해도 상식은 있는 사람이었다. 안 그래도 불안해서 잠도 설치는데 커피라니. 멋쩍은 듯 스툴에 앉은 채 바닥을 발로 밀어 멀찍이 떨어지는 세영을 바라보던 도영이 혀를 찼다.

"그 남자 누군데?"

"어?"

훅 들어온 도영의 질문은 간단했지만 파괴력이 상당했다. 어떻게 알았냐는 듯 멍청한 표정으로 자신을 바라보는 오래된 친우의 얼굴을 응시하면서, 도영은 세상에 강세영만큼 알기 쉬운 사람 또 없을 거야, 혼자 생각했다.

---

6) 맥박(Pulse)

"얘기하고 싶은 마음이 좀 들었어? 너 열 받게 만드는 남자 있다며."

"……."

"강도영 이 새끼 귀신이다. 지금 그 생각하고 있지."

어. 세영이 작게 고개를 끄덕이자 도영이 눈을 가늘게 접고 웃었다. 잠시 우물쭈물하던 세영이 어렵게 말을 꺼냈다.

"나 수 걸린 거 알지. 중재원."

"응."

"내일 조정하거든."

도영은 깊고 길게 숨을 쉬며 세영의 말에 집중했다. 강세영 목소리가 시무룩한 건 정말이지 오랜만에 듣는다. 아마 돌게 하는 남자가 있다더니, 그게 조정 신청한 신청인을 얘기하는 건가. 그렇다고 하기엔 옛날부터 알던 사이라고 했는데. 내가 모르는 강세영의 남자 지인은 없는데…….

"원내 변호사가 나랑 사이가…… 많이 안 좋아."

그런데 뜬금없이 등장하는 제삼자의 존재에 도영은 고개를 갸웃했다. 원내 변호사. 세영이 단 한 번도 언급한 적 없는 사람이었다. 그러나 내색하지 않고 대화를 이어 갔다.

"대단하네. 그 잠깐 사이에 변호사랑도 싸웠어?"

"그런 거 아니야! 걔는 그냥……."

이미 해당 인물을 '걔'로 통칭해 버리는 세영의 발언에 도영이 감각을 곤두세웠다. 꽤나 친밀감이 느껴지는 호칭. 웃느라 살풋 접혔던 눈초리에 티 나지 않게 날이 선다.

세영으로서도 곤욕이었다. 도영은 동기이긴 하지만 과가 다르다 보니 응급실 일에 대해서는 세세하게 알지 못했다. 은결이 병원에 다니고 있을 때도, '나랑 일할 때만 사고 치는 애가 있어서 짜증난다.' 정도로만 얘기했지, 자신이 최은결을 힘들게 하거나, 최은결이 자기 때문에 병원을 나갔다는 얘기는 하지 않았다. 얘기해 봤자 자기 얼굴에 침 뱉는 꼴이라는 건 누구보다도 세영이 잘 알고 있었으니까.

그러니 이 답답한 마음은 어떻게 해결해야 하는지. 아무도 모르게 흑역사를 덮어 버린 업보로, 지금의 상황을 토로하고 공감을 받을 곳이 없었다. 그렇다고 과장님을 붙잡고 얘기를 할 거야, 황다름을 붙잡고 얘기를 할 거야? 둘 다 일련의 자초지종을 속속들이 알고 있는 인간들이었기에, 호소해 봤자 그렇게 예전에 최은결한테 왜 그랬냐고 규탄이나 받을 게 뻔했다.

그렇다고 해도 세영 혼자서 입 꾹 다물고 감당하기는 힘들었다. 그렇게 다 죽어 가는 얼굴을 하고 도착한 곳이, 결국 강도영이었다. 세영은 온화하고 햇빛이 잘 드는 도영의 연구실에서 고해하듯 고개를 푹 숙였다.

"옛날부터 나랑 사이가 안 좋은 애였어. 아니, 그냥 나 혼자 걔 싫어했어."

"응."

"내가 좀 많이…… 괴롭혔어."

처음부터 털어놓는 수밖에 없다. 이야기를 다 듣고도 세영을 비난하지 않을 사람은 강도영 하나뿐이었고, 또 강도영 하나만이 확실했다. 도영은 어느새 얼굴에서 웃음기를 지우고 세영의 이야기를 진지하게 듣고 있었다. 세영은 단어를 골라 가며 천천히 말을 이어 갔다.

"걔가 갑자기 병원을 그만뒀어."

"……."

"그런데 변호사가 돼서 우리 병원 사내변을 하고 있더라구."

민망한 듯 세영이 머리를 벅벅 긁었다. 그리고 길게 한숨을 내쉬었다.

"진료상 과실점은 하나도 없어. 조정 신청도 안 받아들여질 거 뻔한 사건이야."

"응."

"그런데 사람 마음이…… 혹시나, 혹여나 하는 마음이 있어서."

처음에는, 변호사가 된 그 애가 내가 미워서 일을 대충하거나, 일부러 불리한 쪽으로 끌고 가면 어쩌나 그런 쪼다 같은 마음도 있었어. 지금이야 사적인 감정으로 공적인 일을 그르칠 거라고는 생각 안 하지만. 그런데 혹시나, 라는 게 있잖아. 혹시나 십 프로라도 주라고 하면. 아니면 위자료라도 받게 하라고 결정이 나면?

그때 내가 그 애를 원망하지 않을 거라고 확신할 수 있을까? 냅다 달려가서 다짜고짜 멱살부터 잡고, 너 내가 미워서 일부러 일 망쳐 놨지, 울면서 욕지거리 안 할 수 있을까? 근데 있잖아. 이것도 어처구니없는 생각이야. 그 애가 그렇게 행동한 건 어쨌든 과거의 내 행동 때문이잖아. 결국 내가 초래한 일이잖아.

세영의 긴 고해를 들은 도영이 잠시간 침묵을 유지했다. 째깍,

째깍, 벽시계 초침 움직이는 소리가 유난히 크게 들렸다. 초침이 반 바퀴쯤 돌았을 때, 도영이 길게 숨을 들이쉬며 입술을 뗐다.

"옛날 일은 다 끝난 일인데 어떡해. 그치?"

"……."

"다시 만날 송사를 안 만들면 되지. 내일이 조정일이라며."

"응."

힘없이 축 늘어진 세영의 어깨 위에 곰처럼 큰 손이 얹어졌다.

"신청 당연히 안 받아들여질 거야."

"응."

"내일 이후로는 그 사람 볼 일도 없을 거야."

"응."

다정한 목소리에 힘이 난 세영이 배시시 웃으며 농담을 던졌다.

"답답해서 꼴까닥 죽을 것 같았는데, 마음 편해졌다."

"다행이네."

"역시 넌 최고의 호스피스야."

"아, 끔찍한 소리 하지 마. 최고는 맞는데, 넌 죽을 사람 아니니까."

"근데 진짜 위자료 정도는 달라고 하면 어떡하지?"

이제 살 만한가 보네, 헛소리도 다 하고. 도영이 짓궂게 세영의 머리카락을 흐트러뜨렸다.

"내가 내줄게. 걱정하지 마."

"너 돈 많아?"

"어. 시집올래?"

"우리 동성동본이라 안 될걸."

동성동본 폐지된 지가 언젠데. 금세 기운을 차린 세영이 노닥거리며 핸드폰에 열중한 모습을 보던 도영이 씁쓸한 듯 쯧, 입맛을 다셨다.

* * *

세영의 사건 조정 당일. 늘 그랬듯 은결은 제시간에 맞춰 의료분쟁 조정 중재원에 도착했다. 법원이나 중재원에 오며 가며 길에서 시간을 버리는 게 대단한 자원 낭비인지라, 웬만한 변호사들은 온타임(on-time)으로 재판에 참석하지 굳이 일찍부터 자리하지 않는다. 그럴 필요도 없었고. 이따금 일거리를 싸 들고 다니며 일을 하는 워커홀릭도 있긴 하지만, 최은결은 그런 류의 변호사는 아니었다.

아무튼 변호사들의 업무 패턴이 어떻게 됐던지 비법인(非法人)인 상대방이 그 사정을 알아줘야 할 필요도, 알고 있어야 할 필요도 없다. 중요한 건 재판이나 조정 시간에 부재하지 않고 자리에 붙어 있는지였으니까. 재판이나 잘 진행되면 되는 거지. 그렇기에 아무리 비법인인 사람이라도, 상대편 변호사의 출석 시점에 연연하는 사람은 전무하다.

이쯤에서 다른 시각으로 바라보자면. 변호사가 일찌감치 와서 상대방을 기다리고 있는 것이 어떤 미안함이나 사죄를 표현하는 방법이라고 볼 수는 없다. 또 반대로 말하자면, 변호사가 제시간에 오거나 조금 지각한다고 해서, 상대방을 기만하거나 무시한다고 볼 수도 없다.

"늬들이 인간이야! 어!"

상식이라는 게 모든 사람에게 통하면 얼마나 좋을까. 은결은 조정실에 들어와 가방을 내려놓기도 전부터 신청인의 고성과 욕설을 들어야 했다.

"죄송하다고 무릎을 꿇고 있지는 못할망정, 어떻게 피고가 원고보다 늦게 와!?"

"신청인분, 착석해 주세요."

"강세영 그 기집애가 사람을 죽여 놓고! 사람을! 지가 직접 오지도 않고!"

눈을 희게 뒤집어 까며 게거품을 무는 바싹 마른 남자. 소송을 진행하는 것도 아니고, 중재원 차원의 조정일 뿐인데 원고네 피고네 들먹이면서 세영을 피의자로 칭하고 있다. 은결은 공허한 눈으로 그를 바라보다가, 별 대꾸 없이 맞은편 의자에 앉았다. 이런 광경은 로스쿨 시절 재판 견학 다닐 때부터 종종 보아 왔다.

다들 억울하니까 그런 거겠지. 소용돌이치는 마음을 어디다 풀 데가 없으니 그런 거겠지. 그의 분노가 사실은 세영이나, 자신을 향한 것이 아니라 자기 자신을 향하고 있다는 것을 은결은 알고 있었다. 그래서 가만히 앉아 남자의 분노가 사그라들기를 차분히 기다렸다.

"너희…… 너희 가만 안 둬. 빨리 판결 내 주세요."

얼마간의 발광 끝에 살짝 수그러든 남자가 탕 소리 나게 의자를 빼 앉으며 큰소리쳤다. 험악하게 흘러가는 분위기에도 이런 상황은 얼마든지 겪었다는 듯 나란히 앉은 세 명의 조정위원들이 조정을 진행했다. 거기에 은결이 말을 얹어야 할 부분은 단 한 마디도 없었다.

"신청인의 사망과 피신청인의 진료 행위 사이에 일체의 인과가 없는 것으로 보이고⋯⋯."

"뭐, 뭐?"

"다만 피신청인은 신청인에게 위로금으로 금 백만 원을 지급하고, 신청인은 이 사건의 진료 행위에 관하여 향후 어떠한 이의도 제기하지 않⋯⋯."

"배, 백만 원?!"

아. 은결이 띵해진 머리를 손날로 짚으며 책상에 기대었다. 차라리 통째로 날려 버리시지, 백만 원은 또 뭐야. 애매한 가격을 위로금이랍시고 부른 게 더 화근이 된 듯했다. 역시나 남자는 책상을 뒤엎어 버릴 기세로 길길이 뛰었다.

"백만 원, 누구 놀려?! 내가 한 시간을 일해도 백만 원은 넘게 벌어!"

"신청인, 부동의하십니까?"

"이런 미친 제안에 누가 동의를 하겠냐고!"

그러면서 그는 보름달 뜬 밤의 늑대처럼 길게 울음을 울었다. 십오어어어어억.

* * *

중재원을 나온 뒤에도 법원이며 은행이며 여기저기 들르자 반나절이 금세 지났다. 돌아다니는 내내 은결은 와이셔츠 깃과 넥타이가 계속 흐트러져 있는 것 같아 연신 매만졌다. 멱살 잡힌 걸로 끝난 데에 감사해야 하나. 완전히 돌아 버린 사람의 눈이었는데.

남자는 마른 체격과는 대조적으로 악력이 꽤 강했다. 조정실 문을 탕 닫고 나오자마자 엘리베이터로 향하던 은결은 별안간 멱살을 잡혔다.

'내가 여기서 멈출 줄 알아?'

바짝 들이대진 남자의 입에서 구취가 났다. 신경과 의사라더니, 본인 위생은 신경도 안 쓰나. 덤덤하던 은결의 표정이 살짝 찌푸려졌고, 남자는 두어 번 씩씩대다가 복도를 지나가던 사람들이 수군대며 쳐다보기 시작하자 멱살 잡은 손을 풀었다.

'강세영 그년, 바닥으로 꽂아 버릴 거야.'

'협박하시는 겁니까?'

'내가 돈만 바라고 이러는 거 같아?'

문득 남자가 해맑게 웃었으나 오싹하게만 보였다. 머리 반 개쯤 아래에서 악의를 품은 살기가 스멀스멀 피어오른다. 은결은 당황한 기색을 내비치지 않으려 재킷을 탁탁 털고 남자를 향해 말했다.

'제가 더 드릴 말씀이 없네요.'

'그년한테 전해. 난 오로지 널 괴롭히기 위해 여생을 바칠 거라고. 어디 감히.'

은결의 눈빛이 싸늘해졌다. 그의 행동은 이미 사과나 위로를 받기 위함이 아니었다. 그저 분노를 위한 분노일 뿐. 민사든, 형사든 덤벼

봐야 결국 자신만 지치고 상처받고 나가떨어질 게 뻔했다. 물론 아내의 사망으로 슬픈 마음은 알겠지만, 전문가들이 입을 모아 말하듯 남자의 아내의 사망과 세영의 진료 행위 사이에는 일체의 인과가 존재하지 않았다. 이 남자, 강세영에게 꽂힌 이유가 도대체 뭘까.

'다음은 민사가 될까, 형사가 될까?'

남자는 흥흥 웃으며 은결을 지나쳐 먼저 엘리베이터 쪽으로 걸어갔다. 은결은 한동안 그 자리에 멍하니 서 있었다. 아무리 사적인 감정을 배제한다고 해도, 저 남자와는 같은 밀실에 있고 싶지 않았다. 한참이 지나서야 은결은 무겁게 발을 떼었다.

"오셨어요."

익숙한 사무실, 익숙한 나은의 인사를 받고 나서야 은결은 안도감을 느꼈다. 이제야 안전한 곳에 돌아왔다는 생각에 긴장이 탁 풀렸다. 제 방 의자에 풀썩 기대앉은 은결이 잠시간 검은 모니터 화면을 멍하니 응시했다. 블루라이트 차단 필름에 수려한 얼굴이 이지러져 비쳤다.

얼굴로 비비고 살 거면 연예인을 하지 그랬냐는 세영의 비수 같던 말이 생각났다. 제 얼굴을 보면서 세영을 연관 짓는 자신이 우습게 느껴졌다. 요 며칠 사무실에 뻔질나게 드나들며 혈당이 폭발할 정도로 간식거리를 사 나르더니, 오늘은 어쩐 일로 찾아오지도 않은 모양이었다. 은결은 내선 전화 수화기를 들고 나은을 호출했다.

"오늘 강세영 교수님 연락 없었죠?"

- 강세영 교수님요? 네.

"네, 감사합니다."

군소리 없이 수화기를 내려놓으면서도 은결은 뚱한 표정을 감추지 못했다. 그렇게 자기 사건 신경 쓰는 척하더니, 당일인데 어떻게 됐냐고 물어보지도 않아. 조정이 아침 열 시였으니, 오후 세 시가 다 되어 가는 지금쯤이면 전화라도 한 번쯤 했을 텐데. 당연히 제낄 거라고 생각해서 연락 안 하는 건가.

은결은 가방에서 서류를 꺼내 오늘 중재원에서의 진행 과정을 타이핑하면서도 연신 세영의 생각뿐이었다. 일차적으로 드는 감정은, 괘씸함이었다. 사람이 화장실 들어갈 때 다르고 나올 때 다르다더니, 사건 끝날 때 쯤 되니까 입 싹 닫는 것처럼 보였다. 친하게 지내자고 들이댈 때는 언제고!

이 차적으로 드는 감정은, 아이러니하게도 안쓰러움이었다.

'강세영이 성격이 좀 세긴 하지만…….'

그렇다고 이렇게까지 지독한 진상이 꼬일 정도의 위인은 아닌데. 생각하던 은결이 어우, 어우, 질색하는 소리를 내며 고개를 절레절레 저었다. 편들어 줄 사람이 없어서 강세영을 편들어? 최은결 미쳤어?

애초에 응급실에서 보호자와 트러블이 있었다고 하니 진상을 건드린 자업자득이라고 봐야지, 뭐. 은결은 삐딱하게 앉아 틱틱거리며 원내 메신저를 켰다. 한참을 멍하니 모니터를 바라보던 은결은 혹시나 하는 마음에 직원 검색창에 커서를 가져다 댔다. 그리고 강, 세, 영, 세 글자를 입력했다. 곧 두 명의 강세영이 떴다. 하나는 총무팀 강세영. 또 하나는.

"근무 중인가……?"

연두색 온라인 표시 옆에 가지런히 새겨진 응급의학과 강세영. 은결은 잠시 망설이다가 마우스 오른쪽 커서를 눌렀다. 세영의 개인 핸드폰 번호가 떴다. 은결은 그 열한 자리 숫자가 마치 세영의 얼굴인 것처럼 오래오래 노려보았다. 눈이 시큰해질 정도로 오랫동안.

* * *

같은 시각, 세영은 늘 하던 일을 하고 있었다.

"이잉! 나눙 듀다 싫어잉! 넘모 무툐오."

"……."

"의사 온니가 손 꼭 잡아 듀뭉 안 돼효? 구읍 다 나을꼬 가툰뎅"

환자의 곁에 선 보호자는 나이 차이가 많이 나는 친오빠였다. 아연해진 세영과 눈이 마주친 보호자가 천천히 고개를 저었다.

"원래 안 이랬거든요."

"언제부터 이랬나요?"

"잘 모르겠어요. 연락이 안 돼서 자취방에 찾아가 보니……."

쓰레기장이 된 원룸 한가운데 혼자서 히히덕거리고 있는 막둥이 동생을 발견한 오빠의 심정이 어땠을지. 머리는 산발에, 며칠이나 안 씻었는지 몸에선 냄새가 나고 찐득했다. 어린아이처럼 잔뜩 혀 짧은 소리를 내는 환자의 나이는, 방년 25세였다. 환자는 응급실 침대에 이리 누웠다, 저리 누웠다 불안한 듯 움직이며 쉬지 않고 종알거렸다.

"어? 우리 오빠다? 왜 요기 이또?"

"성효진 님, 여기가 어딘지 아시겠어요?"

"요기능…… 요기능. 미리내 초등학교 6학년 3반."

방금까지만 해도 병원이며 가운을 입은 세영이 의사라는 걸 아는 듯했는데. 잠깐 사이에 날아가 버린 지남력에 세영은 음, 작게 앓는 소리를 냈다. 그리고 보호자를 향해 돌아서 작은 목소리로 간결하게 설명했다.

"우선은 정신과적 질환이 의심이 되는데요. 이전에 전혀 이런 적 없다고 하셨죠."

"네. 회사 잘 다니고, 친구 많고, 얼마나 활달하던 애였는데……."

"일단 의식 변화에 준해서 머리 CT부터 찍어 볼게요. 환자분……."

임신 가능성은 없으시죠, 물어보려던 세영이 멈칫했다. 아무리 막둥이 동생이라지만 다 큰 성인이고, 자취를 한다고 하니 친오빠라도 그런 사생활에 대해서는 아는 바가 없을 것이다. 그렇다고 환자 본인에게 묻자니 그 대답을 오롯이 믿기가 힘들 것이고, 소변을 채취해서 임신 결과를 본 뒤에 검사를 하자니 의식 수준이 많이 나빴다. 세영은 하는 수 없이 보호자에게 물었다. 만에 하나를 위함이었다.

"혹시 환자분 임신 가능성 있으신가요?"

뜻밖의 질문인지 보호자는 어, 하더니 잠시 눈을 굴리며 당황했다. 그럴 수밖에 없겠지. 다 큰 동생의 임신 가능성 유무를 나이 많은 오빠가 어찌 알겠어. 남자는 우물쭈물하더니 기어들어 가는 목소리로 말했다.

"그건 왜요……?"

"CT 찍으면서 방사능에 노출 되어서요. 지금은 가능성이 있으셔도 찍어야 하는 상황이고요."

"아마 없을 거예요."

"그럼 바로 진행할게요."

침상 곁을 빠르게 벗어난 세영이 컴퓨터 앞에 서서 루틴 오더를 쭉 긁었다. 그리고 담당 간호사인 승재에게 CT방에 푸시해서 빨리 좀 찍어 달라고 부탁했다. 승재가 처방된 수액과 혈액 검사 키트 등을 들고 환자 쪽으로 갔고, 세영은 습관적으로 응급실 내원 환자 목록을 새로 고침 했다.

퇴근까지 얼마 안 남았다. 오늘이 조정일이라 속이 복잡한 세영을 하늘이 도와준 건지, 퍽 평탄한 근무였다. 조정 결과가 궁금했지만 굳이 최은결에게 연락하지 않았다. 도영의 말이 맞았다. 이지러진 과오를 수습하기 위해 최은결한테 잘하는 것 보다도, 앞으로 은결을 만날 일을 안 하면 편이 훨씬 수월했다.

초등학생들도 아니고, 평생 보고 살아야 할 사람도 아니고, 어떤 인연은 틀어졌을 때 놓아 버리는 게 서로 에너지 소모가 덜 한 방법일 수도 있으니까. 그건 어른들이 인연을 관리해 가는 방식 중 하나이니까.

설마 무슨 일 있으면 먼저 연락을 하겠지. 세영이 무심코 가운 주머니에 손을 넣었다가, 핸드폰이 진동하고 있음을 느꼈다. 꺼내보니 원내 번호인데, 뒷자리가 처음 보는 번호였다. 설마 최은결인가? 세영이 조심스럽게 통화 버튼을 눌렀다.

"강세영입니다."

- 최은결입니다.

아, 드디어 올 게 왔다고 생각하며 세영은 핸드폰을 귀에 댄 채 스테이션 위에 엎드려 속삭였다.

"말씀하세요."

- 환자 사망과 진료 행위 사이 인과 없고, 위자료 백 만원 신청인이 부동의해서…….

"여기 씨져[7]해요!"

조곤조곤 설명하는 은결의 목소리를 뚫고 승재의 걸걸한 음성이 들려왔다. 세영은 자리에서 벌떡 일어나 승재를 향해 외쳤다.

"아티반 4밀리 주고 오투[8] 2리터 걸어요!"

"예!"

"민석 쌤, 저 환자 잠깐만 봐 줄래? 바로 CT 가야 되거든. 여보세요?"

- 여보세…….

"야, 이 씨발년아!"

그때 우레와 같은 욕설이 덩어리째로 날아왔다. 세영은 전화를 끊을 생각도 못 하고 멍하니 발화의 주체를 바라보았다. 성효진 환자의 보호자가 씩씩거리며 세영이 서 있는 스테이션 앞을 손바닥으로 탕탕 내리치며 소리를 질렀다.

"너 나와, 이 씨발년아, 너 나와!"

"보호자분, 욕하지 마세요!"

---

7) 발작(Seizure)
8) 산소(O2)

"욕하지 마세요? 내가 왜 욕을 못 해! 너 나오라고!"

저놈의 쌍욕은 도대체가 몇 년을 들어도 익숙해지지를 않네. 세영은 채 마무리 짓지 못한 통화를 종료하며 한숨을 쉬었다.

* * *

신나게 설명하다 갑작스레 끊긴 전화에 은결은 멍해졌다.

"설마."

그 신경과 의사가 응급실로 찾아간 건 아니겠지. 분명히 씨발 년아, 하는 욕을 들은 것 같은데. 전화기를 제자리에 되돌려 놓은 은결이 자기도 모르게 손톱을 질근질근 물었다. 조정 결과보다 그 사람 조심하라고 먼저 얘기해 줄걸.

의식하지 못했지만 은결은 작게 다리도 떨고 있었다. 초조한 듯 검지를 틱틱거리는 데에 정신을 쏟던 은결이 자리에서 벌떡 일어났다. 그리고 옷걸이에 가지런히 걸려 있던 카디건을 확 집어 들고 사무실 밖으로 나갔다.

"주임님, 저 잠깐 자리 비울게요."

"네? 네 시에 수석님 미팅……."

"급한 일이 생겨서요. 금방 올 거라고 전해 주세요."

나은의 대답은 듣는 둥 마는 둥 하고 은결은 복도를 향해 걸었다. 구두 굽 소리가 만들어 내는 박자가 점점 빨라졌다. 엘리베이터가 내려오는 시간도 길게만 느껴져서 은결은 계단을 한걸음에 두 개씩 뛰어 올라갔다.

도대체 뭘 위해 응급실에 가냐고, 은결은 스스로에게 물었다. 곧 빠알간 진심이 수면 아래로 슬쩍 비쳤지만 은결은 진심을 적당히 덮을 만한 변명거리를 생각해 냈다.

그저 자신은 변호사이기 때문에, 의뢰인이 행패 당하는 광경을 녹취하거나 녹화하기 위함이라고. 정말로 다른 의미는 없는 거라고. 그런 일차원적인 생각을 했다.

스텝이 엉키면 그게 탱고예요

한때는 바쁘고 피 튀는 응급실을 진심으로 좋아했던 적이 있었다. 그랬기에 응급의학과 의사로서 응급실에서 일하는 게 무엇보다 행복하고 자랑스러웠던 적도 있었다. 길지 않은 시간이었고, 그 행복함을 산산조각 낸 장본인이 강세영이었지만, 아무튼.

다 고릿적 얘기다. 그 당시의 최은결을 아는 응급실 사람이라면, 은결을 '키 크고 잘생긴 죄로 강세영한테 뒤지게 태움 당하다가 도망간' 의사로만 기억하고 있을 것이다. 그래서 응급실을 생각하면 은결은 항상 마음 한편에 가책과 부끄러움이 느껴졌다.

은결은 자신을 알아보는 사람이 없길 바라며 고개를 폭 숙이고 응급실 후문 앞을 서성거렸다. 급하게 뛰어오느라 직원 카드를 놓고 온 게 문제였다. 지금이라도 사무실에 다시 돌아가 직원 카드를 가지고 올까. 잠시 고민하던 은결은 막막함에 한숨을 내쉬었다.

현재 은결은 법무 팀 소속이니, 직원 카드를 갖다 댄다고 해서 응급실 문이 열릴 리가 없다. 그러니 누구 하나 들어갈 때 몰래 슬쩍 끼어서 들어갈 수밖에 없었다. 얼마 되지 않아 한 여자 의사가 응급실 도어 센서에 직원증을 찍었다. 핸드폰을 보는 척하던 은결이 지잉 빠르게 열리는 자동문을 향해 확 고개를 들었다. 지금이야! 침투하자!

"어?"

……일 초만 늦게 들어갈걸. 자동문 안으로 한 발짝 들어가자마자 소매를 잡힌 은결이 그 자리에 얼어붙었다. 고개를 돌려 뒤를 돌아보는데 목에서 끼이익 소리가 나는 것 같았다. 시선의 끝에는 아이스커피를 든 여자가 눈, 코, 입을 모두 확장한 채 은결을 올려다보고 있었다.

"너 최은결 아니야?"

사회적 미소를 지으려 입꼬리를 올리는데 얼굴 근육에서 삐그덕 소리가 나는 것 같았다. 은결은 태어나서 처음 웃어보는 사람처럼 어색하게 웃으며 인사했다.

"하하하…… 안녕, 황다름?"

"너 진짜 최은결이야?!"

다름은 얼마나 놀랐는지 너무 격하게 입을 막느라 커피가 조금 흘렀다. 손목까지 뚝뚝 떨어지는 커피에도 아랑곳하지 않고 다름은 주먹을 쥐어 은결의 팔을 통통 때리며 반가워했다.

"대박! 여긴 웬일이야? 잘 지냈어?!"

"잘 지내고말고. 하하하"

"이래저래 바빠서 연락 못 했는데…….."

그간 소통의 부재를 변명하기라도 하듯 다름이 눈썹을 팔자 모양으로 휘며 웃었다. 은결은 여전히 웃는 얼굴 그대로 얼어붙어 있었다.

"하하, 다들 바쁘지 뭐, 하하하"

"근데 어쩐 일이야? 너 어디 아파?"

다름의 말이 끝나기가 무섭게 응급실 쪽에서 고성이 들려와 둘은 동시에 고개를 돌렸다. 과연 그 끝에 허리에 한 손을 얹은 보호자가 승재에게 가로막힌 채, 직원을 향해 삿대질을 하고 있었다.

"하라는 검사는 안 하고 쓸데없는 거나 물어보고!"

"보호자분, 제가 말씀드렸잖아요! 방사선 노출 때문이라고…….."

"급한 상황이라며! 그런 거 물어볼 시간에 검사부터 했어야지!"

작은 목소리는 아니었지만, 남자에 비해서는 상대적으로 작게 들리는 항변의 목소리가 세영의 것임을 두 사람은 동시에 알아챘다. 다름이 고개를 절레절레 저으며 은결을 향해 어깨를 으쓱해 보였다.

"우리 언니야 또 시작이네."

"무슨?"

"JS 리셉터, 유명하잖아."

JS 리셉터(Jinsang receptor). 희한하게 진상들만 와서 들러붙는다는, 혹은 멀쩡한 사람도 진상으로 만든다는 저주받은 의료인.

얼마나 이런 일을 많이 겪었으면 저 상황에서 익숙한 듯 무심하게 서 있을 수 있는지, 다름은 곤혹을 치르고 있는 세영을 멀찍이서 바라보며 혀를 쯧쯧 찼다.

"저 언니 분명 사주에 뭐 있을 거야."

"그 정도야?"

"어. 날 잡고 굿 한 번 해야 해."

진상이 꼬이는 이유? 거기에는 이렇다 할 이유가 없었다. 하기야 성격 좀 세다고 저 지랄까지 날 일이 아니었다. 그냥 지독한 사람들이 자꾸 꼬이는 사람. 그냥 원래 그런 사람. 은결은 바보 같은 얼굴을 하고 크게 고개를 끄덕였다.

"어? 싸움 났다."

잠시간 깨달음에 몰두해 있던 은결이 다름의 목소리에 응급실 쪽을 바라보았다. 거기에는 또 처음 보는 남자가 세영을 향해 소리치던 보호자를 향해 삿대질하고 있었다.

"여기 당신이 전세 냈어! 왜 죄 없는 의사 선생님한테 지랄이야, 지랄이!"

"뭐, 지랄! 말 다했어!"

"그래, 말 다했다! 입 닥치고 치료나 받아!"

와…… 이젠 보호자끼리 싸운다. 승재와 보안 요원들이 한 덩어리가 된 두 보호자를 떼어 내고 있었다. 새삼 느끼지만 강세영 기운 대단하다. 다이나믹 응급실. 은결이 아연한 사이, 다름이 작게 한숨을 내쉬며 은결의 어깨를 톡톡 쳤다.

"일상이지, 뭐. 나 이제 근무라서. 연락할게!"

"어어, 수고해."

응급의학과 특성인 속보(速步)를 자랑하며 다름이 순식간에 저쪽으로 사라졌다. 은결은 세영의 곁으로 차마 더 가까이 가 볼 생각은 못 하고 그저 그 자리에 멀뚱히 서 있었다. 그렇다고 와글거리는 응급실 광경에 차마 시선이나 관심을 거둘 수도 없었다. 과거였지만 분명히 사랑했던 것들. 그러나 과거가 미는 대로 버티지 못하고 밀려나 도망치듯 떠났던 지난날. 그 모든 광경과 사람들이 그의 눈앞에 펼쳐져 있었다.

시선의 끝에 지친 얼굴의 세영이 들어왔다. 거짓말처럼 세영은 천천히 고개를 돌려 복도에 멀거니 서 있는 은결을, 혹은 허공을 바라보았다. 멀리서 보아도 생기 없이 지친 눈. 누구에게 도움을 청하지도 못할 정도로 운명을 포기해 버린 모습. 은결은 이리저리 오가는 바쁜 사람들 사이에서, 자신과 세영만이 의지나 목적을 잃고 박혀 있는 허수아비 같다고 느꼈다.

먼저 시선을 거둔 건 세영 쪽이었다. 그녀는 저벅저벅 걸어 다른 환자가 누워 있는 침상으로 다가갔다.

'그 신경과 의사가 아닌 걸 다행이라고 여겨야 하나.'

아니면 그 사람 말고도 또 다른 사람에게 당하고 있다는 걸 연민해야 하나. 은결은 발걸음을 돌려 응급실 밖으로 나가면서 조금 머쓱해졌다. 남의 일에 너무 오버한 것 같아 얼굴이 다 화끈거렸다. 바라는 바가 있다면, 제발 황다름이 자신을 봤다는 얘기만 안 해 주기를 바랐다.

"저 아까 최은결 봤는데?"

세영에게 간단히 인계를 받은 다름이 커피를 쭉 빨며 가볍게
말했다.

"ER 뒷문에서요."

"그래?"

"안 놀라시네."

시들한 세영의 반응에 오히려 놀란 쪽은 다름이었다. 다름은
기지개를 켜는 척하며 곁눈질로 세영을 훔쳐보았다. 안색이 새하
얗게 질린 것이 단순히 지쳐서 그런 건지 진상 보호자를 겪어서
그런 건지 구분이 되지 않았다. 다름은 얼른 커피를 데스크 위에
내려놓고 세영에게 따지듯 물었다.

"속 안 좋아요?"

"아니."

"그럼 아까 보호자 때문에?"

"아니."

"그럼 최은결?"

갑자기 걔 이름이 왜 나와. 지쳐 나가떨어지기 직전이던 세영이
눈을 희게 뜨고 다름을 노려보았다. 다름이 흥흥거리며 코웃음 쳤다.

"걔 우리 병원 다니나 봐요. 무슨 법무 팀에 있던데."

"너는 그걸 어떻게 알아?"

"원내 메신저 검색해 봤죠."

하여간 이놈의 병원은 뭘 숨기려야 숨길 수도 없어. 세영은 피곤한 듯 손바닥으로 눈두덩이를 꾹꾹 누르며 대답했다.

"마X쮸 오지게 갖다 줬는데 턱도 없더라."

"헐. 그럼 그때 그 사이 안 좋다는 친구?!"

"사이 안 좋은 건 맞고, 친구는 아니고."

"그건 그렇지."

진지하게 고개를 끄덕이던 다름이 문득 떠오르는 생각에 어머, 어머 하며 손바닥으로 책상을 쳐댔다.

"설마 세영 쌤 수 걸린 거 최은결이 해요?"

"……."

"대박! 헐, 대박."

뭐가 대박이야. 믿지 않게 다름을 흘겨본 세영이 부스스 자리에서 일어났다. 응급실이란 정말이지 애증이었다. 이 빌어먹을 응급실에서 단 1분 1초도 뭉개고 싶지 않았다. 세영은 유령처럼 힘없이 손을 흔들었다.

"수고해."

"최은결이 쌤한테 뭐라 안 해요?"

의국으로 향하려던 세영의 발걸음을 다름의 한마디가 붙잡았다. 세영이 뒤를 돌아보자, 다름이 태연한 얼굴로 커피를 쪽 빨아 마시고 있었다.

"무슨 뜻이야?"

"아니, 솔직히 최은결, 쌤 때문에 나갔잖아요. 은결이가 쌤한테 얼마나 잘했는데."

희게 질렸던 세영의 얼굴이 확 붉어졌다. 이제 와서 잘잘못을 따지겠다는 건가? 그것도 당사자인 최은결도 아닌 황다름이? 아무리 동기간 애틋했다고 해도 그보다 세영과 동고동락한 세월이 훨씬 길었다. 그러니 다름은 세영에게, 최은결한테 왜 그랬냐고 질책할 계제가 아니었다. 세영은 파들거리는 아랫입술을 들키지 않으려 애쓰며 대답했다.

"너도 나가고 싶어?"

언뜻 오싹한 협박에 쫄아 들 법도 하지만 다름은 눈도 끔쩍하지 않았다. 오히려 실실 웃으며 세영의 심기를 건드렸다.

"전 쌤 안 좋아해서 별로 타격 없어요."

"……."

"가세요오."

그러더니 장난스럽게 손바닥으로 세영의 엉덩이를 밀어낸다. 영 찝찝하지만 일단 자리를 뜨는 수밖에 없었다. 의국을 향하는 내내 기분이 나빴다. 당장이라도 다름을 쫓아가 방금 그 얘기 무슨 말이냐고 따져 묻고 싶었다. 그러나 전후 상황을 다 아는 다름과 언쟁해 봐야 손해인 건 세영뿐이었다. 그러니 다름과의 일은 나중으로 미뤄 버리고.

우선은 이 엿 같은 당직복을 벗어 던지고 부글거리는 속을 달래고 싶었다. 불은 불로 다스리는 법. 매운 닭발을 핵폭탄 맛으로 주문해 놓고 가련한 위 점막을 캡사이신으로 한 번, 알코올로 한 번 번갈아 쓸어내리고 싶었다. 그러고 나면 현실의 괴로움 같은 건 순식간에 사라질 것 같았다.

세영은 순식간에 옷을 갈아입은 뒤 핸드폰을 들어 익숙하게 전화를 걸었다. 신호음이 두어 번 가기도 전에 상대방은 재깍 받았다.

"닭발 가자."

- 어, 미안. 나 오늘 당직.

"아, 왜!"

- 왜냐면, 글쎄. 왜일까? 나에게는 죽어 가는 사람들을 돌볼 의무가 있기 때문이겠지?

넋도 멘탈도 나간 듯한 도영의 목소리를 들으며, 세영은 가정의학과에도 인력이 모자라 교수들까지 총동원해서 당직을 서고 있다는 사실이 뒤늦게 떠올랐다. 수화기 너머로 모니터 알람이 요란하게 울려 대는 게 들렸다. 호스피스에서 알람 설정은 왜 해 놓냐, 어차피 죽을 날 받아 놓고 입원한 사람들인데. 하여튼 강도영은 정도를 벗어나는 적이 없다. 재미없게.

당직인 친구는 아무짝에도 쓸모가 없다. 어, 그래, 수고. 간단히 인사한 세영이 미련 없이 전화를 끊었다. 통화 목록 맨 위에 찍힌 도영의 전화번호 바로 밑, 원내 전화번호가 눈에 띄었다. 통화 시간 20초. 최은결이 뭐라고 했더라. 위자료 백만 원까지는 들었는데.

'저 아까 최은결 봤는데?'

빙글거리는 다름의 얼굴이 떠올랐다. 설마 내가 급하게 전화 끊어서, 그까짓 조정 결과 알려 주려고 응급실까지 찾아온 건가. 순간 세영의 눈초리가 날카로워졌다. 그리고 주저 없이 저장되지 않은 원내 번호를 눌렀다.

- 네, 법무 팀입니다.

"강세영입니다. 최은결 있어요?"

씨고 변호사고 호칭 다 뗀다. 지금의 세영은 스스로 그래도 된다고 면죄부를 주었다. 다행히 전화를 받은 사람이 친절한 나은인지라 스무스하게 넘어가 주었다.

- 아, 교수님 안녕하세요! 최 변호사님 지금 수석 변호사님 주재 회의 중이세요.

"원내에 있어요? 언제 끝나요?"

- 변호사님 옆방이에요. 오래 걸리지 않을 거예요.

"갈게요."

서면 보고 싫어하신다는 귀하신 분이니 내가 직접 가 드려야지. 세영은 나은의 대답을 듣는 둥 마는 둥 하며 전화를 끊었다. 오늘 자신이 당했던 만큼, 은결에게 투사(projection)할 작정이었다.

내가 위자료 얻어맞은 게 그렇게 고소했냐. 그래서 응급실까지 찾아와서 끝끝내 전해 주고 싶었냐. 세영은 가방을 어깨에 메고 빠른 걸음으로 의국을 나섰다. 법무 팀으로 가는 내내 억울해서 눈물까지 찔끔 날 것 같았다. 세상엔 왜 이렇게 나를 싫어하는 사람이 많은 거야.

* * *

"……."

"커어-."

낯설지 않다, 이 광경. 은결은 문손잡이를 잡은 채 서서, 테이블에 엎어져 숙면 중인 세영을 한동안 바라보았다. 기가 찼다. 어쩜 저렇게 아무 데서나 잘, 그것도 진심으로 잘 수가 있지?

이번에도 쿡쿡 찔러 깨우려다가, 이전에 세영이 깨어나면서 고함을 질러 자신이 더 놀랐던 기억을 떠올렸다. 어떻게 깨우지. 잠시 고민하던 은결은 우선 방문을 소리 나지 않게 살짝 닫았다. 그리고 살금살금 세영의 뒤로 다가가 섰다.

"저기요."

하나로 묶었으나 반쯤 풀려 있는 머리카락의 끝부분을 잡고 슬쩍 당겨 보았다. 유치한 심술이었지만 역시나 꿈쩍도 하지 않는다. 대단하다, 대단해. 은결은 혀를 내두르며 감탄했다.

업무량이 많았다. 방금도 수석 변호사에게 업무를 나눠 받고 오는 길이었다. 당장 해결해야 할 일도, 연락해야 할 곳도 여러 군데였으나 은결은 그저 물끄러미 세영의 자는 모습을 응시하고만 있었다.

신경 쓰인다. 남의 사무실에서 코 골면서 숙면하는 저 여자가, 지독하게 신경 쓰인다. 은결의 이성이 외친다. 저 여자를 깨워, 그리고 사무실에서 쫓아내. 그것만이 이치에 맞는 일이다. 그러나 은결의 한 조각 양심이 그의 손을 저지했다. 좀 냅 둬. 방금 그렇게 당하는 거 보고 왔으면서 불쌍하지도 않나?

결국 은결은 둘 중 한 가지 방법을 택했다.

"크억. 엉?"

제풀에 숨이 막혀 잠이 깬 세영이 부스스 일어났다. 고요한 공기, 낯익은 테이블, 낯익은 방. 왜 이렇게 이 방만 오면 잠이 오는 거야.

세영은 엉망이 된 머리카락을 손 갈퀴로 대충 빗고 난 뒤 손등으로 입가를 훔쳤다. 촉촉했다.

최은결은 언제 오는 거야. 멍해진 머리가 드디어 생각이란 걸 하기 시작했다. 제가 여기 와 있는 이유에 대해서. 흐릿하던 세상이 점차 선명해지면서, 책상 너머에 누군가가 조용히 앉아 있는 것도 이제야 발견했다.

"……."

"……."

"왜 안 깨웠어?"

세영이 잠이 다 달아나지 않은 눈을 끔벅이며 물었다. 은결은 있는 대로 미간을 찌푸리며 구시렁댔다.

"도대체 이 단 걸 왜 먹는 거예요?"

그의 책상 위에 포도 맛 캐러멜 껍질들이 나뒹굴고 있었다.

"달잖아."

"……."

"단 걸 단맛으로 먹지."

무슨 소리를 하느냐는 듯 시큰둥한 목소리가 먼저 은결을 치고 지나간다. 그다음으로는 잠이 덜 깬 눈이 끔벅거리며 한심하다는 듯 자신을 바라본다.

은결은 순간 허탈해졌다. 세영이 잠에서 깨면 하고 싶은 말들이 머리끝까지 있었는데, 저렇게 멍한 얼굴을 보고 있자니 의욕이 꺾였달까. 은결은 입안에서 한 덩어리가 되어 굴러다니던 연보라색 캐러멜을 꿀꺽, 겨우 삼켰다. 그리고 텀블러에 든 커피를 입에 머금고 단맛을 가시게 했다.

꼭 한 폭의 그림 같은 은결의 일련의 동작을 보면서, 세영은 삐딱하게 앉아 팔짱을 꼈다. 지쳐 보였지만 눈빛만은 날카로웠다. 왜 저렇게 화가 나 보이지. 은결은 세영의 눈길을 피하지 않으려 노력했다. 정확히 말하면, 쫄지 않으려 노력했다.

"아까 바빠서 제대로 못 들었는데."

"……."

"왜 위자료가 나왔지?"

허심탄회한 듯 들리면서도 뼈 있는 말이었다. 혹여 네가 뭘 잘못해서 그런 것 아니겠냐는 뾰족한 공격성이 은결을 쿡쿡, 찔러대고 있었다. 은결은 아무렇지 않은 듯 어깨를 으쓱해 보였다.

"중재원 가끔 그렇게 헛발질합니다. 어차피 신청인도 부동의했고요."

"동의했으면 어쩌려고?"

"예?"

"너도 위자료 백만 원으로 퉁 치려고 했어?"

신문하듯 따져 묻는 세영의 화법에 은결은 하, 헛웃음을 지었다. 이거야 완전, 자신을 똥 볼이나 차는 실력 없는 변호사로 내리두고 보는 느낌이었다. 이게 진짜 보자보자 하니까.

"과실이 없는데 왜 받아들입니까? 그리고 모든 결정은 교수님과 상의 후에 합니다."

"너 나 싫어하잖아."

"뭐요?"

테이블 위로 대뜸 던져진 자신의 자존심이 추했지만, 어쩔 수 없었다. 세영에게는 이런 상황에서 서로 머리끄덩이 잡고, 못 볼 꼴 다 봐야만 풀리는 직성이 있었다.

"아까 응급실 왔었다며."

아, 황다름. 입이 가볍기가 구름보다 더하네. 은결은 잠시 눈을 질끈 감았다. 세영은 체념한 듯 어금니를 물고 조곤조곤 말했다.

"내가 위자료 처맞았다는 얘기를 굳이 그렇게 전하고 싶었냐?"

"……뭐라고요?"

"전화 끊으니까 득달같이 올라와 가지고, 너 나 보호자한테 봉변당하는 것도 봤겠네."

세영의 말이 전부 틀린 건 아니었다. 핸드폰 너머로 들리는 쌍욕과 곧 끊어지는 통화, 득달같이 올라간 건 맞고, 응급실에 쫓아가 난동을 목격한 것도 맞다. 그런데 그 의도가 완전히 달랐잖아. 나는 혹여나 당신한테 꽂힌 그 정신병자가 찾아와서 행패라도 부릴까 봐……

"속 시원했겠네. 최은결."

담담한 척하는데 목소리가 작게 떨린다. 세영의 눈가가 붉어지는 게 멀리서도 보였다. 왜 자기가 찔러 놓고 자기가 짜고 있어. 신나게 공격당한 건 난데 왜 네가 울고 있어. 이쯤 되면 한 번 정도는 진심으로 화내도 되는 거 아닐까.

그 생각을 하자 한순간 은결의 평정심이 와르르 무너졌다. 자리에서 일어나 세영이 앉은 테이블 앞으로 가 손을 짚고 삐딱하게 섰다. 죽어라 자신을 노려보는 눈빛이 여실하게 느껴졌지만 가소롭고 하찮게만 보였다. 은결은 잘생긴 입술을 한쪽만 끌어 올려 비웃어 보였다.

"강세영, 별것도 아니네."

"⋯⋯뭐?"

"단단하고 야무진 줄 알았더니, 쟤또 별것도 아니었어. 응."

기어이 세영의 커다란 눈에서 눈물이 한 방울 툭, 떨어졌다. 은결은 꿈쩍도 하지 않고 빙글빙글 웃으며 아픈 말을 계속 쏟아 냈다.

"원래 이렇게 자기혐오가 심해?"

"⋯⋯."

"남이 선의로 대하는 것도 순수하게 못 받아들이지? 의심하고."

뜨끔했다. 은결이 하는 말은 구구절절 다 맞는 말이었다. 상식 선 밖의 일들을 많이 겪고, 정신 이상한 사람들을 많이 대하다 보면 저절로 그렇게 되는 건지. 아니면 사실 멘탈 강한 척 버티는 유리 멘탈인 건지. 세영의 부릅뜬 눈에서 하염없이 구슬 같은 눈물방울이 연신 흘러내렸다.

"내가 한 번 아니라고 했으면, 사람 말 좀 믿어."

"⋯⋯."

"한 번 더 경고하는데 자꾸 은근슬쩍 말 놓지 말고."

"⋯⋯."

"그리고 다음부터 이런 거 사 오지 마. 난 단 거 안 먹어."

그 말과 함께 은결이 긴 다리를 휘적이며 제 책상으로 돌아가 맨 밑 서랍을 열었다. 거기에는 세영이 오며 가며 까마귀처럼 물어다 준 간식거리들이 여전히 가득 들어 있었다. 은결은 그것들을 양손 가득 움켜쥐고 와서 세영의 앞에 와르르 쏟아 냈다. 탕, 탕그르르, 사탕이며 초콜릿, 캐러멜 젤리 같은 것들이 바스락거리며 테이블 위에 아무렇게나 나뒹군다.

그러다 도르르 굴러다니던 막대 사탕 한 알이 툭, 세영의 허벅지 위에 떨어졌다. 그때까지만 해도 미동도 없던 세영이 처음으로 손을 들어 손등으로 턱에 맺힌 눈물방울을 닦아 냈다. 곧 울음을 얼마나 참았는지 엉망으로 쉬어 버린 목소리가 새어 나왔다.

"너 단 거 좋아하잖아."

그 한 마디를 겨우 마치고 세영은 점차 차오르는 울음을 감당하기 힘들었다. 자꾸 치받아 오는 파도 같은 울음을 턱 밑으로 꾹꾹 삼켜 내며 세영은 천천히 말을 이어 갔다.

"너 응급실, 있을 때. 나한테 맨날 단 거 줬잖아."

"……."

"가운 주머니에, 전부 이런 것만 들어, 있었으면서."

허흐흡. 세영이 울음 섞인 숨을 몰아쉬자 은결은 뒤통수를 둔기로 맞은 듯 멍해졌다.

"그거…… 내가 산 건 아니었는데."

타고나길 잘생긴 사람은 공으로 얻는 게 많았다. 게다가 사람 많이 드나드는 응급실이라 더했다. 환자들이며 보호자며, 멀게는 가끔 내려오는 타과 당직의들까지, 은결의 가운 주머니에 먹을 것을 쑤셔 넣어 주는 게 일상이었다.

은결은 해사하게 웃으며 그것들을 받으면서도, 조금 모였다 싶으면 주춤주춤 세영에게 다가갔다. 그리고 다람쥐가 도토리 모은 것 헌납하듯 세영을 향해 조심스럽게 내밀곤 했었다. 세영은 그럴 때만 별말 없이 은결의 도토리들을 받아 입에 까 넣었다.

은결의 시선이 테이블 위 밀크캐러멜 포장지 위로 떨어진다. 그런 걸 기억하고 있었어? 은결은 머쓱한 듯 손가락으로 캐러멜 상자 모퉁이를 짚고 괜히 빙글빙글 돌려보았다.

"내 돈 주고 이런 거 안 사지……."

"……뭐?"

울음을 겨우 어금니에 가져다 문 세영이 히끅거리며 되물었다.

"환자랑 보호자가 갖다 준 건데……."

"그럼……."

"나 단 거 안 좋아하는데……."

차라리 정정하지라도 말지. 그냥 네가 단 거 좋아하는 줄 알고 지내도록, 그냥 넘어가 주지. 그럼 지금까지 내가 한 짓이 다 뻘짓이었다는 거잖아. 나이 서른 넘게 먹고도 애같이 군것질거리나 갖다 주는 이 여자, 미쳤다고 생각하고 있었을 거 아니야. 세영의 얼굴이 순식간에 새빨개졌다.

세상에서 가장 서러운 사람처럼 아래턱에 호두를 만들며 어린애처럼 우는 세영의 앞에서, 은결은 차마 문장을 끝맺지 못했다. 내가 군것질 좋아하는 줄 알고 그랬구나. 그래서 자존감은 약에 쓸래도 없고 자존심만 하늘을 찌르는 강세영이, 그 대쪽 같은 자존심 꺾어 가면서 그랬던 거구나. 은결은 약간 미안해졌다.

세영은, 오늘 하루 동안의 서러움을 모두 은결의 앞에서 풀어 내고 있었다. 가까이는 은결에 대한 미안함과 민망함, 봉변당한 모습을 보인 민망함부터 시작해서, 멀리는 근무 중 당했던 행패들과 왜 자신에게만 이런 일들이 일어나는지. 정말 세상이 온 신경을 집중해서 자신을 미워하는 것 같아서, 세영은 은결의 앞에서 목 놓아 울었다.

"그만 울어."

어떻게 위로해야 될지 감도 안 잡혔고 딱히 해 줄 말도 없었다. 그리고 위로를 받는다고 쉬이 멈출 울음도 아니었다. 미치겠네. 목덜미를 긁적이던 은결이 문득 테이블 위에서 밀크캐러멜을 집어 들었다. 빠르게 포장을 벗기자 연갈색의 달콤한 냄새가 진동하는 캐러멜이 손바닥 위에 톡 떨어졌다.

"흐어어. 흐어어."

은결은 캐러멜을 한 번, 우는 세영을 한 번 번갈아 보며 타이밍을 쟀다. 슬금슬금 세영 쪽으로 다가가 세영의 뒷목을 덥석, 잡았다. 갑자기 큰 손에 목이 잡힌 세영이 울음을 그치고 놀란 눈으로 은결을 멍하니 바라보았다. 이때를 놓치지 않고 은결은 세영의 입에 캐러멜을 쏙 집어넣었다.

"씹어. 계속 씹어."

그리고 세영이 뱉지 못하도록 입을 손바닥으로 가볍게 막아 버린다. 아무리 마이웨이 강세영이라도 설마 내 손바닥에 먹던 캐러멜을 뱉진 않겠지. 은결의 예상대로 세영은 당황하며 눈을 굴리면서도 착실하게 캐러멜을 씹었다. 성실한 저작운동이 손바닥에 느껴졌다.

입안에서 반쯤 녹았을까. 세영은 어느새 눈물을 그치고 어금니에 달라붙는 캐러멜에 집중하고 있었다. 은결은 그제야 세영을 놓아주었다. 손에 묻은 눈물을 바지에 아무렇게나 쓱쓱 닦아 내고, 세영을 바라보며 한숨 쉬었다.

"퇴근했죠?"

세영이 훌쩍이며 고개를 끄덕였다. 은결이 큼, 목을 긁어 헛기침을
한 번 했다. 그리고 물었다.

"닭발 먹을래요?"

* * *

"A 세트요. 핵폭탄 맛으로요."

세영은 익숙한 듯 주문하는 은결의 모습을 의심스러운 눈으
로 바라보았다. 그렇다고 해도 퉁퉁 부어서 날카로워 보이지도
않았지만.

강세영이 매운 거 못 먹는 강도영을 끄집고 나와 끝끝내 주먹
밥과 계란찜만 먹게 하는 단골 닭발집이었다. 설마 우연이겠지.
최은결이 제시한 메뉴가 하필 제가 먹고 싶어 하던 닭발이었고,
하필 물어보지도 않고 최애인 핵폭탄 맛을 고르긴 했지만, 우연일
거야. 설마 내 핸드폰을 도청하기라도 했겠어?

은결은 왁자지껄한 가게 한가운데서 홀로 고고한 한 마리 학
같았다. 캐주얼한 사람들 사이에서 혼자서만 위아래 포멀한 정장
차림으로 꼿꼿하게 앉아 있어서, 다른 테이블의 손님들도 은결을
흘긋흘긋 돌아보았다. 그 시선의 종착역은 꼭 세영이었다. 저렇게
잘난 남자를 닭발집으로 끌고 온 사람은 도대체 누군가- 질책 섞
인 평가를 받는 듯한 눈길이어서, 세영은 조금 민망해졌다.

은결은 그런 세영의 속을 아는지 모르는지, 뻘겋고 자극적이고
뭔가 저렴한 재료로 만든 음식이라고는 질색할 것 같은 얼굴로,

누구보다 익숙하게 새빨간 앞치마를 둘러맸다. 그 가슴팍엔 주류 회사 로고가 대문짝만하게 붙어 있었다.

"앞치마 해요?"

"아니…… 검은 옷이라."

성큼 내밀어지는 남색 앞치마를 소심하게 거절하고 나니 더 할 말이 없었다. 세영이 멍하니 꿈지럭대는 사이 은결은 재빠르게 수 저며 물컵을 세팅해서, 음식이 나올 때까지 손 하나 까딱하지 않아도 되었다. 난 이제 선배도 아닌데. 꼭 사회생활 막내가 으레 하는 양을 지켜보고만 있는 것 같아서 세영은 심경이 복잡해졌다.

"소주 마셔요?"

싱글 몰트 혹은 와인이나 마시게 생겨서는 소주라니. 의사를 물어보더니 대답도 듣지 않고 은결이 손을 들어 소주를 주문한다. 그럴 거면 왜 물어봐. 알바생이 들고 오는 하늘색 패키지가 붙은 소주병에 세영은 팔짱을 끼고 금세 뾰로통해졌다.

"야, 후레쉬 시키냐?"

"오리지날은 쓰잖아요."

"커피는 써서 어떻게 먹는대."

"커피가 뭐가 써요? 향으로 마시는 거지."

"소주도 향으로 먹는 거야."

"향으로 소주 먹는 사람이 안주로 매운 닭발을 먹어요?"

이게 한 마디도 안 지네. 세영의 윗입술이 씰룩였다. 은결은 꽈 드드드득 경쾌한 소리가 나도록 소주 뚜껑을 돌려 땄다. 그리고 앞에 놓인 소주잔에 차례대로 꼴꼴꼴꼴 투명한 소주를 따랐다. 저

스냅, 저 무빙, 회식 자리에서 잡기 꽤 선보일 것 같은 포텐셜인데. 막상 옛날 회식 때 최은결한테 관심이 없어서 어땠는지 하나도 기억이 안 났다. 어땠더라, 그때 최은결이.

"건배해요? 아님 각자 먹어요."

"뭐 그런 걸 물어보나?"

"나 조지게 싫어하잖아요. 건배도 싫을까 봐."

무성의하게 툭툭 내뱉는 목소리. 확실히 옛날의 최은결은 이렇진 않았다. 옛날의 나도 이렇게 기가 빠져 있진 않았지. 세영은 허공에서 잠시간 기다리고 있던 은결의 잔에 자신의 잔을 무심하게 챙, 부딪혔다. 그리고 약수 마시듯 한 잔을 홀딱 삼켜 버렸다.

"건배는 해 주네."

들릴 듯 말 듯, 씁쓸하게 중얼거린 은결도 한 잔을 비웠다. 곧 펄펄 김이 나는 계란찜과 김 가루 주먹밥이 서빙되었고, 이번에도 은결은 익숙하게 비닐장갑을 꼈다. 넥타이 풀착장 오피스맨의 몸통에 감긴 새빨간 앞치마, 사그락대는 비닐장갑. 와…… 진짜 드럽게 안 어울려.

"야, 줘. 내가 할게."

"아, 왜 자꾸 반말해요?"

"제가 할게요. 최은결 변호사님."

"내가 할 거예요. 이거 만드는 거 재밌단 말이에요."

구시렁거리면서도 큰 손을 조물딱거려 자그마한 주먹밥을 쉴 새 없이 만들어 낸다. 접시 위로 톡톡 올려지는 동글동글한 주먹밥,

세영은 문득 이 상황이 황당하게만 느껴졌다. 웃음이 날 정도로.

"내가 왜 너랑 닭발을 먹고 있지?"

"그 생각이 이제 들어요? 난 병원 나오면서부터 생각했는데."

"너 나 뒷조사 하나? 도청했지?"

"갑자기? 피해망상도 있네."

기가 찬다는 듯 코웃음을 친 은결이 손바닥 위에 굴러다니던 주먹밥을 세영의 입에 쏙 밀어 넣었다. 이게 지금 뭐 하는 거야!?

"핵폭탄 맛 나왔습니다, 떡 먼저 드세요."

뭐라 하기도 전에 주문한 닭발이 나왔다. 범인(凡人)이라면 냄새만으로도 연신 재채기를 할 만큼 매운 닭발이 김을 풀풀 풍기고 있었다. 세영은 그저 불평 가득한 얼굴로 입에 들어온 주먹밥을 씹을 뿐이었다. 이번에도 콩나물을 뒤적여 시뻘건 국물에 담그는 건 은결이었다.

"너 원래 이랬냐?"

"뭐가요."

음. 막상 입 밖으로 설명하자니 애매했다. 그러니까 원래 이렇게 남 잘 챙겨 주고, 헛소리 잘하고, 술자리에서 재롱 좀 부릴 것같이 구느냐고. 그런 걸 물어보고 싶었지만, 단어 필터링 없이 곧이곧대로 물었다간 또 파이트 뜨겠지. 그래서 머리 굴린 끝에 나온 말이 결국 또 그 말이었다.

"너 나 싫어하지."

"또 시작이네."

"싫어하잖아, 사실대로 말해 봐."

은결이 시큰둥한 얼굴로 빈 잔에 소주를 가득 채웠다.

"싫어요. 아주 강세영이라면 씹기도 싫을 만큼 싫어요."

"응."

"이제 속이 시원해요?"

끄덕. 세영은 홀가분하다는 표정으로 젓가락을 들어 김이 펄펄 나는 닭발을 뒤적였다. 은결은 다시 한 잔을 빠르게 비우며 생각했다. 진짜 또라이야.

"쌤은 나 왜 그렇게 싫어했어요?"

빈 잔을 소리 나게 테이블 위에 올려놓으며 은결이 중얼거렸다. 작은 목소리였지만 세영도 확실히 들을 수 있었다. 제 이름도 제대로 부르지 않던 최은결에게 오랜만에 들어 보는 호칭이었다. 쌤. 세영 쌤. 두 손을 폭 모으고 세영을 졸래졸래 따라다니던 햇병아리 의사 최은결. 그땐 꿍꿍이속 없는 눈빛과 좀 더 천진한 얼굴로…… 눈물 쏙 빠지게 혼나곤 했었는데.

세영이 천천히 고개를 들어 은결의 얼굴을 바라보았다. 여전히 말갛게 잘생긴 얼굴, 언뜻 한눈에 보면 예쁘다- 소리가 먼저 나올 만한 고운 생김새. 그건 강세영이 최은결을 싫어했던 이유 바로 그 자체였다. 은결은 어깨를 한 번 으쓱하며 대수롭지 않다는 듯 말을 이어 갔다.

"이제 와서 따지자는 건 아니고. 그냥 궁금해서."

"너 나랑 일할 때마다 사고 친 거 기억 안 나냐?"

"아, 그건 그랬지."

아? 그건 그랬지? 그게 그렇게 간단하게 넘어간다고?

"야, 내가 너 뒷수습하느라 얼마나 힘들었는지 알아?"

"그땐 미안요. 근데 일 년차였잖아요."

"와……."

"그리고 황다름이 나보다 사고 더 치고 다녔어요."

……그랬지. 더 크고 더 심각한 사고는 황다름이 더 많이 쳤지. 그런데 황다름과 최은결의 차이점이 있다면, 다름의 사고는 여러 날에 분포되어 있었다는 거고, 은결의 사고는 항상 세영과의 근무 날에만 일어났다는 거고. 이렇게 뻔뻔하게 대답할 일이야? 세영은 제 앞에 놓인 소주를 입에 털어 넣었다.

"그래도 황다름은 예뻐했잖아요."

다 기어들어 가는 목소리에 세영의 눈이 커졌다.

"똑같이 사고 쳐도 나만 더 미워하고."

담담한 척 말하지만 목소리가 꺼끌한 게 여실하게 느껴졌다. 세영은 소주잔을 앞니로 딱, 딱, 소리 나게 몇 번 깨물다가 천천히 내려놓았다. 그리고 진심을 담아서, 고개를 숙였다.

"미안해. 진짜. 진심으로."

"에?"

"변명은 아닌데, 내가 인간이 덜 됐었어."

진지한 세영의 목소리에 당황한 은결이 침을 꿀꺽 삼켰다. 사과받자고 한 말은 아니었는데. 물론 한다는 사과를 안 받을 위인도 아니지만. 덜컹거리는 심장을 티 내지 않으려 무던히 애쓰는 은결을 아는지 모르는지 세영의 고해는 계속되었다.

"그치, 너나 황다름이나 똑같았지. 그런데 내가 너를 더 미워했던 거, 맞아."

"……"

"못 믿어도 상관없는데. 그땐 내 나름대로 이유가 있었어."

"……그게 뭔데요?"

은결과 세영은 서로의 눈을 마주하지 못하고, 동시에 끓어오르는 닭발을 멍하니 바라보았다. 어느 정도의 시간이 지난 후에야 세영은 조심스럽게 말을 꺼냈다.

"내가 잘생긴 사짜 싫어해."

"엥?"

"야, 가슴에 손을 얹고 생각해 봐라. 너는 실수해도 얼굴이 면 죄부였다고. 범인인 너는 유야무야 넘어가고, 나만 후배 관리 못한다고 두 배로 혼나고, 에이 씨, 말 나온 김에 다 털어."

세영이 신경질적으로 제 술잔에 소주를 들이붓고는 빠르게 홀딱 마셔 버렸다.

"환자들도, 보호자들도 다 너를 좋아했어. 나는, 알겠지만 진상 리셉터고."

말하면서도 비참해진다. 쩝, 괜히 시작했나. 입맛이 썼다. 하지만 여자가 무를 뽑았으면 칼이라도 썰어야지! 세영은 차근차근 은결에 대한 콤플렉스를 늘어놓았다.

"네가 실수해서 내가 혼나는 것까지는, 그래, 참을 수 있어. 선배들 말마따나 내가 널 잘 가르치면 되는 거니까. 그런데, 가만히 서 있기만 해도 아파서 온 사람들한테까지 이쁨받는 건 너고, 아무리 잘해도 욕먹고 멱살 잡히는 건 나야."

"……."

"솔직히 말할게. 열등감이었어. 뭘 해도 잘 풀리는 네가 잘생긴 얼굴로 무구하게 웃고 다니는 게 꼴 보기 싫었어."

"그래서 그렇게 괴롭혔다?"

은결이 세영의 말을 툭 끊고 난입했다. 그 어떤 이유에서든 괴롭힘은 정당화되지 않는다는 걸 각인이라도 시켜 주듯. 순식간에 할 말이 없어졌다. 세영은 뻔뻔한 표정을 유지하려 노력하며 아랫입술을 쭈욱 내밀었다. 자신의 행동이 그릇되었다는 건 알지만, 뭐라도 변명을 하고 싶었다.

"……너 나랑 일할 때만 유독 사고 쳤잖아."

변명이랍시고 붙는 말이 구차했다. 말이 늘어지면 늘어질수록 설득력은 떨어지는 것 같았다. 세영은 얼마간 주절거리던 입을 다물어 버렸다. 슬쩍 최은결이 어쩌고 있나 눈치를 보니, 은결은 어느새 팔짱을 끼고 거만하게 앉아 있었다. 잠시 생각에 잠겨 있는가 싶더니, 곧 세영을 향해 어깨를 으쓱해 보였다.

"그럴 만했네요."

그러더니 한결 가벼운 손놀림으로 콩나물을 왕창 집어 제 앞 접시에 가져간다. 그리고 매운 닭발을 콩나물로 돌돌 싸서 야무지게 와앙 입에 넣는다. 만족스러운 듯 우적우적 음식을 씹어 삼킨 은결이 침묵 위로 한마디 얹었다.

"가만 들어 보니까 처음부터 끝까지 나 잘생겼다고 인정하는 얘기뿐이네."

"……."

"잘생긴 것도 때론 죄죠."

"······이래서 내가 잘난 애들을 싫어해."

"이해해요. 그래도 난 근거 있는 자신감이야."

공백 없이 받아치는 대답에 드문드문 튀어나오던 헛웃음이 길게 이어졌다. 세영은 어느새 들썩이며 웃고 있었다.

얘 뭐냐 진짜?

* * *

속 쓰려.

일차원적으로 확고하게 밀려오는 감각에 세영이 미간을 찌푸리며 뒤척였다. 식도 아래쪽에서 작게 지글거리는 작열감이 느껴졌다. 닭 발을 먹겠다고 마음먹은 순간부터 기꺼이 감내해야 할 통증이었다. 그래도 오늘은 행복한 오프 날. 온종일 너그러이 속 쓰림을 이고 지며 여유롭게 즐길 생각에 세영은 베개에 머리를 더 깊이 묻었다.

'음?'

이상하다. 내 베개는 라텍스 경추 베개라 이렇게 푹신하지 않은데. 세영은 벼락처럼 내리꽂히는 위화감을 티 내지 않으려 노력했다. 눈 뜨고 잠 깬 거 들키면 망한다. 성인 여성의 직감 이었다. 그저 눈을 꾹 감고 어제 무슨 일이 있었는지 기억을 더 듬을 뿐이었다.

'좇 됐다······.'

맨살에 가볍게 얹힌 포근하고 따스한 구스 다운 이불이 지옥

불처럼 느껴졌다.

* * *

"의대에서 그렇게 공부해 놓고 또 공부가 하고 싶었어?"

둘 사이에 초록색 소주병이 하나둘 늘어 갔다. 펄펄 끓다 못해 국물이 졸아 냄비에 시럽처럼 들러붙던 닭발마저 식은 지 오래였다. 테이블 위에 비뚜름하게 기댄 세영이 건들거리며 물었다. 세영에 비해 단정한 모양새로 앉아 있던 은결이 눈썹을 한 번 흘긋 들어 올렸다.

"할 만하던데요."

"법률 용어 토 나와."

"의학 용어도 토 나왔어요."

덤덤하게 말하는 은결을 바라보며 세영은 물컵에 찬물을 따라서 한 모금 마셨다. 그래도 의사고, 의학 용어가 더 익숙할 텐데 로스쿨 갔다고 제 앞에서 은근히 감싸는 느낌이 들어 거슬렸다.

"그건 영어고, 법은 전부 한자잖아."

"대신 단어가 짧잖아요. 뉴모코니오시스[9] 같은 것도 없고."

"야, 그게 한 단어야? 뉴모랑 코니오시스 합친 거지?"

"진짜 쓸데없이 징그럽게 길어. EGD(식도-위-십이지장 내시경)가 한 단어인 게 말이 돼요?"

---

[9] 진폐증(Pneumoconiosis)

Esophago-gastro-duodenoscopy. 그것도 단어들을 뭉친 것 뿐이지 한 단어는 아닌데. 불만스럽게 고개를 갸웃거리는 세영에게, 은결이 촌철살인의 한마디를 날렸다.

"그냥, 의사랑 제일 상관없어 보이는 직업을 갖고 싶었어요."

"……."

"그런데 경험이 경험이라, 또 내 발로 병원에 기어들어 왔네."

대놓고 저격한 건 아님에도 슬금슬금 밀려오는 죄책감에 세영은 테이블 아래로 시선을 떨어뜨렸다. 아무렇게나 구겨 신은 자신의 스니커즈와 대조적으로 반짝반짝 광이 나는 은결의 구두가 보였다. 자신이 아니었더라면 은결도 지금쯤 와이셔츠에 타이 차림이 아닌, 헐렁한 당직복을 입고 맨발에 고무 슬리퍼를 끌고 다니고 있을지도 몰랐다.

"안 불편해?"

"뭐가요?"

"나랑 있는 거."

"불편했으면 여태껏 앉아 있겠어요."

은결이 길게 숨을 내쉬며 팔을 위로 쭉 뻗어 기지개를 켰다. 벌써 꽤 늦은 밤이었다. 식당에 바글거리던 사람들도 이제 몇 테이블 안 남았다. 세영은 잠시 생각에 잠겼다. 은결의 말이 맞았다. 자신이 정말 불편했으면 이 시간까지 제 앞에 앉아서 노닥거리고 있지 않았겠지. 그것도 인중에 땀이 송골송골 맺히는 매운 닭발까지 먹어 대면서.

"교수님이 나를 불편해하는 거라니까."

"그래서 너랑 친해지려고 애쓰잖아."

"어때요, 좀 친해진 것 같아요?"

중간 평가를 당사자에게 받게 될 줄은 몰랐는데. 세영은 취기가 올라 멍한 얼굴로 턱을 괴고 은결의 얼굴을 빤히 바라보았다. 그리고 느지막하게 발음했다.

"안 친해졌으면 여태껏 앉아 있겠어."

은결의 말을 그대로 돌려 받아치자, 은결이 세영의 잔에 소주를 따르며 피식 웃었다.

"그렇네. 강세영 성질에."

"너 은근슬쩍 말 깐다?"

"뭐 어때. 너도 까라?"

어쭈? 테이블에 비뚤게 기대어 있던 세영이 천천히 허리를 펴고 바르게 앉았다. 이 자식이, 보자 보자 하니까. 아무리 지금은 선후배 사이가 아니라지만, 그래도 한 마디 따끔하게 해 줘야겠다고 생각했다. 세영은 어린아이를 혼내듯 짐짓 무서운 얼굴을 하고 은결에게 호통쳤다.

"이노오옴."

큭큭큭. 들큰한 소주 냄새가 나는 으름장에 은결이 어깨를 떨며 웃었다.

"내가 너보다 두 살이나 누난데!"

"응, 그래, 세영아."

"응? 세영아? 아쭈, 이게 진짜!"

세영이 냄비 위로 빈 주먹을 휭휭거려 보았으나 길이도 길이였고,

무엇보다 힘이 없어서 은결에게 바람 한 점도 날리지 못했다. 한참을 낄낄대며 웃던 은결이 문득 손목시계를 들어 보였다.

"시간 늦었다."

"……나 내일 쉬어."

"수작질하는 거예요?"

얘가 뭐래? 쉬는 날이니까 늦게까지 마셔도 상관없다는 거거든. 세영이 어이없다는 듯 은결의 잘난 얼굴을 향해 주먹 감자를 들어 보였다. 은결은 아랑곳하지 않고 등 뒤로 손을 돌려 앞치마를 풀어내며 가방을 집어 들었다. 말없이 전달되는 간단명료한 제안에 세영도 슬그머니 겉옷을 챙겨 입었다.

먼저 일어난 은결이 성큼성큼 카운터로 가 음식 값을 계산했다. 주춤거리며 뒤따르던 세영은 지갑을 주머니에 넣는 은결의 그림 같은 모습을 바라보다가, 아까부터 머릿속을 떠나지 않는 생각을 입 밖으로 꺼냈다.

"최은결아."

"네."

"너 왜 나한테 닭발 먹자고 했어?"

은결은 대답 없이 식당 문을 밀어 밖으로 나갔다. 술김으로 얼얼한 얼굴에 찬 기운이 확 들이쳤다. 어두운 하늘에 샛노란 보름달이 형형하게 빛나는 밤이었다. 자박, 자박, 세영은 은결의 구두를 내려다보며 걸음을 천천히 따라가다가, 세 걸음 앞의 은결이 돌아서 자신을 바라보고 있음을 눈치챘다. 세영은 살며시 고개를 들어 은결과 시선을 마주쳤다. 술을 꽤 마셨지만 하나도 흐트러지지 않은 얼굴색, 속세의 일에는 전혀 관심도 없을 것 같은 표정.

"……."

"……."

"힘들어 보여서요."

그 말을 시큰둥하게 내뱉고 은결은 다시 돌아서 걷기 시작했다. 세영이 시야에서 점점 사라져가는 은결을 속절없이 바라만 보다가, 은결이 모퉁이 너머로 사라지기 직전에 숨을 크게 들이마시고 외쳤다.

"근데 왜 하필 닭발이냐고!"

얼마간 울음이 섞인 듯도 한 외침에 은결은 발걸음을 뚝 멈추고 그 자리에 섰다. 그리고 천천히 돌아서 입가에 두 손을 확성기처럼 대고 세영을 향해 큰 소리로 말했다.

"매운 닭발 좋아하잖아요!"

"……."

"아직도 좋아할 줄은 몰랐지!"

세영은 그만 그 자리에 주저앉아 버렸다. 그리고 어린아이처럼 엉엉 울음을 터뜨렸다. 하루의 고단함과, 억울함과, 서운함과, 은결에 대한 미안함이 회오리쳐서 감정을 추스르기 힘들었다.

저 멀리서 은결이 다급하게 자신을 향해 뛰어오는 게 언뜻 보였지만, 술기운을 머금은 울음은 기름 먹은 장작처럼 활활 타오르기 바빠서 그저 재가 될 때까지 우는 수밖에 없었다. 어떻게 알았어. 나 너한테 닭발 좋아한다고 말한 적 한 번도 없는데.

세영은 닭발집 앞에 주저앉아 통곡하던 장면까지 회상하고 나자 딱 죽고 싶어졌다. 지구가 날아갈 만큼 깊게 한숨을 내쉬고 싶었지만, 그랬다간 등 뒤에서 꼼지락거리면서 자고 있는 아무개가 깰지도 모른다. 그러니 할 수 있는 건 평온하게 숨을 고르는 것뿐이었다. 아직 깊이 잠든 사람인 것처럼.

그때, 아무개가 잠결에 뒤척이며 이불을 찾아 세영 쪽으로 파고들어 왔다. 헙. 세영은 그만 태연함을 놓치고 짧게 숨을 들이켰다. 이불 밑으로 퍼진 숱 많은 검은 머리카락, 반 뼘 정도의 거리를 사이에 두고 생생하게 느껴지는 사람의 뜨거운 온기. 뒤척이던 아무개가 곧 잠에 빠져든다.

세영은 혹여나 심장이 쿵쿵거리는 소리를, 아무개가 청진기도 없이 듣지는 않았을까, 조금 걱정했다.

* * *

세영은 길바닥에서 울고 있는 자신을 일으켜 세운 은결의 손이 장작불처럼 뜨겁다고 느꼈다. 엉거주춤 삐딱하게 일어선 후에도 잡은 은결의 손을 놓지 않았다. 사연 있는 사람처럼 은결의 두 손을 부여잡고 고해하듯 울었다. 미안해, 미안해. 당황한 은결이 이러지도 저러지도 못하고 있자, 행인들이 흥미 가득한 눈으로 그들을 흘끔 엿보거나 쑥덕이며 지나갔다.

"그만 울어요."

"흐읍……."

세영의 어깨를 부여잡고 빨래 털듯 탈탈 털었지만 몽롱한 기운만 더해지는 모양이었다. 미치겠네. 은결은 일단 사람이 안 보는 뒷골목으로 세영을 데리고 갔다. 어두운 골목 안, 희미한 가로등 불빛 아래에서 은결이 세영의 어깨를 도닥거렸다.

"이제 괜찮다니까, 진짜. 쌤도 미안하다고 했고."

돌연 다정한 목소리로 얼러 주니 언제까지고 계속될 것 같던 세영의 울음이 빠르게 멎어 갔다. 어? 이게 먹히네. 은결은 머리 하나 아래에서 작게 훌쩍이는 세영의 머리통을 가만 바라보았다. 세상에서 제일 나쁘고 악독했던 여자. 아주 처음부터 자신을 미워하기로 마음먹었던 그 여자. 그런 여자가 제 앞에서 과오를 사과하며 눈물범벅으로 고개를 떨구고 있다.

묘하게 뒤바뀐 관계에 은결은 손을 뻗어 세영의 아래턱에 생긴 호두를 엄지로 가만히 지분거려 보았다. 의외로 세영은 은결의 손길을 거부하지 않고 얌전히 받고 있었다.

어라. 음심이 발동한 은결이 대담한 제안을 하나 했다. 충동성은 얼마간 술김에 의해 발생했다고 봐도 좋았다.

"그럼 나 소원 하나 들어줘요."

"……뭔데?"

아무리 술에 취했다고 해도, 두 다리로 서서 말도 하고 싸우기도 하는 거 보면 정신이 아주 나간 상태는 아니다. 제가 듣기에 말도 안 되는 제안이라고 생각하면 단칼에 거절하겠지. 잠시 고민하던 은결이 큰 결심을 한 듯 비장하게 말했다.

"머리 한 번만 쓰다듬어 줘요."

"어?"

"그냥, 최은결 너 고생 많았겠다고…… 머리 한 번만 쓰다듬어 줘요."

겨우 추스른 미안한 감정이 다시 슬금슬금 이불을 펴고 드러누울 태세였다. 세영은 얼른 까치발을 들고 은결의 퐁신거리는 머리카락을 몇 번이고 쓰다듬어 주었다.

"잘했어. 고생 많았어."

"……."

"독사 마녀 밑에서 힘들었지."

어라. 이렇게 쉽게 된다고. 세영의 서슴없는 쓰다듬어 줌에 도리어 놀란 건 은결이었다. 게다가 왜 자기가 말하고 자기가 눈물 고이는 건데.

촉촉해진 세영의 눈가가 지나치게 가까웠다. 은결은 침을 꿀꺽 삼켰다. 이건 좋은 타이밍이다. 개수작 부릴 타이밍. 온 세계가 자신의 수작질을 응원하고 있는 듯했다. 머리 위에서 세영의 손이 아쉽게 떨어지는 순간을 놓치지 않은 은결이 터무니없는 제안을 내뱉었다.

"나 힘들게 했으니까…… 뽀뽀 한 번만."

"어?"

아, 젠장. 강세영의 눈이 동그래졌다. 몽롱한 흐름 타고 수작질 좀 해 볼랬더니 황당한 소원에 술이 깬 모양이었다. 그렇다고 한 번 뱉은 말을 다시 되돌릴 수도 없다. 은결은 큼큼, 헛기침을 한 번 한 뒤 뻔뻔하게 제 왼쪽 볼을 디밀었다.

"여기, 볼에 뽀뽀……."

이제 성희롱으로 신고당해도 어쩔 수 없다. 슬며시 제 볼을 들이밀던 은결은 볼에 와 닿는 감촉이 없자 슬슬 불안해졌다. 망했다. 괜히 말했나. 흘긋 눈동자만 굴려 세영을 내려다보니, 세영은 부은 눈으로 뚱하니 서 있었다.

"……."

"……."

"……싫으면 됐고요."

"볼이면 돼?"

흡. 미처 가시지 못한 울음을 훌쩍이며 세영이 물었다. 그 질문의 의도를 한 번에 헤아리지 못한 은결은 금세 후회했다. 볼이면 돼? 묻는 세영의 말투가 꼭, 오랑캐로부터 죽음을 면피하기 위해 정절을 내주겠다는 아가씨의 다부진 결심처럼 들려 스스로가 쓰레기처럼 느껴진 까닭이다.

그런데 세영은 애초에 대답을 바라고 물은 게 아니라는 듯 은결의 앞으로 한 걸음 성큼 다가왔다. 차갑고 작은 두 손이 최은결의 얼굴을 힘주어 부여잡는다. 눈물로 엉망이 된 작고 하얀 얼굴이 정욕에 불타는 눈으로 자신을 올려다보고 있다. 은결은 여기서 뭔가 잘못되고 있음을 느꼈다.

"볼 가지고 되겠냐고."

어, 이게 아닌데.

이게 아닌데!?

"저기…… 아니, 저기요…… 읍."

막무가내로 밀고 들어오는 세영의 맵고 짠 입술에 속절없이 삼켜져 버린 은결이 잠시 격렬하게 반항했지만, 잠시뿐이었다. 세영의 키스는 첫인상에 비해 다소곳했다. 한 번 격렬하게 도킹하고 난 후부터는 능구렁이가 따로 없었다. 엄지손가락으로 은결의 입술을 부드럽게 어루만지고는 촉촉 소리 나게 빠는 입술.

작게 까치발을 들어 제 목을 끌어안고 키스에 열중하는 세영의 허리에 은결이 팔을 감았다. 뜨거운 혀와 혀가 입술을 가르고 만나 서로를 탐닉했다. 누구 하나 숨 못 쉬게 하는 사람도 없는데 숨이 가빴다.

"하아……."

살아오면서 적지 않은 상대들과 입술을 나누어 보았지만, 지금처럼 가슴이 떨린 적은 처음이었다. 그게 어렸을 적 자신이 동경하고 마음을 주었던 여자라서 더 그랬다.

게다가 둘은 처음 나누는 키스임에도 불구하고 서로 백 년쯤은 입술만 부비고 산 사람들처럼 잘 맞았다. 운명의 상대는 따로 있는 건가 봐. 은결은 세영의 허리를 더욱 뿌듯하게 끌어안으며 숨을 나누었다.

어두운 뒷골목에서 농밀함이 과해져 간다. 여기서 한 발짝 더 나가면 자신을 어떻게 주체해야 할지 몰라 두려워진 은결이 그만 입술을 뗐다. 허전하게 떨어진 입술 사이로 은색 실이 반짝 빛났다.

한동안 가쁜 숨소리만이 두 사람 사이를 메웠다. 한숨 돌린 은결이 세영의 얼굴을 어루만지며 웃었다.

"잘생긴 사짜 싫어한다면서."

"잘생긴 사람 싫어하는 건 아니라."

그러면서 하반신을 강하게 붙여 오는 세영에 은결은 눈을 질끈 감았다. 충동이 두방망이질 친다. 살면서 단 한 번도 누군가에게 먼저 제안할 일이 없을 것 같던 말을, 은결은 입 밖으로 내뱉고야 말았다.

"그럼 나랑 한 번 자 볼래요?"

* * *

카드 키로 문을 열고 들어가자마자 현관에서부터 시작이었다. 카드 키를 급하게 꽂고 차례로 켜지는 은은한 조명 아래에서, 은결은 굶주린 사람인 양 세영의 입술을 탐했다. 세영의 타액을 모두 훔쳐 먹겠다는 사람처럼 굴었다.

덜컥, 자동 잠금쇠가 걸리는 소리와 동시에 손놀림도 함께 대범해졌다.

"앗, 하아……."

은결이 세영의 검은 블라우스를 들추고 등 뒤로 손을 뻗어 한 손으로 후크를 풀어냈다. 능숙한 손놀림에 핀잔을 한 번 줄까, 하다가 그만두었다. 어느새 옷 안에서 브래지어를 풀어 벗긴 뒤 얇은 블라우스 위로 볼록하게 솟은 유두를 어루만지는 은결의 손이 뜨거웠다.

"금방 섰네."

"아앗, 응."

뜨거운 엄지로 유두를 살짝 눌러 빙글빙글 문지르다, 세영을 번쩍 들쳐 안은 은결이 방 안으로 성큼성큼 들어가 침대 위에 세영을 패대 기쳤다. 탄력 좋은 매트리스였으니 망정이지 돌침대였으면 벌써 저 세상행이었을 완력이었다. 세영은 잔뜩 흐트러진 채 발딱 일어나 앉아 은결을 노려보았다. 은결은 여유로움을 가장하며 피식 웃었으 나 다급한 티가 여실했다.

"뭘 째려봐."

벨트를 철컥, 푸는 소리에 일순간 긴장했던 세영은 태연한 척 하며 은결을 노려보는 눈을 풀지 않았다. 은결이 귀엽다는 듯 웃 으며 세영의 위로 쏟아지며 블라우스를 들추고 한 손에 꽉 들어 차는 가슴을 주물렀다.

"가슴 크네. 몇 컵이야?"

"으응…… 씨 컵."

"내가 만져서 더 키워 줄게."

미친놈, 뭐 그런 말을 아무렇지도 않은 얼굴로 태연하게 해? 아래에 깔린 세영이 아연해진 사이 은결이 그녀의 입을 입술로 막아 버렸다.

이렇게까지 스파크가 튀는 남자는 처음이다. 처음 재회했을 때부터 어째 몸부터 보이더라니, 그 팽팽한 공기를 저만 느낀 건 아닌 모양이었다. 세영은 은결의 손길에 착실하게 반응하며 내키는 대로 신음을 했다. 자신에게 이런 요망한 모습이 있었는 지 세영은 스스로 놀랐다.

"아, 앗, 아항."

슬금슬금 내려가 블라우스를 올리고 발딱 선 젖꼭지를 할짝이는 은결의 머리통을 뿌듯하게 끌어안았다. 꼭 다 큰 아기에게 젖을 먹이는 기분이었는데, 그 아기가 지독하게 잘생겨서 아랫배가 사정없이 아리다는 게 문제라면 문제일까. 세영은 말초적인 자극에 허리를 휘고 이리저리 파닥거렸다.

은결의 손이 세영의 바지춤을 잡았고, 세영은 그가 옷을 벗기기 편하도록 엉덩이를 살짝 들어 주었다. 흰 팬티만 남기고 벗긴 은결이 거침없이 그녀의 둔덕 위로 손가락을 가져다 댔다.

"여기도 통통하고."

"앗, 아응!"

속옷 위로 대음순과 소음순을 오므려 잡고 흔드는 은결의 대담한 손놀림에 세영의 무릎이 절로 모아졌다. 곧 있으나 마나 한 속옷마저 벗겨지고 드러난 보드라운 음모를 은결이 부드럽게 쓸어내렸다. 그리고 클리토리스를 조심스럽게 어루만지며 질구 안으로 긴 손가락이 들어왔다. 젖어 있기로는 이미 입술 비빌 때부터 젖어 있었기에 여성을 만지는 손에서 찔꺽이는 소리가 나도 어쩔 도리가 없었다.

"아흐흑, 아흑!"

허리를 뒤채며 우는 소리를 내 보지만 희롱은 멈추지 않았다.

"언제 이렇게 젖었어."

"아익…… 씹, 몰라……."

"입도 걸고. 혼나야겠네."

은결이 세영의 무릎을 세게 잡고 확 벌렸다. 그리고 흥분으로 봉긋하게 솟아 있는 소음순과 클리토리스를 연약한 꽃잎처럼 부드럽게 매만지다가, 뜨거운 혀로 한 번에 확 갈랐다. 세영이 소스라치게 떨며 뒤로 넘어가는 신음을 냈다. 찹, 찹, 찹, 커다란 개가 물을 마시듯 혀를 내밀어 맞나게도 빠는 은결이 신기하게도 싫지 않았다. 커닐링구스는 죽어도 싫다고 내빼던 세영이었는데도.

한참을 오금이 달달 떨리도록 희롱당한 세영을 겨우 놓아준 은결이 상기된 얼굴로 일어섰다. 그리고 엉망이 된 세영에게서 시선을 떼지 않은 채 천천히 옷을 벗었다. 곧 드러나는 조각 같은 근육질의 몸과 드로어즈 밑 허벅지 쪽으로 삐져나온 거대한 남성이 보였다. 세영은 곧 자신에게 일어날 일에 대한 기대감과 두려움으로 몸을 떨었다.

"만져 볼래?"

은결이 더운 숨을 내뱉으며 세영의 위로 몸을 포갰다. 세영은 주저 없이 속옷 위로 손을 대어 은결의 페니스를 다급하게 만졌다. 뜨겁고 두툼하고 길어서 한 손에 잡히지조차 않았다. 무엇보다 성기가 허벅지 쪽으로 수납된 남자는 처음이었다. 팬티를 벗기면 어떻게 생겼을까. 정욕으로 다급해진 세영이 드로어즈를 휘떡 내리자 기다란 페니스가 용수철처럼 튀어 올랐다.

이걸…… 다……? 들어가……?

"……빨고 싶어."

아는 것이 힘이다. 적을 알고 나를 알아야 이긴다. 본능적인 두려움에서 이기기 위해서는 은결의 물건을 알아 가는 게 급선무였다. 저지할 여지도 주지 않고 세영은 엉덩이를 치켜들고 엎드려 은결의 페니스를 입에 물었다. 기둥을 손으로 잡고 천천히 쓰다듬으며 혀로는 귀두를 희롱했다.

"아…… 으……."

무릎을 꿇고 선 채 봉사를 받는 은결이 세영의 뒤통수를 사랑스럽다는 듯 쓰다듬었다. 너무 강한 자극에 스스로를 못 이겨 몇 번 허리를 들썩이기는 했지만, 초인적인 힘으로 충동을 이겨 냈다.

세영은 착실하고 축축하게 침을 흘려 가며 은결을 빨고, 부비고, 흔들었다. 귀두 끝에서 투명하고 끈적끈적한 액체가 새어 나왔고 세영은 혀를 뾰족하게 세워 그것을 콕 찍었다. 혀끝과 귀두 사이에 기다란 실이 이어지는 걸 보고 세영이 눈을 치켜뜨고 은결을 올려다보며 놀리듯 씩 웃었다.

"안 되겠다. 누워."

세영의 손아귀에서 벗어난 은결이 세영을 침대 위로 쓰러뜨렸다. 파드득 도망가려는 세영의 발목을 붙잡고 내리 끌자 힘없이 딸려 오는 세영의 다리를 벌리고 자리를 잡았다. 흥분으로 통통해진 클리토리스를 매끈한 귀두가 몇 번 문지르다가, 질구의 초입에 귀두를 꾸욱 넣었다.

"아앗."

아직 입구밖에 안 들어온 것 같은데 왜 벌써 꽉 찬 느낌이 들지. 세영은 은결의 정복욕으로 타오르는 눈길을 부끄러운 듯 피하며 신음을 삼켰다.

"읏, 아으읏ㅡ!"

천천히 밀며 들어왔다가, 다시 느릿하게 빼는 통에 찔걱이는 소리가 적나라하게 들려왔다. 그러다 어느 한순간 푹- 찌르고 들어오는 은결에 세영은 다시금 짐승처럼 소리를 지를 수밖에 없었다.

은결이 천천히 허리를 쳐올리기 시작했다. 아랫배를 뚫는 것 같은 둔탁한 감각이 점차 날카롭게 벼려지고, 황홀감으로 변질되는 데에는 오랜 시간이 걸리지 않았다. 강렬한 감각에 세영은 울며 고개를 세차게 저었다.

"아흑, 아앙! 깊어, 너무 깊…… 아웃."

"웃, 하아…… 더 울어."

은결이 깊고 빠르게 푹푹 찌르고 들어오자 세영이 침대 시트를 쥐고 맥없이 흔들렸다. 점차 혼미해져 가는 정신과 함께 한 자락 남은 이성도 날아가 버렸다. 완벽히 굴복당했음을 인정하고 나자 한 번도 느껴 본 적 없는 희열이 작고 천천히, 그러나 꾸준하게 퍼져 갔다. 발가락이 절로 곱아들었다.

"울어, 하아, 더 울어 봐."

"안 돼, 좋아, 안, 아니, 으흑!"

저 큰 게 어떻게 다 들어가냐고? 그러게. 나도 의사지만, 인간의 몸은 참 신기해.

* * *

……그런 생각을 하면서 짐승처럼 아무개. 즉 최은결에게 매달렸던 것 같다. 몇 번이나 했는지 기억도 안 난다. 쓰레기통을 뒤져

버려진 콘돔의 개수를 세면 알 수야 있겠지만 굳이 그런 노력을 들여 어젯밤 짐승 같던 자신을 복기하고 싶지 않았다.

세영이 부스럭대는 소리에 작게 한숨을 얹었다. 미쳤다. 미쳤어 강세영. 아무리 취했어도, 아무리 굶었어도 그렇지. 최은결이랑? 내가 먼저 덤벼들어서 빨고, 깊이 박히는 게 좋다고 엉엉 울었다고? 나 앞으로 얘 어떻게 봐? 이제 우리 어떻게 되는 거지? 혼란스러운 세영의 뒤에서 잔뜩 낮게 깔린 목소리가 웅얼거렸다.

"자는 척 다했어?"

"……."

좋은 생각이 났다. 이번엔 내가 병원 그만둘까?

잠깐 이성을 가다듬고 다시 천천히 생각해 보자. 생업이 걸린 문제였기도 하거니와, 어떻게 얻은 교수 직함인데!?

아무리 최은결과 그렇고 그렇게 됐다고 해도 쉽게 포기할 수 없는 직장이었다. 그렇다고 예전의 은결이 싫을 게 없어서 쉽게 퇴사했다는 건 아니고. 세영은 연신 아랫입술을 질근질근 물어 대며 모니터에 시선을 꽂았다.

"교수님…… 키보드 부서져요."

등 뒤에서 주사약을 재던 간호사가 걱정스러운 목소리로 세영에게 말했다. 그게 세영을 걱정해서인지, 키보드를 걱정해서인지는 불확실했으나 아무튼 세영은 길게 숨을 내쉰 뒤 의자 뒤에 푹 기대어 앉았다. 병원 안 그만두고 최은결이랑 안 마주칠 방법이 있을까?

세영은 잠시 고민하다가 가운 안에 쥐 죽은 듯 잠들어 있는 핸드폰을 꺼내 들었다. 그리고 한참을 망설이다가 전원을 켰다. 근무가 시작되었는데 당직 교수가 핸드폰을 꺼 놓는 일은 있어선 안 됐다. 세영은 진작 투 폰을 쓰지 않은 자신의 귀찮음을 탓하며 하얀 배경 한가운데 까맣게 빛나는 한 입 베어 문 사과를 노려보았다.

곧이어 쏟아질 은결의 부재중 전화를 각오했다. 익숙한 배경 화면이 뜨고, 핸드폰이 꺼져 있는 동안 밀려 있던 메신저와 문자 메시지들이 도로롱, 차례대로 떴다. 부재중 전화도 두 건 찍혀 있었다. 잠깐, 두 개? 꼴랑 두 개? 딱 두 번 전화하고 안 한 거야? 미묘하게 상하는 자존심에 세영이 전화 모양 픽토그램을 눌러 통화 목록으로 들어갔다.

"어라."

그런데 두 개 다 핸드폰 번호가 아니었다. 하나는 070으로 시작하는 인터넷 전화번호, 하나는 1588로 시작하는 번호. 세영은 얼이 빠진 얼굴로 통화 목록을 제일 위까지 몇 번이고 올려 봤지만, 은결의 것으로 보이는 번호는 보이지 않았다.

"아…… 하하. 하하하……."

세영이 실없는 웃음을 내뱉으며 핸드폰을 다시 가운 주머니에 집어넣었다. 그러고 나서도 마우스를 딸깍이면서 오래도록 웃었다. 하하. 하하하. 뭘 기대하고 있었던 거야. 애타게 나를 그리워하고 있을 최은결? 그 하룻밤을 잊지 못하고 나에게 빠져 버린 최은결?

아서라. 김칫국도 이 정도면 벤티 사이즈다. 은결을 피해 병원 그만둘 생각이나 하고 있었다니, 바보 천치가 따로 없었다. 최은결은 내가 잘 들어갔는지 어쨌는지 궁금하지도 않은가 본데. 혼자서 신경 곤두세우고 전전긍긍하던 자신이 프로 김칫국러로만 느껴졌다. 다 큰 성인 남녀가 그냥 홧김에 하룻밤 서로 즐긴 거 잖아. 거기에 굳이 많은 의미를 부여할 하등의 이유가 없다.

사고 회로가 거기까지 닿자 합리화가 완료되었다. 세영은 근성 의 달인일 뿐 아니라 자기 합리화의 달인이었다. 혼란으로 이지러 졌던 눈빛이 단단해지고, 헛웃음이 흘러나오던 입술을 꾹 다물고 신환(새로운 환자) 목록을 무한 새로 고침 했다.

교수님…… 이번엔 마우스 부서질 것 같은데. 트레이에 수액 세트 를 담아 가던 간호사가 불안한 눈으로 세영의 뒤통수를 바라보았다.

* * *

떠난 여자와 버스는 잡는 게 아니라지만, 어떤 버스도 그런 식으로 토끼지는 않는다.

'자는 척 다했어?'

'……'

'……'

'씨앙…….'

세영의 등 뒤에서 작게 읊조리는 욕설을 들은 은결이 피식 웃으며 자리에서 벌떡 일어났다. 그리고 나체로 성큼성큼 걸어 욕실로 갔다. 욕실은 세영이 누운 방향에 있었으니 분명 제 나신의 뒷모습을 봤을 것이다. 왜 굳이 속옷 한 장 안 집어 입고 탱탱한 엉덩이를 보였냐면, 자신 있어서였다. 깨알 매력 어필이랄까.

그래도 둘이 맞는 첫 아침인데, 거대한 고추를 덜렁거리며 욕실을 나오는 건 좀 너무한 것 같아 인간적으로 수건 한 장은 둘러매고 나왔다. 그리고 펼쳐진 눈앞의 광경에, 은결은 젖은 머리에서 하나둘 떨어지는 물방울을 수건으로 닦아 낼 생각도 하지 못했다.

'……튀었어?'

강세영이 모른 척하고 누워 있어야 할 침대가 텅 비어 있었다. 설마 이불 속에 숨어 있겠지 싶은 의심도 못 하도록 아주 이불을 확 제쳐 놓고, 사람이 누웠던 모양 그대로 굴 모양이 되어 비어 있었다.

무슨 버스가 그렇게 비열하게 토끼냐고. 혹시나 메모라도 남긴 건 없나 테이블이며 이불 위를 샅샅이 뒤져 보았지만 당연하듯 아무 흔적이 없었다. 허탈한 은결의 마음과 동기화 되었는지, 힘이 빠진 수건이 허리에서 스르르 풀어져 바닥으로 툭, 떨어졌다. 아침 발기 가 채 풀리지 않은 페니스가 심장박동에 맞춰 꺼덕거렸다.

당장 전화라도 해야겠다는 생각에 핸드폰을 집어 들었지만 세영 의 전화번호를 모른다는 사실을 뒤늦게 깨달았다. 어제 세영의 핸드 폰으로 전화한 적은 있었지만, 그때는 내선 전화를 썼기 때문에 제 핸드폰에 기록이 없었다. 원내 메신저에서 세영의 개인 번호를 뚫어 져라 노려본 적도 있었지만, 도무지 그 숫자의 배열이 뭐였는지 010 빼고는 하나도 기억이 나지 않았다.

어떤 버스도 이렇게 얍삽하게 도망가진 않는다고. 정류장에서 있는 힘껏 손 흔들지 않으면 정차 안 해 주는 경기도 버스도 이것 보단 낫다고. 허허. 허허허. 그렇게 같은 종류의 헛웃음을 은결은 세영보다 하루 먼저 웃었다.

"변호사님, 신 건이요."

나은이 열린 문틈 사이로 조심스럽게 은결을 불렀다. 아침부터 멍하니 정신을 못 차리고 있던 은결이 화들짝 놀랐다가, 민망한지 큼큼 헛기침했다. 나은이 조용히 들어와 은결의 책상 위에 두꺼운 서류 봉투를 올려놓았다.

"여기 둘까요?"

"고마워요."

건성으로 대답한 은결이 모니터를 쳐다보며 딴생각에 잠겼다. 어제는 쌩으로 지각까지 한 데다 너무 바빠서 세영에게 연락할 정신이 없었다. 퇴근하기 전에 전화번호 카피하고 가야지, 분명히 생각은 했으나 수석 변호사와 외근 나왔던 길에 그대로 정신없이 퇴근해 버렸다.

"이거 끝난 사건들이죠? 서류실에 넣어 둘까요?"

용무를 끝낸 나은이 나가지 않고 은결의 책상 위를 흘금거리다가, 두툼한 서류 봉투를 발견했다. 지난주에 선고를 받고 종결된 사건의 서류였다. 나은의 말에 은결이 그것을 슬쩍 곁눈질하고는 무심하게 대답했다.

"두세요. 나중에 제가 갖다 놓을게요."

"아니에요. 저 오늘 어차피 서류실 정리해야 돼서."

나은은 은결의 대답을 기다리지 않고 무거운 서류 봉투를 한 아름 품에 안고 통통거리며 사무실을 나갔다. 탕, 문 닫히는 소리와 함께 넋이 빠졌던 은결은 그제야 나은이 방을 나갔음을 알았다.

다시 적막과 함께 황망함이 찾아왔고 은결은 다시 강세영이라는 바다에 빠졌다. 타이밍, 빌어먹을 타이밍. 연락을 할 거였으면 당연히 어제 했어야 하는데, 나라고 그렇게 정신없이 바쁠 줄 알았겠냐고.

없던 일로 하고 지나가기에는 술 먹고 귀엽게 입술 비빈 정도가 아니었다. 이렇게 박고 저렇게 흔들고 몇 번을 쌌는데, 그걸 그냥 쌩 깐다고? 강세영이랑 내가 그럴 수 있다고?

은결은 답답함에 머리카락을 벅벅 긁었다. 눈을 희게 뜨고 모니터를 노려보다가, 원내 메신저를 켜서 세영을 검색했다. 이름 옆에 연두색 동그라미가 떴다. 접속 중. 그러다 문득 은결은 아, 작은 신음을 내뱉으며 통찰했다.

강세영도 연락 없잖아. 이거, 내가 먹버 당한 건가?

"꺄아악!"

그때, 옆방에서 쿠당탕탕탕- 하는 소리와 나은의 새된 비명이 들려왔다. 먹버의 충격에서 헤어나지 못하던 은결이 흠칫 놀라며 귀를 기울였다. 사무직 직원들이 비명이 들린 쪽으로 달려가며 어떡해, 괜찮아? 하고 묻는 소리가 들렸다.

소리 들으니 다쳐도 제대로 다쳤을 것 같아, 은결도 자리에서 일어나 서류실 쪽으로 다가갔다. 서류로 꽉꽉 들어찬 좁은 방 앞을 두셋이 막고 서 있으니 나은이 보이지 않았다. 은결이 앞에 선 직원의 어깨를 살짝 밀어내며 까치발을 들자, 엉망으로 흐트러진 종이 뭉치들 위에 아무렇게나 널브러진 미니 사다리, 그리고 울상이 된 나은이 있었다.

"주임님, 괜찮아요?"

은결이 직원들을 헤치고 좁은 서류실로 들어가 나은을 살폈다.

은결의 등장에 직원들이 한시름 놓았다는 듯 저들끼리 떠들었다.

"참, 우리 최 변호사님 응급실 의사 선생님이잖아."

"저 어리뻥 진찰 좀 해 주세요. 조심 좀 하라니까."

그 응급실 의사, 백 일도 못 채우고 그만뒀는데. 그러나 어쨌든 기대하고 있는 눈들이 많았다. 은결은 나은이 부여잡고 있는 손목을 익숙하게 이리저리 눌러 보았다.

"아얏."

"아파요? 여기는?"

"아야! 거기도요……."

압통은 있었지만 당장 부어오르지는 않았다. 명확하게 골절이 의심되지는 않으나 X-ray 등 검사가 필요한 상황이었다. 나은이 민망한 듯 은결의 손에서 잡힌 손목을 빼내며 웅얼거렸다.

"넘어지면서 손으로 바닥을 짚어서…… 죄송해요."

"뭐가? 왜 죄송해?"

"신경 쓰이게 해서……."

"별소리를 다 하네."

나은을 보면 항상 본가의 막내 여동생이 생각나 마음이 쓰였다. 나이도 비슷하고, 하는 짓도 비슷했다. 은결이 코웃음을 치며 나은의 팔을 툭 쳤다. 바알개진 나은의 볼을 아는지 모르는지 은결은 나은을 붙잡아 일으켜 세웠다. 직원 중 나은과 친하게 지내는 김 대리가 걱정하는 목소리로 물었다.

"OS(정형외과) 외래라도 연락해 줄까?"

"저 진짜 괜찮아요, 병원 보건실 가도 돼요."

나은의 말에 은결의 머리 위에 알전구가 탁 켜졌다. 맥없이 힘 빠져 있던 눈동자에 생기가 감돌았다. 은결은 목소리를 깔고 나은에게 협박하듯 말했다.

"지금 당장 치료 안 받으면 이 주임님 팔 절단해야 할지도 몰라."

"……네?"

그 정도는 아닌데. 나은이 의아하게 중얼거렸지만 은결이 워낙 진지한 표정으로 말해서 더 대꾸할 수가 없었다. 또 다름 아닌 응급의학과 의사 출신 아닌가. 그런 사람이 아무 말이나 뱉진 않을 거야, 직원들은 은결에게 그런 막연한 신뢰가 있었다.

"어머, 크게 다쳤나 보네."

"상태가 많이 안 좋은 거예요? 너 진짜 괜찮은 거야?"

"제가 이 주임님 데리고 응급실 다녀올게요."

은결이 나은의 팔을 잡고 사무실을 나서자 아무도 잡는 사람이 없었다. 나은은 연신 민망함에 손사래를 쳤지만 은결에게서 손을 빼낼 수 없었다. 은결은, 나은보다 반 발짝 앞서 천천히 그녀를 끌고 엘리베이터를 향해 걸으며 눈을 번뜩였다.

메신저 접속 중이니 분명 근무 중이겠지. 이번엔 도망 못 간다, 강세영.

* * *

"손목을 다쳐서요."

"……."

"……."

"근데 왜 업고 계세요……?"

응급실 원무과까지 멀쩡하게 걸어와 나은의 이름으로 접수를 했다. 저쪽으로 들어가시면 됩니다. 무미건조한 안내와 함께 응급실 자동문 앞으로 향하던 은결이 발걸음을 멈춰서 나은에게 등을 내밀었다. 처음에는 영문을 모르는 나은이 당황하며 몇 번이고 손사래를 쳤지만 은결은 안 업히면 못 들어간다며 완고했다. 그럼 안 들어갈게요, 정색하는 나은을 보쌈 하듯 집어 업어 버린 은결이었다.

"일단…… 이쪽으로 오세요."

나은은 부끄러움에 넓은 등에 얼굴을 푹 묻었고, 은결은 처음 보는 간호사의 안내를 따라 성큼성큼 걸었다. 여기저기 조금 바뀌긴 했지만 여전히 익숙한 공간이었다. 은결은 고개를 이리저리 돌리지 않으려 노력하며 눈동자만 굴려 세영을 찾았다.

정장 차림의 대단한 미남이 작은 여자를 업고 응급실을 횡보한다. 자연히 시선들이 따라붙을 수밖에 없었다. 혹여나 그 사이에 강세영의 눈길이 있지는 않을까 탐색하며 은결은 내어 주는 침대 위에 나은을 조심히 앉혔다. 등에서 내린 나은의 얼굴은 터지기 직전으로 붉어져 있었다.

"왜 그러셨어요, 창피하게……."

"환자잖아요."

"다리는 안 다쳤어요."

"넘어지면서 다쳤을 수도 있잖아."

덕분에 이목 끌기는 성공했다. 은결은 허리에 손을 얹고 슬슬 두리번대며 담당의가 오기를 기다렸다. 곧 얼마나 후배인지 셈도 안 될 만큼 어려 보이는 인턴이 와서 나은을 진찰하기 시작했고, 잠시 짬이 생긴 은결은 지나가던 간호사를 붙잡고 물었다.

"선생님, 혹시 강세영 교수님 지금 근무 중이십니까?"

"강세영 교수님…… 무슨 일이신데요?"

은결에게 잡힌 팔을 빼내며 간호사가 한 걸음 뒤로 물러났다. 강세영, 이라는 이름에 순간 간호사의 얼굴에 짙은 경계심이 감돌았다. 강세영 진상 타기로 유명하다니, 나도 진상인 줄 아는 건가. 해코지하러 온 줄 알고.

거기까지 생각이 닿은 은결이 쑥스러운 듯 배시시 미소를 지어 보였다. 다분히 계산적인 미소였다. 살면서 이 웃음에 경계심을 풀지 않은 여자는 없었으니까.

아, 딱 한 명 있었다. 독사 시절 강세영 딱 하나. 그 생각에 닿자 은결의 미간이 티 나지 않을 만큼 찌그러졌으나 조화로운 이목구비 덕으로 그마저도 상큼해 보였다.

"후배예요."

"아, 그래요? 교수님 지금 중환 구역에 계시는데."

하여튼 이 웃음에 경계심 끝까지 붙들고 있을 수 있는 건 강세영 하나뿐이라니까. 은결은 이번에도 세영의 위치를 손쉽게 알아낼 수 있었다. 중환 구역이라고 말만 들으면 일반인들은 위치 팻말을 봐야만 찾을 수 있겠지만, 응급실 짬 좀 먹었던 최은결은 세영이 멀지 않은 곳에 있다는 걸 금세 알아챘다. 그래서 간호사가 어느 쪽이라고 말하기도 전에 그쪽을 향해 성큼성큼 걸었다.

"변호사님, 어디……."

혼자 침상에 남은 나은이 멀어져 가는 뒷모습에 대고 애처롭게 불러 보았지만 은결의 귀에는 들리지 않는 모양이었다. 은결은 순식간에 코너를 돌아 사라졌다. 희고 낯선 공간, 바쁘게 돌아다니는 낯선 사람들 사이에서 나은은 다친 손목을 부여잡고 아랫입술을 깨물었다.

"이나은 님, X-ray 찍으실게요. 저쪽 가시면 응급 촬영실 있거든요? 거기서 성함 말씀하시고 촬영하고 오세요."

"네에."

팔이 잘린다느니 무서운 소리를 해서 일단 따라오기는 했는데, 여유롭게 돌아가는 상황 보니 별로 그런 것 같지도 않았다. 하기야 고만한 사다리에서 떨어져 바닥 좀 짚었다고 팔 자를 미친 의사가 어디 있어. 그래도 여기까지 데려왔으면 옆에 좀 있어 주지, 변호사님은 어딜 간 거야. 나은은 불안한 듯 커다란 눈을 도록도록 굴리며 응급 촬영실을 향해 조심스럽게 걸었다.

"앗, 교수님!"

그러다 나은이 낯익은 얼굴을 발견하고 눈을 크게 떴다. 스테이션 뒤로 후다닥 엎드리던 세영이 머쓱한 듯 천천히 일어나 나은을 향해 웃어 보였다.

"비서님, 오랜만이네요."

"……왜 숨어 계세요?"

"제, 제, 제가요? 안 숨었어요."

강한 부정은 강한 긍정이라는 명제를 떠올리며 세영은 눈을 꾹 감았다. 과했다. 방금 거 좀 과했다. 빨리 대화의 주제를 돌려야 했다.

"비서님 발 다쳤어요? 봐 봐요."

세영이 스테이션 밖으로 돌아 나왔다. 나은의 순하고 둥근 눈에 경계심이 한 꺼풀 새겨지며 한 걸음 뒤로 물러났다. 나은의 앞에 쪼그려 앉은 세영이 의아한 눈으로 나은을 올려다보았다.

"왜요?"

"……."

"봐 봐요, 인턴이 초진했을 거 아니야."

방금 처음 만난 척하더니. 응급실 들어올 때부터 어쩌고 들어왔는지 다 알고 있잖아. 업혀 왔으니 그저 다리가 다쳤을 거라고 짐작했겠지.

"발 다친 거 아니에요."

나은은 그 말을 씹어뱉듯 던지고는 쪼그려 앉은 세영을 그 자리에 둔 채 촬영실을 향해 걸었다. 〈유주얼 서스펙트〉의 결말 장면 같았다고나 할까. 전혀 절뚝거리거나 불편해하지 않는 나은의 걸음걸이를 보면서, 세영은 자꾸만 번져 나가는 의아함을 끝내 지우지 못했다.

뭐야, 최은결. 쟤 왜 업고 왔어?

* * *

사랑에 빠지는 데에는 대단한 계기가 필요치 않다. 소아과에서 그리 탐을 내던 인턴 최은결이, 그리고 자신도 당연히 소아과 외길을 걸을 줄 알았던 최은결이, 응급실 턴 하루 만에 뜬금없이 응급 의학에 빠지게 된 것도, 어찌 보면 황당하기 이를 데 없는 이유 때문이었다.

"아하핳흐하…… 어흐흐하하핳……."

"환자분, 말씀하지 마시고 턱에 힘 빼 보세요. 천천히 다물어 보세요. 좋아요."

습관적으로 턱이 빠져 고생한다는 아주머니였다. 이번에도 쌈을 먹다 턱이 빠져 어떻게든 자신이 끼워 맞춰 보려 했는데, 하다 하다 도저히 안 돼서 두 시간을 고생하고 응급실에 왔다고 했다. 이 모든 정보는 인턴인 은결이 발화를 할 수 없는 환자에게서 필담으로 얻어 낸 소중한 정보였다.

"그믑습느드, 그믑습느드 스승늠."

"구강 외과 외래를 좀 다니셔야겠어요."

응급의는 두 시간을 낑낑대던 환자에게 성큼성큼 다가가서는, 박력 있게 환자의 머리를 벽으로 밀어내면서 빠진 턱을 단 3초 만에 끼워 냈다. 어떻게 하는 술기인지는 폴리클[10] 시절에 배워서 알고 있었지만, 실제로 본 건 처음이었다. 그리고 그렇게나 괴로 워하던 환자가 순식간에 편안해지는 것도 처음 봤다. 은결은 짙은 감동을 받았다.

잡기(雜技) 멋있어…… 최고야…….

"인턴 쌤."

그렇게 잡기의 아름다움에 취해 있던 은결을 응급의가 호출했 다. 12월이라 살짝 군기가 빠진 말턴 최은결은 비틀비틀 퇴원하는

---

10) 학생 의사

아주머니의 뒷모습을 바라보다가 한 발짝 늦게 아 네, 대답했다. 응급의는 어느새 몸을 돌려 스테이션에 삐딱하게 기댄 채로 은결을 빤히 바라보고 있었다.

"히스토리11) 쌤이 했죠."

"넵."

"필담하던데."

아, 보셨구나. 은결은 응급한 환자를 안정시키는 데에는 자신이 있었다. 우선 심신이 평안해지는 미소 띤 얼굴로 일 차적 안정, 환자의 이야기를 잘 들어 주는 걸로 이 차적 안정.

이번 환자의 경우에는 말을 못 하는 상황이니 얼른 이면지 한 장을 구해 와 둘이서 열심히 길게 필담을 나누었더랬다. 언제 빠지셨어요, 뭐 하다가 빠지셨어요, 예전에도 이런 적이 있었나요. 이면지에는 은결과 환자의 글씨로 빼곡했다. 칭찬 안 해 주셔도 되는데. 은결은 부끄러운 듯 몸을 배배 꼬았다.

"네에."

"환자 귀먹었어?"

"네?"

그런데 응급의의 입에서 나온 건 칭찬은 무슨, 날 선 질책이었다. 은결은 무슨 뜻인지 의중을 가늠하지 못하고 되물었다.

"환자 귀먹었냐고, 필담하게."

응급의의 한심한 눈빛을 받고 나서야 은결은 지난 자신의 행위가 똥멍청이 같았다는 걸 깨달았다. 그렇지, 환자가 말을 못 할 뿐이지,

---

11) 병력에 대한 구두 기록

못 듣는 건 아니니까 나는 그냥 말로 물어보면 되는 거였는데……
그 와중에 글씨 못 알아볼까 봐 또박또박 예쁘게 써 내려간 질문지가
수치스러웠다.

"환자 쌓인 거 안 보여? 빨리빨리 안 해?"

"죄송합니다."

"신환 왔다."

응급의는 입으로는 쉴 새 없이 은결을 까면서도 눈으로는 새로
뜬 검사 결과나 영상 등을 쉴 새 없이 켜고 끄면서 보고 있었다.
은결은 응급의의 그 멀티 플레이마저 대단하게 느껴졌다. 어떻게
온 머리를 풀가동해서 일에 전념하고 있으면서도 입으로는 인턴을
들들 볶을 수가 있지. 한 번 무슨 일에 집중하면 다른 일은 못 하는
은결로서는 응급의의 능력이 신비롭기만 했다.

"안 가나?"

"예?"

"이거 정신 못 차리네. 말턴이라 넋이 나갔나? 응급실은 적당히
시간 때우다 가는 데지 아주?"

우와. 은결은 탄성이 터져 나오려는 입을 겨우 틀어막았다. 응
급의는 입으로는 은결을 패면서 손으로는 빠르게 진료 기록을 타
이핑하고 있었다. 어떻게 말하는 머리랑 쓰는 손이랑 저렇게 따로
작업이 되지? 나였으면 진지하게 진료 기록 쓰다가 말이랑 섞일
것 같은데…….

은결은 응급의가 폭발하기 전에 얼른 고개를 꾸벅한 뒤 신환을
향해 다가갔다. 그리고 짐짓 진지한 표정을 지으며 물었다. 어디가

불편하세요. 배를 붙잡고 부축당하며 들어온 할머니가 은결의 얼굴을 보더니 찡그린 얼굴이 저절로 풀어졌다.

내가 배가 아파서 왔는데, 지금 좀 덜 아파진 것 같기도 하고……슨생님 몇 살인가? 결혼은 했고?

* * *

저 선생님 나를 왜 이렇게 싫어하지. 깨닫게 되는 데에는 오랜 시간이 걸리지 않았다.

"강세영 쌤?"

"그 쌤 너만 싫어하는 거 아니야. 나도 싫어하고, 쟤도 싫어하고, 다 싫어해."

"그래……?"

인턴 숙소에서 다 같이 치킨을 시킨 밤이었다. 막 퇴근했지만 세영에게 들들 볶여 입맛이 떨어질 대로 떨어진 은결은 닭 다리를 다 마다했다. 최은결이 눈앞의 닭 다리를 안 먹는다고? 다름을 비롯한 인턴 동기들이 은결의 곁으로 모여들어 그를 걱정했다. 무슨 일이야, 무슨 일인데 네가 닭을 안 뜯어. 은결은 종이컵의 동그랗게 말린 부분을 앞니로 씹으며 우물거렸다.

"유독 나만 더 싫어하는 거 같아."

"그 이유는?"

다름이 치킨 무를 아삭거리며 대수롭지 않은 듯 물었다. 지금껏 강세영에게 활활 태워진 역사를 되돌아보던 은결은 하늘이 무너져라 한숨을 쉬며 웅얼거렸다.

"나를 봐도…… 잖아."

"뭐라고?"

"……안 웃잖아."

생각지도 못한 낭만적인 이유에 치킨을 씹던 입들이 떡 벌어졌다. 그 상황에서 홀로 진지한 건, 잘나게 태어난 죄로 세상살이가 힘겨운 최은결뿐이었다. 은결로서도 할 말이 있었다. 여간한 또래의 이성이라면 응당 은결의 얼굴을 보고 안 웃을 수 없었다. 웃지 않으면 적어도 찌푸렸던 인상 정도는 풀어졌다. 그건 인정해야 했다.

평생을 잘생겼다, 예쁘다 소리 듣고 살면 이렇게 대단한 자의식을 가질 수 있게 되는구나. 가장 먼저 정신을 차린 다름이 혀를 쯧쯧 찼다.

"애냐?"

"이런 적이 처음이라……."

"미치겠네. 네가 그 정도야?"

"왜, 은결이 잘생겼잖아. 완전 만찢남인데."

굳건한 자신감에 다름이 덤벼들어 보았지만, 오히려 다른 남자 동기에게서 쉴드가 튀어나왔다. 같은 남자라고 쉴드 쳐 주는 것 봐라. 은결보다 몇 달 전 응급실 턴을 돌아 세영의 성향을 알고 있던 다름이 고개를 절레절레 저었다.

"너 잘난 건 알겠는데, 그 쌤 잘생겼다고 봐주고 그런 사람 아니……."

"야, 그렇다고 은결이를…… 남자 안 좋아하는 거 아니냐?"

"헐. 가능성 있다."

가능성 있긴 뭐가 있어. 다름은 연신 똥 볼만 차는 동기들에게 팩트를 날렸다.

"그 쌤 남친 있다 그랬어. FM(가정의학과) 교수래."

그 말에 놀란 눈들이 일제히 다름을 쳐다보았다. 뭐 그렇게 놀랄 일이야? 다름은 어깨를 으쓱거렸다. 다름도 응급실을 돈 게 꽤 오래전이라 지금은 헤어졌다는 사실을 알지 못했다.

"남친이 있어? 그 성격에?"

"ER 망나니라며? 그 여자의 무엇이 교수님의 마음을 움직였을까."

"야, 다름아. 망나니도 교수 남친이 있는데 너라고 못 할 거 없다."

뭐래, 닥쳐. 다름이 빈주먹을 들어 보였다. 그리고 곁눈질로 은결을 흘깃 보자, 은결은 아까보다도 더 침울해져 있었다.

"남자를 안 좋아하는 것도 아닌데 왜 그러지."

실로 대단한 자의식이었다. 그나마 다름은 무조건 저보다 나이 많은 남자가 아니면 남자로 보지 않는 탓에, 동갑인 은결의 만화 같은 외모에 홀리지 않고 객관적인 편이었다. 다름은 자세를 고쳐 앉고 은결을 향해 말했다.

"어이, 왕자."

"응."

왕자 호칭에 대번에 대답하는 것도 어이없었지만, 다름은 아무렴 어때- 싶은 생각으로 눈썹을 한 번 들어 올렸다.

"정면 돌파 어때."

의외의 제안에 은결이 고개를 들고 처량하게 다름을 바라보았다. 정면 돌파라니, 그게 무슨 뜻인데. 아니, 무슨 뜻인지는 아는데. 어떻게 하라는 건데.

"뭘로도 못 까게, 실력으로 보여 주라는 거지."

"……."

"너 얼마 전엔 EM(응급의학과) 가고 싶다며."

은결이 작게 고개를 끄덕였다. 소아과 외길 인생 버릴 거냐고 묻는 동기들 앞에서 은결은 당당하게 말했었다. 생의 가장 최전선에서 바이탈[12]을 만지는 참의사가 되고 싶다고. 물론 잡기(雜技)가 배우고 싶기 때문이라는 말은 혀끝에도 안 올렸다.

"EM 가서, 어? 완벽하게. 당당하게. 어?"

"……."

"그 쌤이 너만 미워하는 거 같으면, 뭘로도 못 미워하게 만들어 봐."

* * *

남의 일이라서 별생각 없이 내놓은 대답이었다. 그러나 그때까지만 해도 다름은 몰랐다. 은결은 정말로 인턴 송별회 회식에서 EM에 지원하겠노라 선언했고, 세영에게 탐탁지 않은 대답을 들었다.

"그러든지."

"……."

---

12) 활력(Vital), 주로 바이탈 사인(Vital sign)으로 쓰이며 활력 징후를 나타낸다.

"근데 넌 뭐 이런 걸 달고 다니냐."

심드렁하게 자신의 머리 위로 손을 뻗는 세영에 은결의 심장이 덜컥 떨어졌다. 취기가 올라 붉어진 세영의 얼굴이 잠시 가까워졌다가, 곧 멀어졌다. 그리고 가느다란 손가락 사이에 낀…… 한 마리의 벌레. 그것도 스스스- 소리가 날 것처럼 다리가 수십 개나 달린.

"으아아아악!"

놀라 기겁하는 은결을 보며 세영이 피식 웃었다. 그리고 식당 창문을 열고 벌레를 밖으로 휙 던지며 손을 탁탁 털었다.

"키우는 건 아니지?"

"네?!"

자기가 말해 놓고 우스운지 킥킥대는 세영의 얼굴을 은결은 멍하니 쳐다보았다. 웃으면 볼이 계란처럼 봉긋해지는구나. 처음 봤다. 여전히 얼음처럼 굳어 있는 은결을 흘깃대던 세영이 손을 들어 그의 머리 위로 휑휑댔다.

"없어, 이제."

다 닫히지 않은 창문 사이로 한겨울의 싸한 바람이 스며들어 왔다. 은결은 코를 훌쩍이면서도, 그저 세영의 얼굴을 가만히 쳐다보고만 있었다.

"벌레도 착한 사람 알아보고 오나 보다."

세영이 은결의 머리를 통통, 도닥이며 살풋 웃었다.

"쌤 착해. 환자들한테 하는 거 보면."

그러더니 곧 소주잔을 쥐고 일어나더니 고년차들이 있는 쪽으로 갔다. 홀로 남은 은결은 그녀가 앉았던 방석의 움푹 팬 모양을 한동안 멍하니 바라보았다.

은결은 그날 밤을 잊을 수 없다. 무섭기만 하던 세영의 얼굴에 옅게 얹힌 미소와, 생각보다 작고 여렸던 손가락과, 머리카락을 스치는 무심함. 자신이 무서워하는 벌레를 눈도 깜짝 안 하고 잡아 주는 사람. 그렇게 혼내면서도 사실은 다 지켜보고 있었던 사람. 그래서 나의 외적인 모습이 아닌, 내적인 모습으로 칭찬해 준 최초의 사람.

누구든 좋아하는 사람 앞에서는 잘하는 모습만 보이고 싶을 거고. 혼나지 않기 위해 잘하고자 했던 마음은 제법 그럴듯한 변명을 끼고 변질하였다.

* * *

"도대체 왜 그러냐, 너."

잘 보이고 싶은 욕심도 그만하면 과잉이었다. 남자 친구 없다는 말에 마음도 급했겠다. 생전 안 할 법한 어이없는 실수를, 희한하게 강세영 앞에서만 남발했다. 왜 그러냐, 너. 그 말을 하루 중에 가장 많이 읊조리는 건 그 누구도 아닌 최은결 자신이었다. 도대체 왜 그러는 거니, 은결아.

깊은 사이로 진전하기는커녕, 세영은 은결과 근무가 맞을 때마다 눈에 띄게 한숨을 쉬거나 잔뜩 지쳐 보였다. 은결로서도 다른 사람이 아닌 세영에게만 매번 혼이 나니 쥐구멍에라도 숨어 들어가고 싶은 마음이었다. 세영이 없는 근무에서는 날 듯 뛰듯 홍길동처럼 진료하고 다니는데, 유독 세영하고만 일하면 이렇게 된다. 머리가 굳고,

입은 더 굳어 버린다. 은결은 자신이 좋아하는 사람 앞에서 이렇게 얼어 버리는 타입인 줄을, 처음 알았다.

"은결아."

"예."

"나는 너 같은 애들이 세상에서 제일 싫어."

그렇다고 해도 이렇게 독한 말을 들을 줄은 몰랐는데. 은결은 입술을 깨물었다.

"아주 사는 게 쉽지? 빙긋 웃어 주기만 하면 남들이 궂은일 다 해 주고."

연이어 내리꽂는 비수에 두 눈이 시큰해졌다. 은결은 지금껏 뭔가 크게 착각하고 있었다는 것을 이제야 깨달았다. 다름의 말에 쓸데없이 희망에 찼던 지난날들이 어리석게 느껴졌다.

"그렇게 얼굴로 비비고 대충 살 거면 연예인을 하지 그랬어."

정면 돌파하면 강세영이 나를 다시 제대로 봐 줄 거라고? 아니. 강세영은 내가 잘했어도 그냥 나를 싫어할 사람이었어.

"부잣집 장가가려고 의사 짓 하나?"

이거 봐. 그게 아니라면 이렇게까지 나를 까 내릴 이유가……세영의 축객령에 이렇다 할 변명 한마디 하지 못한 은결이 터덜터덜 걸어 당직실 문을 열고 밖으로 나갔다. 당직실 바로 옆 복도에, 다름이 등을 기대고 서 있었다. 다 들은 모양인지 안쓰러운 눈길로 은결을 한 번, 희게 뜬 눈으로 당직실을 한 번 번갈아 노려보았다.

"강세영, 진짜 너무하다."

"……."

"저거 사내 괴롭힘으로 걸어도 할 말 없어. 지는 실수 한 번 안하고 컸나?"

제 편을 들어 주는 동기가 고맙다가도, 이 사태에 불씨를 댕긴 건 결국 자신의 실수라는 걸 알았기에 은결은 무심코 세영을 감쌌다.

"아니야. 내가 잘못한 거야."

"이것 봐라, 좋아한다고 편드네?"

다름의 날카로운 지적에 그만 은결은 입을 다물었다. 겨우 식어 가던 눈시울이 다시 뜨거워지기 시작했다. 좋아해서 그런 건 아닌데. 좋아해서 그런 건가. 그럼 뭐 해. 둔탱이 황다름도 아는 사실을 자기만 모르고. 좋아해서 매번 헛발질하는 것도 모르고. 잘하고 싶은 내 마음도 몰라주고. 달콤한 거 매번 가져다 바치는 내 마음도 몰라주고.

은결이 눈꺼풀을 끔벅일 때마다 구슬 같은 눈물방울이 뚝, 뚝, 떨어졌다.

"나 못 하겠어……."

"최은결……."

"그만둘래……."

작게 들썩이는 장신의 남자를 멍하니 바라보던 다름이 까치발을 들어 은결의 어깨를 도닥여 주었다. 그만두겠다는 동기의 말에도 차마 그러지 말라, 말릴 수가 없었다. 다름은 꽤나 짙은 책임감을 느끼고 있었다. 어쩌면 작금의 사태가 인턴 시절 닭 다리 뜯다가 내뱉은 자신의 말 한마디에서 시작된 건 아닌가 싶어서.

저에게는 다정하기만 한 선배인 강세영이, 콕 찍어 최은결만 싫어하는 게 사실인지 확인해야 할 필요가 있었다. 그래야 은결을 말릴래도 말릴 수 있는 여지가 생길 것 같았다.

"쌤은 어떤 스타일 제일 싫어해요?"

"얼굴 믿고 나대는 새끼."

누가 들어도 최은결이었다. 다름은 애써 웃으며 은결을 보호했다. 혹시나 세영이 은결을 달리 봐 줄까 싶어서. 비슷한 실수는 은결뿐 아니라 다름도, 다른 동기들도 다 하는 거였다. 그래서 세영의 유난한 반응이 원망스럽기까지 했다. 동기 사랑은 나라 사랑이라는데, 소중한 동기가 나가떨어지는 게 싫었다.

"은결이 착해요. 잘하려고 공부도 많이 하고 엄청 노력하고요."

"최은결이 너한테 부탁하던? 나한테 얘기 좀 해 달라고?"

세영의 날카로운 지적에 다름은 아차 싶어 손사래를 쳤다. 이거 까딱하다가 최은결한테 마이너스만 되겠다는 생각이었다.

"아, 아니요? 무슨 그런 부탁을 해요. 그냥 그렇다구요."

"나 걔 극혐해."

그렇다고 극혐할 것까지야…… 다름은 그만 입을 다물고 다 식어 빠진 감자탕이나 뒤적였다. 그리고 생각했다. 이 정도면, 은결이가 응급실에 남아 있을 하등의 이유가 사라진 것 같다고.

* * *

백일도 채 못 채운 전공의 생활이었지만 얻은 게 많았다. 세상 사람들이 전부 자신을 좋아하지는 않는다는 것. 얼굴로 비벼 호의를 얻어 내는 데는 한계가 있다는 것. 잘났다는 이유로 싫어하는 사람도 있다는 것. 그게 설령 자신이 좋아하는 여자라고 하더라도. 덕분에 은결은 한결 객관적인 인간이 되었다.

다시는 병원 쪽 보고 밥도 먹지 않겠노라고 다짐했던 게 엊그제였는데. 배운 게 배운 거라 결국 또 병원으로 기어들어 왔다. 그것도 예전에 지독하게 당했던, 트라우마의 온상인 바로 그곳으로 들어왔다. 로스쿨 졸업 후 잠시 일했던 사무실 대표님이 소개해 준 곳이 연희 병원 자리일 줄이야. 대표님 성의를 봐서 한달음에 거절할 수도 없었다.

그렇게 병원 지하에서 몇 개월 짱 박혀 일만 했다. 혹시나 아는 사람을 마주칠까 봐 엘리베이터도 안 타고 계단으로만 다녔다. 그랬는데. 그랬는데!

"이따 두 시에, 중재원 건으로 응급의학과에서 강세영 교수님 오실 거예요."

"예?"

"네?"

자신이 뭐 못 할 말 했냐는 듯 놀라는 나은의 반응에 머쓱해진 은결이 작게 웃으며 뒷목을 쓸었다. 어제 나은이 지나가듯 말한 응급의학과 미팅이 그거였나. 그게 강세영일 것이라고는 상상도 못 했다. 아직 이 병원에 남아 있는 줄도 몰랐고……

은결은 나은이 책상 위에 올려 둔 중재원 서류를 간단히 읽었다. 짐승만도 못한 어쩌고저쩌고…… 딱 보니 진료상 과실점은 없고

99% 감정으로만 신청한 조정.

전공의 시절에도 걸핏하면 보호자에게 멱살잡이 당하던 세영의 모습이 떠올랐다. 여전한가 보네. 그러나 달라진 게 있다면, 이젠 내가 당신 후배가 아니라는 것쯤. 그리고 당신의 흠을 덮어 줄 바로 그 사람이라는 것쯤.

그 생각에 다다르자 자신만만해진 은결이 피식 웃었다. 예전의 내가 아님을 당당하게 보여 주겠어!

"할 수 있다…… 은결아, 할 수 있다……."

그런데 미팅 시간이 다가올수록 가슴이 벌벌 떨렸다. 지난날 어떻게 혼났었는지는 기억도 안 나고, 다만 진심으로 좋아했던 기억만 오롯이 남아서 다리도 달달 떨렸다.

재회. 꿈에 그리지는 않았지만, 한 번쯤은 상상해 봄 직한 재회였다. 어떻게 등장해야 가장 멋지게 보일까. 결국 은결은 미팅을 십 분 남겨 두고 가방을 챙겨 밖으로 나갔다.

"어디 가세요?"

"금방 올게요."

주인공은 처음부터 등장하지 않는 법. 멋지게 나타날 요량으로 가방까지 들고 나왔으나 딱히 갈 곳이 없어 은결은 하릴없이 화장실로 향했다. 세면대 앞에 붙은 거울을 한참이나 바라보며, 은결은 심호흡을 하고 또 했다. 여전히 자신이 반했던 예민한 모습 그대로일까. 무심한 척하며 뒤에서 챙겨 주는 성격도 여전할까.

발을 동동거리며 미팅 시간이 되기만을 기다리던 은결은 3분을 더 기다려 사무실에 들어갔다. 과연 정장을 갖춰 입은 세영의 뒷모습이 보였고, 심장이 바닥까지 쿵 떨어지는 기분이 들었다. 은결은 애써 태연한 척 목소리를 낮게 깔고, 바쁜 척 찬바람을 휭 몰고 들어갔다.

"죄송합니다, 많이 기다리셨죠."

"아닙니다."

얼굴을 보였음에도 긴가민가한 표정, 엉거주춤 서지도 앉지도 않은 모습. 은결은 큼, 헛기침을 한 번 하고 접대용 테이블 앞에 앉았다. 너무 긴장해서 앉으라고 말할 생각도 못 했다.

"강세영 교수님 맞으시죠."

물음과 동시에 세영의 눈이 커다래진다. 나를 이제야 알아본 거야? 은결은 고개를 삐딱하게 들고 멋진 척 넥타이를 손으로 쥐어 살짝 흔들었다. 세상에서 가장 잘난 남자의 모습을 구현하기 위해. 당신이 그렇게도 싫어했던 그 얼굴이, 더 잘나져서 돌아왔다는 걸 보여 주고 싶었다.

"환자 사망인데 십오억, 좀 과하죠."

그런데 한 마디 톡 쏠 법한 세영이 잠잠했다. 오히려 은결보다 더욱 무심해 보였다. 자신의 사건을 맡은 사람이 최은결이라서인지, 아니면 피곤해서 그런 건지 구분은 안 갔지만, 확실한 건 여전히 자신에게 호의적이지 않다는 거였다.

"……사건에 대해서 뭐 더 하실 말씀 없으세요?"

"할 말, 없는데요."

"그러세요. 알겠습니다."

은결은 속으로 작게 헛웃음을 지으며 자리에서 일어났다. 나한테 관심 없는 것도 여전하구나. 아는 척이라도 해 줄 줄 알았는데. 재회로 들떴던 마음이 순식간에 차분해졌다. 은결은 냉랭한 얼굴로 제 책상 앞에 가 앉았다. 그런데 금방 자리를 뜰 줄 알았던 세영이 의외의 질문을 했다.

"궁금한 게 있어요. 사망인데 어떻게 십오억을 청구하죠? 그게 청구가 되는 금액인가요?"

……조정 신청서를 한 번이라도 읽어 봤으면 물어볼 수가 없는 질문이었다. 신청 내용에는 신청인의 고집 섞인 불평과 불만과 순도 100%의 악의가 들어 있었다. 애초에 위자료로 십삼억을 청구한 것부터가 비정상이었다.

세영의 날카로운 눈빛을 맞받아치던 은결의 눈이 순간 아연해졌다. 설마 지금 신청서도 안 읽어 보고 온 건가? 법무 팀이 알아서 해 줄 거라고 생각해서? 은결의 목소리에 가시가 섰다.

"손 놓고 있어도 저희가 다 해결해 줄 거라고 생각하셨나 보네요."

"그게 아니고, 제가……."

"자기 일인데. 남이 다 해결해 줄 거라고 믿고. 아닙니까?"

병원에서 근무할 때 은결이 이런 실수를 했다면, 세영이 아주 숨도 못 쉴 정도로 쥐 잡듯 잡았을 텐데. 은결이 이 정도로 꼽 주는 건 다행으로 여겨야 할 정도였다. 세영의 얼굴이 점점 빨개지는 게 눈에 보였다.

별것도 아닌 걸로 혼나 보니까 부끄럽죠? 다른 사람들 앞에서 뒤지게 혼났던 나는 어땠겠어요? 나한테 왜 그렇게까지 했어요?

"시정하겠습니다. 사건 제대로 인지하고 의견서 메일로 보내 드리겠습니다."

"저는 서면 보고 안 받습니다."

은결만이 할 수 있는 아주 작은 복수였다. 군이 찾아와 의견 교환 하라는 말에 고개를 끄덕이고 일어서는 세영을 바라보며, 은결은 눈치채지 못할 만큼 작게 한숨을 쉬었다. 그리고 생각했다. 강세영 왜 이렇게 시시해졌지?

그런데 세영이 사무실 문을 열자마자, 두 여자의 새된 비명이 들려왔다.

"엄마야!"

"앗, 뜨거!"

쟁반을 들고 들어오던 나은과 부딪힌 세영이 뜨거운 커피에 젖은 블라우스를 털어 내는 모습이 보였다. 모니터에 눈을 고정하고 있던 은결이 놀라 자리에서 벌떡 일어섰다.

괜찮아요? 많이 다쳤어요? 차마 말은 안 나오고 대신 나은이 세영에게 물어 주었다.

"어떡해요, 엄청 뜨거울 텐데…… 죄송해요."

"괜찮아요. 진짜 괜찮아요."

연신 괜찮다는 말만 반복하며 세영이 빠르게 사무실을 나갔다. 은결은 바닥에 쏟아진 커피에서 아직도 김이 나는 걸 발견했다. 주섬주섬 다과를 주워 쟁반에 담는 나은에게 버럭 화를 낼 수밖에 없었다.

"주임님, 진짜 좀!"

"네?"

"조심 좀 하시면 안 돼요? 세영 쌤 다칠 뻔했잖아요!"

"죄송합니다……."

"그 뜨거운 걸 들고 조심 좀 하지, 화상 입었으면 어쩌려고 그래요!"

처음 보는 은결의 화난 모습에 긴장한 나은이 몇 번이고 죄송합니다, 죄송합니다, 하며 고개를 꾸벅였다. 그러고도 한참을 씩씩대던 은결이 순간 아차, 정신을 차리고 나은을 돌아보았다. 하얀 얼굴이 귀까지 새빨개져 바닥을 수습하고 있었다. 강세영이랑 얘기하고 났더니, 성질머리도 물들었나. 은결이 자리에서 일어나 나은에게 다가가 조심스럽게 말했다.

"그, 주임님, 제가…… 주임님한테 화나서 그런 게 아니고."

"……."

"아니, 나는 너무 놀라서, 김이 펄펄 나길래요."

"알아요……."

기어이 울먹이기 시작하는 나은을 내려다보던 은결이 긴 한숨을 푹 내쉬었다. 그리고 쪼그려 앉아 나은을 도와 다과를 쟁반에 담기 시작했다. 그 행동에 더 북받치는지 나은이 어깨를 떨며 울기 시작했고, 은결이 나은의 어깨를 몇 번 토닥여 주었다.

"아이 글쎄, 주임님한테 화난 게 아니라니까 그러네."

"흐아앙……."

같이 쪼그려 앉은 은결의 무릎에 와락 고개를 묻고 울음을 터뜨려 버리는 나은이었다. 우는 나은을 떼어 내지도 못하고 은결은 어정쩡한 자세로 그저 울게 놔두었다. 본가에 나은만큼 잘 울고 잘 삐지는 여동생이 있어서, 이럴 때는 제가 알아서 그칠 때까지 울게 놔두는 게 정답이라는 걸 알았다.

은결은 나은의 눈물이 그치기를 기다리면서, 머릿속으로는 온통 세영의 생각을 했다. 그렇게 무섭고 떽떽거리던 여자가 기가 죽어 다니는 것도 꼴 보기 싫었고, 법무 팀이 알아서 해 줄 거라고 생각했는지 가장 기본적인 신청서를 안 읽고 온 것도 꼴 보기 싫었다. 아무튼 예전의 그 예민하고 확실하던 강세영이 아닌 것 같았다. 완전히 이빨 빠진 호랑이였다.

그런데 그렇게 꼴 보기 싫다면서도 다친 줄 알고 벌떡 일어난 자신의 모습이 모순적이라 느꼈다. 거의 본능처럼 뛰어 올라 세영을 걱정하고, 나은에게 화풀이하는 자신의 모습이 은결은 혼란스러웠다.

정말 별로인 재회였으면서. 사실상 최악의 재회라고 해도 될 법한데. 그 와중에 강세영을 걱정하는 나 자신이…… 아니야. 아닐 거야. 그렇게 당해 놓고 아직도 좋아한다고? 그럴 리가 없지.

은결은 세차게 고개를 저었다.

* * *

은결은 직감했다.

"어떻게 하면 화 풀래?"

나 아직도 강세영 좋아하나 봐. 근무에 지쳐 한껏 까슬한 목소리가 불쌍하게만 들렸다. 어떻게든 자신과 다시 해결하려는 노력이 가상하게 보인다. 왜? 도대체 왜? 옛날보다 하등 나은 게 없는데 아직도 강세영을, 내가 왜?!

잠시간 화가 났네 안 났네 대꾸하던 은결의 머릿속에 알전구가 탁 켜졌다. 이건 어쩌면 기회일지도 모른다고. 내 마음을 확실히 단정 짓고 직진하거나, 아니면 이제야말로 세영을 완전히 포기할 명분이 되어 줄 거라고.

"저랑 친해지세요. 아예 모르던 사람처럼, 우리 사이에 아무 일도 없었던 것처럼."

은결 딴에 큰 용기를 담아야만 할 수 있는 말이었다. 그리고 일순 진심이었다. 우리 사이에 아무 일도 없었던 것처럼. 아주 처음부터 관계를 쌓아 가자는, 말하자면 은결의 소망이자 바람이었다. 거절당해도 할 말 없는. 그런데 세영은 의외로 은결의 다짐 같은 제안에 강아지처럼 방방거렸다.

"알았어! 우리 친하게……."

"반말하지 마세요."

젠장, 위험할 뻔했다. 웃을 뻔했어. 은결은 무표정을 가다듬으며 한 마디 더 얹었다.

"좀 나가 주시겠어요?"

"네에."

풀 죽은 듯 귀며 꼬리를 축 늘어뜨리고 사무실을 나가는 세영의 뒷모습이 귀엽고 짠하게 느껴졌다. 원래 저런 사람이었나……? 옛날의 까칠했던 독사 강세영이 죽고 다시 태어난 것 같다. 맹독을 가진 코브라가 독기 다 빼고 애완 실뱀이 된 느낌이랄까.

탕- 문 닫히는 소리와 함께 은결이 의자를 반 바퀴 빙글 돌아앉았다. 그리고 광대를 천장까지 한껏 올리고 소리 죽여 웃기 시작했다.

"큭큭…… 친하게 지내자고…… 크키킥."

친하게 지내재. 강세영이. 초딩도 아니고 정말, 뭐야. 귀엽다. 귀여워 죽겠다. 은결은 구둣발을 바닥에 콩콩 구르며 낄낄댔다. 동당동당 뛰는 심장박동 소리가 귀에까지 들리는 듯했다.

다음에 또 언제 오지. 방금 문 열고 나갔는데 세영의 다음 방문을 기다리는 자신의 모습을 보면서, 은결은 이제 더 이상 자신의 감정을 속일 수 없음도, 함께 직감했다.

* * *

나은에게 잠깐 들키기는 했지만 숨어 다니길 잘했다고 세영은 생각했다. 어차피 근무 중인 건 근무 현황표를 보면 대번에 알 수 있으니, 당장 대면이라도 피하고자 하는 마음이었다.

긴 다리로 응급실을 휘젓고 다니며 눈을 빛내는 최은결은 꼭 연예인 같았다. 알게 모르게 따라붙는 시선들을 모른 체하는 건지 즐기는 건지, 날렵한 턱을 이리저리 돌리며 세영을 찾았지만 세영의 눈에는 은결이 꼭 저승사자처럼만 보였다. 옷도 시꺼먼 와이셔츠에 시꺼먼 정장 바지, 찾아내면 죽여 버리겠다는 각오 같은 건가.

퇴원 지시가 찍힌 나은의 진료 차트를 슬쩍 열어 보자 간단한 반깁스 오더와 함께 퇴원 약이 들어 있었다. 응급실에서 약속 처방으로 내는 진통제 오더였는데, 굳이 아프지 않으면 안 먹어도 되는 약이라 지인이 내원했을 때는 잘 처방하지 않는 약이었다.

세영은 잠시 흠, 고민하다가 미련 없이 나은의 진료 창을 꺼 버렸다. 같이 온 사람이 의산데, 알아서 하겠지. 다리를 다친 것도 아니라면서 둘러업고 온 왕자님이 있으니까. 세영의 아랫입술이 티 나지 않게 삐죽댔다.

"어이."

"으아악!"

갑자기 머리 위에서 떨어지는 저음의 목소리에 제 발 저린 세영이 파르르 떨며 작게 비명을 질렀다. 제발, 아니기를, 차라리 컴플레인 걸러 온 보호자이기를 빌고 또 빌었지만, 눈높이에 보이는 건 질 좋은 검은 와이셔츠였다. 강한 기시감이 들었다.

"숨바꼭질 다 했어?"

"……."

"여긴 그대로네."

스테이션에 한쪽 팔을 기대고 삐딱하니 서서 응급실 광경을 둘러보는 은결의 여유로움과는 대조적으로 세영은 불안한 듯 마우스를 딸깍였다. 눈동자를 굴려 주변을 탐색한 세영은, 가까이 있는 사람이 없어 자신들의 대화를 들을 수 없다는 게 한 가지 위안이었다. 세영은 입을 최대한 작게 오므린 채 웅얼거렸다.

"비서님 퇴원 났던데."

"어, 먼저 보냈어."

늘어지게 하품을 하며 기지개를 켜는 모습과 옛날 일이 뭐 대수냐는 듯 시원하게 말을 까는 성정이라니. 타고나길 K-유교걸인 세영에게는 최은결의 진짜 모습이 조금 버거웠다. 이게 어디서 선배 앞에서, 그리고 너보다 내가 누난데!

그러나 불평불만은 입안에서만 맴돌았다. 세영은 지금까지 최은결이 어떤 인간인지 전혀 모르고 있었다. 수년 전 제 앞에서 의기소침해 있거나, 혼나서 시무룩해 있던 최은결은 이제 세상에서 사라졌다고 봐도 무방했다. 수틀리면 어떻게 행동할지 가늠이 안 되니, 세영은 최대한 은결을 자극하지 않는 쪽을 택했다.

"넌 왜 안 가."

"나 가?"

"올 때는 업어 모시더니 혼자 보내냐."

차마 은결의 얼굴을 똑바로 바라보지도 못하고 모니터에만 시선을 꽂은 채 꿍얼거린다. 은결이 잠시 뒤통수를 맞은 듯 멍하니 있다가, 곧 만면에 웃음을 터뜨렸다.

"봤어?"

"……."

세영의 눈썹이 실룩거렸다. 업고 온 것만 봤겠냐. 아주 연약한 소동물한테 하듯 침상 위에 깃털처럼 올려놓는 것도 봤는데. 나는 호텔 침대에 패대기치더니, 매트리스 아니고 흙침대였으면 그대로 뇌출혈행이었다. 비서님은 작고 하얗고 예쁘다 이거지. 사람 차별도 이런 차별이 없다.

"쌤 보라고 업고 온 건데."

"……."

"봤으니까 됐어. 나 가요."

진짜 이상한 놈이다. 내가 그걸 보면 뭐? 질투라도 한단 말이야? 세영은 있는 힘껏 코웃음을 쳤지만 은결에게 가닿지 않았다. 얄미운 얼굴은 며칠 묵힌 변비를 해결한 사람처럼 후련해 보이는 걸음으로 세영에게서 멀어져 갔다. 세영은 있는 힘을 다해 은결의 뒤통수를 노려보다가, 갑자기 그대로 뒤돌아 걸어오는 은결에 당황하며 다시 모니터에 눈을 고정했다.

"아, 깜빡할 뻔했다."

다시 세영의 앞에 건들거리며 선 은결이 흥흥 웃으며 주머니에 손을 넣었다. 이번에는 세영이 눈을 치켜뜨고 은결을 올려다보았다. 여전히 흐트러짐 없고 단정한 생김새가 자신을 내려다보며 사람 좋은 표정을 하고 있었다.

"손 줘 봐요."

"……."

"아이, 빨리."

무슨 짓을 할지 몰라 주춤거리며 도망치는 세영의 손을 기어이 잡아 낸 은결이 바지 주머니에서 바스락거리는 무언가를 꺼냈다. 손바닥에 와 닿는 질감이 은박과 종이 사이의 그 익숙한 무언가였다.

세영은 이 광경을 꼭 꿈에서라도 본 것 같은 기분이 들었다. 언제고 은결에게 사다 바쳤던 과일 향 캐러멜의 겉껍질과 비슷한 질감이었다. 은결이 얼른 세영의 손을 꾹 접으며 속살거렸다.

"전화번호를 몰라서 연락을 못 했어."

"……."

"나도 쌤이랑 친해지고 싶은데."

"……."

"이건 딸기 맛."

그러고는 세영의 작은 주먹을 두어 번 톡톡 두드리더니 흥흥거리며 잽싸게 사라졌다. 세영은 은결의 뒤통수가 시야에서 완전히 보이지 않게 된 다음에야 작게 한숨을 내쉬었다. 그리고 은결이 쥐여 준 물건이 들어 있는 손을 꼼지락거렸다.

생각보다 깔끔한 재회였다. 물론 최은결이 응급실 한복판에서 '어제 같이 밤을 보내 놓고 왜 혼자 도망갔냐.'며 고래고래 소리칠 위인도 아니지만. 그럼에도 은결을 피하기만에 급급했던 모습과는 상반되는 어른스러운 모습에 오히려 민망해진 건 세영이었다. 게다가 친해지고 싶다는 멘트는, 아예 없던 일로 퉁 치고 쌩 까는 것보다야 나았다.

대형 사고가 있긴 했지만, 이전보다 친밀해졌다는 사실을 부정할 수는 없게 되었다. 최은결을 어떤 스탠스로 마주해야 하나 숱하게 고민하고 있었는데, 오히려 이렇듯 담백하게 나와 주니 다행이었다. 이왕 이렇게 된 거, 술김에 저지른 실수는 잊어버리자. 최은결을 피할 필요도, 더 마주할 필요도 없이 일과 관련해서만 만나면 되는 거잖아.

합리화는 곧 마음 정리로 이어졌다. 지금까지 언제 그런 무거운 고민을 했냐는 듯 가슴에 상쾌하고 가벼운 공기가 드나들며 얼굴에 미소가 절로 지어졌다. 최은결이 건네주고 간 캐러멜이나 까먹을까 싶은 마음에 세영은 꼭 쥐고 있던 손을 폈고, 동시에 얼굴이 하얗게 질렸다.

"하……."

바스락, 소리와 함께 피어나는 은박. 고무 링의 굴곡이 직관적으로 보이는 분홍색 패키지. 포장 한가운데 왕따시만 하게 박힌 XXL 세 글자.

세영은 누가 볼까 얼른 주머니에 그것을 숨긴 뒤 농락당한 기분에 몸을 바들바들 떨며 이를 갈았다.

최은결 이 새끼…….

* * *

"미쳤나?"

사무실로 찾아올 줄 알았다. 가방을 챙기던 은결이 불청객의 갑작스러운 방문에도 아랑곳하지 않고 실실 웃었다.

"죄송합니다만 저는 이만 퇴근이랍니다앙."

"야, 앉아. 아니, 너 나와."

씩씩거리는 세영에게 다가가 어깨를 토닥거리며 귓가에 대고 은결이 빙글빙글 웃었다.

"그러게 누가 도망가래?"

"야, 내가 언제 도망을…….'

"우리 제대로 얘기할 시간도 없었잖아."

뭐라 날카로운 말로 대꾸하고 싶었지만 말문이 턱 막혔다.

그렇지…… 도망간 건 사실이었으니까. 얼굴이 새빨개진 세영의 귀와 코에서 뜨거운 김이 증기 기관차처럼 뿜어져 나오는 것 같았다.

은결은 나풀거리는 세영의 잔머리에 시선을 두었다. 혹시나 퇴근하고 나면 은결이 먼저 가고 없을까 봐 눈썹 휘날리게 뛰어온 티가 여실했다. 은결이 피식 웃으며 세영을 달랬다.

"나도 쌤이랑 해결하고 싶은데, 오늘은 진짜 회식이라 안 되겠고."

"후…… 너……."

"콘돔 보자마자 하자고 달려올 줄은 몰랐네. 나중에, 나중에."

은결이 으이그, 짓궂게 웃으며 세영의 옆구리를 손날로 쿡 찍었다. 이게 진짜 돌아 버렸나? 어이를 상실한 세영이 아연해진 사이 은결이 세영의 등을 떠밀며 방 밖으로 나왔다. 전기 포트를 씻고 온 나은이 어리둥절한 눈으로 은결과 세영을 번갈아 보았고, 세영은 민망한 듯 고개를 숙였다. 그리고 은결을 향해 으름장을 놓았다.

"너 다시는 응급실 오지 마."

"얼레? 아프면 가야지 별수 있수?"

"놀리러 오지 말라고!"

"……강세영 선생?"

귀에 익은 목소리에 세영이 고개를 들었다. 그리고 은결과 동시에 천천히 고개를 돌아보았다. 사무실 제일 안쪽에 있는 수석 변호사실에서 낯익은 얼굴의 남자가 코트 차림으로 나왔다. 그게 누구라고 인지할 새도 없이 세영의 인상이 본능적으로 찌푸려졌다.

"여긴 왜……."

"지인인가?"

"예, 응급의학과 교수네요."

뒤따라 나온 노신사가 중절모를 눌러쓰며 묻자 남자가 가볍게 대답했다. 그리고 노신사를 한 번, 세영을 한 번 바라보더니 밝은 목소리로 말했다.

"제 학교 후배이기도 합니다. 아주 절친한."

세영은 정수리에 누군가 흡착기를 붙여 놓고 영혼을 빨아들이는 것 같은 기분을 느꼈다. 장담하건대 지금 이 지하 2층에 제정신인 사람 아무도 없어.

학교 후배? 아주 절친한? 그래, 절친하긴 했지. 당신 몸에 점이 몇 개인지, 잠버릇은 어떤지 훤히 아는 사람이 절친하지 않을 리 없지.

아무튼 생각하면 씨발 소리만 나오는 구남친 찬희였다. 세영은 질색하는 눈으로 찬희와 수석 변호사 쪽을 향해 슬쩍 묵례했다. 은결은 못마땅해 보이는 세영의 표정을 흘짓 훔쳐보았다.

"응급의학과 강세영입니다."

"어어, 반가워요. 그런데 최 변호사 사무실에서 나오는 것 같은데."

"아, 중재원 건으로 제가 잠시 뵙자고."

은결이 나서서 해명했고 세영은 고장 난 로봇처럼 삐그덕거리며 고개를 끄덕였다. 찬희는 살갑게 노신사의 가방을 들어 주며 사람 좋아 보이는 웃음을 지어 보였다.

언제고 저 웃음에 넘어간 적도 있었지만 다 옛날 일이지. 객관적으로 저보다 한참 나이가 많기도 했고, 내내 최은결 얼굴 보다가 저

세숫대야를 보자니…… 이목구비가 조금씩 어긋나 있는 듯 보여서 세영은 심기가 불편했다. 그래도 한때 진심으로 사랑했던 사람인데, 저렇게 못나질 줄이야.

"삼촌, 후배 오랜만에 만났는데 밥 좀 같이 사 주세요."

삼촌? 애살을 떨며 수석 변호사에게 말끝을 길게 늘이는 게 진짜 조카가 아니고서는 할 수 없는 짓이었다. 이찬희 삼촌이 우리 병원 변호사였나? 처음 알게 된 사실이었다. 아니, 사실이고 나발이고 내가 이찬희랑 밥을 왜 같이 먹어. 세영이 단번에 정색하며 단호하게 말했다.

"죄송합니다. 제가 오늘은 선약이 있어서요."

"아, 그래요? 아쉽구먼."

"그 선약 깼잖아요. 나 회식이라니까요."

이건 또 무슨 소리야. 세영이 어리둥절한 눈으로 은결을 올려다보았다. 뻔뻔한 얼굴로 잘도 거짓말을 하는 은결에게 여차하면 니킥이라도 날려 주고 싶었지만, 보는 눈이 많아서 그러지도 못했다. 당황한 세영의 눈동자가 무슨 말을 하는 거냐고 은결을 채근했지만 은결은 찬희와 수석 변호사 쪽을 향해 웃으며 말했다.

"저랑 저녁 약속이 있었는데, 취소한 걸 까먹고 오셨네요. 이렇게 된 거 같이 가시죠."

"내가 너랑, 아니 누구랑, 야, 아니 최변……!"

"그래요. 찬희 후배라니 아주 모르는 사이도 아니고, 최 변호사 랑도 할 얘기가 있어 보이는데."

"그래, 세영아. 너 참치 좋아하잖아."

구남친아, 갑자기 이 상황에서 이름 부르면서 친근하게 굴기 있어? 온몸에 힘이 쭉 빠진 세영이 노인의 거듭된 제안을 차마 더 거절하지 못하고 티 나지 않게 한숨을 쉬었다. 체념한 표정의 세영을 보며 신이 난 찬희가 수석 변호사와 함께 먼저 사무실을 나갔고, 은결이 남은 직원들을 챙겼다.

"다들 가방 싸세요. 길 잃으면 두고 갈 거예요."

"병원 바로 앞 참치집이잖아요, 어떻게 길을 잃어요."

"최 변호사님 진짜 웃겨."

자기들끼리 농담하며 재잘거리는 법무 팀 직원들 사이에서 세영만이 홀로 이방인처럼 멀뚱히 서 있었다. 나는 누구, 여긴 어디. 내가 왜 다른 팀 회식 한가운데 끼어 있지. 그리고 이찬희는 왜 당연하게 이 무리에 끼어 있지. 배 아프다고 쨀까. 아니면 날 거못 먹는다고 뻥 칠까. 골몰해 있는 세영의 팔에 스르르 부드럽게 다가와 끼워지는 손이 있었다.

"같이 가요, 교수님."

머리 반 개 아래의 어리고 뽀얀 얼굴이 생글거리며 세영을 바라보고 있었다. 초롱거리는 눈동자와 생글대는 입매가 늘 예쁘다고 생각했던 나은이었다. 예쁜 사람은 보고만 있어도 뿌듯하구나. 비서님 엄마는 밥 안 먹어도 배부르겠다. 세영은 일순 중년 여성에 빙의해서 나은의 애교를 받아 주었다.

"거기 참치 잘한대요."

"손은 괜찮아요?"

"가만히 있으면 괜찮아요. 터미네이터 같죠?"

빵야. 반깁스를 붕대로 둘둘 감은 반대쪽 손으로 장난을 치는 나은을 세영은 흐뭇하게 바라보았다. 넉살 좋게 세영에게 팔짱을 끼고 사무실 밖으로 끌어내며 나은이 조잘거렸다.

교수님하고 먹으면 더 맛있을 거 같아요. 이찬희 교수님하고는 어떻게 아세요? 많이 친하세요? 근데 최 변호사님하고 저녁 약속 진짜 잊어버리신 거예요? 대박. 의사 선생님도 그런 거 깜빡하시는구나. 꺄르르.

발랄한 나은과 상대적으로 차분해 보이는 세영의 뒷모습을 보며 은결은 감탄했다. 대단하다, 대단해. 그 강세영이 한마디도 못하고 끌려가고 있다. 누가 옛날의 그 강세영이라고 생각하겠어. 그리 아끼는 황다름도 눈물 쏙 빠지게 혼내는 그 강세영이, 저렇게 쪼마난 어린애한테 휘둘려서 같이 붕붕거리면서 저녁 먹으러 갈 줄 누가 알겠느냐고.

여자들은 정말 복잡하고 어려워. 은결은 고개를 절레절레 저으며 사무실 문을 닫고 복도로 나왔다. 그리고 저벅저벅 걸으며 생각에 잠겼다.

원래 예정되어 있던 팀 회식에 수석 변호사의 조카가 참석해서 밥만 먹고 간다고 했다. 그게 이찬희였고, 하필 출발하려던 순간 찬희를 맞닥뜨린 세영의 눈빛이 신경 쓰였다.

은결은 세영의 그런 표정이 익숙했다. 불편하고, 탐탁지 않고, 빨리 자리를 뜨고 싶은 표정. 그에 비해 찬희는 어땠는가. 어떻게서든 세영에 대해 한 마디 더 설명하려고 하고, 세영과 함께하는 자리를 주선하고자 했다. 한쪽은 도망가려고 하고, 한쪽은 쫓아가려고 하는 형세. 은결은 머릿속으로 세영과 찬희의 투 샷을 떠올려 보았다. 나이 차이도 그렇고, 생김새도…… 정반대의 그림체였다. 즉 다른 세계에서 온 사람들처럼 안 어울렸다.

"그럼 도대체 왜……."

중얼거리던 은결이 한순간 떠오른 생각에 아, 하며 걸음을 멈추었다. 곧 구둣발이 다시 템포를 찾아 걷기 시작했다.

그래, 강세영이 저렇게 생긴 거랑 만났을 리가 없지. 나도 다 마다한 여자였는데. 하지만 그거라면 이해가 된다. 둘 사이에 돈 문제 있었나 보네. 가족 간에도 돈 문제는 확실히 해야 하는 건데, 에잉 쯧.

나름의 결론을 내린 은결이 고개를 절레절레 저었다.

* * *

세영은 대각선에 앉은 은결의 그린 듯한 웃음을 흘금거리며 생각했다.

"최 변호사님, 한 잔 받으시죠."

"감사합니다, 저도 한 잔 올리겠습니다."

백 년 묵은 너구리 같은 찬희에게 넙죽거리며 술을 따르는 태가 잘나서, 구남친보다 더 잘나서 더 열 받는다. 너 지금 쟤가 누군지 알고 술 주나? 나랑 친해지고 싶은 새끼가 저 인간한테 웃으면서 술을 줘?

세영은 테이블에 삐딱하게 기댄 채로 심드렁하게 소주잔을 들어 올렸고 은결은 뭐야, 하는 부루퉁한 표정으로 찬희에 이어 세영의 잔을 채웠다. 어쩌면 내 인생에서 최강의 진상은 쟤 아닐까?

최은결과 있으면 안 가도 될 자리에 끼게 된다. 안 겪어도 될 일을 겪게 된다. 하하 호호 각자 웃으며 대화하는 사람들 사이에서, 세영은 자신이 얌전하게 잘 다듬어져 잘 굴러가던 팀에 박힌 가시 같다고 느꼈다. 도대체 여기에 내가 왜 앉아 있냐고?!

"들지요."

"잘 먹겠습니다."

수석의 말끝에 건배한 직원들이 각자 떠들며 상에 깔린 반찬들이며 음식을 집어 먹기 시작했다. 세영도 찬희의 눈치에 못 이겨 젓가락을 집어 들긴 했지만 입이 영 껄끄러웠다. 그도 그럴 것이, 세영의 테이블에 같이 앉은 사람들이 누군지 생각하면 물도 한 모금 시원하게 넘기지 못할 정도였다.

맞은편에는 생각할수록 뒤가 구린 구남친 이찬희. 대각선에는 근무 중인 제 손에 콘돔을 쥐여 주고 토낀 최은결. 그리고 바로 옆자리에는…… 구남친의 삼촌이라는, 처음 보는 수석 변호사. 도대체 이 기묘한 조합은 뭐냔 말이야.

"강 교수도 술 좀 하시는지요."

"아, 제가 한 잔 올리겠습니다."

그치만 70대 노인네가 밥과 술을 같이하자 권하는 걸 어떻게 거절하냐고.

"말씀 편하게 해 주세요. 제가 이찬희 교수님보다 한참 후배입니다."

제기랄. 몸에 밴 사회생활에 굳이 하지 않아도 될 말까지 술술 나온다. 수석은 만족한 듯 아예 세영의 쪽으로 몸을 틀어 앉았다. 퇴로가 막혀 가장 구석에 갇힌 꼴이 된 세영은 겉으로는 하하 웃었지만, 등줄기에서 땀이 났다. 대충 먹고 도망가기는 글렀구나.

어쩐지 이래서 법무 팀 직원들이 세영을 따라오라고 한 것 같았다. 회식 때 보스 옆자리는 끝까지 안 채워 놓는 건 무슨 무슨 국제 공통법으로 지정된 건지, 멍 때리고 따라왔다가 바로 '그 자리'에 틀어박히게 된 세영이었다. 이를테면 직원들의 희생양이 되었다고 해도 무방했다.

세영이 눈을 꾹 감고 소주를 들이켰다. 으윽, 뒷맛이 영 쓴 것이 오늘은 술 받는 날이 아닌가 보다. 확 찌푸려지는 세영의 표정을 빠르게 감지한 은결이 얼른 물컵에 물을 따라 내밀었으나 한 발짝 먼저 디밀어진 찬희의 것에 손이 머쓱하게 가로막혔다.

"강 교수가 참치 좋아하는데, 마침 잘됐네."

"오오, 그래? 많이 들어요."

"참치 귀신이에요, 삼촌."

이찬희 주제에 친근함의 표현이 지나치다. 자신에 대한 정보가 쓸데없이 흘러넘치고 있다. 세영은 힘겹게 입꼬리를 끌어 올려 웃으며 머리를 굴렸다. 빨리 다른 주제로 넘겨야만 이 쏟아지는 관심에서 벗어날 수 있을 것 같았다.

"그런데 이찬희 교수님은 법무실에 어쩐 일이세요."

제 입으로 찬희의 이름을 불러 본 마지막이 언제인지. 깊은 불신이 뿌리 내리기 위해서는 깊은 애정이 선행되어야 한다. 그

낯익은 이름을 낯설게 부르며 세영은 목이 메는 것 같았다. 그런데 찬희의 얼굴이 작게 일그러지며 불편해하는 듯했다. 묘하게 어그러지는 공기를 아는지 모르는지 수석은 젓가락으로 찬희를 가리키며 웃었다.

"아니, 글쎄. 이 녀석이 결혼하고 싶은 여자가 있다는데."

"삼촌."

"부모 고집은 못 꺾겠고, 나한테 설득해 달라 찾아온 거요."

그런 말씀까지 뭐 하러 하세요. 당황한 찬희가 세영의 눈과 마주치지 않으려 노력하며 수석을 타박했다. 세영의 기분이 짙고 차분하게 가라앉았다. 결혼하고 싶은 여자. 부모님의 고집. 어느 적당히 행복하던 밤, 원자폭탄처럼 떨어졌던 간단한 이별이 떠올라 버렸다.

'미안해, 부모님이 의사 며느리를 원하지 않으셔서.'

누가 결혼하자고 했나. 누가 지랑 결혼해 달랬나. 사귄 지 겨우 일 년 남짓이었다. 나이 차이가 꽤 났으니 진작 교수 단 저야 결혼 적령기이긴 했어도, 세영은 이제 막 전공의 일 년차가 된 직후였다. 결혼이고 자시고 생각할 겨를도 없이 바빴고, 어렸단 말이다.

그래서 찬희의 이별은 꼭 이렇게만 들렸다. 넌 주제에 비해 너무 큰 걸 넘보는 아이 같아. 그러니 욕심이 커지기 전에 내 곁에서 떠나가 주겠니. 세영은 작게 코웃음을 친 뒤 물었다.

"상대가 의산가 봐요?"

냉랭한 목소리에 찬희가 입술을 말아 물었고, 수석은 놀란 듯 세영을 바라보았다.

"강 교수도 아는 사람인가?"

"아뇨, 그냥 찍었습니다."

"어떤 여자인지는 통 얘기를 안 해 줘서 말이야. 아는 사람이면 나한테만 살짝 귀띔을…….."

수석이 장난스럽게 세영의 쪽으로 몸을 기댔고, 세영은 성의 없이 웃으며 수석을 향해 소주병을 들어 보였다. 수석이 자연스럽게 대답 없이 술을 받는 걸로 찬희의 이야기는 마무리되었다.

이 자리에서 마무리되지 않은 것은 세영의 마음뿐인 듯했다. 아직도 좋아하냐고? 미련이 남았냐고? 절대로 아니었다. 애초에 헤어진 지 몇 년이나 지났고, 그사이에 세영은 죽고 못 사는 애인 도 두엇 있었다. 그런데 왜 이렇게 속이 답답하냐고. 그건 여전히 찬희를 이해하지 못해서였다. 아니, 스스로 이해하지 못해서였다.

이찬희는 왜 그렇게 도망치듯 나를 떨쳐 냈는지. 도대체 내가 뭘 그렇게 잘못했는지. 내가 왜 버림받아야 했는지.

* * *

자신은 빠져 줄 테니 젊은 사람들끼리 더 즐기라며 수석 변호사가 자리를 떴다. 대단히 불편하게 하는 분도 아니었지만, 어쨌든 옆자리 가 비자 마음에서 커다란 돌이 빠져나간 기분이었다. 수석의 반대쪽 옆자리에 앉아 있던 나은이 수석의 빈자리로 와 앉았다.

"힘드셨죠, 교수님."

"네?"

"수석님이 술 많이 권하지 않으셨어요?"

"아, 이 정도야 뭐…… 응급실에선 더 먹어요."

눈을 초롱초롱 밝히며 자신을 걱정하는 나은의 볼이 붉어져 있었다. 어쩌면 세영보다도 나은이 더 취한 듯 보였다. 누가 누굴 걱정하는 거야, 귀엽게. 세영은 처음으로 긴장을 풀고 웃으며 겉옷을 집어 들었다.

"저도 이만 가 볼게요."

세영의 분주한 움직임에 테이블의 모든 눈이 세영을 향했다. 제일 먼저 세영을 잡은 건 나은이었다.

"어어? 이 차 같이 가셔야죠, 교수님."

"일 차 낀 것도 민망해 죽겠어요. 나중에 병원에서 봐요."

정중하지만 단호한 거절에 나은이 잡았던 손을 스르르 놓았다. 세영은 제법 낯이 익은 법무 팀 직원들에게 살짝 눈인사를 하며 방을 나왔다. 마루 밑에 놓인 신발을 대충 구겨 신으려는데, 제 뒤에 유령처럼 얼쩡거리는 존재가 느껴졌다. 세영이 술김 섞인 긴 한숨을 내쉬며 으름장을 놨다.

"따라오지 마."

너 때문에 안 와도 될 자리에서 이만큼 고통받았으면 됐어. 세영이 신경질적으로 고개를 돌아보자, 거기에는 찬희가 주머니에 손을 넣은 채 서 있었다. 당연히 최은결일 줄 알았는데. 놀란 세영의 눈이 동그래졌고 찬희는 덤덤하게 말했다.

"얘기 좀 하자."

"무슨 얘기? 할 말 없는데요."

"나와."

그러더니 제 구두를 찾아 신고 먼저 식당을 나간다. 세영은 그 뒷모습을 가만 바라보다가, 찬희를 따라나섰다. 어차피 나가는 출입구는 저거 하나니까, 이상한 합리화를 하면서.

해가 짧아져 밖은 어느새 깊은 밤처럼 보였다. 찬바람에 세영은 몸을 움츠리며 무심결에 고개를 왼쪽으로 돌렸고, 거기에 찬희가 자신을 기다리고 있었다. 식당 옆 골목에서 주머니에 손을 넣고 비뚜름하게 서 있는 남자. 나이 먹은 태가 좀 나긴 하지만, 깔끔하고 댄디하게 다니는 건 여전했다.

"뭔데요."

세영이 코트 안으로 자라처럼 몸을 움츠리며 아는 척을 했다. 찬희가 미미하게 웃음 지어 보였다.

"잘 지냈어?"

하. 세영이 헛웃음을 짓자 작게 입김이 피어올랐다. 사실상 헤어진 뒤 첫 대면이었다. 응급실 밖으로 좀처럼 나가지 않는 세영과, 응급실에 좀처럼 올 일이 없는 찬희였으니까. 오며 가며 같은 시간대에 직원 식당에 있었던 적이 있기도 하지만, 반경 백 미터 밖에서도 찬희의 비슷한 모습만 보이면 그쪽으로 고개도 돌리지 않은 세영이었다.

"보시다시피."

하지만 지금은 도저히 피할 수 없는 상황이었다. 세영도 코트 주머니에 손을 찔러 넣고 어깨를 으쓱해 보였다. 분명 시답잖은 이야기만 할 게 뻔한데, 괜히 아는 척했나. 그냥 무시하고 집에 갈걸. 갈등하는 세영의 앞에 찬희가 한 발짝 가까이 다가왔다.

"아직도 강도영 선생이랑 친해?"

갑자기 강도영은 왜. 세영이 도영과 친하다는 사실은, 둘을 아는 원내 사람들이라면 모두 알고 있었다. 덕분에 둘이 오래 사귀었네, 동거를 하네, 둘 사이에 애가 있네 별 소문이 있긴 했지만 늘 세영에게 새로운 애인이 생김으로서 잠잠해지곤 했다.

사귀고 있을 때도 찬희는 도영이 세영과 친하다는 이유로 은근히 신경을 썼다. 헤어진 후로는 어땠는지 모르겠지만…… 아무튼 강도영과 만나려고 해도 일부러 약속을 잡아야 하는 세영보다, 출근만 하면 만날 수 있는 찬희가 지금은 자신보다 더 가까운 사이일 텐데. 세영은 퉁명스럽게 되물었다.

"그건 왜요?"

"그냥."

시시하긴. 세영은 잠시 찬희의 담담한 얼굴을 바라보다가 발걸음을 돌렸다.

"갈게요."

"잠깐만, 세영아."

굳이 두 걸음 성큼 다가와 손목 붙잡는 짓은 어디서 배운 몹쓸 버릇인지. 세영은 신경질적으로 찬희를 올려다보았다.

* * *

진짜 집에 간 거야?

화장실 다녀오겠다는 핑계로 세영을 반 발짝 늦게 따라나섰지만 놓치고 말았다. 그 잠깐 사이에 눈앞에서 사라지다니, 하여튼 도망가는 데 고수라니까. 은결은 잠깐의 샤워 시간도 기다려 주지 않고 도망가 버린 세영을 생각하며 피식 웃었다.

강세영이 가방까지 들고 나갔지만 이제 나한테는 전화번호가 있지롱. 은결이 찬바람에 시려 오는 코를 손등으로 비비며 바지 주머니에서 핸드폰을 꺼냈다. 그리고 별 고민 없이 저장된 세영의 전화번호를 누르고 핸드폰을 귀에 가져다 대었다. 그런데 벨소리는 의외로 가까운 곳에서 들려왔다.

또도도도도독. 또도도도도독.

"어?"

은결이 귀에서 핸드폰을 떼고 벨소리에 집중하며 소리를 따라 나섰다. 소리는 가게에서 멀지 않은 곳의 어두운 골목에서 나고 있었고, 은결은 곧 대거리를 하는 세영과 찬희를 발견할 수 있었다. 가로등 불빛에 비친 찬희의 얼굴은 진지하고 애절해 보였고, 순간 은결의 동물적인 감각이 발동했다.

저것들 돈 문제로 엮인 게 아니구나. 그 사실을 이제야 눈치챈 은결이 전화를 끊고 그들에게 한 걸음 다가가려던 찰나 팔이 잡혔다. 무심하게 뒤를 돌아보자 제 팔을 잡은 나은이 자신을 간절하게 바라보고 있었다.

"변호사니임……."

"주임님."

"저 너무 힘들어요."

말끝을 흐리며 눈을 깜빡이자 구슬 같은 눈물이 한 방울씩 토독 떨어진다. 당황한 은결이 몸을 돌려 나은을 마주했고, 나은이 서럽게 어깨를 떨며 울었다.

"왜 그래요? 무슨 일 있어요?"

"저…… 너무 무서워요……."

"뭐가요, 뭐가 무서운데요."

"강세영 교수님이…… 흐흑."

더 말을 잇지 못하고 울음에 받힌 나은이 은결의 허리를 와락 끌어안았다. 그리고 곧 다리에 힘이 풀린 듯 풀썩 주저앉았다.

* * *

이런 상황에서 먼저 흥분하는 사람이 진다는 건 빤히 알았지만, 절로 날이 서는 눈을 어찌하랴. 게다가 구남친에게 손까지 잡혀 있는 상황에서. 세영은 결코 곱다고는 할 수 없는 눈으로 찬희를 올려다보았다.

"왜요."

"……."

"사람 불렀으면 말을 하세요."

그 말과 함께 세영이 잡힌 손목을 뿌리쳤고, 찬희는 순순히 손을 풀어 주었다. 그러고는 한동안 말없이 망설이는 모습이었다. 찬희의 침묵이 길어질수록 세영으로서도 가슴이 타들어 갔다. 그의 입에서 무슨 말이 떨어질지 가늠이 되지 않았다.

혹여나 옛날 일을 들먹이면 어쩌나. 그렇다고 이제 와서 뭐. 옛날 일을 사과라도 하겠다고? 쿨 한 척 받아 줘야 하나? 아무렇지도 않은 척해야 하나? 진심으로 받아들이지 않는 '척'을 함으로써 내가 얻는 게 뭐가 있어. 이찬희만 마음 편한 거 아니야? 그런데 찬희는 세영이 생각지도 못한 말을 꺼냈다.

"강 선생한테 신경 좀 써 줘."

"……."

"내 말은, 그러니까, 강도영 선생한테."

설마 내가 지금 그 강 선생을 나라고 착각할까 봐 덧붙이는 사족인 건가. 그리고 굳이 나를 따라와서 한다는 말이, 고작 강도영한테 신경 좀 써 달라고? 내 친구 일은 내가 어련히 알아서 하려고, 어이가 가출해서 캐나다 밴쿠버까지 날아갔다. 황당함과 분노로 점철된 세영이 어금니를 뿌드득 갈았다.

"끝났어요? 할 말."

"응?"

"그거 말고는 나한테 더 할 말 없어요?"

다짐을 받듯 재차 묻는 세영의 말에 오히려 당황한 건 찬희였다. 뭘 더 할 말이 있냐는 듯 의아한 눈으로 세영을 대하는 모습에는 한 치의 조급함도 보이지 않았다. 찬희는 두 손을 바지 주머니에 찔러 넣은 채 그저 평안한 얼굴로 세영을 바라볼 뿐이었다. 세영은 눈을 꾹 감았다.

나만 힘들지. 나만 속 썩고. 어렸을 적 연애할 때도 그랬지. 찬희는 늘 속을 알 수 없는 남자였다. 세영이 인턴이었을 때 찬희는 이미 신임 교수였으니 주변인 풀도 달랐고, 과도 달랐고, 결정적으로 성향이 완전히 달랐다. 나이 차이나 세대 차이 때문이라고 변명할 수가 없는 지경이었다. 문제를 직면하면 반드시 그 자리에서 해결해야 하는 세영과는 대조적으로, 찬희는 회피형이었다. 그것도 지독한 회피형.

"그럼 내가 뭐 하나만 물어봅시다."

그래서 세영이 좀 불편한 얘기를 꺼내려고만 하면 찬희는 잠수를 탔다. 그 당시에는 속칭 '동굴에 들어갔다.'는 표현을 쓰곤 했다. 선사시대도 아니고 21세기에 기어코 동굴에 처기어들어 가는 찬희를 세영은 끝끝내 이해하지 못했지만, 며칠이 지나고 세상에서 가장 불쌍한 표정으로 나타난 찬희를 세영은 안아 줄 수밖에 없었다.

"이제 와서 따지자는 건 아니고."

그런 회피형 인간이라도 이 상황에서 대놓고 도망칠 수는 없을 것이다. 과연 찬희는 처형 차례를 기다리는 사형수처럼 얌전히 세영의 말을 기다리고 있었다. 덕분에 세영은 길고 긴 심호흡을 하며 단어를 신중하게 골랐다. 어떻게 물어야 다치지 않고 원하는 대답만 얻어 낼 수 있을까. 그래서 나온 질문이, 이거였다.

"진짜 부모님이 반대해서 나랑 헤어졌던 거예요?"

"……."

"그냥 궁금해서."

그냥 궁금해서. 궁금한 지 벌써 몇 년째였다. 새로운 애인을 만나면서도, 늘 마음 기저에는 그 의문이 응어리진 채로 남아 있었다. 아무리 생각해도 세영 자신이 그리 처참하게 차일 이유가 없었기 때문이었다. 찬희에 대한 미련이라기보다, 자신이 황당하게 차였다는 사실 자체를 세영은 받아들이지 못하고 있었다. 헤어진 상황과 이유가 세영을 두고두고 비참하게 했다.

세영도 입을 다물고 찬희가 말을 고르기를 기다려 주었다. 찬희는 잠시 미간을 긁으며 난감해하다가, 생각보다 산뜻한 목소리로 대답했다.

"응."

"……."

"부모님이 반대하는 결혼은 하고 싶지 않았어."

하. 세영이 짧게 웃었다. 주머니에서 핸드폰이 울리는 게 느껴졌지만, 버튼을 눌러 무음 모드로 만들어 버렸다. 지금은 누구의 전화도 받을 수 없는 상황이었다. 또 누구의 전화도 받고 싶지 않은 기분이었다.

"내가 선생님한테 결혼하자고 했어요?"

"……."

"누가 들으면 내가 결혼해 달라고 매달린 줄 알겠어."

있는 힘껏 빈정대 보았지만 결국 비참해지는 건 세영이었다. 너무 많은 감정을 내보이는 사람이 지는 까닭이다. 찬희는 승자답게 시종일관 덤덤한 표정을 유지하며 차분하게 대답했다.

"너도 알잖아, 연애의 끝은 결국 결혼이라는 걸."

"난 선생님하고 결혼할 생각 눈곱만큼도 없었어요."

뭐라 대답하려던 찬희가 말문이 막히는지 앞머리를 쓸어 올리며 답답한 듯 처음으로 한숨을 내쉬었다.

"내 얼굴에 침 뱉는 격이라 얘기 안 했는데, 우리 부모님이 좀 별나서."

세영은 살짝 돌아앉아 사람 좋은 표정을 지으며 정면을 바라보는 찬희의 어머니를 떠올린다. 총선 포스터로만 만나 보았던 그의 어머니는 부드러운 찬희의 인상과는 대조적으로 강한 인상이었다. 어쩌면 그런 성향이기에 찬희가 유약해진 걸지도 모른다.

"그 나이 되도록 너랑 만나는 것도 집에 얘기를 못 했어."

"……."

"나도 웃기지, 부모가 뭐라고 대들 생각을 못 하고. 근데 평생을 그렇게 살아서 어쩔 수가 없었어."

찬희가 부끄러운 듯 고개를 숙이며 입술을 말아 물었다. 세영은 연민하는 눈으로 찬희를 바라보았다. 궁금했던 부분은 대답을 들었으니, 이제 더 이상의 변명은 듣고 싶지 않았다.

"알았어요. 그냥 진짜 궁금해서 물어본 거였어요."

"아까 삼촌이 하신 말씀 때문에 그러는구나."

"아니…… 네, 맞아요."

일순 부정하려던 세영이 태세를 전환했다. 이미 서로 바닥을 보인 사이이니, 이런 상황에서 솔직함이 독이 될 리 없다는 생각에서였다.

"얼마나 대단한 여자길래 부모님을 설득씩이나 하려고 드나 궁금하기도 했고."

"……."

"그냥, 쌤한테 놓치기 싫은 사람이 생겼겠거니 싶어요. 그게 나는 아니었던 거고."

"……."

"이제 더 궁금한 거 없어요. 갈게요."

"세영아."

찬희가 돌아서려는 세영을 불러 세웠다. 밝은 곳으로 발걸음을 떼려던 세영이 자리에 멈추고 찬희의 말을 잠시 기다렸다. 혹시 이제라도 미안하다는 말을 하려고 그러는 건가. 그러면 쿨하게 받아 줘야 되는 건가. 세영은 일말의 기대를 해 보았다.

"아직…… 얘기 못 들었지? 다름이한테."

그런데 이번에도 여지없이 생뚱맞은 이름이 튀어나온다. 세영은 귀를 의심하며 천천히 돌아서 찬희를 바라보았다. 심장이 미친 듯이 뛰기 시작한다. 숨이 저절로 가빠 왔다. 설마, 아니겠지. 설마. 갑자기 황다름 이름은 왜 튀어나오며, 왜 그렇게 친근하게 부르는 건데.

찬희는 잠시 망설이다가 조심스럽게 입을 열었다.

"나 다름이랑 만나."

＊ ＊ ＊

벌써 며칠 째였다. 세영의 이름이 근무 현황표에 뜨지 않은 것이. 분명 당직표에는 세영의 이름이 적혀 있는데, 응급실 환자 목록을 열어 보면 주치의 란에 세영의 이름은커녕 전자 서명 하나도 찾아볼 수가 없었다.

EMR(전자의무기록) 프로그램은 제가 일했던 시절과 같은 것이라 은결이 누구보다 속속들이 알고 있는 프로그램이었다. 세영의 이름을 실수로 못 찾았거나 시스템 오류라고 볼 수 없었다.

'혹시 이 주임님이 나 끌어안은 걸 봤나.'

설마 그렇다고 며칠씩 결근하진 않을 거고…… 아무리 자기애 투철한 은결이라고 하더라도 세영에게 자신이 그 정도로 대단한 존재가 아니라는 눈치는 있었다. 그리고 지도 이찬희랑 같이 있었잖아. 자존심에 더 이상 전화도 못 했다. 딱 두 번 걸었었는데, 거는 족족 세영이 부재중으로 넘겨 버렸다.

"변호사님, 신건입니다."

"감사합니다."

그날 회식 이후로 묘하게 데면데면해진 나은이 얼른 책상 위에 서류만 올려 두고 방을 도망치듯 나갔다. 은결은 손으로는 서류를 집어 들면서 눈으로는 쏜살같이 사라지는 나은의 뒷모습을 좇았다.

'힘들어요.'

'너무 무서워요.'

'강세영 교수님이…….'

서류 봉투에 적힌 이름을 보고 잠시 망설이던 은결이 내선 전화에 손을 뻗었다. 그리고 나은을 호출했다.

"주임님, 잠시 제 방으로 와 주시겠어요."

달칵, 수화기가 내려지고도 한참 후에야 나은은 주춤거리며 은결의 방문을 노크했다. 방 바로 앞이 나은의 자리라 두 걸음만 걸으면 되는 거리인데도 한참을 걸린 걸 보면, 나은도 은결이 무슨 말을 하려는지 은연중에 짐작했을 것이다. 역시나 나은은 죄지은 사람처럼 두 손을 공손하게 모으고 작은 목소리로 말했다.

"부르셨어요."

잔뜩 풀 죽어 있는 나은에게 은결은 가까이 오라 손짓해 보였다. 나은은, 꼭 도살장에 끌려가는 소처럼 느릿하게 걸음을 떼어 책상 가까이 다가갔고 은결은 몸을 나은 쪽으로 기울이며 입을 열었다.

"회식 때 했던 얘기가 계속 신경 쓰여서요."

"아……."

"나한테 하고 싶은 말 있죠? 강세영 교수님 관련해서."

은결의 입에서 강세영, 세 글자가 튀어나오자 나은이 눈에 띄게 움찔했다. 은결은 그 작은 변화를 놓치지 않고 나은을 재촉했다.

"그때 했던 말 무슨 뜻이에요? 강세영 교수가 주임님 힘들게 해요?"

"아니에요. 제가 실언했어요."

"아무 일도 없는데 실언으로 나올 말이 아니에요. 그리고 이거."

은결이 나은이 건네주고 간 서류 봉투를 들어 보였다. 거기에는 대문짝만하게 형사, 강세영, 오목조목한 나은의 글씨가 쓰여 있었다.

"강세영 교수님 앞으로 한동안 우리 사무실 드나들어야 해요."

"……."

"그런데 내 직속 비서가 교수님을 불편해하면, 나도 적잖이 신경 쓰이고요."

"죄송해요……."

"사과받자고 하는 말은 아니고요, 이유는 좀 알아야 할 것 같습니다."

그 말까지 마친 은결이 서류 봉투를 내려놓은 뒤 나은의 대답을 기다렸다. 안절부절못하던 나은은 입술을 말아 물었다가, 눈을 질끈 감았다가, 주먹을 쥐엄쥐엄 했다가 하며 불안한 티를 여실하게 내보였다. 은결은 나은의 행동에 약간의 의구심을 생기고 있었다. 세영이 자기주장 강하고 성격이 센 편이라는 건, 지난날 죽도록 괴롭힘당했던 자신이 누구보다 잘 알고 있었다.

그랬던 강세영이 지금은 이빨 빠진 호랑이처럼 굴고, 게다가 회식 당일만 해도 나은은 세영의 팔짱을 끼고 함께 방방거리며 가지 않았는가. 누가 보면 사이좋은 자매지간이라고 봐도 좋을 만한 그림을 연출해 놓고, 갑자기 강세영이 무섭다고? 내가 모르는 무슨 일이 있는 건가? 나은은 한참을 망설인 끝에 무겁게 입을 열었다.

"……그 말 그대로예요. 강 교수님이 무서워요."

"강세영 교수가 주임님한테 뭐라고 했어요?"

"딱히 뭐라고 하신 건 아니지만…… 곁을 안 내주신다고 해야 하나……."

기어들어 가는 나은의 목소리가 안타까웠다. 나은은 늘 밝고 어디서나 예쁨받는 성격이라서, 세영이 자신을 친근해하지 않는다는 사실만으로 무섭다고 평하는 듯했다. 아직 어려서 공과 사를 구별하지 못하는 거겠지, 결론 내린 은결이 작게 타박했다.

"친구도 아니고, 일만 하는 사인데 가까우면 어떻고 안 가까우면 또 어때요. 그럼 주임님도 같이 무시해요."

"항상 저를 죽일 듯한 눈으로 쳐다본다고요!"

나은의 작은 외침에 놀란 은결의 눈이 동그래졌다. 나은은 울먹거리며 말을 이어 갔다.

"오실 때마다 저를 아래위로 노려보는데, 얼마나 무섭고 기분

나쁜지 아세요?"

"……강세영이 그랬다고요?"

"사람 평가하듯 머리끝부터 발끝까지 쓸어 보는데, 꼭 저한테만 그런단 말예요."

"…….."

"저번에 응급실 갔을 때도…… 흑."

손목이 다쳐서 간 거였는데 대뜸 발 좀 보자고 하더라구요. 기둥 뒤에 숨어서 안 보는 척하더니, 제가 응급실 들어가는 순간부터 다 지켜보고 있었던 거예요. 변호사님한테 업혀 들어가는 거요. 그날도 저를 얼마나 째려봤는지 아세요? 그러니까 왜 저를 업고 가셨어요…… 흑.

은결이 잠시 정신을 못 차리고 멍해졌다. 어부바 퍼포먼스의 취지는 이랬다. 세영에게 보란 듯 눈에 띄게 입장하고자 하는 목적도 있었고, 또라이 같은 거대한 존재감을 내보임과 동시에 '넌 도망 못 가.' 하는 메시지도 함께 전하려는 생각이었다. 그 모습을 보면서 강세영이 비죽거리거나, 질투한다면 금상첨화일 거고.

그런데 불똥이 애먼 나은에게 튈 줄은 몰랐다. 은결은 세영의 날선 눈에 더욱 익숙해져 있어서, 세영이 나은에게 던지는 공격적인 시선을 눈치채지 못한 듯했다. 예전의 나를 보던 눈으로 다른 사람을, 그것도 우리 팀원을 쳐다보면 곤란하지. 은결은 지끈거리는 머리를 짚으며 훌쩍이는 나은을 달랬다.

"그런 일이 있었구나. 강세영 교수가 주임님한테 그렇게 행동하는지 몰랐어요."

"아니에요, 그냥 못 들은 걸로 해 주세요. 저도 그냥 무시할게요."

"알았어요. 나도 이젠 신경 써서 볼게요. 그동안 눈치 못 채서 미안해요."

훌쩍이던 나은이 꾸벅 묵례를 하고 방을 나섬과 동시에 내선 전화가 울렸다. 복잡한 머리는 머리고, 일단 급한 일부터 해야지. 은결이 큼, 목을 긁은 뒤 수화기를 집어 들었다.

"최은결입니다."

— 나야.

누구라고 밝히지도 않았지만 너무나 뻔했다. 은결은 자세를 고쳐 앉으며 다 죽어 가는 목소리에 귀를 기울였다.

"말씀하세요."

— 경찰서에서 전화가 왔는데…… 보이스 피싱인가 싶어서 끊 었거든.

은결이 책상 위의 서류 봉투에 시선을 던졌다. 그리고 단호하게 말했다.

"피싱 아니에요, 그거."

— …….

"쌤 고소당했어. 그 신경과한테."

* * *

은결에게 핵폭탄을 던지고 나온 나은은 심기일전하는 마음으로 호흡을 다스리며 등기를 정리했다. 그러나 지쳐 보이는 표정을 지울 수는 없었고, 풀 죽어 있는 나은이 영 신경 쓰였던 옆자리의 김 대리가 은근슬쩍 떠보았다.

"아까 변호사님 방에서 무슨 얘기 했어?"

"별 얘기 안 했어요."

"에이. 눈 빨개져서 나오던데, 뭐."

"앗……."

직원의 말에 나은이 우편물을 손에서 우르르 떨어뜨렸다. 책상 밑으로 허리를 숙여 종이 뭉치를 하나둘 집어 올리던 나은이 일순간 쿨쩍거리며 책상 위로 엎어졌다.

"이 주임, 왜 그래? 무슨 일인데 그래?"

"강세영 교수가……."

"강세영? 그 사람이 왜?"

"최 변호사님이…… 변호사님이 저 좋아하는 거 알았나 봐요."

"웬일이야. 그 여자도 최 변한테 관심 있나?"

"맨날 여기 드나드는 거 보면 몰라? 딱 봐도 척이지."

"하기야 메일도 있고, 전화도 있고, 굳이 찾아올 필요가 없는데 말이야."

세영의 잦은 법무 팀 방문이 은결의 억지 섞인 강권에 의해서였다는 걸 알 리 없는 직원들이 제각기 떠들어 댔다. 많은 사람들이 편을 들어 주자 진정이 된 나은이 눈물을 그치고 그들의 응원 섞인 위로를 들었다.

"근데, 최 변이 나은 씨 좋아하는 거 좀 티 나게 행동하긴 했잖아."

"그렇다고 강 교수가 이 주임한테 해코지를 해?"

이 상황에서 나은이 제 입 밖으로 직접 뱉은 말은 '최은결이 자신을 좋아하는 걸 강세영이 눈치챘다' 딱 한 마디였다. 가만히 있어도 주변 사람들이 세영의 욕을 대신 해 준다. 자신이 나서서 거들 필요가 없었다. 나은은 그저 가련한 척 피해받은 척 새초롬히 한 발짝 뒤로 떨어져 관망만 하면 되었다.

"하여튼 남자가 다정한 것도 죄라. 이 주임 마음고생 좀 하겠어."

법무 팀 직원들은 은결의 의사와는 무관하게 이미 나은과 은결을 공식 커플처럼 엮고 있었다. 처음에는 장난 섞어 둘이 잘 어울리네, 선남선녀네, 하던 것이 묘하게 나은을 챙기는 은결의 모습을 보면서 점점 진심이 된 것이다. 물론 도화선에 스파크를 튀게 한 건 나은이 간간이 흘리는 힌트들이었다.

'변호사님이 먹으라고 주셨어요. 엇, 저만 주신 거예요?'

'남자들도 무릎 담요 덮어요? 변호사님이 저한테 추천해 달라고 하시는데.'

'잘못해서 똑같은 거 두 개 주문했는데 하나 저 가지래요. 네? 커플 템이요?'

나은으로서도 직업 좋고, 피지컬 좋고, 잘생긴 데다 성격까지 다정한 은결을 다 마다할 리가 없었다. 비록 은결이 입사한 지 몇 개월 안 되었기에 그나마 편하게 대할 수 있는 사람이 직속 비서인 나은밖에 없었음에도, 한 번 씐 콩깍지는 상황을 객관적으로 보는 눈을 잃게 했다.

"눈이 쎄 하긴 하더라. 그러니까 소송 같은 거나 걸리고."

다정하게 구는 남자. 의아하지만 뭉클한 착각. 주변의 부추김.

모든 상황이 나은으로 하여금 견고한 착각을 건설하도록 도왔다. 나은의 세계 속에서 나은은, 그저 느긋하게 은결의 다정함을 만끽하며 그가 고백해 오기만을 기다리면 되는 거였다.

"아니에요, 대리님. 소송은 교수님이 잘못해서 걸린 거 아니래요."

"으이구, 이 답답아. 편을 들 사람이 따로 있지!"

"여자가 너무 착하기만 하면 뺏기는 거야, 나은 씨!"

헤헤. 나은은 수줍은 듯 웃으며 키보드에 손을 올렸다. 직원들이 제각기 나은의 착한 심성과 대조적인 세영의 악독함을 수군거리며 일터로 돌아갔다. 이전보다 한결 마음이 편해진 나은이 심기일전하는 기분으로 법원 홈페이지를 열자마자, 은결의 방이 세차게 쾅 열렸다. 그리고 코트에 가방까지 챙긴 은결이 다급하게 나왔다.

"어디, 어디 가세요?"

놀란 나은이 천천히 일어나며 은결을 향해 묻자 간결한 대답이 돌아왔다.

"미팅이요. 아, 내일 강세영 교수 미팅 취소해 주세요."

"네? 왜……."

"지금 가거든요."

바로 퇴근합니다, 내일 봬요! 직원들을 향해 손을 붕붕 흔들며 은결이 휭 사라지자 나은만이 강렬한 의문과 함께 덩그러니 남아 버렸다. 선하고 둥근 눈매에 얼핏 날이 서면서 쩌적, 나은의 견고한 세계 한구석에 실금이 가는 소리가 들렸다. 직원들이 나은의 눈치를 보면서 슬금슬금 다가왔다.

"뭐야? 이 주임 안 거치고 최 변이 혼자 약속 잡고 나간 거야?"

"네."

"어머…… 무슨 상황이야, 이게."

제각기 떠들던 직원들이 수석 변호사가 문을 열고 나오자 얼른 입을 닫고 하던 일에 집중했다. 나은도 천천히 자리에 앉으며 마우스를 잡았지만 온통 딴생각으로 머리가 복잡했다.

은결은 지금까지 단 한 번도, 일에 관련된 미팅을 저를 거치지 않고 직접 잡은 적이 없었다. 일종의 관례였다. 그런데 세영이 나타난 뒤로 은결이 자꾸 관례에서 벗어난 짓을 한다. 고운 미간이 살짝 찌푸려졌다.

당신의 일과는 나만이 컨트롤할 수 있으니 주의를 좀 줘야겠다고, 나은은 생각했다.

* * *

세영이 찍어 준 주소는 병원에서 두 정거장 정도 떨어진 곳에 있는 작은 카페였다. 대단지 아파트 뒤쪽으로 교묘하게 숨겨진 개인 카페, 그 주위에는 키가 작은 오피스텔과 빌라들이 조르르 줄지어 있었다. 은결이 문을 열고 들어가자 젊은 남자 직원이 꾸벅 인사를 했다.

"어서 오세요."

은결도 대충 묵례를 하고 두리번거리며 세영을 찾았다. 각자 전자기기를 하나씩 들고나와 가열차게 작업하는 사람들 사이에서, 세영은 유령처럼 푸시시 바람 빠진 모습으로 의자에 널브러져 있었다.

"왜 이래?"

은결이 조심스럽게 세영의 앞에 서서 가방으로 늘어진 손을 툭 쳐 보았지만, 세영은 별 반응이 없었다. 제대로 묶지도 않아 부스스한 머리, 홈 웨어인지 무릎이 조금 나와 있는 트레이닝 복, 화장기 없이 수척한 얼굴.

은결이 왔음을 분명 인지했음에도 눈은 허공을 바라보고 있었다. 넋이 나가도 한참을 나간 것 같은 세영의 모습을 은결은 흘금흘금 쳐다보며 맞은편 의자를 꺼내 앉았다.

"보이스 피싱 당한 사람 같네."

"맞아."

"그거 피싱 아니라니까?"

"인생이 피싱 당했다."

가방에서 서류 봉투를 꺼내려던 은결이 다 죽어 가는 목소리에 흠칫했다. 설마 관할 경찰서에서 전화 온 게 아니고 진짜 보이스 피싱한테 당한 건가?

"어…… 얼마?"

떨리는 목소리로 피해 금액을 묻는 은결을 향해 세영은 눈을 희게 떴다. 그리고 이전보다 조금 힘이 실린 목소리로 대꾸했다.

"내가 돈 사기 당하게 생겼냐?"

"아니…… 근데 원래 야무진 사람들이 그런 거 잘 걸려요."

"피싱은 무슨, 피스 오프다 망할 놈아."

걱정해 주는 사람한테 냅다 욕 박아 버리는 건 어느 나라 예의인지. 그래도 욕하는 거 보니 죽을 정도로 기력이 없진 않구나 싶어서 은결은 어깨를 으쓱해 보였다.

"주문하고 올게요. 뭐 마셔요?"

"에스프레소 벤티 사이즈."

"미쳤어."

혼이 나간 사람처럼 중얼거리는 세영의 눈 밑이 시커멨다. 병원도 안 나왔으면서 며칠이나 밤을 새운 듯한 모습이었다. 자의로 새운 건지 못 자서 새운 건지는 몰라도, 목구멍에 카페인을 적시는 순간 폭주할 세영을 알기에 은결은 자리를 털고 일어났다.

"뭐냐, 이거."

몇 분 뒤 얼굴 앞에 디밀어진 은결의 손에는 깜찍한 노란색 음료가 들려 있었다.

"바나나 스무디."

"아이씨, 나 이런 거 안 먹어. 커피 내놔!"

"이거나 먹어요. 커피 원 샷 하면 쌤 죽어."

나 열 받으면 커피 원 샷 하는 거 어떻게 알았지. 세영은 곱지 않은 눈으로, 그러나 손으로는 순순하게 스무디 잔을 받아 들었다. 끼니를 거른 것도 벌써 꽤 됐다. 하루에 한 끼나 겨우 먹을까 말까, 언젠가는 식사를 하고자 노력한 적도 있었지만, 목구멍이 탁 막혀 밥이 안 넘어갔다.

지금껏 괴로울 때 입맛이 없어진다는 사람들을 이해하지 못했었다. 한 입도 제대로 먹지 못한 김밥을 그대로 가져다 버리며 세영은 깨달았다. 뭐든지 겪어 봐야 아는 거구나. 나한테 아직 진짜 괴로운 일이 없었던 거였구나. 힘없이 빨대로 음료를 쭉 빨아올리는 세영을 가만 바라보던 은결이 슬그머니 물었다.

"병원 안 나왔죠."

"응."

"휴가예요?"

"병가 냈어."

"어디 아파요?"

세영이 테이블 위에 탁 소리 나게 잔을 내려놓으며 은결을 정면으로 바라보았다. 그리고 한 글자 한 글자 힘주어 대답했다.

"마음이."

"……."

"너 때문이야."

은결은 두 눈을 꾹 감았다. 지레 찔리는 짓 한 사람의 말로였다. 나은과는 아무 사이도 아니라고, 그저 취한 나은이 저에게 안겨 왔을 뿐이라고 설명해야 했다. 그게 변명처럼 들린다면 어쩔 수 없어도.

"미안해요."

"이찬희가 누군 줄 알고 날 거기에 끼워."

나은의 이야기를 할 줄 알았는데, 튀어나온 건 다른 이름이었다. 커피 잔을 만지작대던 은결이 고개를 들어 세영을 올려다보자, 세영은 다 귀찮다는 듯 손을 휘휘 저었다. 무슨 일이냐고 묻고 싶은 마음이 한가득이었지만, 지금의 세영은 다크서클이 단전까지 내려와 있었다. 나중에 상태 좋을 때 다시 물어보자 싶어 은결은 호기심을 꾹 눌러 참았다. 세영은 귀찮은 듯 힘없이 말을 이어 갔다.

"됐다, 일 얘기나 하자."

"……"

"경찰서에서 참고인 조사 오라는데, 무슨 말이야?"

무슨 말이긴. 은결은 가방에서 서류를 꺼내 세영에게 내밀었다.

"고소당했다는 말이지."

"……"

"아직 피의자 전환은 안 됐으니 굳이 참석 안 해도 돼요."

"그 사람이지? 신경과."

바스락거리며 서류를 집어 드는 세영의 손이 바싹 말라 있었다. 은결은 가볍게 고개를 끄덕이며 한숨을 내쉬었다.

"번번이 기회 놓쳐서 말 못 했는데, 이 사람 보통 아니야."

"응."

"응급실 찾아가서 난동 부릴 수도 있어요. 조심하라고."

"한두 번이냐."

별것도 아니라는 듯 하품하며 기지개를 켜던 세영이 순간 앗, 하며 입술에 손을 가져다 댔다. 메말라 껍질이 일어난 입술이 터져 붉은 피가 새어 나오고 있었다. 어휴, 진짜 손 많이 가. 은결이 냅킨을 들고 일어나 세영에게 내밀며 작게 타박했다.

"뭐 하고 다니는 거예요? 도대체."

"아무것도 안 하고 아무 데도 안 다녀."

"그러니까, 왜 그러냐고."

세영이 냅킨으로 입술을 지그시 누르며 저 대신 열을 내는 은결을 바라보았다. 은결은 답답한 듯 앞머리를 손으로 쓸어 올렸고 언뜻 잘생긴 이마가 드러났다.

"왜 그걸 당연하게 생각해?"

"……."

"가만 보니까 쌤 그런 식이야. 안 좋은 일 생기거나 이해 안 되는 봉변을 당해도, 내가 원래 그렇지 뭐."

"……."

"다른 사람들 눈에는 어떻게 보이는 줄 알아요? 나는 당해도 싸, 이렇게 받아들이는 것처럼 보여."

세영은 대답 대신 빨대를 입에 물었다. 은결은 세영을 대신해서 씩씩거리며 말을 이어 갔다.

"패배주의자예요?"

"야, 네가 뭘 알아."

"……."

"남 탓 하는 것도 한두 번이지. 나는 그냥 그런 사람이구나, 안 좋은 일 꼬이는 팔자구나, 그러고 넘기는 게 속 편해."

스무디를 빨아 올려 마실 힘도 없는지 세영은 빨대만 질겅거리다가 컵을 내려놓았다. 은결은 연민에 찬 눈으로 세영을 바라보았다. 왜 저렇게 허망해 보이지. 왜 저렇게 기운이 없지. 내가 좋아했고, 내가 알던 강세영은 에너지 넘치는 강세영이었는데.

그럼에도 세영에 대한 애정이 사그라들기는커녕, 오히려 그녀를 북돋아 주고 싶다는 생각만이 지배했다. 어떻게든 세영을 웃게 하고 싶었다. 운명에 순응하지 않고, 맞서 싸우고 이기는 세영의 모습을 보고 싶었다. 은결은 한동안 세영의 바람 빠진 풍선 인형 같은 모습을 바라보다가, 진지하게 제안을 하나 했다.

"정 그러면…… 굿을 한번 해 볼까?"

"푸하학!"

생뚱맞지만 직관적인 제안에 힘없이 늘어져 있던 세영이 튀어오르며 웃었다. 굿하자는 소리를 그렇게 풀세트 정장 차려입고 와서, 진지한 얼굴로 할 일이야? 세영은 눈가에 맺히는 눈물을 손등으로 닦아 내며 쉬이 멈추지 않는 웃음을 앓았다.

"아, 너 때문에 웃는다, 진짜 며칠 만에 소리 내서 웃네."

"왜, 웃지 마. 나 진지하단 말이야."

"진지하니까 더 웃겨."

"그만 웃어."

툴툴거리며 타박을 받아 내는 은결이 일순 귀엽게 느껴졌다. 세영은 다시 의자에 널브러지며 흐흐흐, 웃음을 흘렸다. 자신의 진지한 제안에 웃기만 하는 세영이 원망스러운지, 은결은 잘생긴 미간을 찌푸리고 세영을 설득했다.

"샤머니즘이 왜 아직까지 성행하는데? 그게 뭐 진짜 팔자 고치려고 하는 거야? 마음 편하게 해 주니까 하는 거지."

"어. 굿 쎄라피(therapy), 가슴에 새겨 둘게."

"아님 삼재 아니에요? 우리 사주 보러 갈까?"

우리, 라는 지칭이 세영의 딱딱했던 가슴을 슬쩍 말랑하게 만들었다. 약간 민망해진 세영이 음, 앓는 소리를 내며 얼굴에서 웃음을 지워 냈다.

"내가 너랑 사주를 왜 보러 가냐."

"누가 나랑 궁합 보재? 김칫국 오져."

"어이없다. 너는 의사가 삼재를 믿어?"

"그건 끝이라도 있잖아요."

순간 세영은 지독한 기시감에 휩싸였다. 분명히 이 장면, 이 대화, 어디서 겪은 적 있었다. 단순한 데자뷔인가? 기억을 되짚던 세영의 뇌리에, 친숙하나 다시는 마주하기 싫은 동그란 얼굴 두 개가 떠올랐다. 세영을 몇 날 며칠이고 울게 했던 얼굴들. 할 수만 있다면 주먹으로 꽁꽁 때려 주고 싶은 얼굴들.

"흐윽."

"쌤, 울어?"

"흐어어엉……."

세영이 기어이 어린아이처럼 소리 내 울기 시작하자 당황한 은결이 반대쪽으로 건너갔다. 그리고 연신 등을 쓸어 주며 아기 달래듯 세영을 달랬다. 강세영이 이렇게 눈물이 많은 사람이었구나 생각하면서.

"죽어…… 죽어 버려…… 으아앙."

"누구야, 누가 우리 새끼 울렸어?"

제 등을 끌어안고 도닥여주는 은결의 말에 세영의 마음이 또 말랑해졌다. 우리 새끼. 새끼? 나이 서른 넘어 우리 새끼라고 불린 적이 언제였던가. 기분이 이상했다. 엄마한테서도 그런 호칭을 들은 기억이 까마득했다.

최은결은 누굴 달랠 때 우리 새끼라고 하며 부둥부둥거리는 게 버릇인가. 할 줄 아는 거라곤 먹고 싸고 울기밖에 없는 아기가 된

묘한 기분이었다.

이 괴로움은 어디 가서 토로하지도 못한다. 가장 가까이에서 속아 넘어가며 하하 호호 웃어 재꼈던 지난날이 얼마나 우습고 초라해 보이겠는가.

게다가 그런 짓을 벌인 범인이 바로 가장 아끼던 다름이었으나, 남들의 눈에는 세영이 느꼈을 배신감이 단순하고 평면적으로만 보일 것이다.

이런저런 상황을 종합해 보았을 때, 자신의 마음을 이해해 줄 수 있는 사람은 최은결밖에 없었다. 세영은 주위의 시선은 아랑곳하지 않고 은결의 품에서 한참을 울다가 훌쩍거리며 겨우 울음을 그쳤다. 그리고 어린아이처럼 웅얼거렸다.

"이찬희랑 황다름 암살 좀 해."

"황다름? 내가 아는 그 황다름?"

"어. 간단해. 죽이기만 하면 되잖아."

어금니를 질근거리며 씹어뱉는 세영의 말에 어떤 상황인지 대충 눈치챈 은결이 세영을 더 강하게 끌어안았다. 그리고 다짐하듯 단호하게 말했다.

"쉽네, 둘 다 죽여 줄게."

"……."

"죽이고 나서 부관참시도 해 줄게. 울지 마."

안 될 걸 알면서도 일순 기대를 하게 하는 은결의 다정한 다독임, 세영은 기어이 다시 울음이 터지고야 말았다.

                                    * * *

"11월 스터디 미팅 마치겠습니다."

"수고하셨습니다."

스탭과 전임의, 고년차 전공의 몇 명만 참여하는 연구 미팅이 끝이 났다. 나이 대도 그렇고, 체력도 그저 그런 사람들이 모인 미팅은 파하면서도 잡담을 할 기력이 없었다. 그저 각자 옆구리에 파일 철들을 끼우고 다 죽기 직전의 얼굴로 회의실을 빠져나갈 뿐이었다.

세영 역시 스탭이었으므로 상황은 마찬가지였다. 게다가 세영의 상황은 더 나빴다. 갑작스레 일주일이나 병가를 내더니, 돌아온 얼굴은 정말로 팍 상해 버린 병자의 그것이었다. 그래서 아무도 세영을 탓할 수가 없었다. 그나마 세영이 야간 당직이 적은 스탭이었기에 망정이지, 전임의였다면 얼마 안 되는 인력으로 응급실을 지탱하느라 다들 죽어났을 게 뻔했다.

"강 교수, 괜찮아?"

지진의 전조를 느끼고 도망치는 뉴트리아 떼처럼 인파에 몰려가던 세영이 과장의 레이더망에 딱 들어왔다. 세영은 민망한 듯 옅게 웃으며 대꾸했다.

"괜찮아요."

"얼굴이 반쪽이 됐네. 진짜 어디 아팠어?"

"……저 병가였다니까요?"

"난 또 도망가려고 시동 거는 줄 알았지."

쳇. 세영은 입술을 삐죽이며 과장에게 투덜거렸다. 자신을 학생 시절부터 봐 온 지도 교수님의 눈에는 세영이 아무리 교수직을 달고 승진을 해도 학생 같게만 보였다. 그래서 세영이 마음 놓고 더 투정을 부릴 수 있는지도 몰랐다.

"어떻게 딴 스텝인데요."

"그래, 내가 교수회에 얼마나 어필을 해서 따낸 건데."

과장이 세영의 마른 어깨 위에 무겁도록 걸쳐진 흰 가운의 매무새를 정리해 주었다. 은사님의 머리가 어느새 반쯤은 백발이 되어 있음을 확인하고 나자, 눈가가 시큰해졌다. 과장은 걱정스러운 목소리로 세영에게 말했다.

"고소당했다는 얘기 들었어. 그 인간 아주 말종이더라."

"……."

"어차피 불기소 될 거 뻔해. 너무 마음고생하지 말고. 응?"

과장은 중재원에 이어 형사 고소까지 당한 세영의 멘탈을 걱정하고 있던 거였다. 그거 때문은 아닌데…… 그냥 그런 걸로 하는 게 이미지 쇄신에 도움이 될 터였다. 세영이 걱정하는 과장을 향해 개구쟁이처럼 짓궂게 웃었다.

"저도 많이 약해졌나 봐요. 그런 거에 덜컥 겁이나 먹고."

"넌 옛날부터 그랬어, 인마. 속은 여린 놈이 센 척이나 하고 말야."

"……."

"원래 여린 놈들이 위악 떨게 돼 있어."

작게 타박하는 과장의 목소리에 세영의 입술이 다시 삐죽 튀어나왔다. 앉은 자리가 높아질수록 자신을 이해해 주는 사람도, 응석을 부릴 구석도 없어진다. 이번엔 정말로 울음이 비집고 나올 것 같아

세영은 필사적으로 호흡을 조절했다. 그런 세영을 가만 보던 과장은 그녀의 등을 아프도록 퍽 소리 나게 때렸다. 눈물이 쏙 들어갈 만큼 아픈 손이었다.

"악!"

"정신 차려. 정신 차리고 일해. 알았어?"

"……넵."

"다신 도망갈 생각하지 말고."

그 말과 함께 과장은 세영의 머리를 엉클어트린 뒤 복도 끝 엘리베이터를 향해 걸어갔다. 그 비딱한 걸음걸이를 바라보며 세영은 오래도록 허리를 숙여 인사했다.

과장은, 전공의 시절 칼을 든 술 취한 환자에게 허벅지를 찔렸다고 했다. 하필 안 좋은 부위에 깊게도 찔려 근육과 신경이 많이 다쳤고, 평생 절뚝거리며 걸어야 할 수도 있다는 진단을 받았다.

그러나 그는 응급 수술을 받은 뒤 사력을 다해 재활에 성공했고, 다시 응급실로 돌아왔다. 그리고 허허 웃으며 전설과도 같은 한 마디를 남겼다고 했다. 술이 잘못했지, 사람이 잘못했나?

술, 술, 그놈의 술. 응급의학과와 떨어지려야 떨어질 수가 없는 그놈의 술. 세영은 그 일화를 들으며 과장이 바보 같다고 생각했다. 다른 사람들은 술 먹어도 그 지경은 아니에요. 그건 그냥 그 사람이 나쁜 거예요. 술버릇 그만한데 누가 술 처마시래?

하지만 그때의 세영은 몰랐다. 그게 사람을 미워하지 않기 위한 그의 각고의 노력이었다는 것을. 저만큼이나 과장이 진상을 타는 의사임을, 한참 나중에야 알았다.

세영보다 겪어도 더 겪고, 더러움의 정도도 훨씬 더 했을 그의 근무. 일이 터질 때마다 사람을 미워하자면 인간에 대한 두려움, 말하자면 인간혐오의 길에 빠지기 쉬운 직업이었다. 그러나 의사는, 그것도 무슨 일이 일어날지 가늠도 할 수 없는 응급실에서 근무하는 의사는 그래서는 안 됐다.

어찌 보면 세영이 모든 일을 자신의 팔자로 치부하는 것도 그런 일련의 사고였다. 사람을 미워하기 시작하면 결국 진료 자체가 불가능해질 것이므로, 어떻게든 자신의 불운으로 합리화해 보려는 생각에서였다. 모든 사람이 다 그럴 것이라고는 믿고 싶지 않았다.

내가 일할 때만 그런 사람들이 오는 거겠지. 다른 사람들은 다 착하고 협조적일 거야. 이 중에 그런 인간들을 가장 잘 감내할 수 있는 게 나라서, 하늘이 나한테 몰아주는 걸 거야. 그런 생각을 하고 나면 어느 정도 기운이 솟았다.

"세영 쌤."

그러나 이런 상황에서 사람을 미워하지 않을 방법을 세영은 몰랐다. 응급실에 어쩌다 한 번 찾아오는 초면의 진상이 아니라, 몇 해 동안 동고동락하며 가장 아끼고 친하게 지냈던 가족 같은 사람의 진상 짓을.

세영은 최대한 담담한 표정을 한 채 뒤돌았고, 거기에는 저만큼이나 평정심을 유지하려 노력하는 다름이 서 있었다.

"얘기 좀 해요."

"해."

세영이 복도 한가운데서 비딱하게 서서 허리에 한쪽 손을 짚었다. 의외로 선뜻 내민 대답에 다름이 바로 말을 잇지 못하고 입술을 깨물었다.

"사람 불러 놓고 왜 말을 안 해."

세영의 목소리가 점차 낮아지며 날카롭게 별러지기 시작했다. 다름은 아프도록 눈을 꾹 감았다. 입이 열 개라도 할 말이 없는 상황이었지만, 입이 열 개라면 열 번 다 미안하다는 사과를 해야 했다.

"미안해요."

"뭐가."

"말 안 한 거……."

"바쁜 사람 세워 놓고 장난해? 말 똑바로 안 해?"

소싯적 최은결 태우던 말투가 다시 튀어나온다. 세영은 형형한 눈으로 다름을 마뜩잖게 내려다보았고 다름은 작게 몸을 떨었다.

"이찬희…… 교수님이랑 만나는 거 말씀 못 드려서요."

"얘기 다 했니? 나 간다."

차게 돌아서는 모습에서 사과를 받겠다는 의지라고는 전혀 찾아볼 수 없었다. 다름이 급하게 세영의 앞으로 뛰어들어 가운 소매를 잡았다.

"이게 무슨 짓이야?"

"잠깐만요, 제 얘기도 좀 들어 주세요."

"내가 왜?"

"얘기하려고 했어요, 진지하게 만나기 전부터 몇 번이고 쌤한테 얘기하려고 했어요!"

다름의 간절한 목소리에도 세영은 잡힌 손을 매몰차게 뿌리쳤다. 변명이 길어질수록 눈빛은 점점 차가워져만 갔다. 사람이 극도로 흥분하게 되면 오히려 냉정해지기도 한다더니, 세영은 그 어느 때보다도 이성적이었다. 머리가 차갑게 얼어붙는 것 같았다. 그래서 감정 과잉으로 엉망이 된 채 우는 다름이 부담스러웠다.

"쌤은 제가 남자 친구 있다는 사실도 기억 못 했잖아요."

"……."

"몇 번이나 그 사람에 대해서 얘기하려고 했는데, 쌤은 관심도 없었잖아요."

누가 보면 다름이 피해자고, 세영이 가해자인 줄 알 정도로 다름은 심하게 울고 있었다. 세영의 눈이 일순 날카로워졌고, 다름에게 한 발짝 가까이 다가갔다. 그리고 낮은 목소리로 으르렁댔다.

"그래서, 그게 내 탓이라는 거니?"

"세영 쌤……."

"너랑 이찬희 만나는 거 못 알아챈 내가 병신이라는 얘기를 하고 싶은 거지? 지금."

"아니에요, 절대 그런 게……!"

다름이 필사적으로 세영에게 매달렸지만, 세영의 마음은 점점 딱딱하게 굳어져만 갔다. 병가를 내고 좀 쉬길 다행이라는 생각이 들었다. 배신감과 억지로 맞서 싸워 보겠다고 다름의 얼굴을 보며 꾸역꾸역 출근하는 것보다, 혼자서 차분하게 생각하고 마음 정리 하는 시간을 가진 덕분에 지금처럼 태연하게 서 있을 수 있었다.

"제주도 사진 보내면서 퍽 재밌었겠다. 아주 얼마나 재밌었을 까? 응."

"그건요, 그건……."

"기만에도 정도가 있지, 다름아. 내가 널 얼마나……."

말을 잇지 못하는 세영의 목소리에 결국 다름은 울음이 터졌다. 우는 다름의 앞에서 세영은, 아이러니하게도 최은결을 생각했다.

* * *

은결은 세영과 나란히 앉아 흔들리는 어깨를 단단하게 감싸 안아 주었다. 그리고 감언이설이라고 해도 좋을 터무니없는 말들을 늘어 놓았다. 그 연놈들 내가 병원에 발도 못 붙이게 해 줄게. 사회생활 못 하게 만들어 버릴까? 실현 가능성 영 프로인, 아무렇게나 주워섬 긴 말이었음에도 불구하고 세영은 깊은 위로를 받았다. 어쩌면 그저 앞뒤 없이 제 편만을 들어 줄 사람이 필요했는지도 모른다.

"울지 마. 쌤이 잘못한 것도 없는데 병원을 왜 그만둬?"

"그만둔다고 한 적은 없는데……."

"누가 들어도 황다름이 나쁜 년이고, 이찬희가 개새끼지. 그만 둬도 황다름이 그만둬야 되는 거 아냐?"

또 은결의 위로는 어느 정도 논리적이기도 했다. 깊은 배신감에 휩쓸려 감정의 파도에서 헤어나지 못하는 세영에게, 사실상 제삼자인 은결의 논리는 짱짱한 구명조끼와도 같았다. 나뿐 아니라 다른 사람들도 그렇게 생각한다는 거지. 내가 황다름을 죽어라 미워해도 된다는 빌미. 그 빌미를 은결이 동의해 줌으로써 세영은 마음이 한결 편해졌다.

"출근해도 쌤이 꿀릴 거 없어. 황다름이 선배면 몰라도 쌤 후배잖아."

"응."

"나 갈구듯 갈궈 봐요, 속 시원해질 때까지."

"너는 지금 이 상황에서……."

"뭐 어때? 황다름도 강세영한테 쌍욕 좀 먹어 봐야지."

쌤이 걔를 너무 오냐오냐해서 그래. 나처럼 갈궜어 봐, 감히 그런 짓 했겠냐고? 은근슬쩍 자신을 희생하며 세영을 놀리는 통에 결국 세영은 피식 웃을 수밖에 없었다. 은결은 살짝 긴장이 풀린 세영을 놓치지 않고 다시금 단단하게 끌어안았다.

"걔하고 싸우려면 속부터 든든해야지. 밥 먹으러 가요."

"지금 네 신데…… 너 점심 안 먹었어?"

"먹었는데, 두 번 먹지 뭐."

나 그 정도 깜냥은 돼요. 이상한 데서 호기를 부리는 은결이 우스워 세영은 몸을 들썩이며 웃었다. 은결이 품에서 세영을 놓아준 뒤 무릎 위에 얌전히 놓인 차가운 손을 그러쥐었다.

"마지막으로 밥 먹은 게 언제야."

"……."

"기억도 안 나지. 그러니까 지금 나랑 먹어야 돼."

"너 논리 이상한 거 알지."

"나 원래 이상해요. 그러니까 쌤한테 붙어 있지."

은결이 검지로 세영의 볼을 콕 누르며 웃었다.

"오늘은 닭발 금지예요, 죽이나 먹어."

단호하게 말한 뒤 제자리로 가 가방을 챙기는 은결의 모습을 세영은 가만가만 바라보았다. 그러게, 얘는 왜 성격도 이상하고 배신씩이나 당하는 둔탱이인 나한테 붙어 있을까. 내가 뭐가 이쁘다고 우쭈쭈해 줄까. 혹시 예전에 내가 못되게 군 데 대한 복수를 빌드업 하는 중인가. 이렇게 다정하게 대해 놓고, 나중에 차갑게 돌아서는 거 아닐까.

"은결아."

"응."

"너 진짜 이상해."

"알아요."

"너도 나 배신 때릴 거야?"

세영이 풀 죽은 목소리로 묻자 은결이 동그래진 눈으로 바라보았다.

"들켰나?"

"……."

"뻥이에요. 빨리 일어나, 이 앞에 죽집 있더라."

"안 먹을래."

어린애처럼 저항하는 세영의 손을 끌어당기던 은결이 한순간 힘을 놓자 세영이 반대쪽으로 풀썩 넘어갔다. 발딱 일어나 화내려던 세영의 입은 곧 은결의 입술로 막혔다.

얘가 지금 나한테 무슨 짓을, 아니 잠깐, 그보다 공공장소에서 이게 뭐 하는 짓……!

"그럼 나 먹을래?"

"미친놈아."

"난 그것도 좋아."

너 때문에 또 웃는다. 허탈하게 웃는 세영을 따라 은결도 말갛게 웃었다. 그리고 다정한 손길로 세영의 머리카락을 쓸어 주며 말했다.

"일 얘기 했고, 황다름 얘기 했고, 이제 우리 얘기를 좀 하고 싶은데."

"……."

"쌤 밥 먹이고 얘기해야 나도 힘이 날 것 같아."

얼마간 간절하기도 한 은결의 목소리에 세영은 천천히 고개를 끄덕였다. 긴장과 응어리졌던 분노가 풀리며 허기가 느껴지기도 했던 탓이다. 세영은 은결의 손을 지탱해 일어나며 잠시 휘청거렸다. 기립저혈압이 이 상황에 도지다니. 은결이 세영의 허리에 팔을 감으며 구시렁댔다.

"어휴, 여보야. 그러니까 잘 먹고 다녀야지, 이게 뭐야."

"누가 네 여보야?"

이거 진짜 뼛속까지 미친놈이네. 세영은 황당한 듯 웃으며 은결을 따라 카페를 나섰다.

그렇게 밥 먹고, 입술도 먹고, 아랫도리도 먹었다. 위로도 먹고, 아래로도 먹었다. 몇 번이나 흔들고 울고 쌌는지 기억도 안 났다. 아무튼 뭐든지 든든하게 먹고 나면 기운이 난다. 세영은 은결이 퍼다 준 기운 덕분에 다름을 마주하고도 두 발로 서 있을 수 있었다.

"너는 그러면 안 되지. 다름아."

이 상황에서 나는 완전한 피해자. 그러니 피해자처럼 굴어 보자. 마구 원망하고, 욕하고, 머리털 하나까지 싫어해 보자. 인간 그 자체를 싫어해도 된다고 했으니까. 최은결이 그렇게 해도 된다고 했으니까.

"언제까지 속일 생각이었어? 이찬희 아니었으면 영영 몰랐겠구나, 싶더라고."

"아니에요, 얘기하려고 했는데 지금 쌤 상황이……."

"내 상황이 뭐? 나 너무 행복한데."

단칼의 다름의 말을 끊어 버린 세영이 더 듣기 싫다는 듯 뒤돌았다. 관계의 끝을 선언하는 거나 다름없었다. 우리가 이런 일로 끝나게 될 줄은 몰랐는데, 다름아. 세영이 쓰게 미소 지으며 한 발짝 내딛자 뒤에서 잔뜩 울먹거리는 다름의 목소리가 들려왔다.

"의국에…… 귤 한 박스 가져가세요."

기가 찼다. 세영이 크게 헛웃음 지으며 다시 돌아섰다. 그저 잘못했다고 빌기는커녕, 한다는 말이 귤이나 가져가라고?

"성효진 환자 보호자가 쌤 주라고 가져왔어요."

"……."

"얼마 전에 멘탈 체인지로 왔던 젊은 여자요. 뇌종양이었대요."

어린애처럼 혀 짧은 소리를 내던 젊은 여자 환자. 그 보호자가 아마 환자의 오빠였지. 세영이 멱살을 잡히기도 했고. 그러나 지금 그 사과가 무슨 상관이냐. 다름은 훌쩍거리며 얼굴에서 차츰 울음기를 지워 나갔다. 그리고 세영만큼이나 차가워진 얼굴로 한 마디 없었다.

"미안하다고도 전해 달래요."

그 말을 끝으로 다름은 세영을 지나쳐 복도를 건너갔다.

"……."

쾅앙- 닫히는 문소리에 세영이 비틀대며 벽을 짚었다. 그제야 세영의 눈시울이 붉어지기 시작했다. 다름이 떠났다. 강세영의 세상에서, 황다름이 뿌리째 뽑혀 떠나갔다. 결국 다름에게 들은 사과는, 진작 얘기 못 해서 미안하다는 말뿐이었다.

그럼 이찬희랑 만난 거 자체는 미안하지 않다는 거야? 그래, 좋게 생각해 보자. 세영이 찬희와 헤어진 지가 벌써 한참이었다. 저와 만나는 도중에 황다름이 나타나 바람을 피운 것도 아니고, 찬희에게 미련이나 좋아하는 감정이 남은 것도 아니었다. 사귈 수도 있지. 그래, 서로한테 좋은 감정을 느껴서 사귈 수도 있지.

……그래도, 그래도. 도의라는 게 있는 거잖아. 다른 사람의 입을 통해서 네가 이찬희랑 만난다는 사실을 알기 전에, 먼저 나한테 얘기해 줄 수 있었잖아. 그게 비록 내 옛날 애인이라고 하더라도, 아니 오히려 내가 만났던 남자이기 때문에, 네가 먼저 나한테 얘기를 해

줬어야지. 내가 너를 얼마나 아끼고 좋아하는지 알면서, 다름아.

호흡을 다스리던 세영의 코에서 툭, 뜨거운 게 흘렀다. 세영은 급하게 손등으로 새빨간 코피를 닦아 내며 애써 다른 생각을 하려 노력했다.

다른 생각, 예를 들면, 최은결 같은. 다정하고 착한 최은결. 나한테 왜 잘해 주는지 모르겠는 최은결. 최은결은 황다름이랑 동기였지. 그리고 황다름의 애인은 씹어 먹어도 시원치 않을 이찬희. 젠장, 결국 제자리였다.

누가 그래? 탱고라고

같은 시간대에 일한다고 해서 걱정할 일이 하나도 없었다. 다름은 자처해서 잔손 많이 타는 외상 구역으로 갔고, 세영은 교수 특전으로 중환 백업을 맡았다.

외상 구역은 응급실의 초입, 중환 구역은 응급실의 가장 깊숙한 부분. 자연히 단 한 번도 마주칠 일이나 대화할 핑계가 생기지 않았다. 백업은 그야말로 백업, 말하자면 전공의들이 사고 치지 않도록 관리 감독 하는 포지션이었다.

그런데 오늘은 어째 중환도 하나 없어서 이렇게 놀아도 되나 싶은 날이었다. 하지만 오늘 한가하네, 같은 소리를 입에 담는 건

금물이지. 세영은 입을 꾹 다문 채 어느새 미지근해진 귤을 책상에 대고 손바닥으로 돌돌 돌렸다. 알코올 냄새, 건조한 시트의 냄새만이 가득한 중환 구역에 상큼한 향기가 퍼졌다.

"주스 만드세요?"

"아니."

"쥐어짜시길래."

희한하게 근무만 겹치면 세영과 같은 파트에 떨어지는 승재가 세영을 흘금거리며 중얼거렸다. 세영은 승재의 허벅지만 한 팔뚝을 한 번, 제 손안에서 주물러 터진 귤을 한 번 번갈아 보다가, 불쑥 승재에게 그것을 내밀었다.

"먹을래?"

"싫어요."

"왜."

"그거 그 사람이 준 거잖아요. 튜머13) 환자 보호자."

그렇다더라. 세영은 성의 없이 고개를 끄덕이며 손톱을 세워 귤의 오목한 부분에 찔러 넣었다. 짓이겨질 대로 짓이겨진 귤이 미련 없이 껍질을 떨어냈다. 승재는 멍하니 귤을 입에 가져가는 세영을 보면서 한숨을 쉬었다.

"그 인간한테 그렇게 당하고 귤이 들어가세요?"

"미안하다고 갖다준 거라며."

"간호사실에도 세 박스나 갖다 놨어요. 전 하나도 안 먹음. 손도 안 댐."

---

13) 종양(tumor)

"왜. 너 귤 안 좋아해?"

승재가 삼색 볼펜을 딸깍거리며 구시렁댔다.

"세상에 귤 안 좋아하는 사이코패스도 있어요?"

"근데 왜 안 먹어."

"그냥요, 앞뒤 없이 욕하고 액팅 아웃14)하고, 지 성깔 부리고 싶은 대로 다 부려 놓고. 나중에 미안하다고 갖다주는 거 그지 같아서요."

세영이 떨떠름한 표정으로 귤을 씹었다. 미지근해진 귤은 새콤하다 못해 찌푸려지도록 셨다. 설마 일부러 이런 걸 준 건 아니겠지. 내가 고른 것만 이렇게 신 거겠지.

"저랑 같이 당했으면서 엄청 잘 드시네."

"난 귤 좋아하거든."

"저도 좋아해요."

그 인간이 줬다길래 안 먹는 것뿐이지. 투덜거리는 승재의 뒤통수를 가만 바라보던 세영의 눈이 커졌다. 은사로부터 이어진 명언을 이제야 써먹을 타이밍이 왔음을 직감했다. 그리고 가운 주머니에 하나 더 챙겨 온 귤을 승재에게 내밀었다. 그리고 진지한 표정으로 말했다.

"승재야. 귤은 귤이야."

"네?"

"귤이 잘못했지, 사람이 잘못했나?"

---

14) Acting out : 행동화, 말이 아닌 격한(손찌검 등) 행동으로 갈등을 표현함.

젠장. 그거 말 한마디 꼬였다고 온종일 중환 구역 구석탱이에 서 놀림당했다. 그 자리에 있던 전공의들은 물론이고 간호사들도 킬킬거렸다. 일 년차가 유행어도 만들었다.

귤은 귤이야. 샘플은 샘플이야. 랩(Lab)이 잘못했지, 환자가 잘못 했나? 세영은 어디 감히 선배를 놀리냐 바발하다가도 같이 허허 웃고 말아 버렸다. 다들 안 바빠서 나사가 하나씩 풀린 모양들이었다.

그래, 맘껏 웃고 떠들어라. 이로써 누군가에게 과장님처럼 멋진 대사를 남기려던 계획은 실패했지만, 니네가 재밌었으면 됐다. 세 영은 쓸쓸하게 웃으며 의자를 뒤로 기대며 가운 주머니에서 핸드 폰을 꺼냈다. 아나나 다를까 은결의 메시지가 연이어 와 있었다.

- 언제 끝나? 저녁 먹자
- 언제 끝나냐고
- 언제끝나냐고오옥ㄱㄱㄱ!!!!!

세영은 피식 새어 나오는 웃음을 참지 못하고 그대로 내보이며 핸드폰을 주머니에 집어넣었다. 오늘 아침이나 되어서야 병원 현 관에서 겨우 헤어져 놓고, 그새를 못 참아서 같이 밥을 먹재. 휴, 도대체 나의 매력이란.

문득 최은결을 법무 팀에서 다시 만났던 기억이 새록새록 떠 오른다. 위아래 멋진 슈트를 뻔지르르하게 차려입고, 머리카락은 왁스로 싹 넘기고, 세상 차가운 표정으로 날 죽어라 조졌었지. 어디 한 번 당해 보라는 듯이 아주 작정을 하고 말이야.

빌드업 한 이미지만 보자면 차가운 블랙톤으로만 인테리어 된 펜트하우스에 살면서, 냉장고에는 먹을 것 하나 없이 백 미리짜리 수입 생수만 몇 병 덜렁 들어 있을 것 같았는데. 이렇게 발발거리는 애일 거라고는 꿈에도 상상 못 했다.

세영이 실실거리며 모니터 앞으로 다가갔다. 제 이름으로 로그인한 원내 메신저를 띄우자 자주 연락하는 사람 카테고리에 혼자 연두색 동그라미를 달고 있는 이름이 있었다.

황다름(응급의학과, 전임의)

세영은 누가 보기 전에 얼른 다름의 이름을 드래그해 EM 카테고리에 집어넣었다. 이래저래 연두색, 주황색 동그라미들을 달고 있는 이름 사이에 다름의 이름이 묻혀 버렸다. 찌질한 짓이라고 해도 마음이 시키는 걸 어쩔 수 없었다. 그리고 직원 검색창에서 은결의 이름을 검색해 자주 연락하는 사람 카테고리에 추가했다. 메신저 특성상 제가 은결의 계정을 친구 추가 했다는 알림이 뜰 것이다.

최은결(법무팀, 사원)

변호사도 사원으로 치는구나. 아니면 메신저에 마땅한 직급이 없어서 사원으로 퉁 치는 건가. 세영은 시답잖은 생각을 하면서 은결의 이름을 더블클릭 했다.

강세영(응급의학과, 교수) : 6시

이렇다 할 설명도 없는 불친절한 채팅에도 은결은 순식간에 읽고 답을 보냈다.

최은결(법무팀, 사원) : 한 시간 남았네
최은결(법무팀, 사원) : 네가 만약 6시에 퇴근한다면
최은결(법무팀, 사원) : 난 5시 30분부터 설레기 시작할 거야

흐허허. 빠꾸 없는 연하의 애교에 세영은 너털웃음을 지었다. 이래서야 잘생긴 사짜들은 죄 싫다던 지난날의 오기가 영 부끄러워지는 순간이었다. 아저씨처럼 껄껄 웃고 있으면서 손으로 타이핑하는 말들은 새침했다.

강세영(응급의학과, 교수) : ——
강세영(응급의학과, 교수) : 자꾸 말 까라 너
최은결(법무팀, 사원) : 유교결.. 넘행

어떻게 점을 두 개만 붙일 생각을 하지? 너무 귀여워. 너무해나 넘행이나 자판은 여섯 번 치는 거 똑같은데, 굳이 넘행 하는 것도 귀여워. 눈앞에 있었으면 씹어 먹어 주고 싶다. 왜 최은결이 과거의

자신에게는 이런 모습을 하나도 보이지 않았는지 싶은 원망도 들었다. 이렇게 귀여운 줄 알았으면…….

그때, 새로운 대화창이 하나 떴다. 트리아지(triage)[15]를 보고 있을 책임 간호사가 응급실 근무자 전체에게 띄운 대화창이었다.

송연재(응급실, 간호사) : 119 상황실 연락 왔습니다

송연재(응급실, 간호사) : 연희역 앞 공사장 크레인 차도로 추락, 8중 추돌 TA[16]입니다

송연재(응급실, 간호사) : 사망자 다수, 멀티플(multiple trauma)[17] 다수. 3분 뒤 도착

세영과 함께 대화창을 읽은 전공의들이 하나둘 한숨을 내쉬며 글러브를 찾아 끼기 시작했다. 세영은 얼른 응급실 환자 목록을 열어 현황을 지켜보았다. 한가한 것은 중환 구역뿐이고, 그 외에 경환이나 외상 환자들은 늘 그렇듯 차고 넘쳤다. 중환 구역에는 최소한의 인원만 남기고 모두 외상 구역으로 가서 서포트를 해야 할 거였다.

그다음으로는 현재 근무자 이름이 떠 있는 현황표를 보았다. 제일 위에 세영의 이름이 적혀 있었다. 심장이 쿵 떨어지는 듯했다. 선배 없이 이런 재난 상황을 맞는 건 처음이었다. 그러나 어쨌든 한 번은 겪어야 할 일. 어쩌면 앞으로도 수없이 겪어야 할 일. 세영은 마른침을 삼키고 자리에서 일어났다.

---

15) 환자 분류
16) 교통사고(Traffic Accident)
17) 다발성 외상

"우리 ICU(중환자실) 자리 있어?"

"당연히 없죠."

"하…… 어떻게든 해 보자."

세영이 머리카락을 쓸어 넘기며 외상 구역을 향해 걸었다. 양쪽 뒤에 승재를 포함한 간호사 두엇과 전공의 두엇이 날개처럼 따라붙었다. 먼 곳에서 사이렌 소리가 들려오기 시작했다. 바야흐로 전쟁의 서막이었다.

* * *

"아으으으윽……."

"살려 주세요, 살려 주세요!"

"환자분, 눈 떠 보세요!"

이놈의 119는 융통성도 없지, 가깝다고 여기로 죄다 데리고 와 버리면 어떡해. 그야말로 지옥도였다. 외상 구역은 자리도 없어서 머리에서 피를 철철 흘리는 인부들을 앉혀 놓기까지 했다. 세영이 지끈거리는 머리를 짚으며 구급대원에게 물었다.

"더 와요?"

"네. 좀."

"몇 명이나? 우리 ICU(중환자실) 없어요."

"남은 인원 중에 이제 중환은 없고, 다 TA(교통사고) 경환들입니다."

과연 한눈에 봐도 많이 다쳤다 싶은 사람들은 다 공사장 인부들인 듯했다. 먼지가 풀풀 나는 작업복은 의료진의 거대한 가위로도 잘 잘리지 않아서 다들 고생하고 있었다. 이미 초기 처치만으로도 응급실의 모든 인력이 달려들어야 할 판이었다. 환자들 사이를 이리저리 뛰어다니며 접수를 돕는 원무과 직원까지 땀을 뻘뻘 흘리며 고생을 하고 있었다. 세영은 구급대원을 향해 단호하게 말했다.

"경환은 더 데려오지 마세요. 다른 병원으로 분산시켜 주시고요."

"네, 네."

"D.O.A(도착 시 사망)[18]도요, 지금 카트 한 대도 들어갈 자리가 없어요."

"네, 알겠습니다."

"수고하셨습니다."

"수고하십시오."

세영과 구급대원이 서로를 향해 꾸

"우리 포터블(Portable)[19] 그냥 대기시켜! 가지 말고 있으라 해."

"네, 교수님."

"트라우마 알람 띄웠죠? NS(신경외과)랑 GS(일반외과) 당직 누구야? 왜 아직도 안 기어들어 와?"

세영의 목소리에 점점 날이 서기 시작했다. 그 자리의 모든 의료진이 침을 꿀꺽 삼켰다. 모두가 마음을 모아 강세영이 그저 중환 구역에 있어 주기만을 바랐는데…… 가장 먼저 튀어나올 줄 몰랐다.

바쁠 때는 누구나 날카로워지긴 하지만 세영은 그 정도가 좀

---

18) Death on arrival
19) 이동식 X-ray

더했다. 특히 자기 식구들이 공격당하거나 타 과와의 신경전에서 세영의 말빨은 빛을 발했다. 사실상 가장 든든한 아군이었지만, 정말 눈코 뜰 새 없이 바쁠 때는 그냥 그마저도 무시하고 일하고 싶었다.

세영의 불호령에 NS, GS, OS(정형외과) 당직의들이 슬금슬금 응급실로 들어왔다. 그리고 각자 모니터를 한 대씩 쥐고 환자를 파악하는 척했으나, 세영은 딱 봐도 척이라는 걸 알았다. 그래서 한마디 하려 운을 떼었다.

"지금 알람 뜬 지가 언젠데⋯⋯."

그녀의 입에서 무슨 말이 튀어나올지 대강 눈치챈 응급실 식구들이 움츠러들었다. 세영은 주변의 공기가 오로지 저를 향하고 있다는 것을 알아차렸다.

처음이었다. 모두 숨을 죽여서 자신의 다음 말을 기다리고 있는 듯한 묘한 분위기, 자신을 무서워하고 불편해하는 듯한 공기. 응급실 망나니로 유명한 자신의 앞에서 긴장해 있는 고작 전공의 이 년차들이 순간 안쓰럽게 느껴졌다. 그래서 세영의 입에서는 저로서도 생각지 못한 말이 튀어나왔다.

"⋯⋯되게 빨리 왔네요?"

"⋯⋯."

"이렇게 빨리 올 줄 몰랐네. 환자 잘 좀 봐 주세요."

일순 다정하게도 들리는 세영의 목소리에 응급실 식구들이 모두 눈이 튀어나오도록 세영을 바라보았다. 폭주 기관차 응나니가 웬열? 타 과 전공의들 역시 마찬가지였다. 벼락같은 욕과 잔소리가 떨어질 줄 알고 긴장하고 있다가 얼굴도 풀리며 손가락이 바빠졌다.

차곡차곡 찍혀 나오는 X-ray와 CT 결과와 속속들이 접수되기 시작하는 환자들의 이름을 부르며 의료진들이 환자들 사이로 스며들었다. 보다 부드러워진 공기와 활기차진 후배들의 얼굴, 세영은 바쁘게 CT를 열면서도 조금 후회했다.

아, 최은결한테도 좀 이렇게 해 줄걸.

* * *

세영이 환자의 갈비뼈 사이로 구멍을 뚫어 흉관을 삽입하자 핏물 섞인 액체가 또르르 흘러나오기 시작했다. 기계적으로, 그러나 빠르고 침착하게 수처한 뒤 거즈로 덧대 드레싱 폼을 붙였다. 그이례적인 속도와 정확함에 옆 침상에서 환자에게 설명을 끝내고 돌아서던 전공의가 입을 떡 벌렸다.

"벌써 다 하셨습니까?"

"벌써라고 하지 마. 대충한 것 같잖아."

"진짜 교수님 손 빠르십니다."

"응급실 밥을 몇 년을 먹었는데."

민망한 듯 세영이 어깨를 으쓱거리며 장갑을 벗었다. 그리고 주위를 둘러보았다. 당장 수술이 급한 환자들은 타 과들이 알아서 수술장으로 모셔 갔고, 응급실도 어느 정도 정리가 된 듯했다. 이제는 원래 자리인 중환 구역으로 돌아가도 되는 거 아닐까. 문득 고개를 들어 벽시계를 올려다보니 어느새 저녁 여덟 시였다.

"중환은 무슨! 나 퇴근할 거야."

처치실에 딸린 싱크에서 손을 벅벅 씻으며 세영이 구시렁거렸다. 전공의가 알아서 잘하고 있었겠지. 정 급했으면 날 찾았겠지! 세영이 핸드 타월을 벅벅 뽑아 손의 물기를 닦은 뒤 엉망으로 엉클어진 머리를 귀 뒤에 아무렇게나 꽂았다.

하. 이제야 한숨 돌릴 짬이 났다. 그리고 이제야 은결의 생각이 났다. 설마 이 요망한 것이 나를 기다리고 있진 않을까. 설마 하는 마음으로 가운 주머니에 손을 넣는데, 처치실로 누군가가 성큼 들어왔다.

"……."

"……."

세영을 마주한 다름이 놀란 듯 주춤거렸고, 세영은 별일 아니라는 듯 손에 쥐고 있던 핸드 타월을 쓰레기통에 휙 던져 넣었다. 그리고 애써 다름의 시선을 피하며 말했다.

"고생했다."

"……."

다름은 근무 초반부터 너무 울어 퉁퉁 부은 눈을 겨우 뜨고 일했다. 마음 정리도, 세영과의 관계 정리도 제대로 되지 않은 상황에서 그런 재난을 겪을 줄은 꿈에도 생각 못 했을 것이다. 이런 상황은 전공의가 아니라 전문의가 되고 나서도, 대학 병원에서 평생을 일한 사람이어도 늘 긴장되기 마련이다. 다름이 고개를 푹 숙이고 우물거렸다.

"고맙, 고맙습니다……."

"늦었다. 얼른 퇴근해."

"교수님이 안 도와주시면 어쩌나 걱정했어요."

다름의 발치에 투둑, 눈물방울이 떨어졌다. 세영은 싱크에 삐딱하게 기대 다름의 모습을 바라보았다. 청순한 여자가 이상형이라던 이찬희가 딱 좋아하게 생겼다. 토끼 같은 청순가련함, 굳이 따지자면 세영은 육식동물파로 찬희의 스타일은 아니었다.

그래서 둘이 만나는 건가. 중간에 나라는 과거를 두고 그 불편함을 감내하면서까지. 세영은 깊게 한숨을 한 번 내쉬었다. 그리고 떨고 있는 다름의 어깨를 두어 번 툭툭 쳐 주었다.

"너 아니라 이찬희였어도 도와줬어."

"……."

"간다."

연애 사실을 알기 전이었다면 당장에 팔짱을 끼고 한잔하러 가자고 나섰을 세영이었다. 그래서 세영의 애매한 다정함이 더 다름을 서럽게 했다. 차라리 매몰차게 대해 주시지. 차라리 죽일 년처럼 굴어 주시지. 다시 어떻게든 친해질 수 있다는 기대 같은 건 쥐톨만큼도 못 하도록, 그렇게…… 다름은 한참이나 처치실에서 나오지 못했다.

오히려 후련한 건 세영이었다. 비록 다름과 여전히 껄끄럽긴 하지만, 공과 사는 확실히 해야 했다. 내가 뭐 애 싫어한다고 재난 상황에서 일 안 도와주는 머저리는 아니니까. 그리고 무엇보다 다름을 대했던 자신의 태도에 세영은 대단히 만족했다. 나 방금 언니 같았다. 진짜 인생의 선배 같았다. 원수를 감싸 안아 주는 인격자가 된 기분이었어.

가운 주머니에 손을 넣고 털렁대며 응급실 후문을 향해 걷던 세영이 문득 걸음을 멈추었다. 불투명한 자동문 너머로 깜깜하게 불이 꺼진 로비가 보였다. 혹시나 하는 기대감과 견고한 이성이 줄다리기를 했다. 설마, 갔겠지. 메신저에 제대로 대답도 못 하고 사라진 걸 봤으면, 바쁜가 보다 하겠지. 지금 벌써 몇 신데 아직도 기다리고……

지이잉- 자동문이 열리며 캄캄한 복도가 나왔다. 그리고 그 끝에 선 장신의 남자가 있었다. 세영은 조심스럽게 한 발 한 발 내디뎠다.

"……."

"……."

탁, 탁, 대리석 바닥에 부딪히는 고무 슬리퍼 소리에 남자가 고개를 들어 세영 쪽을 바라보았다. 잔뜩 지친 얼굴과 슬픈 눈, 세영은 미안함에 입술을 깨물었다.

"늦었네."

"미안……."

뭐라 퉁명스럽게 한마디 할 것 같았던 은결이 성큼 세영에게 다가왔다. 그러고는 제 품에 꼭 끌어안아 버렸다. 당황한 세영은 은결의 등을 팡팡 쳤다.

"야, 야, 나 가운 드러워, 뭐 많이 묻었어."

"괜찮아. 이뻐."

은결은 세영의 머리통에 연신 볼을 비비며 더욱 강하게 껴안았다.

"기사 떴어. 이 앞에서 사고 난 거."

"응."

"고생했어, 힘들었지."

고생했어. 방금 저도 다름에게 하고 온 말이었는데, 똑같은 말을 은결에게 듣자니 괜히 눈물이 삐죽 나왔다. 이제 막 아파져 오기 시작하는 발과 다리, 끼니도 챙길 새 없이 이리저리 뛰어다닌 시간들이 서러웠다. 이상했다. 그건 나의 일상이었는데. 세영은 은결의 품에 얼굴을 푹 묻고 칭얼거렸다.

"힘들었어."

"중환에도, 외상에도 쌤 서명만 가득하더라. 황다름은 뭐 하고?"

"걔도 바빴어. 그리고 내가 원래 일을 좀 잘해."

힘없는 목소리로 기어이 으쓱거리면서 그리 밉다던 다름을 감싸는 세영이 예뻤다. 은결이 세영의 얼굴을 잡아 들고 입술에 쪽 소리 나게 뽀뽀를 했다. 그리고 씩 웃으며 말했다.

"내가 이래서 강세영 좋아했지."

다시 이어지는 진득한 입맞춤. 세영은 잠시 싫은 듯 굴더니, 곧 은결의 목에 팔을 두르며 무자비한 입맞춤에 화답했다. 야아, 여기 병원인데…… 쪽, 누가 보면…… 쪽.

정신없이 입술을 나누면서 세영은 은결의 말이 묘하다고 생각했다. 좋아했지? 왜 과거형이지?

* * *

첫 참고인 조사 날, 굳이 참석하지 않아도 된다는 은결의 만류에도 세영은 정장을 차려입고 경찰서에 찾아갔다. 그리고 언뜻 비난과 공격으로만 느껴지는 신문 같은 조사를 성실하게 받고 나왔다. 전날 예상 질문에 대해서 연습하고 가긴 했지만, 정말 은결이 찍어 준 질문 그대로 줄줄 나올 줄은 몰랐다.

"너 짱이다. 예상 질문 다 맞았어."

– 당연하지. 내가 원래 일을 좀 잘해.

핸드폰 너머로 들려오는 자신만만한 젊은 목소리, 세영은 피식 웃으며 고개를 숙였다.

"언제까지 놀릴래? 그거 가지고."

– 쌤 입에서 더 대단한 명언 튀어나오기 전까지?

"아쭈."

– 짜증 나지 않았어요? 검사가 범죄자 대하듯 물어봤을 텐데.

"어. 좀 경멸하는 목소리긴 하더라. 목소리도 무지 느끼하게 깔아서 죽는 줄."

푸하핫. 은결이 웃음을 터뜨렸다. 강세영 성격과 그 자존심에, 범죄자 취급당하고는 가만 안 있었을 텐데 발끈 안 한 것만 해도 많이 변했다 싶은 까닭이었다.

– 오늘은 내가 재판 때문에 못 갔고, 다음부터는 같이 가 줄게.

"나중에. 나중에 심각하게 진행되면 같이 와 줘. 혼자도 올 만한데?"

– 경찰서를 그렇게 친밀하게 여기면 안 돼!

"그래야 나중에 진짜 잡혀 왔을 때 아는 사람도 있고 그럴 거 아냐."

- 뭐래, 진짜.

"끊어."

이젠 영양가 없는 헛소리도 불편하지 않게 주고받을 수 있는 사이가 되었다. 타박 섞인 은결의 투덜거림을 밉지 않게 듣던 세영이 웃으며 전화를 끊었고, 언제 웃었냐는 듯 표정이 순식간에 굳었다. 그리고 경찰서 정문 앞에 서서 핸드폰 카메라를 셀카 모드로 작동시켰다.

"……둘, 셋."

제 군은 얼굴과 동시에 경찰서의 명패가 확실하게 보이도록 각을 맞춘 뒤 찰칵, 셔터를 눌렀다. 화면을 확인해 보니 여자 깡패 두목- 까지는 아니고, 그 옆에서 머리 쓰는 쌤쌤이 오른팔 같은 사람이 찍혀 있었다. 살짝 치켜 올라간 눈꼬리와 예민한 성정이 그대로 엿보이는 얼굴. 우와, 나 무표정하면 이렇게 무시무시하네. 세영은 새삼 자신의 인상에 감탄하며 휘유우- 한숨을 쉬었다.

고소당한 건은 잘 처리하고 있고, 황다름네도 시원하게는 아니지만 어쨌든 일단락됐고. 최은결은…… 콕 찍어 사귀자고 한 적이 없어 괘씸하긴 했지만, 그래도 하는 짓은 완연한 연인이었다.

모든 게 잘 풀려 가고 있다고 한시름 놓으려던 찰나, 눈앞에 보이지 않았던 거대한 유빙이 세영의 발을 턱 걸리게 했다. 이게 뭐야? 뭐가 이렇게 내 마음을 걸려 넘어지게 하는 거야? 찝찝함의 근원을 쫓아가 보니 그 끝엔 이찬희가 지친 몰골로 서 있었다. 왜 이제야 찾아왔냐는 듯 원망하는 눈빛으로 세영을 바라보며.

'강 선생한테 신경 좀 써 줘.'

'그러니까, 강도영 선생한테.'

신경을 써도 내가 알아서 할 일인데, 지가 뭔데 나한테 신경 쓰라 마라야. 세영은 도영에게 원래 그리 자주 연락하는 편은 아니었지만, 은결과 근질거리는 짓을 하느라 더욱 도영을 잊고 있었다.

이찬희는 싫지만, 그 오지랖도 과했지만, 그럼에도 세영은 자신이 도영에게 뜸했다는 사실을 부정할 수가 없었다. 짬짬이 도영에게 메시지와 전화를 했으나 아이러니하게도 강도영은 하루가 지나서 답장하거나, 전화를 한 번에 받는 일이 없었다.

이래서는 누가 누구한테 신경을 쓰라는 건지? 강도영이 나한테 신경 써 줘야 할 판 아니야? 세영은 턱을 긁으며 잠시 생각에 빠졌다가, 곧 메신저를 켜고 제 셀카를 첨부했다. 그리고 엄지손가락을 놀려 타다닥, 채팅을 보냈다.

- 결국 꼬리가 밟혔다. 니 얘기는 한마디도 하지 않을게
- 영치금만 좀 넉넉히 넣어 주라

금방 사라지는 노란색 1을 보며 세영은 비죽 웃었다. 아나나 다를까 곧 웅웅 진동하기 시작하는 핸드폰. 세영은 속으로 셋을 센 다음 초록색 통화 버튼을 눌렀다.

"여보세⋯⋯."

- 너 무슨 짓 하고 다니는 거야아!

순하디순한 친구의 울화통에 세영은 입맛을 쩍 다셨다. 진짜

잡혀 온 줄 아나 보네.

* * *

세영은 깨액 소리가 나는 오래된 초인종을 누르고 벽에 기대어 기다렸다.

"누구세요?"

"저 세영이요."

털컥- 거대한 철문이 열리고 세영은 익숙한 듯 마당 안으로 들어섰다. 몇 개의 돌계단을 오르고 나면 잘 정돈된 정원수와, 11월의 날씨에도 푸르른 잔디 위로 오래돼 보이지만 고풍스러운 옛 고급 주택이 나왔다. 세영은 거침없이 현관을 향해 걸어갔고, 곧 우아한 캐시미어 니트 원피스를 입은 중년 여인이 나와 세영을 맞이했다.

"어서 와, 강 교수."

"안녕하셨어요, 엄마. 도영이는요?"

"지 방에."

세영이 신발을 탈탈 벗고 집 안으로 들어섰다. 어린애가 친구 부르듯 강도영! 쩌렁쩌렁하게 호명하자 팔짱을 낀 도영이 마뜩잖은 표정으로 방문을 열고 나왔다. 그런데 도영의 얼굴이 홀쭉하게 살이 빠져 있었다. 누가 봐도 오래 앓은 병자의 얼굴이었다.

"야, 너 얼굴이 왜 그래?"

"숙취."

막힘없이 일 초 만에 돌아오는 대답이 가당찮았다. 세영은 코웃음을 치면서도 걱정스러운 눈으로 연신 도영을 살펴보았다.

"무슨 술을 그 지경이 될 때까지 마셔? 어디 아픈 거 같은데?"

"왜 왔어."

다정한 강도영답지 않게 딱딱하게 말을 끊는데 덜컥 겁먹은 세영이 입을 한 번 다셨다. 그리고 애써 입꼬리를 올리며 웃어 보였다.

"나 안 잡혀 갔다."

"……."

"……짜잔."

"경찰서는 왜 갔어."

"고소당했잖아. 참고인 조사 받으러."

"내가 진짜 너 때문에……."

도영이 인상을 찌푸리며 명치께를 감싸 쥐었다. 보나 마나 또 나 때문에 속 쓰렸다고 하겠지.

"들어와."

도영은 혼날까 봐 우물쭈물하는 세영의 손목을 잡고 제 방 안으로 잡아끌었다. 세영은 익숙하게 도영의 방 안으로 들어서 침대 위에 털썩 앉았다. 언제 와도 과학 영재의 방 같은 도영의 방 천장에는 야광 별 스티커가 여전히 붙어 있었다. 세영이 그것을 가만 바라보다가 문득 말했다.

"저거 아직도 안 뗐나?"

"뭐, 별?"

"여자 친구랑 분위기 잡다가 저거 보면 산통 다 깨겠다고."

"야. 못 하는 말이 없어, 얘가."

도영이 세영을 타박하며 의자에 털썩 앉았다. 세영이 나무로 된 마룻바닥을 발끝으로 톡톡 치다가, 무겁게 입을 열었다.

"너 요새 나 왜 피하냐?"

가벼운 물음, 그러나 무거운 진심. 도영도 그것을 알아서 가볍게, 그러나 무겁게 대답했다.

"내가 언제?"

"그렇잖아. 전화도 재깍 받던 놈이 두세 번을 해도 받을까 말까."

"바쁘니까 그렇지."

"바쁜 사람이 평일에 휴가 내고 집에 틀어박혀 있어?"

뻥도 그럴듯하게나 쳐야지. 구시렁거리는 세영의 얼굴을 바라보던 도영이 조용히 웃었다.

"진짜 바빴어. 나 엄청 오랜만에 쉬는 거야."

"FM(가정의학과)은 주말에도 쉴 수 있잖아."

"응."

"주말에 안 쉬었어?"

"아니."

"그런데 바빴다고?"

"……가끔은 그냥 이유 없이 쉬고 싶은 날이 있는 거야."

틈을 놓치지 않고 계속되는 세영의 추궁에 도영은 아무 말이나 지껄이며 주제를 돌리려 노력했다. 세영은 의뭉스러운 눈으로 도영을 한동안 노려보다가, 아무래도 좋다는 듯 어깨를 한 번 으쓱거렸다. 연락이 뜸했던 건 세영 역시 마찬가지였으니까.

"근데 어쩐 일이야? 우리 집에를 다 오고."

도영이 정장 차림의 세영을 아래위로 훑어보며 질색하는 표정을 지었다. 이게, 싫은 척하기는. 세영은 주먹을 쥐어 들어 보이며 때리는 시늉을 했다.

"너 잡으러 왔다."

"나 왜?"

"나 너한테 따질 거 있어."

도영의 순한 눈꼬리에 의문이 대롱대롱 맺혔다. 세영은 도영에게 불꽃처럼 와다다 따지려다가, 정말 일이 많았는지 얼굴에 살이 쪽 빠진 모습을 보고 마음을 고쳐먹었다.

"이찬희랑 친하게 지내지 마."

"갑자기?"

"너 뭔데 걔한테 걱정 사고 다녀?"

대번에 이해하지 못한 듯 도영이 고개를 갸웃거렸다. 세영이 숨을 깊게 내뱉은 뒤 말을 이어 갔다.

"이찬희가, 나더러 너한테 신경 좀 쓰래."

"아……"

"너 무슨 일 있냐?"

"아니?"

도영이 펄쩍 뛰며 대번에 부정했다. 흠, 수상해. 세영은 눈을 가늘게 뜨고 도영을 흘겨보았다.

"바른대로 말해."

"뭐 없어. 진짜."

"근데 이찬희가 왜 나한테 그런 말을 해?"

"나야 모르지, 근데 너 이찬희 교수님 언제 만났냐?"

세영은 길게 한숨을 내쉬었다. 근무 중에 최은결이 찾아와서 손에 콘돔을 쥐여 주고 갔고, 열 뻗쳐서 따지러 쫓아갔더니 팀 회식이라며 내빼려 했고, 하필 수석 변호사의 조카가 이찬희였고, 자신을 본 이찬희가 회식에 같이 가자고 했고(도대체 지가 왜? 지가 뭔데?), 최은결이 냅다 그러겠노라 대리 수락하는 바람에- 참치집에서 마주보고 밥 먹었다는 이야기는 너무…… 구구절절했다.

"말하자면 길다."

"비밀도 많네."

도영이 작게 혀를 차며 고개를 절레절레 저었다.

"암튼 나 뭐 없어. 갑자기 내 얘길 왜 했는지 모르겠네."

"믿는다, 진짜."

"안 믿으면 어떡할 건데?"

안 믿어도 뭐…… 할 수 없지. 이찬희한테 찾아가서 따질 것도 아니고. 그러나 세영은 한결 홀가분해진 마음으로 도영에게 발바닥을 들어 보였다. 그리고 장난스럽게 웃었다.

"야, 이것 봐. 나 얼마 전에 니들(needle)[20] 밟았다."

"아, 드러워! 저리 치워!"

"빨간색 점 생긴 거 귀엽지 않나?"

"또라이야, 넌 진짜."

"세영아, 밥 먹고…… 어머."

그때 도영의 어머니가 문을 빼꼼 열고 들어오려다, 제 아들에게

---

20) 주삿바늘

발을 번쩍 치켜든 세영을 보고 화들짝 놀랐다. 세영은 머쓱한 듯 천천히 다리를 내리고 미안한 듯 씩 웃었다.

"엄마, 얘 이상해요."

"너도 이상해. 세영아, 밥 먹고 가라. 아줌마가 피자 만들어 줄게."

"오 예! 햄 많이요."

신난 세영이 침대에서 벌떡 일어나 넉살 좋게 어머니에게 팔짱을 끼고 방을 나갔다. 떠들썩한 두 여자의 목소리가 점점 사라지는 것을 느끼며 도영은 의자에 푹 기대어 천장을 바라보았다. 동시에 참고 있던 통증이 파도처럼 쓸고 지나갔고, 도영은 미간을 찌푸렸다. 눈을 뜨자 천장에 잔뜩 붙어 있는 야광 별이 보였다.

별 보는 게 취미라던 새내기 과학 소녀 세영을 따라 샀던 별이었다. 그럴듯한 천체 망원경은 없지만, 비슷한 별이라도 보고 있으면 같은 취미를 공유하고 있는 느낌이 들 것 같아서. 그러면 어떻게든 한 마디라도 더 걸어 볼 수 있을 것 같아서. 어떤 관계에서는 수줍음도 죄악이다.

* * *

"가라."

"엉."

들어온 건 한낮이었는데, 어머니가 만들어 주신 피자를 먹고 와인을 마시며 웃고 떠들다 보니 벌써 밖이 어두컴컴해져 있었다. 세영은 코트 안으로 자라처럼 목을 움츠리며 성의 없이 손을 흔들었다.

"춥다. 들어가."

바지 주머니에 손을 넣고 삐딱하게 선 도영도, 성의 없이 고개를 끄덕였다. 세영은 다시 뒤돌아보는 일도 없이 휙 돌아 지하철역 쪽을 향해 걸었고, 도영은 멀어져 가는 세영의 뒷모습을 오래도록 바라보았다. 세영이 골목 모퉁이를 지나 없어지고 나서야 도영은 집안으로 발걸음을 떼었다.

"잘 데려다줬어?"

"뭐 하러요. 그냥 보냈어요."

"얘는, 어두운데."

돌아오니 어머니가 어질러진 식탁을 치우고 있었다. 도영은 어머니를 도와 와인 잔들을 싱크대로 가져다 놓은 뒤 행주에 물을 묻혀 꾹 쥐어짰다. 그러다 문득, 빈 와인 병을 치우던 어머니가 먼곳을 바라보며 중얼거렸다.

"세영이 같은 며느리 있으면 소원이 없겠다."

"내가 이놈의 집구석을 얼른 나가야 저 소리를 안 듣지."

"아들, 세영이 어때? 엄마는 너무 좋은데."

은근슬쩍 도영을 떠보는 어머니의 목소리가 고조되어 있었다. 도영은 맥없이 행주로 식탁 위를 훔쳐 내며 말했다.

"엄마만 좋으면 뭐 해? 당사자들은 생각도 없는데."

"그러지 말고 세영이랑 잘 좀 해 봐."

다시금 속이 쓰려 왔다. 이번에는 걷잡을 수 없이 퍼지는 통증에 도영은 행주질하던 손을 멈추고 얼굴을 찌푸렸다. 다행히 어머니는 뒤돌아 서 있어 아파하는 도영을 눈치채지 못한 듯했다. 통증의 파도가 가시자, 한층 날카로워진 도영이 어머니를 향해 쏘아붙였다.

"그러게. 할아버지가 순애보였다면 잘해 볼 수도 있었을 텐데."

"……"

"할머니가 딸린 애까지 데리고 첩으로만 안 들어갔어도 됐을 텐데, 그치 엄마?"

도영이 신경질적으로 행주를 싱크에 던지고 쿵쿵 걸어 제 방으로 들어갔다. 어머니는 그런 도영의 뒷모습을 곁눈질로 살그머니 쳐다보다가, 창밖으로 시선을 던지며 심호흡을 했다. 세영에 대한 도영의 마음을 모르지 않았다. 순진하고 숫기 없는 아들이 스무 살씩이나 먹어 대학에서 새로 만난 여자애 얘기를 주야장천 하는 일은 흔치 않았으니까.

그러나 도영이 예과 이 학년이 되던 해, 작고하신 시아버지의 장례 식장에서 할머니를 모시고 온 세영을 만난 일이 있었다. 세영의 할머니는 시아버지의 영정 앞에서 다소곳하게 절을 한 뒤 그의 얼굴을 오래도록 노려보았다. 그다음으로는 도영의 할머니, 도영의 아버지, 그리고 도영을 순서대로 흰 눈으로 노려보았다.

그때 알았다. 도영의 할아버지의 본처가 세영의 할머니라는 사실을. 그러니까 도영의 할머니가, 세영의 할아버지를 안온한 가정에서 빼내 갔다는 사실을. 그래서 할아버지가 가지고 있던 이 집도, 재산도, 모두 세영의 할머니가 아닌 도영의 할머니에게로 상속되었다는 사실을. 정말이지 본처에 대한 예의나 인간적인 면이라고는 찾으려야 찾을 수도 없는 인간이었다.

생물학적 아비는 달랐지만 어쨌든 조부의 호적에 아이들이 올랐다. 세영과 도영은 법적으로 사촌지간이었다. 있는지도 몰랐던, 어디서 뭘 하고 사는지도 몰랐던, 피 한 방울 안 섞인 사촌지간.

도영은 그 사실을 안 뒤로 며칠간 식음을 전폐하고 열에 들끓었다. 그런 도영을 일으켜 세운 건 아이러니하게도, 세영이었다. 뭐 그런 걸로 충격받고 그래? 노인네들 예전에는 다 그랬잖아. 사촌 하나 생겼다 쳐. 든든하고 좋기만 하구만.

정말로 대수롭지 않은 듯 별 신경 쓰지 않는 세영을 보며, 도영도 차츰 몸을 털고 자리에서 일어났다. 그러나 사실은 그날 이후로 도영 마음속의 어느 부분이 뿌리째 뽑혀 나갔다. 그리고 도영은 그 구덩이를 기꺼이 감내했다. 세영이 그 사실을 알게 된 뒤로 도영을 더욱 친밀하고 편하게 대한 까닭이다.

도영은 세영의 가까이에 있을 수 있다는 것만으로도 만족했다, 처음에는. 점점 커지는 마음에 강도영이 괴로워하기 시작한 건 한참 나중의 얘기다. 그리고 그건 세영의 잘못도, 그런 마음을 가진 도영의 잘못도 아니었다.

아이들의 잘못이 아니다.

아이들이 잘못한 게, 아니다.

* * *

늦은 저녁 시간에 말도 없이 찾아온 딸을 본 어머니의 눈이 놀라 휘둥그레 해졌다.

"어쩐 일이야? 이 시간에?"

"그냥. 아빠는?"

"아직 퇴근 안 하셨지. 밥은?"

"생각 없어."

세영은 뱀이 허물 벗듯 현관에서부터 가방, 목도리, 코트를 차례대로 벗어 길을 만들어 냈다. 어머니는 자리에서 일어나 혀를 쯧쯧 차며 세영의 꽁무니를 좇으며 물건들을 주워 팔에 걸쳤다.

지 집은 깔끔하게 정리 잘하고 살면서, 이놈의 과년한 딸내미는 왜 본가만 오면 이러나 몰라. 한 소리 하려다가 초인적인 인내심으로 입을 꾹 다물었다. 오랜만에 본 딸의 얼굴이 극도로 피곤해 보인 까닭이었다.

세영은 터덜터덜 거실을 가로질러 소파에 털썩 주저앉았다. 그리고 쿠션을 베고 비뚜름하게, 그러나 익숙하게 누워 번쩍거리는 텔레비전에 시선을 두었다. 어머니가 가방이며 코트 등을 식탁 의자 등받이에 걸어 두고 세영을 흘금거렸다.

"별일 없고?"

"어."

"퇴근하고 오는 길이야?"

"오프. 친구네 집 갔다 왔어."

"친구 누구?"

세영은 별생각 없이 도영이…… 라고 말하려다 그만 입을 딱 다물었다. 집안과 집안이 낀 일에, 그것도 할아버지의 유산이 오고 간 일에 개의치 않아 하는 건 이 집에서 세영 하나뿐이었으니까. 세영은 태연한 척 리모컨을 집어 들어 채널을 돌리며 무성의하게 대답했다.

"병원 사람."

어쨌든 도영도 병원 노예 중 하나이기에 거짓말은 아니었다. 바람 빠진 풍선 인형처럼 늘어진 세영을 안쓰럽게 바라보던 어머니는 곧 쟁반에 귤 몇 개를 담아 거실로 가지고 왔다. 그리고 가장 예쁘고 큰 것을 골라 세영에게 내밀며 의뭉스러운 목소리로 말했다.

"남자?"

"아, 또 시작이네."

"뭐가 또 시작이야. 엄마가 뭐 했다고."

"내가 진짜 누구 만나고 왔는지 말해 줘?"

"누구 만났는데?"

"강도영."

세영의 입에서 반갑지 않은 이름이 튀어나오자 어머니는 대번에 딸의 등짝을 찰싹 내리쳤다. 벼락처럼 떨어지는 날카로운 통증에 세영은 자리에서 벌떡 튀어 오르며 바락거렸다.

"아퍼!"

"너 미쳤어? 걔가 누군데? 걔가 누군 줄 알고 집까지 들락거려!"

"그러게 누가 꼬치꼬치 캐물으래?!"

"그럼 엄마가 그 정도도 못 물어보냐?! 너, 너 설마, 걔랑 사귀는 건……."

"아…… 제발, 엄마. 나 그 정도 자각은 있는 지성인이야."

세영이 신경질적으로 대답하며 바닥으로 굴러떨어진 귤에 손을 뻗다가, 소파에서 바닥으로 쿵 추락했다. 어머니는 아픈 소리를 내며 허리께에 손을 짚는 세영을 향해 으름장을 놓았다.

"걔랑 만나기만 해, 아주."

"아우, 안 만난다고. 안 만난다고! 내가 미쳤어? 사촌이랑 사귀게?"

"그럼 걔네 집은 왜 들락거려!"

"허튼소리 들어서 따지러 갔다 왜!"

어머니의 연이은 공격에도 지지 않고 맞받아치는 꼴을 보고 있자니, 세영이 정말로 도영과 좋은 감정으로 만나고 있는 건 아닌 듯해 보였다. 세영은 도영의 이름을 입에 올리며 질색하는 표정을 지었으니까.

그나마 한 자락 마음을 놓은 어머니가 숨을 고르며 감정을 가라앉혔다. 세영과 어머니는 늘 그랬다. 모녀 사이라기보다 친한 자매 사이 같았다. 서글하니 잘 지내다가도 어느 순간 목에 핏대를 올리고 싸우는 사이. 그러면서도 감정이 상하는 일은 잘 없고, 화해의 언어를 건네지 않아도 어느새 화해가 되어 있는 사이. 하여간 이놈의 딸년은, 나이를 먹어도 마음을 놓을 수가 없다니까.

그래서 어머니는 리모컨을 들어 텔레비전의 음량을 줄이며 다시금 은근하게 말했다. 언제 큰 소리 내며 왕왕거렸냐는 듯.

"그럼…… 지금 만나는 사람은 없어?"

"왜 안 물어보나 했다."

"구시렁대지 말고!"

"남친 있어. 낼모레 쉰이고, 머리 다 까졌고, 애 둘 딸린 이혼남."

"너 진짜!"

소프라노 출신인 세영의 어머니는 당연하게도 성량이 좋았다. 삐비빅- 도어락 풀리는 소리가 들리고, 세영의 아버지가 현관문에서부터 너털웃음을 지으며 들어왔다.

"누가 내 마누라 괴롭히나 했더니, 너일 줄 알았다."

"오셨어요, 아빠."

"엘리베이터에서부터 엄마 비명이 들리네."

"여보, 얘 좀 어떻게 해 봐. 오랜만에 집에 와서는 나 속 터지는 말만 골라서 해."

어머니가 자리에서 팩 일어나며 아버지에게 세영의 만행을 일러바쳤고, 세영은 보란 듯 짓궂은 표정으로 입술을 푸르르 떨었다. 그리고 늘 자신의 편인 아버지에게 이번엔 세영이 어머니의 간섭을 일러바쳤다.

"아빠! 엄마가 나 빨리 시집보내서 치워 버리고 싶은가 봐."

"시집? 가면 좋지."

헐. 늘 제 편을 들어 주던 아버지였건만. 어쩐 일로 어머니를 옹호하는 발언에 세영의 콧망울 한쪽이 불만스럽게 들렸다. 어머니가 흥흥거리며 주방에 들어가 가스 불을 켰고, 아버지는 안방에서 편한 옷으로 갈아입은 뒤 나와 식탁에 앉았다. 세영은 아버지를 따라 쪼르르 식탁 앞에 앉아 조잘거렸다.

"아빠도 내가 빨리 시집갔으면 좋겠어?"

"왜. 너 애인 있어?"

"아니, 외동딸이 얼른 시집가서 남의 집 식구 되면 좋겠냐고."

"너 젊은 애 맞니? 어떻게 된 게 아빠보다 더 꽉 막혔어?"

어머니가 뚝배기에 보글보글 끓는 김치찌개를 조심히 들고 오며 세영을 타박했다. 아버지는 팔짱을 끼고 세영을 떠보듯 가만바라보았다. 연이어 세영에게 공격을 가하는 건 기분이 풀리지 않은 어머니였다.

"요새 우리 집 식구 남의 집 식구가 어딨어? 다 같이 가족이지."

"엄만 몰라. 아직도 어디는 며느리가 의사면 안 되는 집도 있어."

세영은 보글보글 끓는 찌개의 기포를 바라보며 중얼거렸고, 밑반찬을 내려놓던 어머니가 놀란 듯 되물었다.

"왜? 의사 며느리 돈 잘 벌고 좋잖아."

"나야 모르지. 아들이 못나서 기죽을까 봐 그런 건지."

꼭 어디서 재밌는 이야기를 전해 들은 것처럼 세영은 과장되게 어깨를 으쓱거렸다. 숟가락을 든 아버지가 찌개를 한 술 떠먹으며 얇은 안경테 너머로 세영을 바라보았다. 조금 수척하지만 눈빛만은 형형하게 살아 있는 딸. 아버지는 꼭 남의 일처럼 말하는 세영을 금세 간파하고 슬쩍 찔러 보았다.

"그래서 네가 차였어?"

하마터면 홀랑 넘어갈 뻔했다. 그러나 질문이 질문이니만큼 자존심상 쉽사리 대답할 수 없는 질문이라 다행이었달까. 세영은 무심한 듯 그러나 진지하게 대꾸했다.

"나 아니고, 병원에 아는 애."

아는 애.

세영은 처치실에서 마지막으로 만나고 온 다름의 풀죽은 어깨를 떠올린다. 재난 상황에서 세영이 혹여 자신을 도와주지 않을까 겁이 났다던 황다름. 펠로우씩이나 돼서 아직도 피를 무서워하는 황다름. 응급의학과 주제에 눈은 겁쟁이 눈이라 만만해 보이고, 몸은 가냘파서 금방이라도 휙 쓰러질 것 같은 황다름. 그러면서도 응급실 식구 중 가장 팩트 폭행도 잘하고 싫은 소리도 잘하는 황다름.

오래도록 미워한 이찬희를 잊는 것보다도, 오래도록 끼고 지낸 황다름을 잊는 게 더 어려웠다. 도대체 걔는 왜 그랬을까. 왜 하필 이찬희를 만났을까.

세영이 복잡해진 얼굴로 인중을 긁적이다가, 저녁 식사에 열중하기 시작한 부모님 앞에서 어린 애처럼 조잘거리기 시작했다.

"아빠. 근데 걔 좀 웃기다."

"왜?"

"그 의사 며느리는 안 된다는 집 아들이, 베프 구남친이래."

꼬박꼬박 타인의 일처럼 힘주어 강조하는 게 영 어설펐지만 아버지는 그냥 넘어가 주기로 했다. 그리고 국어 선생님답게 세영의 이야기를 깔끔하게 재조합했다.

"그 여자 친구는 의사야?"

"엉."

"그런데 지금 남자 친구가 예전에 베프가 만났던 남자라고?"

세영은 대답 대신 고개를 끄덕였다. 한마디로 정리해 보자니 자신의 처지가 더욱 비참하게 와닿았다. 나도 황다름도 같은 의사인데, 누구는 엉겁결에 전화로 차이고, 누구는 부모님 설득하려 삼촌까지 찾아가며 결혼하고 싶어 하고.

물론 남자들의 눈에는 다름이 가진 매력이 더 멋지게 보일 수도 있겠지만…… 그렇다고 자신이 그 지경으로 차일 만큼 최악은 아니었다.

"헤어진 지 오래됐으면 상관없지 않나?"

그런데 식탁 위의 화두에 어머니가 기름을 부었다.

"그렇지, 헤어진 지 오래됐으면 남이나 다름없지."

이런 상황에서도 문득 명사로 튀어나오는 그 이름에 세영은 움찔했다. 그리고 작게 항변했다.

"그래도…… 좀 이상할 거 같지 않아? 베프랑 만났던 사람이랑 사귀는 거."

"친구 보긴 좀 민망하긴 하겠지. 근데 둘이 좋아서 만난다는데 어쩌겠어?"

"친구가 구남친 욕하는 거 다 맞장구쳐 주고 했는데도?"

"원래 그런 거야."

아버지가 감자볶음에 젓가락을 가져가며 무심하게 대답했다.

"나한테는 최악이었던 사람이, 다른 사람한테는 최고가 될 수도 있잖아."

"……."

"생각해 봐라. 너도 누구한테는 진상만 부렸을 거고, 누구한테는 잘해 주기만 했을걸."

아. 세영은 바보같이 입을 벌렸다. 다름의 사과가 뇌리를 스쳤다. 찬희와의 연애를 일찍 말하지 못한 점에 대해서만 사과했던 황다름. 이찬희를 만난다는 사실 자체를 사과하지는 않은 황다름. 멍하니 생각에 잠긴 세영을 향해, 아버지는 천천히 말을 이어 갔다.

"그렇다고 사회 통념상 베프 구남친이랑 사귀는 거…… 좀 그렇잖아?"

"응."

"그냥 마음 가는 대로, 별일 아니다 싶으면 계속 친구 하면 되는 거고, 그래도 도저히 이건 아니다 싶으면 친구 안 하면 되는 거고."

조곤조곤한 아버지의 목소리에 그만 세영은 맥이 탁 풀렸다. 어떻게든 합리화해 보려 애썼던 지난 노력에도 불구하고 풀리지 않았던 응어리가 언제 그랬냐는 듯 빠르게 용해되었다. 잘못 먹은 것도 없는데 오래도록 앓았던 체한 기분이, 비로소 시원하게 트림할 수 있을 만큼 해소된 느낌. 납득은 놀랄 정도로 쉬웠다.

"아빠 학교에서 상담 같은 거 해?"

"어떻게 알았어? 아빠 상담 선생님이야. 여고에 별일 다 일어나."

어쩐지, 그럴 거 같더라. 세영은 작게 웃었다. 갑작스레 허기가 찾아왔다. 도영의 집에서 피자를 거하게 먹긴 했지만 그건 언제까지나 늦은 점심이었으니까. 세영은 가볍게 자리에서 일어나며 어머니를 향해 물었다.

"밥 있어?"

* * *

"다들 어디 갔어요?"

점심시간이 한참 지난 후에야 방문을 열고 나온 은결이 혼자 오도카니 앉아 있는 나은을 발견하고 물었다. 나은은 새침하게 앉아 은결을 올려다보며 대답했다.

"밥 먹으려고요."

"주임님은요?"

"변호사님 나오시는 거 기다렸죠."

"나를요? 왜요? 그냥 들어오면 되지."

은결이 머쓱한 듯 목덜미에 손을 올렸다. 한 번 일에 꽂히면 집중력이 다할 때까지 한자리에 박혀 기계처럼 일하는 습관 때문에, 은결이 때맞춰 직원 식당에 가는 일은 좀처럼 없었다. 그러고 보니 지금이 식당 점심시간이구나. 벽시계를 돌아보는 은결의 뒤통수를 바라보며 나은이 천천히 자리에서 일어났다.

"식사하셔야죠."

"네? 네. 주임님도……."

"안 되겠어요. 이제 제가 좀 변호사님을 챙겨야겠어요."

챙긴다니? 나를 뭘 챙긴다는 소리야? 의아한 은결의 앞에서 나은이 보란 듯이 책상 위 서랍을 열어 직원증을 꺼내 들었다.

"직원 식당 가실 거죠?"

점심 같이 먹자는 소린가? 은결은 고개를 끄덕였다. 그러자 나은이 은결의 팔을 잡아끌며 활기찬 표정과 목소리로 말했다.

"변호사님 맨날 점심 놓치는 거 못 보겠어요. 앞으로 변호사님 끼니 제가 챙겨 드릴게요."

"예? 주임님이 왜요?"

진심으로 궁금해서 뱉은 마음의 소리였다. 그런데 나은은 왜 당연한 걸 묻냐는 듯 의아하게 은결을 잠시 바라보다가, 상큼하게 활짝 웃으며 대답했다.

"이제 변호사님 마음에 보답할 때가 된 거 같아서요."

* * *

내 마음에 보답하다니? 내가 주임님한테 보답받을 만큼 신경을 써 준 일이 있었나? 아니, 그전에 무슨 마음?!

"맛있게 드세요."

혼란스러운 은결의 속내를 아는지 모르는지 나은은 발랄하게 인사를 한 뒤 젓가락을 가지런히 집어 들었다. 점심 피크 타임이 지나서 그런지 구내식당 안은 제법 한가했다. 띄엄띄엄 앉은 직원들이 제각기 지친 표정으로 기계처럼 밥을 씹고 있었다. 여느 때와 같았다면 은결도 그런 직원 중 하나였겠지만……

나은의 의미심장한 말이 뇌리를 떠나지 않는다. 은결은 나은의 식사 속도에 맞춰 숟가락을 들었지만, 입으로 가져가는 음식은 없이 멀건 국만 휘적거렸다. 찝찝함 가득한 마음으로는 소화제를 마셔도 체할 것 같았기에.

주변의 눈치를 슬슬 살피던 은결은 반경 십 미터 이내에 더 식사하는 직원이 없음을 두리번거리며 확인했다. 그리고 헛기침을 한 번 한 뒤, 낮은 목소리로 운을 뗐다.

"저기, 주임님."

"네?"

"아까 말씀하셨던 거요."

식사에 열중하던 나은이 고개를 들고 동그란 눈으로 자신을 바라본다. 은결은 도무지 그 천진한 시선을 마주할 자신이 없었다. 혹시 내가 잘못 들어서 착각한 거면, 앞으로 주임님 보기 민망할 텐데 어떡하지? 내 직속 비서인데…… 그래, 그냥 지나가는 말인 듯 물어보자. 내가 기억 못 하는 선행을 엉겁결에 저질렀을 수도 있잖아?

은결은 작게 숨을 고른 뒤 나은을 향해 살짝 웃어 보였다. 잘생긴 입술이 그림 같은 호선을 그렸다. 그리고 최대한 당황하지 않은 척 태연한 목소리로 질문했다.

"아까 제 마음에 보답할 때가 됐다고 하셨잖아요."

"아……."

"그거 무슨 뜻인지 물어봐도 돼요?"

은결의 질문에 나은이 부끄러운 듯 배시시 웃으며 젓가락을 얌전히 내려놓았다. 고개를 45도로 튼 하얀 얼굴에 작게 홍조가 떴다. 은결은 목덜미부터 얼음장처럼 차가워지기 시작했다. 오래도록 잊고 살았던 119 사이렌 소리가 귓가에 가까워졌다, 멀어졌다를 반복했다. 즉 비상 상황이라는 소리였다.

나은이 통통한 입술을 어찌해야 할지 모르고 어물거리다가 아랫입술을 이로 꾹 물었다. 곧 부끄러운 고백을 하는 사람처럼 진지하게, 그러나 차분하게 말을 이어 갔다.

"일에 너무 집중하셔서 식사 시간 놓치실 때 많잖아요. 앞으로 제가 챙겨 드린다구요."

"그러니까 주임님이 왜…… 아니, 제 말은요."

이게 아닌데. 은결의 목소리가 일전보다 다급해졌다.

"제 마음이 뭔데 주임님이 보답을 하세요?"

나은의 새카만 눈동자가 한 치의 망설임 없이 은결의 미간을 꿰뚫고 있었다. 뭐 그리 당연한 걸 묻냐는 듯 골똘한 표정, 은결은 순간 오싹해졌다. 나은은 쓰게 웃으며 대답했다.

"지금까지 매번 이런 식이셔서 저도 용기 못 냈던 거예요."

"예⋯⋯?"

"사람이 손을 내밀면 잡으세요, 좀."

투정 부리듯 밉지 않게 은결을 흘겨보더니 다시 숟가락을 집어 든다. 어안이 벙벙한 은결과는 대조적으로 나은은 이 상황에 대한 자신만의 확고한 논리가 있어 보였다.

"앞으로는 저 안 거치고 마음대로 미팅 잡지 마시구요. 일정 어그러지잖아요."

"⋯⋯."

"특히 강세영 교수님요. 연락도 없이 불쑥불쑥 오시는데, 불편 해요."

자신과 친해지고자 법무 팀에 드나들었던 세영은 나은에게 대단히 미운털이 박힌 모양이었다. 그래도 오며 가며 쥐여 주고 간 간식이 얼만데? 한 소리 하려던 은결은 나은이 내뱉는 말에 그만 말문이 막혀 버렸다.

"그래요, 그분요. 변호사님한테 관심 있으신 것 같던데⋯⋯ 확실하게 선을 그어 주셔야 할 것 같아요."

"뭘, 뭘요⋯⋯?"

"변호사님이 좋아하는 건 저라구요."

사람이 한계점까지 황당해지면 목이 멘다는 사실을, 은결은 처음 알았다.

* * *

"어, 저 사람."

숟가락이 보이지 않을 정도로 빠르게 밥을 먹던 전공의 한 명이 문득 고개를 들고 시선을 고정하며 아는 척을 했다. 입맛이 없어 깨작거리던 다름이 그의 목소리에 덩달아 고개를 들고 그쪽을 바라보았다. 테이블 서너 개 정도를 사이에 둔 거리에서, 은결과 어린 여자 직원이 밥을 먹고 있었다. 다름의 한쪽 눈썹이 흘긋거렸다.

"최은결이네."

"아시는 분이에요?"

"어, 그냥…… 넌 쟤 어떻게 알아?"

"얼마 전에 응급실 왔었어요, 저 여자 업고."

"……."

"완전 연예인인 줄, 순식간에 시선 집중 되는데 그냥, 크아."

전공의는 제가 그런 시선을 받은 것도 아니면서 으쓱거렸다. 다름은 숟가락으로 밥을 푹푹 찍어 누르다가 무심한 목소리로 물었다.

"다리 다쳤나 봐."

"아니에요, 리스트 스프레인(손목 염좌)이었어요."

의외의 대답에 다름의 눈이 커졌고, 전공의는 신나서 떠들었다.

"발 다친 것도 아닌데 업고 온 거 너무 멋있다고, 왕자님 같다고, 하여간 여자들이란."

"……."

"근데 남자 눈에도 너무 멋있는 거 있죠. 키도 크고, 잘생기고, 몸까지 좋아. 선생님 알아요? 남자들은 같은 남자를 볼 때 옷 밑으로 몸이 투시가 돼요."

가슴 빵빵, 팔 빵빵, 허벅지 탄탄. 크으. 또 아저씨 같은 소리를 내는 전공의를 향해 다름이 힘없이 피식 웃어 보였다.

"너 그거 동성 간 성희롱이야."

"아이, 아무튼 멋있었다고 얘기하는 거예요. 그뿐이게요? 업혀 온 여자도 예뻤고."

다름이 물끄러미 은결의 맞은편에 앉은 여자를 바라보았다. 언뜻 봐도 키도 작고, 체구도 작은 아담한 여자였다. 최은결이 저런 취향이었나. 하여간 눈도 많고 입도 많은 응급실에 저 정도 피지컬 되는 남자가 예쁜 여자를 업고 왕자님처럼 나타나는 일은 재미난 요깃거리였다.

"근데 반전. 저 남자, 여자 버리고 도망갔어요."

"풉."

"법무 팀 직원이라 뜨던데. 업혀 왔으면서 갈 때는 혼자 터덜터덜, 처량하더라고요."

밥을 앞에 두고도 속이 허한 상태에서도 피식피식 웃음은 났다. 어렸을 때도 최은결은 좀 그랬다. 속을 알 수 없는 애랄까. 좋은 말로 하면 사 차원, 나쁜 말로 하면 또라이였다. 중요한 점은, 그의 외모가 잘나게 타고났기 때문에 그 이상함도 뭇 이성들의 눈에는 엉뚱한 매력으로 보이곤 했다는 거였다.

그 매력이 안 통한, 심지어 매력을 보일 기회도 없었던 유일한 상대가 바로 세영이었다. 다름은 자동으로 연상되는 세영의 악마 같던 얼굴을 떠올리며 입맛을 쩝 다셨다. 깡 쌤이 최은결 갈굴 때 진짜 무서웠지⋯⋯ 둘은 몇 번을 다시 태어나도 이성 간으로는 절대 못 만날 거야.

"제가 불편하다고 하면 변호사님이 컷을 해 주셔야죠!"

그때 은결의 테이블에서 큰 소리가 났다. 다름과 전공의가 동시에 고개를 돌려 은결 쪽을 쳐다보았고, 몇 없는 식당 내의 직원들도 미묘하게 그쪽으로 레이더를 세우고 집중했다.

"지금 그 여자한테 흔들리는 거예요?!"

깽깽거리며 쏘아붙이더니 곧 고개를 푹 숙이고 어깨를 들썩인다. 우네. 우나 봐. 웬일이야, 대박. 남자가 저 여자 가지고 노나 봐. 직원들이 수군대기 시작했다. 전공의도 작게 호들갑을 떨었다. 어쩐지, 그날 그냥 버리고 가더라니, 변심했네, 변심했어.

다름은 끈덕지게 은결의 표정을 읽었다. 으레 변심한 남자가 성토당했을 때 그리하듯 단순하게 당황하거나, 에둘러 여자를 어르는 모습 같은 건 전혀 보이지 않았다. 은결의 눈은 그저 감정 없이 싸늘하게만 보였다. 다름은 젓가락 끝을 쪽 빨며 생각했다. 저거, 단단히 화났네.

* * *

목이 메면 혀까지 안으로 말려 들어간다. 몇 초간 세상이 멈춘 느낌에서 겨우 빠져나온 은결이 더듬더듬 항변했다.

"뭐를, 뭘 말하라구요?"

"좋아하는 사람 보호해 주는 건 당연한 거 아니에요?"

나은은 이제 약간 화가 난 듯 보였다. 종전부터 딴소리만 하는 은결이 원망스럽다는 눈을 하고 있었다. 정작 원망과 황당이 옥황 상제 똥구멍을 찌르는 건 은결 쪽이었는데도.

"제가 불편하다고 하면 변호사님이 컷을 해 주셔야죠!"

대차게 잘못 짚어 놓고 뭐가 이렇게 당당해. 은결은 이 상황에서 나은의 페이스에 휩쓸리면 자신이 나은을 좋아하는 게 기정사실이 된다는 걸 직감했다. 정신 똑바로 차리자, 최은결. 은결은 다시금 냉정함을 되찾은 뒤 낮고 분명한 목소리로 또박또박 말했다.

"저 주임님 안 좋아해요."

"……."

"아니, 그러니까, 인간적으로는 좋아하는데요, 그건 직장 동료 로서고, 이성적으로는……."

내가 집에 가면 너만 한 막둥이 동생이 있다! 은결은 그 자리에 서 큰소리로 외치며 부정하고 싶었다. 그렇게 겨우 쌓아 올린 냉 정함은 나은의 날카로운 목소리에 크게 휘청였다.

"지금 그 여자한테 흔들리는 거예요?!"

그 여자. 나이도 직급도 한참 위인 세영을, 나은은 간단하게 그 여자라 칭한다. 단전에서부터 뭉근한 분노가 끓어오르기 시작하면서 귓가에 둥둥거리는 박동 소리가 들렸다. 어디까지 하나 보자. 은결은 어느 정도 포기한 심정으로 나은의 발악을 물끄러미 듣기만 했다.

"그 여자가 저한테 어떻게 행동하는지 말씀드렸잖아요! 저를 죽일 듯이 노려보는데……."

법무 팀에 들를 때마다 나은을 기꺼운 눈길로 바라보았던 세영이었다. 어린 나이에도 야무지고, 밝고, 사회성 좋아 보이는 나은이 꼭 막냇동생처럼 기특했던 까닭이었다.

거기에 한 가지 문제점이 있다면…… 세영이 사무실에 방문할 때는 늘 격무를 마치고 퇴근하는 길이라는 것이다. 얼굴 몰골이며 머리카락이 단정하지 못하고 풀어헤쳐 있다는 것. 그래서 늘 맨들하고 깔끔하게 다니는 나은의 눈에는, 세영이 자신을 바라보는 시선이 꼭 시비를 거는 광인의 그것-으로만 인식되었다는 것.

그러니 나은은 나은대로 억울할 수밖에 없었다. 다른 직원들에게 백날 얘기해 봐야 큰 위로는 안 되고, 은결에게 어리광 섞인 투정이나 부리며 우쭈쭈 받으려 했더니 이제 와서 자기를 안 좋아한단다.

고백이 부끄러워서 아무렇게나 뱉은 뻔한 거짓말에 누가 속을 줄 알고? 흔들릴 땐 흔들리더라도, 나에 대한 마음을 부정하지는 말아야지. 나은은 눈물이 그렁해진 채로 아랫입술을 삐죽 내밀었다.

"흔들려도…… 한 번은 봐줄게요. 다시 돌아오면 되니까."

울음 섞인 가냘픈 목소리가 가히 멜로 영화 주연급이었다.

팔짱을 끼고 뒤로 기대어 나은의 행동을 관망하던 은결이 크게 심호흡을 한 번 했다. 그리고는 그때까지도 손에 꽉 쥐고 있던 숟가락을 챙강- 소리 나게 식판 위로 던졌다.

"주임님. 아니, 이나은 씨."

나은이 청초한 각도와 눈빛을 유지하며 아련하게 은결을 올려다보았다. 그리고 곧 히끅, 딸꾹질하기 시작했다. 거기에는 당장이라도 나은을 지옥 불로 끌고 들어갈 듯한 야차가 몸을 부풀리고 앉아 있었다.

* * *

유치원 때부터 남자 애들은 서로 자신과 짝꿍을 하겠다 들이댔다. 그건 초등학생이 되어서도 마찬가지였고, 서로 내외하기 시작한 중학생 시절에도 촌스러운 장미 꽃다발이나 초콜릿 따위가 제 앞으로 불쑥 디밀어지기도 했다.

가끔은 학교에서 좀 잘 나간다는 오빠랑 사귄 적도 있었다. 하지만 그 나이 대 소년들이 다 그렇듯 여자 친구 앞에서 보이는 치기 어린 행동과 허세, 속된 말로 '가오'라 하는 스탠스를 나은은 도저히 견딜 수 없었다. 한 놈도 안 그런 놈이 없었다. 어휴, 애송이들. 그렇게 몇 번의 짧은 연애가 끝나고 나은은 더 이상 또래 남자들에게 매력을 느낄 수 없었다.

드물지 않게 받는 고백을 코웃음 치며 거절하긴 했지만, 그렇다고 타고난 외모 가꾸기에 소홀해진 것은 아니었다. 그 나이 대 소녀들이 으레 그렇듯 어른을 흉내 내며 자기 꾸미는 맛에 도취하기 마련이니까. 나은은 늘 교실 맨 뒷자리에서 앞머리에 헤어 롤을 말고 공주처럼 군림하는 편이었다. 그러니까 결단코 안경을 쓰고 문제집에 코를 박는 스타일은 아니었다.

"뭘 그렇게 읽어?"

그런데 쉬는 시간에 왜 하필 그 애가 눈에 띄었을까. 어울리는 친구들이 전부 매점으로 몰려갔고, 생리통을 핑계로 늘어져 있던 나은의 눈에 앞자리 친구가 문득 눈에 들어왔다. 안경을 끼고 공부는 중상 정도, 매번 교복을 조끼와 타이까지 성실하게 착용하고 다니는 친구였다. 한 마디로 나은과는 사적으로 말을 섞어 볼 일이 없는 종류의 친구였다.

그런 친구가 고개를 푹 숙인 채 꿈쩍도 안 하고 키득거리고 있다. 나은이 그 흔들리는 등을 보다가, 고개를 빼꼼 내밀어 친구가 무엇에 집중하고 있는지 훔쳐보았다. 최신 버전의 PMP, 분명 엄마가 인터넷 강의 들으라고 사 주었을 그 기계에 친구는 텍스트 파일을 넣고 쉬지도 않고 읽고 있었다. 친구는 나은의 질문에 화면을 살짝 들어 올리며 대답했다.

"이거? 소설."

"오올. 너 문학 소녀였어?"

"너도 한번 볼래?"

"야아, 나 글씨 많은 거 보면 토해."

"이건 그런 거 아니야. 로맨스 소설이야."

로맨스 소설? 소설이라고는 국어책에 실려 있는 쪼가리 글이나 겨우 읽어 내던 나은의 귀가 쫑긋했다. 친구는 나은에게 잘 보이도록 PMP 화면을 들어 올려 딸깍딸깍, 페이지를 넘겨 댔다.

"이렇게 대화도 많고, 그리고 이 사이사이에……."

정말로 친구가 보여 준 화면에는 지문보다 대화가 두 배 이상 많았다. 짤막한 대화 형식의 글을 물끄러미 보던 나은은, 친구의 손이 어느 페이지에서 멈추자 어마! 하며 제 눈을 의심했다. 화면에는 검은 활자로 살구색의 세상이 펼쳐져 있었다.

"가끔 야한 신도 있어. 건빵에 들은 별사탕 같지."

"야! 너 학생이 그런 거 봐도 되는 거야?"

나은이 친구의 등을 아프지 않게 찰싹 때리며 PMP 기계를 뺏어 왔다. 그리고 긴 줄글을 눈으로 빠르게 읽어 내려가기 시작했다. 조금 읽었을 뿐인데 흡입력이 대단했다. 나은은 순식간에 소설에 빠져들었고, 그런 나은의 모습을 보던 친구가 흐흐 웃으며 말했다.

"너 빌려줄까? 난 그거 한 번 읽어서 재탕 중이야."

"……나 하루만. 하루만 빌려주라."

"그래. 여기 이 버튼 누르면 저장돼 있는 다른 책들도 나와."

"헐……."

친구는 소위 말하는 텍본 수집가였다. 인터넷에서 다운 받은 파일을 그대로 집어넣어 조악한 파일명들이 적나라했다. 〈옆집 총각이_사정하는_사정.txt〉, 〈사장님_사인은_제_XX에_해_주세요.txt〉, 〈그_비서의_아찔한_유혹.txt〉, 〈목련_꽃만_입는_남자.txt〉 등등. 이래저래 여러 장르가 혼재되어 있었지만 가장 큰 비중을 차지하는 건 단연 비서물이었다.

원래도 공부에 몰두하는 스타일은 아니었지만, 나은은 그날 온종일 선생님 말씀을 시원하게 제끼고 친구의 PMP를 달칵이며 소설을 읽었다. 원체 독서와 친하지 않아서 줄글을 읽어 내는 데 시간이 걸리긴 했으나 한 번 재미가 붙으니 익숙해지는 건 한순간이었다. 교과서에 실리는 문제의식 가득한 재미 대가리라고는 없는 소설과는 차원이 달랐다. 무엇보다 거기에는……

'오늘 주주총회 당장 취소해.'

'이사님, 그러시면 안 돼요! 회사의 존폐 위기가…….'

'지금 나한테 중요한 건 정 비서뿐이야.'

실제 주주총회가 몇 개월에 걸쳐 준비되는 대단한 행사인지 따위는 여고생이 상관할 일이 아니었다. 중요한 건 그저 이사님, 본부장님, 사장님들이 회사를 등지고 가냘프고 아리따운 비서를 택한다는 것이었다. 그리고 그런 남자들은 왜 다들 그리 키도 크고 멋지고 어른스러운지…….

그날 이후로 나은은 로맨스 소설에 빠져들었다. 로설의 맛을 보여 주었던 친구와는 절친이 되어 각자 읽은 소설의 후기를 공유하기도 했다. 이건 신이 약하더라, 저건 감정선이 좋더라 하는. 그러다 보니 따로 공부한 적도 없는데 국어 성적이 쑥 올랐고 나은은 또 다른 꿈을 꾸게 되었다.

대학을 가자. 비서학과를 목표로 해야지. 그리고 최고의 비서가 되어 멋진 상사와 사랑에 빠지리라.

* * *

그래서 최은결을 처음 본 순간 나은은 직감했던 것이다. 드디어 내가 찾던 이사님(은 아니지만)을 만났어…….

"최은결 변호사입니다. 잘 부탁드려요."

상쾌하게 웃는 얼굴과 내밀어진 섬섬옥수, 나은은 황홀하게 제 운명을 받아들였다. 지금까지 비서 업무 N년, 그간 모신 상사들은 보통 할아버지 아니면 아저씨 아니면 배 나온 아저씨들이었다. 그중 마지막이 가장 악질이었다. 할아버지는 가끔 용돈이라도 쥐여 줬지, 마지막은 배 나온 주제에 치근덕거리기까지 했으니까.

하지만 은결은 아니었다. 미혼에, 여자 친구도 없고, 무엇보다 나은에게 젠틀하게 대했다. 그가 연희 병원 사내 변호사로 취직한 지 얼마 안 되어 친밀하게 굴 사람이 나은 외에는 없다거나, 원래 최은결이 다정한 사람이라거나 하는 객관적인 지표는 눈에 들어오지 않았다. 나은에게는 은결의 호의가, 그저 은근한 여지로만 느껴졌다.

관심 없으면 나한테 간식은 왜 사다 줘?

(다른 직원들과 다 같이 먹으라고 산 거였다. 그저 나은의 자리에 놔뒀을 뿐.)

왜 굳이 자기 거랑 똑같은 담요를 쓰라고 건네줘?

(클릭 실수로 똑같은 거 두 개 주문했다. 반품 배송료보다 싼 담요였다.)

응급실에 굳이 왜 업고 들어가는데?

(강 모 씨 질투 유발 작전이었다. 작용보다 반작용이 컸던 실패한

작전이었지만.)

행복한 상상에 불이 붙은 건 주변 사람들의 부추김도 컸다. 법무팀 직원들은 보통 연령대가 좀 있는 편이었고, 싹싹하고 밝은 나은을 막냇동생처럼 예뻐했다. 온종일 지하에 박혀 모니터 보고 서류 업무만 하다 보면, 따분함에 지쳐 청춘 남녀 누구라도 엮어 주고 싶고 입방아 찧고 싶게 마련이다. 마침 그 대상이 나은과 은결이었다.

한동안 혼자만의 상상에 빠져 있던 나은의 로맨스는, 주변 사람들의 한 마디 한 마디가 더해져 꼭 실재하는 현상처럼 이루어졌다. 은결의 성격도 제멋대로 재창조했다. 키 크고 잘생기고 인기가 많지만, 인기 있는 걸 자기만 모르는 설정. 누구에게나 다정하고 친절하지만 나한테는 미묘하게 부끄럼을 타는 설정. 결정적인 순간에 용기를 내지 못해서, 결국은 나은이 먼저 엎드려 절 받기식으로 고백하게 되는 상황인 설정.

거기에 악녀 강세영의 등장까지, 혼자만의 드라마는 절정을 향해 달려가고 있었다. 기승전결로 이루어진 나은의 세상에서 나은은 주인공이자 전지적 작가였다. 딱 이 타이밍에서 용기를 내어야만 이야기는 해피 엔딩을 향해 흘러갈 거였다. 그래서 은결에게 선을 그어 달라 칭얼댔고, 그 결과……

"착각은 자유긴 한데요. 혼자 어디까지 나간 겁니까?"

……이렇게 망할 줄 알았나. 지금의 은결은 나은에게 한 번도 보여 주지 않은 무서운 얼굴을 하고 있었다. 이렇게 날 선 표정을 지을 수도 있구나. 덜컥 겁먹은 나은은 떨리는 심장이 입 밖으로 튀어나오지 않도록 노력했고, 심장 대신 딸꾹질이 튀어나왔다.

"내가 이나은 씨한테 뭐 대단하게 오해 살 일을 했습니까?"

억울했다. 솔직히 하나하나 꼽자면 은결도 할 말 없을 것이다. 김 대리의 말이 맞았다. 남자가 너무 다정해도 죄다. 그리고 일단, 당신의 존재 자체가 개연성이라고요. 나은은 식탁 아래로 파들거리는 두 주먹을 꾹 쥐었다.

"이제 와서…… 저한테 관심 없다고 하시는 거예요?"

"이제 와서가 아니고, 처음부터 관심 없었어요."

"그럼 그동안 저한테 왜 잘해 주신 거예요."

수치심에 나은의 얼굴이 붉게 물들었다. 분노와 부끄러움으로 바들거리는 나은과는 대조적으로 은결은 여유로워 보였다. 팔짱을 끼고 나은의 모습을 느긋하게 노려보고 있었으니까.

"특별히 잘해 준 적 없는데?"

"……"

"그럼 같이 일하는 사람한테 떽떽거려야 합니까?"

물론 떽떽거리던 사람도 있긴 했지만. 은결이 나은을 노려보며 머릿속으로는 세영을 생각했다. 강세영을 '그 여자'라고 칭하던 나은이 괘씸했지만 지금 상황에 굳이 세영의 이름까지 들먹이고 싶지 않았다.

혼자서 은결과 연애도 하고 결혼도 하고 아이도 낳아서 영어 유치원 대기까지 걸어 놓은 나은의 망상이, 한순간에 세영에 대한 공격성으로 변할 가능성이 아예 없지 않은 까닭이다. 은결은 단호하게, 그리고 군더더기 없는 말투로 확인 사살 시켜 주었다.

"전 이나은 씨 안 좋아합니다. 단 한 번도 이성으로 본 적도 없고 앞으로도 없을 거고요."

"……."

"전 쌀쌀맞고 툴툴거리는 여자 좋아합니다. 그럼 이만."

은결이 자리에서 벌떡 일어나 채 한술 뜨지도 않은 식판을 그대로 들고 퇴식구를 향해 걸어갔다. 홀로 남은 나은은 의자도 채 집어넣지 않고 사라져 버린 은결의 빈자리를 멍하니 바라보았다.

응급실에서 혼자 반깁스 하고 터덜터덜 사무실로 돌아갈 때와는 서러움의 차이가 차원이 달랐다. 울컥 눈물이 났다. 나은은 살짝 고개를 숙이고 작게 몸을 떨었다. 눈물이 볼을 타고 또르르 떨어져 턱에 맺혔다가, 다 식은 미역국 속으로 퐁 떨어졌다.

구내식당에 남아 있는 사람들이 몇 없기에 다행이었다. 이 비참한 꼴을 누가 보기라도 했으면…… 나비의 연약한 날개가 파르르 떨리듯 나은은 가냘프게 한숨을 쉬었다. 오래도록 쌓아 올린 위태로운 로맨스는 허무하게 끝이 났다.

하지만 역할이 바뀐다면 어떨까? 내가 가련한 여주인공이 아니라, 남주인공을 두고두고 후회하게 할 매력적인 악녀라면? 내 로맨스는 아직 끝나지 않았어.

나은은 숨을 고르며 어금니를 꾹 깨물었다.

* * *

어쩐 일로 최은결이 먼저 닭발 먹자고 시름시름 앓는 소리를 했다. 무슨 복잡한 일이 있는지 꿍한 목소리에 영 신경이 쓰여 세영은 후다닥 진료를 끝내고 가운을 벗었다.

병원 정문 로비에서 기다리고 있다는 은결의 문자를 확인한 세영은 의국을 나가기 전 마지막으로 거울을 보며 립스틱을 발랐다. 어차피 닭발이 매워서 시뻘게지긴 할 테지만…… 그래도 캡사이신으로 부은 입술이랑 립스틱 바른 입술이랑은 다른 거니까. 음빠, 음빠, 위아래 입술을 비비며 립스틱이 고르게 발린 것을 확인한 뒤 세영은 의국을 나섰다.

정문에는 대형 카페도 입점 되어 있고, 무엇보다 외래 원무과가 바로 맞은편에 있어 유동 인구가 많았다. 휠체어 타고 다니는 사람과 폴대를 끌고 다니는 사람, 바삐 걷는 가운쟁이들과 진료 영수증을 멀찍이 두고 미간을 찌푸려 초점을 맞추는 어르신들.

두리번거리며 은결을 찾던 세영은, 문득 전화가 빠르겠다 싶어 핸드폰을 집어 들었다. 그런데 은결은 통화 중인지 연결이 되지 않았다. 다시 주변을 둘러보자, 로비 의자 한구석에 단정하게 앉아 전화를 하고 있는 은결이 보였다.

멀리서 봐도 참 잘났다. 키 크고 잘생긴 거 최고야. 내가 언제 최은결을 싫어했었지. 저 얼굴을 달고 다니는 애를 어떻게 싫어할수가 있었지. 과거로 돌아갈 수 있다면 어린 세영을 붙잡고 짤짤흔들고 싶다. 남자는 얼굴이야. 얼굴값이 꼴값보다 낫단다. 그러니 최은결에게 잘해 주렴.

잘생긴 건 애인인데 괜히 자신이 뿌듯해진 세영이 살금살금 은결의 뒤로 다가갔다. 어느새 은결의 목소리가 들릴 정도로 가까워졌고, 전화를 끊자마자 놀라게 할 준비를 하려는데 문득 대화 내용이 귀에 들어왔다. 은결은 친구와 통화하는 듯 편안한 말투로, 짜증을 부리고 있었다.

"몰라. 내가 무슨 자기 남자 친군 줄 아나 봐."

"……."

"내 말이. 뭐 딱히 잘해 준 것도 없었는데 착각 작렬이야."

"……."

"미치겠어. 얼굴을 안 볼 수도 없고…… 굿이라도 해야 할까 봐."

은결의 한숨이 퍼져 나가며 동시에 세영의 얼굴이 하얗게 질렸다.

* * *

닭발집 싸구려 플라스틱 의자에 앉은 세영이 가장 먼저 한 일은 손 닦으라고 내준 물티슈를 찢어 입술부터 벅벅 닦아 내는 거였다.

"어우, 어우 쌤, 아프겠다……."

"남이사."

작게 만류하는 은결의 저지에도 불구하고 세영은 물티슈를 테이블 위에 신경질적으로 홱 집어 던졌다. 입술에 곱게 발렸던 붉은 립스틱은 물티슈의 싸구려 섬유 재질에 처참하게 갈려 묻어 있었다. 그리 박박 닦아 냈으니 입술은 허옇고 얼굴색은 파리한 못난 모습이겠지. 하지만 세영은 박색을 자처하면서도 당당했다. 이 씨바, 남친도 아닌데 뭐 어때?

"입술 예뻤는데."

은결이 수저를 세팅하고 물컵에 물을 따르며 구시렁대자 세영이 의자 등받이에 푹 기대며 쏘아붙였다.

"얼굴에 분칠한 사람들 믿을 놈 하나 없다잖아. 난 진실하게 살고 싶어."

"그건 연예인들을 두고 하는 말이야."

"……."

"그리고 쌤이 닦아 낸 건 분이 아니라 립스틱이고."

곧 죽어도 변호사 아니랄까 봐 끝끝내 옳은 말만 해 대는 은결이 얄미웠다. 누가 맞는 말 듣고 싶대? 그리고 설마 내가 그 뜻도 모르고 말했을까 봐? 세영이 순식간에 무서운 얼굴을 하고 검지를 세워 관자놀이께에 가져다 댔다. 그리고 톡, 톡, 두어 번 힘주어 쳤다.

"은결아. 띵크. 띵크가 안 되나?"

"……."

"그냥 네, 해."

"네에……."

말 잘 듣는 게 이럴 땐 좋군. 세영은 스텐 컵 표면에 맺히는 물방울을 물끄러미 바라보며 직원이 닭발을 세팅하고 떠나기를 기다렸다. 둘 사이에 김이 펄펄 나는 닭발이 검은 냄비에 담겨 지옥 탕처럼 끓고 있었다. 먼저 국자를 들어 콩나물을 뒤적거리는 건 당연하게도 은결의 몫이었다.

세영은 멀지 않은 과거를 돌이켜 보았다. 지금까지 이 새끼와 얼마나 붙어먹었는지를. 먼저 육체적 관계부터 꼽아 보자. 연인보단 덜, 그러나 친구보단…… 아니지, 친구랑은 섹스 따위 하지 않으니까.

아무튼 첫 섹스는 술김 및 홧김에 이루어졌다고 해도 두 번째는 아니었다. 그날은 최은결이 황다름의 연애질을 알고 나서 폐인이 된 세영을 찾아온 날이었다. 둘 다 제정신이었고, 세영이 먼저 자기 집으로 유혹하기까지 했으니까.

세 번째가 크레인 추락으로 대형 추돌 사고가 났던 날이었다. 발에 불나도록 뛰며 황다름을 도와주고 늦게 퇴근했던 날, 최은결이 로비에서 기다리고 있었다. 너무 지쳐 혀가 입 안으로 말려 들어갈 것 같았던 컨디션이었지만 청진기 들 힘만 있어도 사람은 번식을 한다고 했던가. 물론 불꽃처럼 번쩍 타오르고 다음 날 죽어나긴 했다.

어라. 지금까지의 관계를 꼽아 보던 세영은 문득 이상함을 느꼈다. 첫 번째야 술김이니 없던 일로 친다고 해도, 두세 번째는…… 모두 세영이 잔뜩 지쳐 있을 때였다. 그게 마음이든, 몸이든, 두 발로 서 있을 기력이 없을 타이밍마다 신기하게 최은결이 다가와서 치댔다.

끈덕진 눈빛, 부드러운 손길, 아쉽게 떨어졌다 다시 부딪혀 오는 입술이 다정해서 당연히 사랑일 거라 생각했는데. 당연히 애정일 거라 생각했는데!

'내가 무슨 자기 남자 친군 줄 아나 봐.'

'잘해 준 것도 없는데 착각 작렬이야.'

과거에 은결을 못살게 굴었던 벌을 이제 받는 듯했다. 이게 최은결의 복수 방법이라면 그는 대단히 성공한 거였다. 이미 선은 넘을 대로 넘었고, 감정도 있는 대로 생겨났지만 누구 하나가 먼저 사귀자고 애처럼 들이댈 성격들도 아니었기에 흐리멍덩한 관계가 그의 목표였다면. 이 상황에서 강세영은 그야말로 옴짝달싹 못하는 처지가 되어 버렸으니까.

'좋아한다고 어떻게 말…… 쟤는 그냥 나 가지고 논 거 같은데.'

지킬 것도 없는 와중에 딱 한 자락 남은 자존심이었다. 세영은 동네가 떠나가라 한숨을 내쉬었고 가스버너의 불꽃이 잠시 은결 쪽으로 일렁였다. 하마터면 넥타이가 그을릴 뻔한 은결의 눈이 놀라 동그래졌다.

"한숨이 허리케인이야. 무슨 일 있어?"

세영이 눈을 감고 미간을 긁적이며 퉁명스레 대꾸했다.

"내가 할 말인데, 너 무슨 일 있냐? 어쩐 일로 먼저 닭발을 다 먹자 하고."

팔짱을 끼고 앉은 세영과는 대조적으로 은결은 우물쭈물하는 모양새였다. 당사자를 앞에 두고 말하려니 쉽지 않겠지. 어디 한 번 해 봐라. 은결은 한참이 지나서야 겨우 입을 뗐다.

"쌤이 듣기에 좀 불편할 수도……."

"아, 그러니까 말하라고! 혼자 너랑 사귄다고 착각하는 그 여자 얘기!"

결국 참지 못한 세영이 폭발했고 주변의 테이블이 흘끔 그들을 돌아보았다. 은결은 잠시 어안이 벙벙하다가 곧 세상에서 가장 억울한 얼굴을 하고 항변했다.

"어떻게 알아?!"

"……"

"쌤 이럴까 봐 말하기 무서웠다고!"

은결이 과장된 몸짓으로 두 손에 얼굴을 폭 묻었다.

요는 간단했다. 법무 팀에 들를 때마다 밝게 웃으며 세영을 맞아 주었던 그 예쁜 비서가 사실은 은결을 상대로 혼자만의 연애를 하고 있었다는 것. 설레는 것까지는 혼자 할 수 있었으나 사랑싸움은 반드시 상대가 있어야 하기에 은결에게 바락대다가 들켜 버렸다는 것.

"나 진짜 맹세코 오해 살 만한 짓 한 적 없어."

"왜, 너 잘하잖아. 사람들한테."

"그건 그 사람한테만 잘해 주는 게 아니잖아!"

"아니, 착각하고도 남을걸."

그게 심지어 너 같은 남자가 그리 다정하게 대한다면 말이야. 제 이야기가 아님을 알고 나자 조금 머쓱해진 세영이 약간 풀 죽은 채 대답했다. 은결은 정말 억울하다는 듯 주먹을 불끈 쥐어 테이블 위에 올려놓았다.

"그래서 내가 오늘 식당에서 뭐라고 좀 했거든……."

"뭐라고?"

"난 그쪽한테 관심 없고, 없었고, 앞으로도 없을 거라고."

"잘했네."

"근데 난 앞으로 이 주임이랑 계속 같이 일을 해야 하잖아."

아아아아. 괴로운 듯 머리를 감싸 쥐는 은결의 앞 접시에 세영은 시뻘겋게 발가락이 곱은 닭발을 하나 툭 던져 주었다.

"어차피 선 그을 거 아니었어? 딱 담백하게 일만 하고, 군소리 안 하고 좋지 뭐."

"그래도 민망하잖아."

"그럼 이왕 민망해진 거 애인 있다고 티 내고 다녀."

큼큼. 대단한 말이라도 던진 사람처럼 세영이 헛기침을 두어 번 했다. 뚱해 있던 은결이 세영의 얼굴을 믿을 수 없다는 듯 멍하니 바라보고 있었다.

아, 젠장. 이게 아닌가. 혼자서 최은결을 남자 친구처럼 삼았던 건 비서뿐 아니라 저도 마찬가지였던가. 머쓱해진 세영이 귓가를 간질이던 잔머리를 만지작대며 변명하기 시작했다.

"아니, 그렇잖아. 사귀는 줄 알았다며. 나 진짜 사귀는 사람한 테는 이렇게까지 잘해 준다, 팍팍 티 내고 다녀."

"……."

"뭘…… 뭘 그렇게 봐."

넋이 나가 있던 은결이 한순간 입꼬리를 올려 씨익 웃었다. 서 글서글한 눈에서 꿀이 뚝뚝 흘러내릴 듯 헤벌레한 모습이었다. 은 결은 당황한 세영을 향해 다짐받듯 힘주어 말했다.

"진짜 그래도 돼?"

"뭐, 뭘?"

"애인 있다고 티 내도 돼?"

"아, 해라? 나랑 무슨 상관?"

민망해진 세영이 신경질을 부리며 딴청을 부리자 은결이 세영의 손을 턱 잡아챘다.

"무슨 상관이냐니. 지금 네 얘기 하고 있잖아, 강세영."

"……."

"분명 티 내도 된다고 했다?"

그러더니 잦은 손 씻기로 거칠어진 세영의 손을 보물이라도 되는 것처럼 조심스레 슬금슬금 어루만지며 은결이 흐흐흐 웃었다. 이 요망한 놈…… 어떻게든 나한테서 '애인', 그 말을 먼저 듣고 싶어 가지고. 분명히 은결이 간질이는 건 손인데, 명치께가 근지러워 세영은 몸을 부르르 떨었다. 그리고 괜히 퉁명스럽게 대답했다.

"그러든지 말든지."

"또, 또, 모르는 척. 어휴, 귀여운 새끼."

"야, 새끼?"

"내 새끼이. 얘기 듣고 나면 나한테 화낼 줄 알았는데."

은결이 웃으며 손을 뻗어 세영의 볼을 죽 잡아 늘이고 흔들었다. 위엄 있게 눈을 부릅떠 보았지만 볼 한쪽이 찹쌀떡처럼 늘어난 상태에서는 한 조각의 근엄함도 찾아볼 수 없었다. 그 모습이 도리어 귀여워 보여 은결이 으그, 하며 어금니를 물고 웃었다.

아, 그래, 맘대로 해라, 맘대로 해. 자존심이고 근엄함이고 나발이고 난 모르겠다. 세영은 젓가락으로 냄비 안을 푹푹 쑤시며 그저 이 근지러운 기운이 빨리 지나가기만을 바랐다. 이대로라면 정말 부정맥 와서 쓰러질 것 같았으니까.

"어, 근데 이 주임이 그러는 거 어떻게 알았어?"

세영의 볼에서 손을 떼던 은결이 문득 드는 생각에 다급하게 물었다. 신경 쓰일까 봐 나은이 자신을 좋아한다는 말만 슬쩍 흘렸지, 혼자서 세영을 연적으로 삼고 있다는 이야기는 안 했었는데. 혹시 세영에게 진작 해코지를 했나 싶어 오싹해진 까닭이었다. 만약 이미 그랬대도 당하고만 있을 강세영이 아니긴 하지만, 그래도 항상 예외라는 게 있으니. 그런데 튀어나온 세영의 대답은 의외였다.

"나 실은 아까 로비에서 너 통화하는 거 들었어."

"아……."

"그래서 아까는…… 그게 나를 얘기하는 건 줄 알았어. 그래서 심통 부렸어."

"……."

"만."

우물쭈물하며 한 문장을 겨우 마무리 지은 세영이 은결을 슬쩍 쳐다보았다. 그리고 긴장으로 침을 꿀꺽 삼켰다. 은결은 맨 처음 재회했을 때 시종일관 유지하던 서늘한 표정을 하고 있었다.

"혼자 남자 친군 줄 착각하고 있었다고?"

"……."

"딱히 잘해 주지도 않았는데 착각한다고?"

세영은 죄지은 사람처럼 은결의 시선을 피하며 우물거렸다.

"딱히 사귀자고 말을 한 것도 아니고……."

"아, 나 지금 너무 상처다."

세영의 작은 항변은 은결에게 가닿지 않았다. 은결은 손부채질을 하며 얼굴의 열기를 가다듬으려 노력했지만 쉽지 않았다. 어떻게 그런 걸 자기 얘기로 착각하고 틱틱거릴 수 있었냐는 황당함과, 그럼 지금까지 자기가 신경 써 준 건 뭐라고 생각했나 싶은 분노가 엉망으로 뒤엉켰다.

"그럼 내가 지금까지 쌤한테 한 건 다 뭐냐?"

"······."

"그냥 얘는 다른 사람들한테도 잘하는 애니까, 이렇게 생각했나 봐?"

그게 아닌데. 그게 아니라 너무 진득하고 충만한 애정이라서, 세영으로서도 당연히 은결과 연인 사이라고 단정 짓고 있었다. 그런데 통화 내용이 그게 아니었으니까. 꼭 귀찮게 연인 놀이 하는 여자 떼어 내고 싶은 사람 같았으니까.

나은과 그런 일이 있었을 줄은 꿈에도 몰랐던 세영으로서는 그 대화 내용의 대상이 자신이라고 착각할 여지가 충분했다. 한 자락 남은 자존심이 은결의 강풍에 맞서지 못하고 미친 듯이 나풀거린다.

제발, 버텨 줘, 자존심아. 너마저 떠나가 버리면 난⋯⋯ 난 정말 최은결한테 휘둘리기만 할 거야. 세영의 비밀스러운 바람을 아는지 모르는지 은결은 쉬지 않고 폭격했다.

"나만 진심이었지. 어? 또 나만 진심이었어."

"아니야⋯⋯."

"말해 봐요. 날 가볍게 생각한 건 쌤 아니야?"

"아니라구⋯⋯."

"사귀자는 말을 안 해서 사귀는 줄 몰랐다고? 중학생이야?"

어떻게 그런, 하, 황당하다는 듯 은결이 연신 한숨을 내쉬었다. 세영은 쥐구멍이 있다면 몸을 토막으로 쪼개더라도 기어들어 가고 싶었다. 세영의 착각이 아니라니 다행이긴 한데, 도리어 그 사실이 은결을 더 화나게 했다. 은결은 정말로 진심이었으니까. 오래전부터 간직해 오다 겨우 되살린 감정이 소중하지 않을 리 없었으니까.

"내가 쌤을 얼마나 오래…… 하, 됐다."

"그게…… 무슨 말이야?"

"됐어. 알 거 없어! 내 여자 친구도 아닌데."

그렇다고 이렇게 치사하게 나오기 있나?! 궁금함에 몸이 단 세영이 다시금 재촉해 보았지만, 은결의 반응은 완강했다.

"나를 오래 뭐!"

"아, 얘기 안 할 거야!"

"내 얘긴데 왜 말 안 해? 빨리 말해!"

"말하고 말고는 내 자유거든요? 그리고 제 여자 친구도 아니신 거 같은데 남의 연애사에 뭔 참견이세요?"

인중을 늘려 가며 본격적으로 깐족대기 시작하는 은결의 얼굴에 세영은 상추를 한 장 집어 던졌다. 상추에 묻어 있던 물방울이 은결의 얼굴에 와르륵 묻자, 목욕하고 난 강아지가 물을 털듯 은결이 파르르 머리를 털었다.

"이거 폭행죄야!?"

"여자 친구면 돼?"

"뭐?"

"여자 친구면 되냐고!"

파르륵. 그 마지막 한 자락 자존심 휩쓸려 날아가는 소리가 귀에 들렸다.

"너 나랑 만나."

언뜻 명령처럼 들리는 세영의 공손한 제안에 은결의 눈이 잠시 커졌다. 그리고 곧 흥미롭다는 표정을 하고 테이블 위로 몸을 기댔다.

"두루뭉술해."

"그럼 뭐라고 해."

"사귀자."

"중학생이야?!"

요새 중학생들도 그렇게 후지게 고백 안 한다! 세영이 수치심으로 파득거리며 치를 떨었으나 은결은 진지했다.

"한 글자 한 글자 똑바로 발음해."

"으으……."

"쓰읍, 빨리."

"사…… 사아아. 크윽."

너무 쪽팔려서 못 하겠어. 두 손으로 얼굴을 감싸고 세영이 발을 동동 굴렀다. 은결은 자꾸 콧구멍에서 뜨거운 김이 뿜어져 나오는 걸 느꼈다. 배꼽을 잡고 파안대소하고 싶었지만 필사의 노력으로 무표정을 유지하며 세영을 다그쳤다.

"빨리 말 안 해?"

"사자."

"귀 빠졌어. 다시."

"기자."

부끄러움에 몸 둘 바를 모르던 세영이 선택한 건 제대로 알아 듣지도 못할 정도의 속도로 발음하는 거였다. 당연한 결과지만 은 결은 그 행태를 용인하지 않았다.

"안 되겠다, 넌."

"……."

"은결 님, 사귀어 주세요. 실시."

"뭐?!"

"실. 시."

이건 복수다. 지난날 선배의 근엄과 경외심 같은 건 한 방에 날려 버릴 최은결의 지독한 복수다. 다른 말은 돌려서 해도, 도저히 사귀자는 말은 못 하겠다. 은결도 이걸 알고 일부러 더 집요하게 세영을 괴롭히는 게 틀림없었다. 어떻게 하면 이 상황을 타개할 수 있을까. 진짜 눈 딱 감고 세 글자 뱉어 버려?

그때, 찰싹. 날아갔던 자존심이 알 수 없는 힘에 이끌려 다시 세영에게 날아와 붙는 소리가 났다. 동시에 세영의 눈이 번뜩였다. 무슨 메커니즘인지는 모르겠으나 아무튼 세영은 근지러운 말은 못 해도 더러운 말로 당황하게는 만들 수 있었다. 세영은 눈을 게슴츠레하게 뜨고 발을 뻗어 은결의 허벅지 위를 슬금슬금 문질렀다.

"너 그러니까 섹시하다."

"어……?"

"가끔은 강압적인 것도 좋더라."

곰돌이 푸 양말을 신은 작은 발이 매끄러운 정장 바지 위를 유영하다가 툭 불거져 나온 양각을 집요하게 문질렀다.

"너 그러니까…… 박히고 싶다앙."

"미쳤, 미쳤어, 얘가 별소릴 다 해?!"

"막 꼼짝 못 하게 묶여서…… 으으으읍."

듣다 못한 은결이 자리에서 벌떡 일어나 세영의 입을 손바닥으로 턱 막아 버렸다. 세영은 질세라 입술 사이로 혀를 내밀어 은결의 손바닥을 핥았고, 은결은 작게 비명을 지르며 손을 풀고 주저앉았다. 그런 은결을 올려다보던 세영이 피식 웃었다.

"봤냐? 누나 놀리면 이렇게 되는 거야."

"내가 진짜 너 때문에 창피해서 다신 여기 못 와."

은결이 화난 듯 쾅쾅거리며 겉옷과 가방을 챙겨 들었다. 그리고 세영의 팔을 잡아끌고 가게를 나섰다. 나 아직 다 안 먹었는데! 반항은 남자의 완력으로 인해 금세 부질없어졌다.

정신 차리고 보니 닭발집 밖이었다. 싸늘한 밤공기가 코를 때렸지만 은결은 겉옷을 입지도 않고 팔에 걸치기만 한 채 세영을 끌고 어딘가를 향해 가고 있었다. 아무리 사람 많은 식당이라고 해도, 야한 얘기 좀 했다고 이렇게 바락거릴 일인가. 이래서 연하들이란. 세영이 비죽거리며 은결을 놀렸다.

"야한 얘기 첨 들어 봤쪄요? 그래서 부끄러워쪄요? 우구구."

세영의 도발에 은결이 흘금 뒤돌아보며 경고했다.

"나 미리 얘기한다. 오늘 호텔 못 가. 거기까지 갈 여유 없어."

"어?"

부끄러워서 도망쳐 나온 게 아니었어? 순간 세영의 온몸에 소름이 돋았다. 짙은 위기감이 발목부터 무겁게 그녀를 감싸고 피어오르기 시작했다. 당황한 세영을 내려다보며 은결이 이를 뿌득 갈았다.

"너 죽었어, 강세영."

귓가에서 사이렌 소리가 들리는 것 같았다.

위용위용. 레드 얼럿.

* * *

"신 건요."

"두고 가세요."

화나지는 않았으나 웃지도 않은 채 나은이 은결의 책상 위에 서류 뭉치를 툭 올려놓았다. 은결은 그쪽을 쳐다보지도 않은 채로 타이핑을 계속했고 나은은 별말 없이 방을 나갔다. 쾅— 문 닫히는 소리가 난 후에야 은결은 기지개를 켰다. 그리고 깊게 숨을 내쉬곤 머리를 좌우로 꺾으며 뚜둑 소리를 냈다.

민망함은 생각보다 별거 아니었다. 세영의 말대로 군소리 없이 담백하게 일만 하는 것도 나쁘지 않았다. 무엇보다 자신에게 까인 나은이 더 이상 친한 척을 안 하기 때문이기도 했지만. 어차피 일하려고 만난 사이니, 사적으로 더 친해져 봐야 오해만 사고, 이쯤에서 확실히 선을 긋는 것이 최선이었다.

조금 불편하긴 하지만, 그래도 둘 중 누구 하나가 그만두지 않는 이상 나은은 쭉 은결의 직속 비서일 것이므로 데면데면하더라도 이렇게 일하는 게 나았다. 은결은 손깍지를 껴 손목을 돌리며 생각했다. 나은이 아직 어려서 그랬을 것이다. 그녀도 언젠가는 자신과의 일을, 어렸을 적 뭘 모르고 벌였던 조금 부끄러운 해프닝이라고 생각하는 날이 오겠지.

은결은 나은이 두고 간 서류에 손을 뻗었다. 그리고 파르륵 넘겨보며 어떤 사건인지 대충 파악하려는데, 처음 두세 페이지는 멀쩡히 인쇄되었으나 다음 장에서부터 글씨가 너무 흐려 알아보지 못할

지경이었다. 여간해선 매직아이로 뜨고 해독했을 텐데, 그러기엔 또 상대방이 주장하는 내용이 너무 길었다.

"하…… 그냥 인터넷으로 볼까."

은결은 잠시 고민하다가 서류를 쥐고 자리에서 일어났다. 인쇄도 다시 부탁하고, 복합기 잉크가 없는 것 같다고도 전해 줄 참이었다. 그렇게 제 방문을 열고 나온 은결은 뜻밖의 손님을 마주했다.

"아주 명강사야! 내용이 귀에 쏙쏙 들어오더라고."

"아닙니다, 와 주셔서 제가 더 감사합니다."

"내가 칠십 넘어 먹었긴 해도, 알 건 알아 둬야지."

"훌륭하십니다. 부디 쓰실 일이 없기를 바라지만요."

와하하! 세영의 너스레에 수석이 큰 소리로 웃었다. 사무실 입구에서 들어오지도 못하고 나가지도 못한 채 노인네 장단 맞춰 주고 있는 게 세영인 걸 알자마자 은결이 피식 웃었다. 세영은 편안한 당직복에 가운 차림이었다. 오늘 CPR 강의 있다더니, 그거 하고 왔나 보구나. 이젠 서로의 스케줄을 뻔히 꿰는 지경이었다.

"어, 최 변. CPR 할 줄 아나?"

"예?"

그때 수석이 서류를 들고나온 은결을 발견하고 물었다. CPR 할 줄 아냐니…… 저요……?

"저, 변호사님. 최은결 변호사가 제 응급실 1년 후배입니다."

"으응? 정말? 강 교수랑 같이 근무했었다고?"

"예. 응급실 있을 때도 아주 스마트하고 빠릿하게 일 잘했습니다. CPR은 눈 감고도 할 수 있을 겁니다."

어쩐 일로 세영이 나서서 은결을 변호해 주었다. 그짓말. 맨날 사고만 빵빵 치고 다니고 일머리 드럽게 없다고 욕할 때는 언제고. 은결은 수석의 등 뒤에서 아랫입술을 삐죽이면서 세영을 약 올렸지만 마음 한구석이 따뜻해졌다. 세상에 강세영이 나를 일 잘한다고 치켜세워 주는 날이 올 줄이야…….

"그럼 최 변은 수업 안 들어도 되겠구만."

"네?"

"내가 방금 강 교수 CPR 수업을 듣고 왔는데, 내용도 알차고 귀에 쏙쏙 들어와. 그래서 우리 직원들도 좀 같이 배웠으면 해서 부탁을 했네."

수석의 발표에 팀원들이 제각기 고개를 들고 떨떠름한 표정을 지었다. 개중에는 서늘한 눈으로 세영을 노려보는 팀원도 있었다.

"다들 내일 바쁜 일 없으면 시간들 내지."

"예……."

"이 비서가 내일 오후 네 시에 강의실 잡아 주고."

"예."

나은이 영혼 없이 대답하며 신경질적으로 손가락을 튕기며 키보드를 두드렸다. 세영은 곧 수석에게 꾸벅 인사를 했고 수석이 불편한 걸음으로 제 사무실로 들어갔다.

세영은 사무실 저 밖으로 사라지면서 시야에 손톱만큼 보이는 은결에게 기어이 윙크를 날리고 가는 것이다. 웃겨, 진짜. 은결이 피식 웃었다. 세영의 등장으로 한참이나 나은에게 용무를 해결하지 못한 은결은 세영이 완전히 사라진 다음에야 서류를 내밀며 말했다.

"이거 글씨가 너무 연해서 잘 못 알아보겠어요."

"아, 네."

나은은 쌩하니 바람이 불듯 차갑게 대답하고 은결의 손에서 서류를 빼앗아 갔다. 예의 없이 덜렁 빈손이 된 은결이 잠시 나은의 정수리를 황망하게 바라보다가, 한마디 하면 뭐 하겠나 싶어 그만 입을 닫고 뒤돌아섰다. 그때, 직원 중 한 사람이 다 같이 들으라는 듯 은근한 목소리로 또박또박 말했다.

"아무리 봐도 내 눈엔 저 교수보다 나은 씨가 훨씬 낫다."

지금 나 들으라고 하는 소린가. 은결이 살짝 고개를 돌려 그 말을 한 직원을 바라보았고, 곧 귀신을 본 사람처럼 그 자리에 얼어붙을 수밖에 없었다. 나은을 포함한 모든 직원이 은결을 뚫어져라 바라보고 있었기 때문에.

* * *

직원들은 금세 시선을 분산했고 곧 타닥거리는 타이핑 소리가 들렸지만, 제각기 귀를 쫑긋 세우고 은결의 말을 기다리고 있는 게 뻔히 보였다. 정말 꿍꿍이속을 알 수 없는 사람들이었다. 자기들끼리 속살거리는 말들은 또 왜 이렇게 많은지. 세상의 모든 소문이 여기 법무 팀에서부터 시작되는 것 같았다.

치사하고 드럽긴 하지만, 같이 일하는 사람들이니 예의는 차려야지. 파티션 위에 팔을 걸치고 기대선 은결이 살짝 웃으며 물었다.

"그게 무슨 말씀이세요?"

당사자인 이나은은 입을 꾹 다물고 있었고, 나은을 추켜세운 대리도 곁눈질로 은결을 흘끔 보더니 다시 모니터에 시선을 고정했다. 은결의 말에 꼭 대답할 필요가 없다는 듯 구는 태도가 황당했다. 더 뭐라 말을 잇지 못하는 은결을 향해, 다른 사원 하나가 능글스럽게 웃으며 말을 건넸다.

"여자가 한을 품으면 오뉴월에도 서리가 내린대요."

"예?"

"우리 나은 씨 불쌍해서 어쩨."

이게 무슨 소리야. 은결이 나은에게 어떤 대답을 촉구할 요량으로 그녀의 뒤통수를 뚫어져라 바라보았지만 나은은 쓰게 웃을 뿐이었다. 그리고 가련한 여주인공처럼 속눈썹을 파르르 떨며 말했다.

"사람 마음 변하는 데 장사 있나요."

"……."

"자기 사건 맡아 준 변호사한테 사적으로 추근대는데 안 배길 사람이 어딨어요."

부적절한 발언이었다. 누구도 강세영을 그런 식으로 치부해서는 안 됐다. 추근거려도 은결이 추근댔지, 세영은 오로지 사건 때문에 방문이 잦았던 거였다. 그러나 이미 직원들 사이에서 세영은 나은의 남자를 빼앗아 간 불여시 정도로 인지되고 있는 듯했다. 이 엉킨 실타래를 어디서부터 해결해야 할까. 은결은 나은을 비롯한 직원들을 향해 말했다.

"다들 오해하시는 것 같은데, 전 이 주임님이랑 아무 사이도 아닙니다."

"예, 예, 그러시겠죠."

"……."

"어장이었나 봐. 하여튼 얼굴값들 한다니까……."

자기들끼리 수군대는 소리가 너무나 또렷하게 날아와 아프도록 박혔다. 모두들 나은의 편이고, 자신에게는 적대적으로 대하고 있다. 이 많은 사람들 한가운데서 조롱과 따돌림을 당하는 기분 따위는 태어나서 처음 느껴 보았다. 은결은 아랫입술을 꾹 깨물었다.

"아유, 다들 그만들 해! 최 변호사님이 잘못한 거야? 꼬신 년이 잘못이지."

"맞아요. 아까 수석님 살살 꼬여 내는 거 보니까, 보통 아니더라구요. 최 변호사님이 무슨 잘못이 있다고."

"나쁜 년한테 찍혀서 우리 나은 씨만 불쌍하게 됐지, 뭐."

아예 은결을 없는 사람처럼 취급하며 자기들끼리 웃고 떠드는데 더 이상 견딜 수 없었다. 무엇보다 세영을 헤픈 여자로 구설수에 올리며 시시덕거리는 꼴을 참아 주기 힘들었다. 관자놀이에서 두근거리는 박동 소리가 들려왔다. 분노로 낮아진 목소리가 한 글자, 한 글자 사무실을 울렸다.

"강세영 선생님 그런 분 아닙니다."

"아, 저희 얘기 들으셨어요?"

"저 들으라고 하신 말씀 아닙니까?"

"아닌데. 우리끼리 한 말인데."

그러더니 눈빛을 주고받으며 킥킥댄다. 깊은 분노에 휩싸인 은결이 손으로 앞머리를 넘기며 심호흡을 한 번 했다. 자신이 조롱받는 건 좀 억울하긴 했지만 그게 나은을 착각하게 한 죗값이라 생각하면 견딜 만했다.

그런데 아무 죄도 없는 세영이 짓씹히며 안줏거리가 되는 건 용납할 수 없었다. 게다가 그 방법이 저급하다. 이런 식으로 없는 말 지어 내며 사람을 무시할 수가 있나. 아무리 생각해도 정상적인 인간들이 아니었다. 이들의 뇌리에서 세영을 완전히 제거해야 한다. 그러기 위해서는…… 잠시 단어를 고르던 은결이 입을 열었다.

"강세영 선생님 공사 구분 못 하는 사람 아니라고요."

"두 분 사귀는 거 아니에요?"

한참을 가만 듣고만 있던 나은이 반짝 고개를 들어 은결에게 물었다. 초롱거리는 저 눈망울이 미친 듯 신경이 쓰였지만, 여기서 말리면 이도 저도 안 될 거라는 걸 알았기에 은결은 더 깊이 생각하지 않고 대답했다.

"존경하는 선배입니다."

"……."

"그리고 저는 여자 친구 있으니까 이 주임이랑 그만들 엮으세요."

그러고는 쿵쿵 걸어 제 방으로 들어가며 문을 세게 닫았다. 단단히 뿔난 은결의 뒷모습을 바라보던 직원들은 은결이 사라지자 자연히 나은에게로 시선을 집중했다. 나은은 이런 일에는 익숙하다는 듯 어깨를 한 번 으쓱해 보이며 서글프게 웃었다.

"안 사귄다네요."

"도대체 어장에 몇 명을 거느리는 거야……."

"의대 교수도 어장이나 당하고, 별거 없구만."

"그러게요. 그분도 저랑 같은 처지인 줄 몰랐네요."

그러고는 나은이 곁눈질로 은결의 방을 쏘아보며 소리 죽여 웃었다.

* * *

이찬회는 무슨 생각으로 수석 할아버지한테 내 강의를 추천한 건지. 들으라고 할 거면 황다름이 하는 강의나 들으라고 하든지. 응급의학과 의사가 나뿐인 것도 아닌데 말이야. 세영은 응급실에 올라와서도 한참을 꿍얼거렸다.

"아직 출근 전 아니세요?"

"심심해서 나와 봤어."

오늘은 오후부터 시작해서 밤을 꼴딱 새우는 당직이었다. 그것도 오랜만에 외상 구역 당직. 교수님이랑 근무 안 겹쳐서 다행이다, 승재가 중얼거리며 주사기에 약을 쟀고 세영은 승재의 뒷모습을 노려보았다. 그런데 하필 사이렌 소리가 들려오기 시작했고, 승재가 치가 떨린다는 듯 몸을 떨며 중얼거렸다.

"대박……."

"……."

"교수님 나오자마자 119 오는 거 봐요. 볼 때마다 경이로워요."

"미안."

"빨리 안 보이는 데로 들어가세요."

"나 때문에 온 거니까 내가 해결할게……."

승재의 구박에 세영이 쭈굴대며 119가 데리고 들어오는 남자에게 시선을 던졌다. 어디가 매우 불편한 듯 뒤뚱뒤뚱 걷는 젊은 남자와 한껏 걱정하며 뒤따라오는 여자. 승재가 환자를 침상으로 안내했지만, 그는 손사래를 치며 앉지도 눕지도 못했다. 도대체 어딜 다친 거지? 세영이 천천히 일어나 구급대원이 바삐 작성하고 있는 구급 일지를 슬쩍 넘겨다보았다. 그리고 운을 뗐다.

"무슨 환자예요?"

"아 예, 항문에 이물질이 들어갔는데 안 빠진다고……."

말하면서도 민망한지 구급대원은 말을 흐렸지만 세영은 심드렁했다. 지금까지 똥꼬에 별별 거 다 끼워 넣고 오는 사람들 한 트럭은 봤으니까. 그 종류가 궁금할 뿐이지. 구급 일지에 대충 사인한 뒤 세영은 남자에게 다가갔다.

"뭐 들어갔어요?"

"……."

"빨리."

"……가지요."

와우. 생각지 못한 단어가 튀어나와 약간 놀랐지만, 지금까지 비슷한 건 많이들 넣고 왔으니까. 남자를 부축하고 온 여자는 남자의 손을 두 손으로 소중하게 감싸 쥐며 훌쩍거리고 있었다.

"저 때문이에요…… 제가 괜히 넣어 보자고 했다가……."

"아아, 그만, 왜 그랬는지는 알고 싶지 않고요. 언제 그랬어요?"

"한 시간쯤 된 거 같아요. 계속 빼려고 노력했는데 안 돼서 결국……."

119를 불렀다 이 말이지. 세영은 남자가 응급 촬영실에서 복부 X-ray를 찍고 온 뒤 환의 바지로 갈아입는 걸 기다리며 글러브를 꼈다. 오늘 스타트가 좀 지저분하구먼. 손가락에 수용성 젤리를 쭈욱 짜낸 뒤 세영은 돌아누운 남자에게 다가갔다.

"힘 빼 보세요."

"으윽……."

똥꼬가 왜 배출만 하겠냐고. 받아들이는 구멍이 아니기 때문이다. 그 섭리를 어긴 사람들은 극락의 환희를 맛볼 수는 있겠지만 이런 대참사를 겪기도 한다. 세영은 남자의 항문에 더듬더듬 손을 넣어 가며 한 시간 전에 집어넣었다는 가지를 찾았지만 손에 닿는 게 없었다.

"아파요? 힘 더 빼 보세요."

"아으윽!"

"여기 디클로페낙[21] IM(근육주사) 하나 주세요."

승재가 세영의 오더를 받아 바삐 약을 땄고, 세영은 글러브를 벗고 침상에서 나와 환자의 X-ray를 열어 보았다. 희미하긴 하지만 정말로 거대한 이물질이 장에 꽈악 끼어 있었다. 이거 그냥 빼기는 쉽지 않겠는데…….

"앗, 교수님! 벌써 나오셨습니까?"

저쪽 침상에서 환자에게 설명을 마친 전공의 하나가 세영을 보고 아는 체했다. 세영은 글러브를 쓰레기통에 집어 던지며 가볍게 대답했다.

---

21) 소염진통제

"어어. 4번 베드에 렉탈 포린바디22) 환자 있거든? 안 잡히니까 GS 콜 좀 해라."

"이번엔 뭘 넣었답니까?"

"가지."

"채소요?"

오호. 세영의 반응과 비슷한 반응을 보인 전공의가 GS 당직의에게 전화를 걸어 환자 상태를 설명했다. 그사이 세영은 진료 기록을 간단히 쓴 뒤 오후 컨퍼런스에 참석했다. 이름이 컨퍼런스지, 사실상 회의인 짧은 모임을 끝내고 나오자 환자의 주치의는 이미 GS 당직의가 되어 있었다. 그리고 가련한 주치의는 환자와 설전을 벌이고 있었다.

"보호자 부르셔야 한다니까요."

"보호자 여기 있잖아요!"

"여자 친구는 보호자가 아니에요. 법적 보호자를 부르셔야 해요."

"하 나, 미치겠네."

"오빠, 그냥 빨리 전화해. 안 그럼 장이 썩어서 죽는다잖아!"

그렇게까지 겁을 줬다고? 세영이 피식거리며 GS 당직의를 몰래 손짓해 불렀다. 지난번 재난 사건 때 당직이었던 어린 전공의였다. 당직의가 세영을 향해 꾸벅 인사를 하고 오종종거리며 다가왔다.

"빼 봤어요?"

"아뇨, 너무 깊이 박혔더라구요."

"시간도 오래돼서 뮤코잘(점막) 부으면 더 안 빠질 거야."

---

22) 직장 내 이물질(rectal foreignbody)

"안 그래도 저희 교수님께 말씀드렸더니 바로 응급 OP(수술) 잡자고 하셨습니다."

그렇구만. 점막은 몇 시간만 피가 안 통하면 바로 괴사한다. 이제 저 환자는 완전히 GS로 넘어갔으니 신경 안 써도 되겠군. 세영이 늘어져라 기지개를 켠 뒤 옆에 선 전공의를 괜히 한 번 툭 때렸다. 아, 아픕니다. 아프라고 때린 거야. 시답잖은 농담 따먹기를 하던 세영의 귀에 문득 남자의 통화 내용이 들려왔다.

"여보, 나야……."

"……."

"너무 놀라지 말고 들어. 내가 지금 병원에 왔는데……."

그의 옆에서 여자 친구라던 사람이 두 손으로 얼굴을 폭 가리고 보호자 의자에 앉아 있었다. 그 광경을 보며 세영은 빌고 또 빌었다. 저 여자, 와이프가 나타나기 전에 알아서 잘, 딱, 깔끔하고 센스 있게 도망가 주기를. 안 그러면 또 시끄러워질 테니까.

"하, 누구는 연애 한 번도 제대로 못 하는데 남들은 두셋씩 거느리고 사네요."

세영의 옆에서 함께 노닥이던 전공의가 입을 열었다. 세영은 피식 웃으며 전공의를 타박했다.

"네가 연애 못 하는 게 저 사람들 탓이야?"

"아니 그게 아니고요. 다들 사랑이 넘친다, 이 말이죠."

"다들이라니. 누가 또 양다리인 사람이 있어?"

전공의가 세영을 바라보더니 흐흐흐 웃었다. 그리고 얼마 전 직원 식당에서 목격한 남녀의 애정 싸움을 그대로 풀어놓았다.

"앙칼지게, 그 여자한테 흔들리는 거예욧?!"

"⋯⋯."

"교수님 보셨었나? 여자 손 다쳤는데 업고 왔던 잘생긴 남자요. 걔들이 그러고 있더라니까요."

하하. 세영도 전공의의 넉살에 맞춰 억지로 소리 내어 웃었다. 식당에서 나은에게 한 소리 했던 그날인 듯했다. 혼자서 사귄다고 대차게 착각했던 그 아이. 하여튼 이놈의 최은결은 여기저기서 아주 염문을 뿌리고 다니는구만.

그런데 이 찜찜한 느낌은 뭐지. 그 여자한테 흔들린다니? 설마 나 말하는 건가⋯⋯?

생각하던 세영은 곧 의심을 지워 버렸다. 나은 씨가 내가 최은결이랑 사귀는지 어떻게 알겠어. 자의식 과잉을 예방하자. 혼자만의 상상이 어디까지 뻗어 나갔는지 알 수 없는 상황에서 타겟이 된 그 여자도 참 괴롭겠다. 그런 생각을 하며 세영은 멍하니 환자 목록을 새로 고침 했다.

그리고 그게 만약 나를 말하는 거래도, 최은결이 나랑 사귀는 거 티 내고 다닐 거라고 했으니까. 넌 내 거라고 몇 번이고 세뇌시키던 은결의 단호한 어조를 떠올린 세영의 두 볼에 홍조가 떴다.

로맨스를 기각합니다

　빈 강의실에서 은결의 도움을 받아 요가 매트와 무거운 애니23)를 깔며 세영은 착잡했다. 가지 아저씨, 어디로 갔을까……

　"다른 병원으로 갔겠지."

　"제발 그래야 할 텐데."

　똥꼬에 가지를 박아 넣고 왔던 그 환자. 옆에서 훌쩍이던 여자친구는 눈치껏 사라진 지 오래였고, 아저씨는 복잡한 얼굴로 자신에게 벌어진 일을 받아들이는 데 여념 없어 보였다. 갑자기 수술 방에

---

23) CPR 모형

들어가게 된 것도 황당한데, 수술방에 들어가게 된 기전을 아내에게 무어라 설명할 거냐고. 양팔에 가장 두꺼운 18게이지 카테터[24]가 박히면서도 아저씨는 넋이 나가 있었다.

"더 지체하면 진짜 장 썩을 거야."

세영도 아저씨만큼이나 복잡한 표정으로 머리를 헝클었다. 중환자복 차림으로 심전도 모니터링까지 단 아저씨는, 보호자가 오기만을 기다리던 중 갑자기 응가가 마렵다고 소리를 질러 대기 시작했다.

'직장에 이물이 들어 있으면 당연히 변의가 느껴져요.'

'쌤이 이 느낌을 알아요? 변기에 앉아서 한 번만 힘주면 나올 거 같다니까?'

'환자분, 지금 배에 힘주시면 위험한 상황이에요!'

'제발요. 제발 선생님! 저 똥 좀 싸게 해 주세요. 진짜 나올 거 같다고요.'

'하…… 그럼 변기통 드릴 테니 자리에서 보세요.'

'침대에서 똥을 싸라고요? 여기서요? 미쳤어요?!'

응급 수술 시간을 기다리며 침상 곁을 지키고 섰던 GS 전공의와 실랑이가 붙었다. 멀쩡히 눈 뜨고 말도 하지만 사실은 환자가 위험한 상태이고, 섣불리 침상 밖으로 벗어나서는 안 되는 컨디션임은 누구라도 알고 있었다.

그러나 이런 상황에선 유도리 있게 대처해야 했다. 특히나 환자가 상상을 초월하는 기전으로 다쳐서 올 때에는 어떻게 행동할지 예측할 수 없으므로. 그 광경을 물끄러미 바라보던 세영은

---

24) 체강 등의 배출을 측정하기 위해 사용되는 가는 관

응급실 전화기를 들고 수술이 예정된 GS 담당 교수에게 전화를 걸었다. 그리고 환자가 화장실을 가고 싶어 하는데, 한 번만 보내 줘도 되냐 물었고 교수는 의외로 흔쾌히 허락했다.

세영이 전공의를 조용히 불러 화장실을 보내주라 하자 환자는 그것 보라는 듯 의기양양한 표정으로 전공의를 노려보았다. 그리고 폴대를 끌고 엉거주춤 걸으며 화장실로 갔다.

그게 문제였다. 한동안 다른 환자들을 보다가, 무득 가지 아저씨가 아직도 돌아오지 않았다는 사실이 떠올랐고 모골이 송연해졌다. 잠시 다른 환자를 보고 있던 문제의 전공의도 이리저리 뛰며 아저씨를 찾았으나 그는 이미 사라진 후였다. 응급실 안에 있는 환자 전용 남자 화장실에는 수액이 두 개 달린 폴대와 엉망으로 뜯어진 정맥 카테터, 그리고 핏방울이 점점이 떨어져 있었다.

"아악! 참견하지 말걸. 그냥 짜져 있을걸."

세영은 요가 매트 위에 엎어져 머리를 싸쥐었다. 자신의 잘못된 선택이 환자에게 탈원의 기회를 내어 준 것 같았다. 싫더라도 자리에서 용변 보라고 할걸. 외과 교수님한테 전화하지 말걸. 타과로 다 넘어간 환자였는데, 전공의한테 다 알아서 하라고 할걸. 후회에 후회가 꼬리를 물었다. 애니 옆에 반듯하게 휴대용 AED(제세동기)를 세팅하던 은결이 절망하는 세영의 곁에서 눈동자를 도록도록 굴리다가, 제 딴에 기발한 아이디어를 내뱉었다.

"핏방울을 따라가 보는 건?"

"……."

"왜, 헨젤과 그레텔같이."

세영은 은결의 천진한 얼굴을 가만 바라보다가 깊은 한숨을 내쉬었다. 참 너다운 생각이다, 일침을 놔주고 싶었지만 그만둔 이유는 따로 있었다.

"왜 안 해 봤겠냐……."

이미 그 핏자국을 따라가 본 전적이 있으므로.

"로비쯤 나가니까 끊겨 있더라고. 미화 여사님이 닦으신 거 같아."

"어쩐지. 갑자기 안내 방송 뭔가 했어."

급하게 방송실에 연락해 환자를 찾는 방송을 원내 전체에 때렸지만 소용없었다. 자기 발로 도망간 환자를 무슨 수로 돌아오게 할 거냐고. 결국 뒤늦게 응급실에 내원한 아저씨의 와이프는 영문도 모르고 AMA[25] 동의서에 사인을 해야만 했다. 그럴 줄 알았다는 듯 덤덤하게 한숨을 쉬며 사인했다는 게 의외라면 의외였다. 물론 사인을 받으면서 몇 번이고 고개를 숙인 건 강세영이었고.

"쌤 잘못 아니지 않아? 외과에서 보내라고 한 건데."

자꾸 한숨을 푹푹 내쉬는 세영을 안타깝게 바라보던 은결이 위로했다. 그러나 세영의 귀에는 위로가 위로처럼 들리지 않아 단호하게 대답했다.

"잘잘못을 따지자는 게 아니라 걱정돼서 그러지."

"아."

"시간 지나면 조금만 잘라도 될 걸 많이 잘라 내야 하니까……."

에라이, 지금 걱정해 봤자 뭐 하나. 세영은 고개를 절레절레

---

25) 자의 퇴원(Against Medical Advice)

흔들며 그의 생각을 떨쳐 내려 애썼다. 은결은 그 모습을 물끄러미 보다가 세영에게 다가갔다. 그리고 허절한 당직복을 입은 엉덩이를 두어 번 톡톡 쳐 주었다.

"우리 새끼 참의사네, 참의사야."

"손 안 치워?"

"나는 진로 변경 잘한 것 같다. 그 와중에 잘잘못이나 가리고 있고."

"그거야 뭐…… 네가 하는 일이 그거니까."

세영은 머쓱한 듯 말끝을 흐렸다. 아무리 당직실에서 한숨 자고 왔다지만 밤새 근무하고 간이침대에서 눈 잠깐 붙이고 나왔으니 피로가 풀릴 리 없었다. 은결은 지친 얼굴의 세영을 안쓰러운 눈으로 바라보며 볼을 쓰다듬었다.

"적당히 잘하지. 하필 수석 할아버지한테 찍혀 가지고."

"그러게나 말이다. 나 너무 명강사인가 봐."

"오늘은 좀 살살 해. 끝나고 맛있는 거 사 줄게."

끄덕. 세영이 대답 대신 고개를 끄덕였고 은결은 자리에서 일어나 재킷을 챙겨 입었다.

"도와줘서 고마워."

"고맙긴. 내 여자 일인데."

헙. 순간 말이 턱 막히면서 얼굴이 불타올랐다. 내 여자래…… 뭐래 진짜…… 흐흐흐.

"나 갈게. 끝나면 전화해!"

서류 가방을 든 은결이 세영의 볼에 쪽 입맞춤을 하고 달아났다.

엉덩이라도 한 방 걸어차일 줄 알았는지 쏜살같이 강의실에서 도망치는 대형견의 뒷모습을 세영은 흐뭇하게 바라보았다.

그러나 그 흐뭇함도 잠시였다. 은결이 나가고 채 3초도 되지 않아 너무나도 기껍지 않은 표정의 법무 팀 직원들이 들어왔으니까.

* * *

"혹시 더 궁금한 거 있으세요?"

있을 리가 없지. 고요한 침묵을 세영은 납득했다. 직원들은 모두 죽겠다는 표정으로 세영의 강의를 버텨 내고 있었다. 그도 그럴 것이, 이 강의가 없었더라면 그저 아늑한 제 사무실에서 인터넷 쇼핑이나 하며 노닥거릴 수 있었을 테니까. CPR 강의가 귀로 듣기만 하는 강의일 줄 알았겠지. 이렇게 전력으로 가슴 압박하는 진짜 실습일 줄은 꿈에도 몰랐을 테니까.

"없으시면…… 이만 마칠까요?"

그 말을 기다렸다는 듯이 직원들이 우수수 자리에서 일어났다. 그리고 누구에게 하는지 모를 무성의한 목소리로 수고하셨습니다, 제각기 읊조리며 뿔뿔이 흩어졌다. 긴장이 풀린 세영이 작게 심호흡을 하며 컴퓨터 본체에 꽂힌 USB를 잡아 뺐다. 그리고 다시 일어섰을 때, 단상 앞에는 나은이 서 있었다.

"정리하는 거 도와드릴게요."

여느 때와 마찬가지로 해사하게 웃는 얼굴에 이번에도 깜빡 넘어갈 뻔했다. 저도 모르게 고개를 끄덕일 뻔한 세영이 금세 정신을 부여잡고 부드럽게 거절했다.

"괜찮아요. 이따 도와줄 사람 올 거예요."

"최 변호사님요? 그 사람 수원 지원 가서 좀 늦을 거예요."

나은의 입에서 대번에 은결의 이름이 언급되자 목덜미의 솜털이 쭈뼛 서는 느낌이었다. 그러고 보니 이 여성, 혼자만의 상상 속에서 은결과 지독한 사랑을 했다고 들었다. 혹시 은결이 나랑 만난다고 얘기했나……?

혼자서 고민해 봐야 해결되는 건 아무것도 없었다. 지금은 우선 나은과 더 깊은 대화를 하고 싶지 않았다. 몸이 지쳤기도 했고, 심적으로 피곤하기도 했다. 세영은 다시 한번 나은의 제안을 거절했다.

"그분 말고, 응급실에서 도와주러 오실 거예요."

"뭐 하러 기다려요. 둘이 하면 금방 끝날 거예요."

그러더니 나은은 엉망으로 흐트러진 애니를 한 아름 안아 한편에 세워 두기 시작했다. 세영은 잠시 나은을 제지해야 하나, 생각하다가 그만두기로 했다. 그리고 저도 단상에서 내려와 요가 매트를 돌돌 말기 시작했다. 나은은 애니며 제세동기 등을 한쪽으로 치우며 조잘거렸다.

"수석님이 들으라고 하신 이유가 있었네요. 진짜 귀에 쏙쏙 들어와요."

"아유, 정말요? 비서님이 실습 제일 잘하시던데요."

"최은결 변호사랑 사귀어요?"

내가 뭘 잘못 들었나. 매트를 말던 세영의 손이 멈칫했다. 천천히 고개를 돌려 나은을 바라보자 나은은 예와 같이 살가운 미소를 띤 채 다짐을 받듯 재차 물었다.

"최은결이랑 사귀냐고요."

반팔 당직복 밑으로 뻗은 맨살에 오소소 소름이 돋았다. 해사한 얼굴을 한 주제에 목소리는 동네 일진 언니처럼 까슬했다. 누가 들어도 호전적인 말투에 세영은 절로 경계심이 일었다.

예전 같았으면 손바닥이 차가워지면서 땀도 났겠지만, 지금의 세영은 그렇지 않았다. 난 최근에 안 겪어도 될 일을 너무 많이 겪었다고. 황다름 사태를 겪은 나에게 너 같은 애기의 도발이 먹힐 것 같니. 세영은 다시 태연하게 요가 매트를 말며 대답했다.

"네."

"아닐걸요."

놀리는 투로 말하더니 푸흐흣 웃는다. 세영의 눈에 날이 서면서 심장이 쿵쿵쿵 빠르게 뛰는 게 여실하게 느껴졌다. 여기서 먼저 흥분하는 사람이 지는 거다. 절대로 먼저 소리 높이지 말자. 이미 이런 생각을 하고 있다는 거 자체가 이미 진 거 같은 기분이긴 하지만.

"사귀는 거 맞아요."

세영은 최대한 어른처럼 굴기로 했다. 어린 치기에 걸려 넘어지지 않도록, 말 한 끗 꼬투리 잡히지 않도록 주의하면서. 나은이 끙차, 소리를 내며 애니를 끌어안으며 이상하다는 표정으로 세영을 바라보았다.

"교수님 혼자 그렇게 생각하는 거 아니고요?"

그건 네 얘기겠지. 발화의 공격성이 점점 짙어진다. 세영도 이대로 막연히 당하고 있을 수만은 없었다. 옅게 웃으며 차분하게 대답했다.

"그렇게 생각한 사람이 있긴 있다더라고요."

"……."

"망상 장애는 약 먹고 상담받으면 금방 나을 텐데."

매트를 한쪽에 몰아 둔 세영이 덤덤한 표정으로 뒤돌아 나은을 바라보았다. 한 방 맞았다는 듯한 표정의 나은이 잠시 넋을 놓았다가 다시금 생긋 웃어 보였다.

"그렇구나. 그냥 궁금해서 여쭤봤어요."

"뭐가요?"

"교수님도 나처럼 착각하고 있나 싶어서요."

발랄한 나은의 목소리와는 대조적으로 세영의 눈이 서늘해졌다. 그게 무슨 말이냐고 굳이 묻지 않아도 나은은 얄미우리만치 또박또박한 목소리로 말을 이어 갔다.

"최 변한테 물어봤거든요. 교수님이랑 사귀냐고."

"……."

"그냥 존경하는 선배라고 그러던데?"

마지막 애니를 쾅, 소리 나게 내려놓은 나은이 손을 탁탁 털었다. 그리고 멍해져 있는 세영을 향해 싱긋 웃었다.

"우리 나쁜 남자한테 휘둘리지 말아요."

"……."

"교수님도 약도 드시고 상담도 받고 하셔야겠다아……."

부러 말끝을 늘이며 배시시 웃은 나은은 세영이 나누어 준 교육 자료를 고이 접어 주머니에 넣으며 과장되게 파이팅 포즈를 취하더니 강의실을 나갔다.

말끔해진 강의실 한가운데서 세영은 아연했다. 온통 혼란스러 웠다. 분명 자신과 만나는 걸 티 내고 다니겠다고 먼저 말한 건 최은결이었다. 누가 부탁하지도, 그렇게 하자고 제안하지도 않 았다. 이찬희 때도 그랬다. 결혼하자고 매달린 적도 없었는데, 결혼할 만한 여자가 아니라는 이유로 차였었다.

누가 그렇게 해 달랬냐고. 내가 언제 최은결이 내 남자 친구라고 온 세상에 공표라도 하랬냐고. 나는 가만히 있었는데 왜 늬들이 혼 자서 난리야. 순식간에 기분이 더러워졌다. 내가 지금 저 어린애한 테 무슨 꼴을 당한 거지?

* * *

진득한 오후의 햇살이 도영의 찌푸린 미간을 비추고 있었다. 찬희 가 능숙한 손길로 PICC(말초형 중심정맥카테터) 입구에 바늘을 찔 러 넣고 약물을 주입했다. 주사기에서 뿜어져 나온 마약성 진통제는 도영의 오른팔을 타고 쇄골 밑을 지나 심장으로 직행할 것이다.

"괜찮니?"

"네."

"괜찮기는."

무심하게 타박한 찬희가 주삿바늘을 빼낸 후 주입구를 알코올 솜으로 닦아 냈다. 통증으로 눈도 채 뜨지 못하고 옅게 호흡하던 도영은 차츰 깊고 천천히 숨을 내쉬었다. 온몸에 퍼지는 안온한 무통의 감각, 잔뜩 굳어 있던 몸에서 천천히 긴장이 빠져나갔다.

그 모습을 바라보던 찬희가 중얼거렸다.

"급하면 응급실 가라니까."

"안 돼요."

"너는, 하여튼 고집불통이야."

위로부터 시작된 암은 척추를 잠식했고 이리저리 뻗친 림프절은 둔통을 산발적으로 퍼뜨렸다. 몸이 산산조각이 나는 듯한 통증에도 도영은 꼭 꼬박꼬박 제 의국까지 기어 올라와서 진통제를 맞았다.

언제고 너무 힘들 때는 1층 주사실에라도 들어가 제 얼굴을 보이고 진통제를 맞고 싶었던 적도 있었다. 그러나 이를 악물고 느려 터진 환자용 엘리베이터를 부득불 타고 제 의국으로 기어들어 오는 이유는 딱 하나였다. 자신의 투병 사실이 더 많은 사람들에게 알려지는 걸 원하지 않았다. 한 번 소문이 나기 시작하면 세영의 귀에까지 들어가는 건 시간문제였으니까.

"집 가까운 데 응급실 없어? 긴급 처방전 써 줄 테니까 들고 다녀."

"안 돼요."

"그건 또 왜 안 돼?"

후우. 점차 가시는 통증에게 고별하듯 길고 느리게 숨을 내쉰 도영이 푹신한 의자 등받이에 몸을 푹 묻었다. 그리고 천천히 눈을 감았다. 도영이라고 그런 생각을 안 해 본 것도 아니었다. 생명을 끊어 낼 듯한 압도적인 통증은 가끔은 강세영이 근무 중인 걸 알면서도 응급실에 기어가고 싶게 만들었으니까.

찬희가 말한 대로 긴급 처방전을 매사 소지하고 다니면서 언제라도 죽고 싶게 아플 때 가까운 응급실을 갈 수도 있었다. 그럼에도 그렇게 하지 않은 이유는.

"마음 약해져요."

손에 닿는 곳에 마약성 진통제가 있고 고통을 해갈할 수 있다면. 그리고 나면 무엇을 더 바라게 될 게 뻔했다. 누가 좀 알아줬으면 좋겠고, 칭얼거리고 싶을 거고, 결국 보란 듯 신음 소리를 내며 세영의 앞에 누워 있을지도 몰랐다. 세영의 손을 잡고 나 너무 아프다고, 머지않아 죽을 테지만 지금 당장 죽을 것 같다고 엉엉 울고 싶을지도 몰랐다.

그 후가 문제였다. 눈물로 엉망이 된 세영을 향해 가당치 않은 부탁을 하게 될까 봐. 이를테면…… 길지 않은 여생 동안만이라도 내가 너를 욕심 내도 되냐는 부탁. 죽음을 앞둔 자신의 부탁을 강세영이 절대로 거절할 수 없다는 걸 알고서 해 보는 치졸한 상상이었다.

"너 때문에 내가 피가 마른다, 아주."

잠시 사무실을 나가 주사기를 버리고 온 찬희가 문을 열고 들어오며 투덜거렸다. 의자에 파묻히듯 앉은 도영의 얼굴에는 살이 많이 내려 있었다. 지독한 구토감에 제대로 된 끼니를 챙긴 적이 언제였는지 기억도 나지 않았다. 도영의 얼굴형에 딱 맞췄던 동그란 안경도 이제는 커져서 헐거웠다. 빠진 건 살인데 얼굴뼈도 줄어드나, 하등 무용한 생각을 하며 도영이 대꾸했다.

"속 쓰리세요?"

"쓰리다뿐이야?"

손님용 소파에 앉은 찬희가 일순 신경질적으로 대답했다.

"내가 너 속 아프다 할 때부터 내시경 하라고 몇 번을 얘기했어."

"제가 셀프로 할 수는 없잖아요."

"누가 셀프로 하래? 내시경 잡는 놈 너 하나야? 1분이면 하는걸."

"그만큼 바빴다 이 말이죠."

바쁘기는 개뿔, 수술하는 과가 들으면 기가 찰 얘기였다. 어차피 실실 웃으면서 진지하게 한 대답도 아니었기에 찬희 역시 진지하게 듣지 않았다. 진짜로 받을 생각이 있었으면 어떻게든 시간을 내서 검사를 받았겠지.

도영은 자기 몸 상태에 그다지 신경을 쓰는 편이 아니었다. 고통에 둔감한 편이기도 했고, 그러니 시시때때로 그를 괴롭히던 속 쓰림이나 구토감도 그저 신경성이겠거니 하며 줄곧 시판 약만 삼켰다.

"항암 스케줄은?"

"아직 안 잡혔어요."

"체중 관리 잘해. 몸무게 너무 빠지면 항암 못 견딘다."

"네."

설마 제가 그걸 모르겠어요. 대꾸하려던 도영이 그저 피식 웃었다. 찬희가 그런 도영을 못마땅하게 바라보았다.

"왜 웃어?"

"지금 속상하시죠."

"그걸 말이라고 해, 새끼야?"

매사 진중한 찬희의 목소리에 순간 가시가 돋으며 비속어가 튀어나왔다. 이 자식이 누구 속 뒤집어 놓으려고 작정을 했나.

도영은 찬희가 가장 아끼는 후배 중 하나였다. 스마트하고 눈치

빠르고, 까라면 까고 기라면 기는 스타일로 윗사람들에게도 잘했다. 부드럽고 차분한 성정에 말도 잘하는 편이라 후배들은 물론이고 같이 일하는 타과 사람들이나 외래 직원들까지 모두 도영을 좋아했다. 그러니 실무와 관리 업무를 동시에 맡아 바쁜 찬희가 믿고 일을 맡길 수 있는 몇 안 되는 후배였다.

늘 빙긋빙긋 웃기나 하고 다니고, 여자 친구도 없이 병원에만 박혀 사는 게 안쓰러워 몇 번이나 소개팅을 시켜 주었던 후배. 그런 놈의 첫 진단이 이미 위암 4기였다. 더 의심할 필요도 없을 만큼 퍼져 있었다. 현대 의학이 할 수 있는 일은 그저 암이 어디까지 퍼져 있는지 정도만 파악하고 진통제나 주는 것뿐이었다. 남의 속도 모르고 까부는 도영을 쏘아보던 찬희가 돌연 목소리를 바꾸어 살살 달래기 시작했다.

"강세영 선생이 정 그러면, 황다름 선생한테 진통제 얘기해 놓을게."

"교수님."

"나 좋자고 하는 거야? 당장 통증이라도 좀 줄여야 할 거 아냐."

"절대 안 돼요."

단칼에 찬희의 제안을 거절한 도영의 눈이 형형했다.

"황다름이 알면 강세영 귀에 들어가는 거 순식간인 거 아시잖아요."

"왜 그렇게 강세영을 무서워해?"

찬희가 정말 궁금하다는 듯 물었다. 예전 법무 팀 회식에 따라갔을 때, 세영에게 강도영 좀 신경 써 달라 했던 말을 전해 들었는지,

도영은 사색이 된 채 찬희를 좇아와 따졌다. 말 그대로, '따졌다'.

그때는 그저 제 일을 누구에게도 알리기 싫은가 보다 싶었는데…… 생각해 보면 도영의 투병 사실은 소화기내과 교수님도, 일반외과 교수님도 알고 있었다. 영영 비밀에 부칠 수 있는 사실이 아니었다는 얘기다. 도영이 신경질적으로 머리를 헝클며 책상에 팔꿈치를 괴고 몸을 기댔다. 그리고 땅이 꺼질 듯 한숨을 내쉬었다.

"얘기하기엔 너무 늦었어요."

내가 아프다는 사실도. 그리고 너를 오랫동안 마음에 두었다는 사실도. 이제와 얘기한들.

"도영아. 고백은 더 늦기 전에, 그 사람이 받아들일 수 있을 때 해야 돼."

"……."

"그리고 넌 처음 암을 알았을 때도 이미 너무 늦은 상태였어."

찬희가 담담하게 말하며 연인의 어두운 얼굴을 떠올렸다. 다름은 벌써 오랫동안 세영에게 외면받고 있었다. 세영이 배신감을 느끼는 것도 어느 정도는 이해할 수 있었다. 자매처럼 붙어 다니던 다름이 남자 친구에 대해 깊이 얘기한 적도 없는데, 심지어 그 상대가 찬희라는 사실을 본인의 입으로 들었으니.

그러니 도영에게도 그런 의미로 건네는 조언이었다. 도영이 세영에게 뒤늦게 진실을 알리고 다름처럼 미움받기를 원하지 않았다. 적어도 도영의 경우에는 처음부터 너무 늦은 상태였다는 변명이 있었으니까. 이 정도의 딜레이는 세영도 이해해 줄 수 있는 범위 내였다.

"언제까지고 숨길 수는 없잖아."

찬희의 말이 맞았다. 그러니 그것이 도영에게 닥친 가장 큰 시련이었다. 또래에 비하면 확연히 짧은 삶, 머지않아 다가오게 될 죽음. 어떤 변명이나 몸부림으로도 거기에서 벗어날 수는 없었다. 잠시 입을 다물고 생각에 잠겼던 도영이 문득 가볍게 웃었다. 그리고 남 일 말하듯 시큰둥하게 말했다.

"언젠가는 말하겠죠."

고백하는 게 내 짧은 여명이든, 내 곰삭은 사랑이든.

"너 때문에 속상해 죽겠어, 아주."

"진짜요?"

"그래, 인마!"

찬희가 괴로운 표정으로 사무실 문을 쾅 닫고 나갔다. 도영은 말초로 퍼져 가는 나른한 감각을 한껏 음미하며 눈을 감았다. 그리고 피식 웃었다. 세영아, 내가 너 대신 이찬희 선생님 괴롭혀 주고 있어. 언젠가 네가 이 사실을 알게 되면, 잘했다고 나를 칭찬해 줄까?

* * *

"이나은 주임님 어디 갔어요?"

열 받은 표정으로 방에서 나온 은결이 서류를 팔락거리며 물었지만 아무도 대답하는 사람이 없었다. 그저 어디서 개가 짖나, 흘끔 보고만 말뿐이었다. 은결이 머리를 좌우로 꺾으며 목에서 우드득 소리를 냈다. 그러고도 영 시원하지가 않았다.

"프린터 계속 이상한데 혹시 기사님 부르셨어요? 다 시커멓게 나와요."

"……"

은결이 온통 시커멓게 인쇄된 서류를 보여 주며 말했지만, 직원들은 묵묵부답이었다. 개중 소심한 한 직원이 슬금슬금 눈치를 보며 은결에게 대답할까 머뭇거리는 모습을 보이긴 했으나 그저 입술만 조금 움쌕거리고 말았다. 직원 중 대장 격인 이 실장이 먼저 입을 열었기 때문이었다.

"나은 씨가 as 불렀을걸요."

뭐 그런 귀찮은 걸 묻느냐는 듯 성의 없이 대답하는 모습에 은결이 발끈했다.

"그럼 그때까지 프린터 못 쓰는 건가요?"

"하…… 변호사님."

나은의 옆자리인 김 대리가 황당하다는 듯 웃으며 은결을 올려다보았다. 그 웃음은 결코 호감의 의미가 아니었다. 은결은 언젠가 경험했던 소름 끼치는 기분, 즉 사람들 한가운데서 홀로 왕따 당하는 기분을 다시금 느꼈다.

"저희 사무실에서 프린터 쓰는 사람 변호사님밖에 없어요."

같잖다는 듯한 표정과 말투, 은결은 결국 폭발했다.

"그게 말이 됩니까? 그럼 그 많은 인쇄물들은 뭘로 하시는 건데요?"

"아, 정정할게요. 변호사님만큼 많이 쓰는 사람 없어요."

잠시 벙 찐 은결이 말을 잃었다. 그래서 어쩌라는 거야. 지금

프린터 많이 쓴다고 나 꼽 주는 건가? 아니면 나 때문에 고장 난 거라는 말을 하고 싶은 건가? 도대체 이 사무실의 분위기가 이해가 안 됐다. 나은과의 일은 차치하더라도, 같이 일하는 사이에 은결을 이렇게 남보다도 못한 취급할 하등의 이유가 없었다.

무엇보다 은결이 직원들에게 대단히 실례하거나 잘못한 일을 저지른 적도 없었고. 이 작태의 원인을 확실히 하지 않으면 영영 이상하고 불편한 관계로 굳어 버릴 것 같은 예감이 들었다. 그리고 그때가 있다면 나은이 사무실에 없는 지금이라고 생각했다.

"제가 여러분한테 뭐 잘못한 거 있습니까?"

그래서 은결은 마른침을 삼키며 직원들을 향해 물었다. 순간 오소소 쏟아지는 의아하고 뾰족한 시선들에 심장이 덜컥했지만 언젠가는 겪어야 할 일이었다. 누구 하나 쉽게 대답하지 않는 상황에서 은결이 다시금 힘주어 물었다.

"전 이게 일반적인 법무 팀 분위기라고는 생각하지 않는데요."

"……."

"예전에는 안 그러셨잖아요."

은결의 착각이 아니었다. 직원들이 처음부터 은결에게 냉대하지는 않았다. 바로 이전에 은결의 자리에 있던 변호사는 성격도, 요구 사항도 까다로워서 직원들이 대하기 힘들었다고 했다. 그래서 매사 서글서글하고 귀찮은 일도 솔선하는 은결을 직원들은 오히려 환영하는 분위기였다.

그랬던 사람들이 왜 이렇게 변했냐고? 짚이는 이유는 딱 하나였다. 이 팀은 이상하리만큼 나은의 주도로 돌아가고 있었다.

즉, 나은은 직원들을 시녀처럼 거느리는 여왕벌로 군림하고 있었다. 그런 나은의 마음을 거절했다는 이유 하나만으로 직원들은 모두 은결에게서 등을 돌렸다. 감히 저희들의 여왕님을 팽했다는 이유만으로.

"혹시 이나은 씨 이슈 때문인가요?"

"……"

"그런 거라면 지난번에 분명 말씀드렸을 텐데요. 전 이나은 씨한테 아무 감정도……."

"사짜들 다 그렇죠 뭐."

그때 은결의 말을 자르고 한 직원이 퉁명스럽게 내뱉으며 자리에서 일어섰다. 나은과 가장 친한 김 대리였다.

"저희를 아랫것으로 보는 것도. 좀 반반하고 어린 직원 있으면 한 번 건드려 보는 것도."

"김 대리, 그만해."

"지금까지 여러 변호사들이랑 일하면서 한 번도 안 그런 인간을 못 봤어요. 그래도 최 변호사님은 좀 다른 거 같았어요. 진심인 것 같았다고요."

나은이 들어오기 전까지 그런 식으로 건드려졌던 건 김 대리였다. 그래서 김 대리는 은결의 마음을 진심이라고 믿는 나은을 누구보다 불안해하고 안쓰러워했다.

"솔직히 누가 봐도 두 사람 썸이었어요. 어린애 마음을 그런 식으로 가지고 놀아요?"

그러나 현실이 살짝 가미된 나은의 망상은 너무나 그럴 듯했고,

그래서 직원들을 현혹했다. 은결이 하지 않았던 말이 진실처럼 돌아다니며 사내 연애의 묘한 분위기를 만들어 냈다.

은결로서는 정말 미치고 팔짝 뛸 노릇이었다. 나은을 앉혀 놓고 도대체 어디부터 어디까지 말을 꾸며 냈는지 하나하나 따져 묻고 정정케 하고 싶었지만 불가능해 보였다. 모두가 나은의 편이었다. 은결이 아무리 아니라고 손사래를 쳐도 믿어 주지 않을 것 같았다. 그래도 명색이 변호산데, 마지막 변론은 해야겠지. 은결이 깊은 한숨을 내쉰 뒤 천천히 말했다.

"여러분들이 제 진심을 좀 알아주셨으면 좋겠어요."

"……."

"맹세코 이나은 씨한테 연애 감정이라곤 가져 본 적도 없고요. 그분이 왜 저를…… 하……."

내가 왜 이런 해명까지 하고 있어야 되냐. 짙은 현타가 물씬 덮쳐 왔다.

"왜 제가 자기를 좋아한다고 착각하셨는지는 모르겠는데. 제가 그분한테 환심 살 만한 일 한 적도 전혀 없고요."

"……."

"만약 그렇다고 해도 여러분이 저를 적대시해서 얻는 건 뭡니까?"

은결의 눈이 일순 날카로워졌고 직원들은 일제히 숨을 죽였다.

"제가 그저 싫은 소리 안 하고 웃어넘기니까 여간 만만해 보였나 봅니다."

"……."

"출근하기 싫어질 만큼 불편하게 지내 볼까요, 우리?"

은결이 직원들의 눈을 하나하나씩 차례로 쏘아보았다. 마지막으로 고개를 푹 숙이고 있는 직원의 정수리까지 야무지게 쏘아본 뒤 제 방으로 돌아와 문을 쾅 닫았다. 문에 등을 기대자 서늘한 기운이 와이셔츠를 타고 스며들어 왔다. 겨우 버티고 서 있었던 은결은 다리에 힘이 풀려 스르르 주저앉았다.

"아…… 뭐 이런……."

거지 같은 상황에 처할 줄이야. 도무지 돌파구가 보이지 않았다. 강세영이라면 이런 상황에 어떻게 대처했을까. 문득 세영이 보고 싶어졌다. 은결은 바지 주머니를 뒤적여 핸드폰을 꺼냈지만 당연하게도 세영으로부터 온 연락은 없었다.

"미치겠네, 진짜……."

법무 팀 CPR 강의 이후 세영은 은결과의 저녁 약속도 무르고 연락을 피했다. 피할 뿐 아니라 아예 사라져 버렸다. 전화도 안 받고, 문자에 답장도 안 하고, 원내 메신저는 차단해 버린 듯했다. 응급실로 찾아가 볼까도 생각했지만, 그곳은 엄연한 일터였고 이렇다 할 빌미 없이는 방문하기가 어려웠다.

도대체 왜 이러는지 이유라도 알려 줬으면 이렇게 속상하진 않을 텐데. 내가 뭘 잘못했는지 힌트라도 주면 몇 번이고 고치고 또 고칠 텐데.

은결은 전화는커녕 진동도 하나 안 오는 핸드폰을 차디찬 바닥에 툭 집어 던졌다. 그리고 쪼그려 앉은 채 고개를 푹 숙였다. 죽을 만큼 억울해서 눈물이 삐죽 튀어나올 것 같아 입술을 세게 깨물었다.

* * *

"A17번 고객님- 주문하신-."

"제 거예요. 감사합니다."

세영이 주문한 커피를 집어 들고 돌아서자마자 코앞에 보이는 거대한 벽에 놀라 뒷걸음질 쳤다. 리드가 제대로 닫혀 있었기에 망정이지, 뜨거운 커피였거나 컵이 조금이라도 열려 있었더라면 대참사가 날 뻔했다. 한 걸음 뒤로 물러나 벽이라고 생각했던 것을 응시하자거기에는 익숙한 재질의 양복이 있었다. 세영이 날 선 눈으로 정장위에 붙은 머리를 쏘아보았고, 담담한 표정의 은결이 입을 열었다.

"얘기 좀 해."

얘기. 그래 얘기, 좋지. 세영은 고개를 한 번 까딱인 뒤 앞장서서가장 구석진 곳에 있는 테이블로 가 앉았다. 병원 안에 있는 카페라아는 사람투성이였다. 이런 데서 남자와 잡담이나 하고 있을 만큼여유 넘치는 사람처럼 보이고 싶지는 않았다. 세영은 리드 뚜껑을열고 커피를 왕창 들이켠 뒤 말했다.

"나 바빠."

"근무 아니잖아."

내 스케줄을 매일매일 숙지하고 있는 건가. 불만스럽게 삐죽거리는 아랫입술을 보던 세영이 깊은 한숨을 내쉬었다.

"스크럽 입은 거 안 보여?"

"……."

"포털에 올라온 당직표 맨날 바뀌어."

"아……."

세영의 쌀쌀한 대답에 은결이 대단한 잘못을 저지른 듯 고개를 떨구었다. 세영은 그런 은결의 모습에 잠시 기시감을 느꼈다. 너무나 익숙한 정수리였다. 언젠가 먼 과거에, 최은결은 내 앞에서 몇 번이고 고개를 숙였었지. 시간이 몇 년이나 흘렀어도 이런 상황은 변하지 않는구나. 입이 썼다.

"……잘 지냈어?"

한동안 말을 고르던 은결의 첫 마디는 결국 이거였다. 화가 난 거 같긴 한데, 연락도 안 되고, 그렇다고 무턱대고 찾아가자니 강세영 자존심에 더 화만 불러일으킬 것 같고, 점심때마다 직원 식당에 출석 체크 하듯 내려갔지만 어떻게 된 게 한 번을 못 마주쳤다. 정말로 밥 먹으러 안 오는 건지, 아니면 생쥐처럼 꼭꼭 숨어 다니는 건지는 모르겠지만.

그래서 어느 쪽이었냐 하면, 전자였다. 세영은 은결과 우연히라도 마주칠 가능성이 있는 곳에는 발도 들이지 않았다. 확실히 마음 정리가 되지 않은 상태로 은결을 만나게 된다면 앞뒤 없이 안 좋은 소리만 늘어놓을 게 뻔했다.

세영은 오래도록 생각하고 또 생각했다. 나은에게 전해 들은 말이 진심이 아니었을 거라고, 꼭 그렇게 대답했어야 할 타당한 이유가 있었을 거라 믿고 싶었다. 설령 최은결이 옛날 일을 거하게 복수하기 위해 짠 큰 그림이었다고 할지라도, 지금까지 제게 보인 다정함이 전부 거짓은 아니었을 거라 믿고 싶었다.

그러기 위해서는 객관적인 상태를 유지해야 했다. 주변에 조언을 들을 만한 사람이 없었다. 그나마 깊은 얘기 터놓고 할 만한 친구 딱 하나 남은 게 강도영인데, 지난번 도영의 본가에 가서 으름장을 놓고 한 며칠은 재깍 연락이 되더니 또다시 원점이었다. 꼭 세영이 은결을 피해 다니듯 도영은 세영을 피해 다녔다.

하는 수 없이 세영이 선택한 방법은 오래도록, 혼자서 곱씹어 보는 거였다. 그 과정에 은결의 방해가 있어서는 안 됐다. 나는 지금 내게서 너를 보호하기 위해 멀리하는 거야, 세뇌하며 보냈던 나날들. 이젠 최은결을 만나도 담담하게 대화할 수 있겠다고 생각했는데.

"할 말이 그거야?"

네가 뭘 잘했다고 살이 빠져 있어. 세상에서 제일 불쌍한 표정을 하고 있어. 세영은 문득 나은에게 받았던 수치심이 떠올라 어금니를 지그시 물고 자리에서 일어났다. 은결은 자리를 뜨려는 세영의 손목을 다급하게 잡아채 자리에 앉혔다. 뭐라 불평하려던 세영은 그만 입을 다물었다.

"이거 하나만."

은결이 울기 직전의 얼굴을 하고 있었던 까닭이다.

"나 뭐 잘못했어?"

"……."

"되돌리거나 고칠 수 있는 거야……?"

말을 끝맺는 목소리가 작게 떨렸다. 세영의 시선이 갈 곳을 잃은 듯 테이블의 나뭇결 모양만을 물끄러미 내려다보다가, 은결의 손에 잡힌 제 손목을 조심히 비틀어 빼냈다. 허전해진 손을 두어 번 쥐엄거리던 은결이 숨을 고르는 척하며 터지려는 울음을 다스렸다. 한동안 말을 아끼던 세영이 천천히 입을 열었다.

"존경하는 선배라고 그랬다면서."

"그건……."

"난 또 그런 줄도 모르고. 네가 너무 간절하게 만나는 거 티 내도 되냐고 하길래 다들 아는 줄 알고."

"……."

"네 비서가 나한테 약도 먹고 상담도 받으라더라."

인과를 따지자면 세영이 먼저 그녀에게 한 공격이긴 했지만. 날카로운 말은 부메랑처럼 돌아와 세영에게 정통으로 꽂혔다. 은결이 믿을 수 없다는 듯한 눈으로 세영을 바라보았다.

"왜 그런…… 모르겠어. 그 여자가 왜 그러는지……."

"은결아. 난 지금 네 얘기를 하고 있는 거야."

세영이 작게 떨리는 은결의 손을 두 손으로 포옥 감쌌다. 그리고 담담하게 말했다.

"네가 정말로 그렇게 얘기했어?"

"……."

"그 여자가 거짓말한 게 아니라."

제발 아니라고 말해. 아니면 그럴 수밖에 없는 상황이었다고 말해. 그러면 내가 한 가닥 남은 자존심이라도 베어 내서 네 자리를 보전할게. 세영은 간절히 소원했으나 돌아오는 건 믿고 싶지 않은 긍정이었다.

"응."

"왜?"

왜. 왜냐고. 그러게. 내가 왜 그랬을까. 모든 남자가 그렇듯 애인에게 늘 멋진 모습만 보여 주고 싶을 테지만 특히 은결의 경우는 더 그랬다. 실수 연발에 모자란 모습만 보였던 예전의 최은결을 지우고 싶었다. 그래서 힘든 내색 하지 않고 더 자존심을 세우는지도 몰랐다. 그러니 사무실에 들어갈 때마다 가슴이 턱턱 막힌다는 이야기를, 직원들이 모두 나를 미워해서 일터에서 왕따가 되었다는 이야기를, 차마 세영에게 할 수는 없었다.

"……그럴 만한 일이 있었어."

"내가 알면 안 되는 일이야?"

세영이 내미는 마지막 기회였다. 최은결은 이쯤 자존심이고 뭐고 다 집어치우고 강세영의 손을 잡았어야 했다.

"나중에 말해 줄게……."

순간 은결의 손을 감싸던 세영의 손이 멈칫했다. 그러더니 은결에게 다짐을 받듯 재차 물었다.

"나중은 없어."

"……."

"우린 이렇게 끝이야, 그냥."

세영이 눈썹을 한 번 들썩거렸다. 어제 드라마에서 누가 이별했다더라, 남의 일 전하듯 태연한 모습에 은결은 발끈했다.

"왜, 왜 끝이야. 우리가 왜 끝나."

"왜인지 모르겠어?"

세영이 쓰게 웃었다.

"그 여자야 정신이 좀 아픈 사람이라고 쳐. 그런 사람이 하는 거짓말은 무시하면 그만이니까."

"……."

"그런데 넌 아니잖아. 나한테 공수표 던져 놓고 뒤에서는 나를
부정하고."

"……."

"살면서 어린애 앞에서 그런 식으로 우스운 꼴 된 거 처음이었어."

은결의 눈꼬리가 미미하게 촉촉해졌지만, 세영이 아랑곳하지
않고 담담하게 말을 이어 갔다.

"너한테서 믿음이 완전히 사라졌는데, 내가 널 어떻게 계속
만나겠어."

"……사정이 있었어. 다시는 그런 일 없을 거야."

"뭐 하러?"

세영의 질문이 아프게 느껴졌다.

"우리가 애초에 그럴 만큼 깊은 사이가 아니었잖아."

선고하듯 중얼거리는 세영의 말에 은결은 기어코 눈물을 한 방울
떨어뜨렸다. 강세영은 절대로 모를 것이다. 자신이 얼마나 오래 세영
을 좋아했는지. 그리고 다시 만나게 된 순간, 우리는 필연이라고
굳게 믿으면서 얼마나 행복했는지. 은결이 파들파들 떨리는 아랫
입술을 꾹 깨물었다. 주위를 지나다니던 사람들이 이상한 눈으로
은결과 세영을 슬쩍 쳐다보고 지나갔다. 흘긋거리며 주변의 눈치를
보던 세영이 애써 웃으며 은결을 달랬다.

"그냥, 은결아. 재밌는 추억 하나 쌓았다고 생각해."

"……."

"적어도 내 기억에서 옛날의 네 모습 완전히 지우는 데는 성공했으니까."

"……."

"우리는…… 우리는, 음……."

"……."

"처음부터 글러 먹었어."

자조적으로 읊조리는 세영의 목소리도 작게 떨렸다. 짧은 시간이었지만 진심이었다. 누구의 잘못인지 모를 상황으로 결국은 이별을 고하는 처지가 되긴 했지만.

"……너무해."

악에 받친 목소리에 시선을 내리깔고 있던 세영이 문득 고개를 들었다. 은결의 얼굴에는 어느새 눈물길이 트여 있었다.

"이런 게 어딨어. 무슨 사람이 이렇게 쌀쌀해."

성실하게 울먹이면서 할 말 다 하는 은결을 보며 세영은 더 대꾸하지 못할 정도로 황당해졌다. 주머니에서는 저를 찾는 핸드폰 콜이 계속 울리고 있었음에도 진동 자체가 느껴지지 않았다. 은결은 광대를 씰룩거리며 어린애처럼 훌쩍거리고 있었다.

"한국 사람 삼세번이야. 원심 기각당하면 항소하고, 항소 기각당하면 상고할 수 있어."

"……."

"이렇게는 못 끝내. 원래 법이 그렇게 돼 있어."

어금니로 울음을 질겅질겅 짓이기며 투정 부리듯 주절거리는 은결이 안쓰러웠지만 어쩔 수 없었다. 세영은 이미 이런저런 일들을 겪으면서 심적으로 지친 상태였고, 그래서 은결을 무한한 애정으로 받아 주거나 없던 일로 여길 자신이 없었다. 서로의 마음이 더 깊어지기 전에 이만 끝내는 게 맞았다.

"법 잘 아니까 이것도 알겠네."

"……."

"내가 하는 건 기각이 아니라 각하야, 은결아."

아예 없던 일로 하자고. 어떻게 그럴 수가 있어. 한 번 치받은 울음은 쉽사리 사그라지지 않았다. 세영이 자리에서 일어나 은결의 팔을 끌어당겼다.

"나 이제 진짜 가야 돼. 너 혼자 여기 남아 있으면 모양 우스워져."

그러니 같이 자리를 뜨자는 배려였다. 왜 헤어지는 마당에 갑자기 착한 척이야. 은결은 세영의 손을 뿌리쳤다.

"냅둬, 나 좀 그냥……."

"그래? 그럼 나 갈게."

"……."

"안녕."

안녕. 이 말이 이렇게 무겁고 아픈 말인 줄은 몰랐다. 세영은 끝내 은결을 카페에 두고 혼자 떠났다. 그 뒤로 은결이 언제 울음을 그쳤는지, 뭘로 눈물을 닦았는지, 언제 자리에서 일어나 일터로 갔는지 세영은 알지 못했다.

궁금하긴 했지만, 혼자서 힘들어 할 은결이 신경 쓰이긴 했지만, 당장 자기 앞가림도 못하는 판에 남 걱정해서 뭐 하나 싶은 생각이었다. 세영은, 벌써 며칠째 새벽마다 모르는 번호로 오는 전화 테러를 받고 있었다. 은결에게는 차마 말하지 못했지만.

* * *

저장되지 않은 열한 개의 숫자. 세영은 통화 목록을 손가락으로 내리며 그 번호들을 무심하게 바라보았다. 차단을 하고 또 해도 새로운 전화번호들이 나타나 악질적으로 세영을 괴롭혔다.

그나마 세영이 밤 근무를 하는 직종이니 다행이라고 할까. 일반 회사에 다니는 사람이었으면 밤새 불면과 두려움으로 꽤나 괴롭겠다 싶었다. 아무리 친한 친구나 가족이라도 보통 새벽 두세 시에는 전화를 걸지 않으니까.

처음에는 한두 번 받아도 봤다. 다 까스러져 가는 목소리의 중년 남자가 세영의 이름을 중얼거리며 욕을 짓씹었다. 깜짝 놀라 전화를 끊었지만, 전화는 쉬지도 않고 계속 걸려 왔고 그때마다 같은 놈이었다. 경찰에 신고하려 문의했더니 매번 전화번호가 갈리면 그것도 신고가 안 된다고 했다. 범인을 특정할 수가 없기 때문이라나. 무슨 이런 개떡 같은 법이 다 있어.

"그 새끼 아니에요? 신경과……."

송사 걸린 그 남자. 승재의 질문에 세영도 물론 제일 먼저 떠올린 사람이 그였다. 아니, 거의 모든 정황이 그였다. 세영의 개인 핸드폰 번호를 어떻게 알았는지는 몰라도 그 증오 섞인 목소리는 그 사람이 맞는 것 같았다. 무엇보다 그 사람이 걸었던 형사 고발 건이 각하된 이후부터 전화가 걸려 왔다. 그래서 더더욱 은결에게 말할 빌미가 없었고.

"진짜 지독하다. 신고하면 안 돼요?"

"신고가 안 된대. 전화번호가 계속 바뀌어서."

"아오, 이럴 땐 법보다 주먹이 더 가까운데. 그런 놈들 피지컬로 한 번 겁주면 깨갱하잖아요."

세영의 편을 들며 거대한 주먹을 들어 보이는 승재가 고마워 피식 웃었다.

"그러게나 말이다. 나한테 왜 이렇게 집착하시는지 모르겠네."

"교수님한테 집착하는 거, 그 사람뿐 아닌 거 같은데요."

"엉?"

"119 또 왔어요."

진저리 난다는 듯 승재가 고개를 절레절레 저었고, 세영은 머쓱해졌다. 아침 근무 시작한 지 한 시간도 안 됐는데 벌써 네 대였다. 구급대원도 자꾸 인사하려니 민망한지 세영을 보고 찡긋 웃었다. 그가 끌고 온 카트 위에는 젊은 남자가 앉아 있었다. 많이 아픈 사람은 아닌 것 같은데.

"연희역 승강장에서 쓰러진 후 ROSC(CPR 후 되돌아온) 환자입니다."

"네?!"

구급대원의 말에 곁에 있던 세영을 포함한 의료진들이 모두 우르르 몰려들었고, 남자는 얼떨떨한 듯 그들의 손을 잡고 천천히 침상 위로 넘어갔다. 순식간에 윗도리가 들춰지고 심전도 모니터가 붙었고, 재빠른 응급 구조사 한 명이 심전도 검사기를 탈탈탈

소리가 날 만큼 빠르게 밀고 왔다.

"저희가 갔을 때 멘탈 있었고, CPR은 3분 정도 하신 모양이에요."

"기저 질환은요?"

"전혀 모르신답니다."

곧 심전도기 화면에 뜨는 열두 개의 실선을 주의 깊게 보며 세영이 팔짱을 꼈다. 남자는 많게 봐야 30대 후반 정도로, 응급실이라고는 살면서 처음 와 본 사람처럼 체격도 좋았다. 심전도는 확연한 MI[26] 소견을 보이고 있었다.

세영은 빠르게 심장내과를 콜 하면서 분주해졌다. 머리 CT 는…… 카디오(심장의)가 급한 거 끝나면 알아서들 할 테니 내가 굳이 오더 안 내도 되겠지. 과연 국내 최고로 꼽히는 대학 병원이라 환자는 양쪽 팔에 줄줄이 수액 라인을 달고 심도자실로 올라갔다. 채 10분도 안 되는 시간이었다.

"저 아저씨는 살 운명이었네요."

승재가 빠르게 차팅 하며 중얼거렸다. 세영이 고개를 끄덕였다. 마침 CPR을 할 줄 아는 사람이 주변에 있었고, 병원 바로 앞 역 이라 이송도 빠른 편이었다. 남자는 그야말로 죽음의 강에서 발목 을 잡혀 삶 쪽으로 끌어당겨진 셈이었다. 누군지 몰라도 길바닥에 서 CPR 해 준 행인이 저 아저씨의 평생의 은인이라고 생각하며 세영은 머리카락을 쓸어 넘겼다.

"어떡해, 어떡해. 살았어! 진짜 살았어!"

같은 시각, 응급실 정문 밖에서 눈물을 닦아 내며 발을 동동

---

26) 심근경색(Myocardial Imfarction)

구르는 한 여자가 있었다. 목에 걸린 직원증이 반짝 빛났다. 법무 팀 사원 조하나, 간단한 자모음의 조합 위로 수줍게 웃는 얼굴이 직원증 한가운데 박혀 있었다.

* * *

'연희역의 의인' 조하나 사원은 자신에게 쏟아지는 지대한 관심에 몸 둘 바를 몰랐다. 소심하고 잘 나서지 않는 성격이라 자신이 주인공인 결혼식 날에도 이 정도의 관심은 못 받았건만. 지역 방송국부터 시작해서 지역 신문사, 공중파 방송국 등에서 앞다투어 하나의 인터뷰를 따갔다.

"제가 며칠 전 CPR 교육을 들었었는데…… 그게 많은 도움이 되었고요……."

부끄러워 얼굴을 반만 내보이겠다는 속셈으로 쓴 마스크 덕분에 웅얼거리는 발음은 더 뭉개졌다. 그래도 상관없었다. 그녀의 인터뷰는 자막이 달린 채 전국에 전송되었으니까. 팀에서도 일약 화제가 되었다. 경력직 신입으로 들어와 이리 치이고 저리 치이며 할 말 못 하는 숙맥인 줄 알았더니, 그 아찔한 상황에서 용기 있게 나설 줄은 몰랐다며 팀원들은 까는 듯 칭찬인 듯 하나를 치켜세웠다.

"정말 잘하셨어요."

요 근래 찬바람 쌩쌩 부는 최은결 변호사도 나와서 하나에게 따봉을 날리고 갔을 정도였으니. 하나는 수줍은 듯 웃으며 고개를 꾸벅 하고 말았지만 다른 직원들은 여전히 은결에게 쌀쌀맞았다.

"우와. 이제 하나 씨한테 치근덕거리는 거예요?"

주도적으로 물을 흐리는 건 늘 앞자리의 이나은이었다. 나은은 은결이 제 방으로 들어가자마자 하나 쪽으로 돌아앉아 속살거렸다. 하나는 은결뿐 아니라 자신도 동시에 모욕받은 듯 기분이 더러워졌다.

"전 유부녀인데요."

"어머, 예전에 김 변이 김 대리님한테 작업 걸던 거 다 잊어버리셨나 봐."

"……."

"아, 맞다. 하나 씨는 그때 입사 전이었죠?"

미안하게 됐다는 표정을 지으며 나은이 김 대리를 돌아보자, 김 대리가 치가 떨린다는 듯 몸서리를 쳤다. 그리고는 곧 하나가 모르는 옛날이야기로 웃음꽃들을 피웠다. 다들 웃고 떠들고 있었지만 알 수 있었다. 이건 명백한 텃세였다.

"거봐, 남자 변호사들 다 똑같다니까."

그리고 곧 어영부영 예전 변호사들과 동급으로 취급당하는 최은결. 이렇게 결론을 끌어내는 것도 나은이었다. 보통 나은이 화두를 던지면 김 대리가 크게 키우는 격이었다. 나머지 어른들은 젊은 직원들이 말하니 그러려니 맞장구쳐 주는 편이었고.

하나는 불만스럽게 입을 앙다물고 모니터를 바라보았다. 오늘 오후 2시에 병원 소강당에서 시상식이 있을 예정이었다. 거기에서는 마스크도 못 쓰고 환히 웃는 표정으로 병원장에게 표창장을 받아야 하겠지만, 그래서 다음 주 병원 포털과 사내 소식지에 사진이 대문짝만하게 실리겠지만, 하나는 팀원들에게 그런 행사가 있다는 걸 알리지 않았다.

어차피 언젠가 알게 될 거 자기들이 직접 발견하고 한 소리 듣는 게 나았다. 미리부터 놀림당하듯 화두에 오르내리고 싶지 않았다. 묘하게 뒤틀린 심사로 부려 보는 오기였다.

* * *

"정말 자랑스럽습니다. 이런 분들이 우리 연희 병원의 주축이라는 것이 영광이며…….."

어쩐 일로 병원장 대신 부원장이 대신해 감사의 글을 읊고 하나에게 표창장을 내어 주었다. 병원 홍보 팀 사원은 철새쯤이나 찍으러 다닐 만한 대단한 카메라를 들고 부원장과 하나를 향해 연신 플래시를 터뜨렸다. 번쩍, 번쩍, 눈이 부셔서 제대로 뜰 수도 없었지만 하나는 최선을 다해 웃어 보였다. 김치.

"촬영은 이만하겠습니다. 수고하셨습니다!"

"감사합니다…….."

홍보 팀 직원의 말이 떨어지기가 무섭게 부원장은 바쁘게 걸어 단상 밑으로 내려갔다. 무슨 그리 바쁜 일이 있는지 강당 너머로 사라지는 부원장의 가운을 멍하니 바라보던 하나는, 문득 자신이 아직도 단상 위에 올라와 있다는 사실을 깨닫고 얼른 계단을 걸어 내려왔다. 한 손에는 꽃다발, 한 손에는 표창장이 무겁게 들려 있었다. 이걸 어디다 숨겨서 들어갈까…….

"맞죠? 얼마 전에 법무 팀."

그때, 제 앞을 가로막는 젊은 여자 의사가 한 명 있었다. 깔끔한 사복 위에 걸친 깨끗한 흰 가운, 하나는 여자의 얼굴을 바라보았다. 벌써 여러 번 봐서 익숙한 얼굴이었다. 지금껏 참고 있던 울음이 그만 터져 나올 것 같아 하나는 아랫입술을 옴싹거렸다.

"강세영 교수니임……."

"어? 왜 울어요? 나 칭찬해 주려고 온 건데!"

"흐어어엉."

그러고는 냅다 세영의 품에 안겨 통곡하는 하나를 사람들이 의아한 눈으로 쳐다보았다. 이게 무슨 영문인지 몰라 눈이 둥그레진 세영도 일단 하나의 등을 토닥이며 달래기에 바빴다.

"흡, 흑, 너무 무서웠어요…… 바로 앞에서 가슴을 쥐고 넘어가는데……."

"그럼요. 얼마나 무서웠겠어요. 그래도 용감하게 잘하셨어요."

"무서워 죽겠는데…… 머릿속에서 자꾸 교수님 목소리가 맴돌아서."

하나는 꼭 주술에 걸린 사람처럼 머릿속의 세영이 시키는 대로 행동했다. 기억 속 세영은 심드렁한 사람들 사이에서도 팔을 걷어붙이고 열변을 토하며 강의하고 있었다.

'쓰리 고를 반드시 기억하세요! 깨우고! 알리고! 누르고!'

……그 캠페인이 좀 중독적이긴 하지. 세영은 약간 민망한 듯 하나를 품에서 떼어 내며 웃었다.

"제가 좋은 거 가지고 왔어요."

"흑…… 뭔데요?"

세영이 가운 주머니에서 핸드폰을 꺼내 갤러리에 들어가더니 웬 동영상을 하나 재생시켰다. 거기에는 환자복 차림의 한 남자가 침상에 누워 멋쩍게 손을 흔들고 있었다.

"앗, 이분!"

누구인지 금세 알아본 하나가 손으로 입을 가렸다. 동영상 속 남자는 막힘없이 말을 이어 갔다.

"저의 생명을 구해 주신 은인입니다. 이 감사함을 어찌 다 표현해야 할지……."

표창장 수여식에 하나가 온다는 이야기에 환자는 그 자리에 참석해서 하나에게 감사를 표하고 싶다고 했다. 그러나 아직은 완전히 안심할 수 없는 상태였기에 환자를 만류해서 찾아낸 절충안이 감사 동영상이었다. 세영은 믿을 수 없다는 듯 화면에서 눈을 떼지 못하는 하나를 보며 웃었다.

"벌써 일반 병실로 옮기셨더라구요. 다음 주에 퇴원하신대요."

"아…… 우와……."

"이게 다 조하나 씨가 용기 내 준 덕분이에요. 감사합니다."

"제가 한 게 뭐 있다고……."

"한 게 뭐 있다뇨. 조하나 씨는 사람을 살리셨어요."

세영의 단호하고 다정한 칭찬에 부끄러워진 하나가 우물쭈물하며 대답했다.

"저 같은 새가슴은 절대로 응급실에서 일 못 할 거예요. 선생님들은 그런 일들이 일상이잖아요."

"저희야 워낙 많이 겪으니까요."

"저희 변호사님도 응급실에서 일하셨었는데. 아."

하나가 의식의 흐름대로 말하던 중 문득 은결의 이야기가 튀어나왔다. 세영은 덤덤하게 들으며 눈썹을 한 번 흘긋 들어 올렸다. 하나는 잠시 망설였다. 이대로 세영과 노닥이는 게 맞는 것인가.

세영은 은결과 엮였다는 이유만으로 현재 법무 팀 내에서 역적이 되어 있었다. 그런 세영과 친한 척 어울린다면 저도 함께 매장당할 게 뻔했다. 어떻게 이 사실을 까먹고 있을 수가 있지.

"은결이가 일을 참 잘했어요."

"……."

"어려운 환자도 잘 보고, 보호자들한테도 잘하고……."

세영은 힘겹게 입꼬리를 올리며 대답했지만 차마 문장이 완성되어지지 않았다. 하나는 그 모습이 어쩐지 안쓰럽다는 생각이 들었다. 그리고 다 죽어 가는 얼굴로 버티는 듯한 은결을 떠올렸다. 하나의 심장이 세차게 뛰기 시작했다. 어느 아침의 지하철 역, 제 앞에서 누군가 쓰러지는 장면을 목격했을 때만큼 큰 결심이 절로 섰다.

"교수님, 저희 변호사님 만나시죠."

하나의 생뚱맞은 질문에 세영이 곤란한 듯 웃었다.

"희한하네. 이 팀은 왜 자꾸 최은결이랑 나를 엮지."

"남녀 사이가 아니더라도요. 변호사님이랑 친하시죠."

친하다면 친하지. 벗고 부비고 빨고 다 했는데 안 친하다고 할 수도 없었다. 세영은 마지못해 고개를 끄덕였다. 그러자 중대 발표를 하기 직전처럼 하나의 목울대가 크게 울렁였다.

"……최은결 변호사가 지금 좀 난처해요."

최은결이 난처하다니. 난처한 상황도 아니고, 사람이 난처하다고 표현할 수 있는 건가? 아니, 서술 관계는 둘째 치고 왜 나에게 그런 말을, 잠깐, 최은결에게 무슨 일이 있기에?

"그게 무슨 뜻이에요?"

"그냥…… 그냥 그 말 그대로예요. 좀 힘들어하시는데, 교수님이 다독여 주셨으면……."

하나야말로 아차 싶었다. 항상 말은 입 밖으로 꺼내진 다음에야 후회가 밀려온다. 이번에도 괜한 말을 꺼냈나 싶어 하나가 빠르게 자리를 피하려 했지만 세영에게 팔이 잡힌 게 먼저였다.

"그렇게 말하면 전 몰라요. 정확히 무슨 말이에요?"

아무래도 어영부영 넘어가기는 글렀다. 세영은 하나를 끌어당겨 강의실 의자에 앉히고는 저도 그 옆 의자에 앉았다. 아무도 없는 강당은 분명 비밀 이야기를 하기에는 좋았으나 도무지 어디까지 얘기해도 될지 하나는 가늠이 되지 않았다.

"그냥…… 그렇다는 건데……."

"최은결한테 무슨 일 있어요?"

세영의 눈이 일순 날카로워졌다. 하나는 콩닥거리는 가슴 위에 손을 올리고 숨을 골랐다. 은결이 난처하다는 말에 이렇듯 즉각 반응하는 걸 보면 어느 정도는 성공이었다. 적어도 소 닭 보듯 하는 사이는 아니니까. 하나는 조심스럽게 세영을 떠보았다.

"어디서부터 말해야 할지……."

"다요. 전부 다. 처음부터 지금까지 다."

"너무 사적인 일이라 듣기 불편하실 수도 있어요."

하나가 흘끔 세영을 훔쳐보았고, 세영은 그 의도를 눈치챘다는 듯 확신에 찬 목소리로 말했다.

"그럴수록 여자 친구가 알고 있어야죠."

하나는 탄성이 나오려는 입을 겨우 막았다. 역시! 그럴 줄 알았어. 이나은이 처음부터 끝까지 헛소리한 거였다니까. 세영에게 완전히 마음이 열린 하나가 천천히 이야기를 풀어놓기 시작했다.

"저희 팀에 최 변호사님한테 들이대는 여시 깽깽이가 한 명 있는데요."

"이나은 비서?"

"알고 계셨어요?!"

왜 몰라, 고 맹랑한 것을. 세영이 계속 해 보라는 듯 하나에게 손짓해 보였다.

"말하면서도 자꾸 제 얼굴에 침 뱉는 거 같아서……."

"이왕 뱉은 침 더 뱉어 보세요. 말 중간에 끊기 없기예요."

"그 친구가 좀 희한해요. 좋은 말로 하면 희한하고, 나쁜 말로 하면 이상한……."

연희 병원 법무 팀은 하나의 눈으로 봐도 이상했다. 직원들의 중심에는 늘 나은이 있었고, 어리고 예쁜 나은은 교묘하게 사람들을 제 편으로 만들어 냈다. 그래서 욕하고 싶은 사람이 있으면 분위기를 조성해서 팀원들이 저 대신 욕을 해 주고, 누가 저를 속상하게라도 하면 인간 말종 쓰레기로 탈바꿈시켰다. 옆에서 부추겨 주는 김 대리의 활약이 컸다. 답답해진 세영이 하나의 말을 끊고 물었다.

"김 대리라는 사람은 왜 그런대요?"

"학생 때도 그런 사람들 있잖아요, 잘 나가는 애들 옆에 붙어서 비위 맞춰 주는 애들. 김 대리님이 딱 그 포지션이에요."

심지어 그녀는 나은과 자신을 동일시했다. 제가 예전에 당했던 것처럼 나은이 상사들에게 희롱당하자 제 일처럼 분노하고 씩씩거렸다. 어느 문화권이나 다 그렇지만 분위기는 목소리 큰 사람들에 의해 만들어지는 것. 얼마 되지도 않는 팀원들은 나은을 필두로 한 분위기에 감화되었고 이미 거대한 나은의 추종자 무리가 되어 있었다.

"저는 다른 펌에서 일하다 왔거든요. 그래서 이 분위기가 적응이 안 됐고……."

"다른 데는 안 그런가 봐요."

"네. 직원들이 변호사님들한테 텃세 부리는 거 처음 봤어요."

세영의 눈이 커졌다. 텃세라니. 최은결이 텃세를 당하고 있다는 말인가?

"어떻게…… 자기 상사한테 그럴 수가 있어요?"

믿을 수 없다는 듯 망설이며 되물었지만 하나에게서 돌아온 답변은 간단명료했다.

"병원에서는 변호사가 상사가 아니에요."

"……."

"변호사들이 월급 주는 거 아니니까. 변호사도, 일개 말단 직원도 똑같이 병원 소속이니까."

"아……."

"그리고 보통 이런 자리는 다 연줄로 들어와요. 그래서 더 무서울게 없어요. 저희 팀도 저 빼고 다 병원에 지인이 있는 걸로 알아요."

그 말을 하면서 하나의 목소리가 기어들어 갔다. 자기만 연줄이 없는 게, 마치 흠이라도 되는 양.

"직원들 텃세에 그만둔 변호사들도 있어요."

"하……."

"여긴 주니어 변호사들이 경력이나 좀 쌓고 나가는 데거든요. 어차피 오래 안 있을 사람이다 이거죠."

"직원들이 최은결한테 텃세 부려요?"

세영이 다급하게 물었다. 하나는 잠시 망설이다가, 긍정도 부정도 아닌 답을 내놓았다.

"처음엔…… 안 그랬거든요."

"처음엔 안 그랬다니, 그럼 지금은 그렇단 말이에요?"

되레 급해진 세영이 자꾸만 하나의 말을 잘라먹고 끼어들다가, 그만 머쓱한 듯 입을 다물었다. 하나는 그런 세영의 모습을 가만 바라보다가 조심스럽게 말을 골랐다.

"최 변호사님 이전에 계셨던 분이 한 마디로 악질이었어요. 뭐 이런 것까지 시키나 싶은 잡일, 숨 쉬듯 하는 성희롱, 입 냄새까지."

"……."

"그러다 그분이 그만두고 최은결 변호사님이 오신 건데, 당연히 환영받았죠. 최 변호사님 젠틀하시잖아요."

그건 그렇지. 멀쑥하고 잘난 얼굴로 예쁘게 웃으며 직원들의 환심을 샀을 광경이 눈앞에 펼쳐졌다.

"문제는 이나은이가 최 변호사님한테 꽂혔다는 거고……."

"은결이한테 혼자서 사귄다고 착각하고 있었다는 얘기 들었어요."

"아, 그것도 벌써 알고 계셨구나."

나은은 일개 동료가 보여 줄 법한 호의들을 눈에 애정 필터를 몇 겹이나 씌워서 바라보았다. 그러니 은결의 말 한마디, 행동 하나하나가 다 분홍빛으로 보일 수밖에. 게다가 나은의 특기인 정치질로 팀 내에 요상꾸리한 분위기까지 조성하고 나니, 팀원들 사이에서 나은과 은결이 사귄다는 건 이미 기정사실로 되었다는 이야기였다.

"지금 팀 분위기가 약간 최 변호사님이 어린애 데리고 놀다가 버린 꼴 났어요."

"……."

"교수님 저희 사무실에서 한 번 커피 쏟으신 적 있죠."

하나의 말에 세영은 멀게만 느껴지는 기억을 더듬고 고개를 끄덕였다. 분명 그런 적 있었다. 다시 만난 최은결이 잔뜩 긴장해 있던 세영에게 있는 대로 꼽을 줬던 그날. 사무실을 나가는 길에 나은이 들고 있던 커피를 블라우스에 잔뜩 흘린 적이 있었다.

"그날 변호사님이 이나은한테 소리치는 거 밖에까지 들렸거든요."

"……."

"걔 자존심에 못 견뎠을 거예요. 그것도 다른 여자한테 실수했다는 이유로 혼났으니 얼마나 교수님이 싫었겠어요."

그럼 그 비서는 처음부터 나를 싫어하고 있었다는 얘긴가. 지금까지 나에게 친밀한 척 군 것도, 다 꿍꿍이셈을 가지고 최은결에게서 나를 떼어 내려…… 머리가 띵해진 세영이 손가락으로 관자놀이를 짓눌렀다.

"혹시 나도 같이 까여요?"

"……."

"솔직하게."

"거의 역적이었어요. 교수님이 이나은한테서 최 변호사님 꼬셔 갔다고……."

아. 귀에서 띵— 하는 소리가 들리는 것만 같았다. 세영이 목덜미를 잡고 의자에 기대자 하나가 급히 말을 덧붙였다.

"지금은 아니에요, 지금은."

"갑자기?"

"최은결 변호사가 교수님이랑 아무 사이 아니라고 했거든요."

하나가 세영을 곁눈질로 흘끔 훔쳐보더니 개미만 한 목소리로 말했다.

"최 변이 교수님 지키려고 그렇게 말한 건가 싶더라고요."

순간 울컥 올라오는 원망을 세영은 힘겹게 삼켜 내며 어금니를 꾹 물었다. 최은결이 괘씸했다. 너, 이런 일이 있었으면서, 짱 센 누나한테 말을 안 해?

* * *

집 앞이야, 나와.

그 한 마디에 뒹굴 대다 말고 쪼르르 달려 나온 모양새가 얼마나 하찮아 보였을지. 급하게 샤워를 하고 아무거나 주워 입고 나온 터라 뽀얀 하늘색 맨투맨 티셔츠가 지나치게 발랄해 보였다.

그러나 은결은 채 마르지 않은 머리카락을 만지작거리면서도 뚱한 표정을 유지했다. 정말 정말 너를 보기 싫었지만, 마지막 한 마디 정도는 들어 주겠다는 스탠스. 그게 오늘 나의 컨셉이기에.

"뜨아?"

"됐어."

"안 돼. 여기 1인 1메뉴야."

그런데 왜 항상 강세영 앞에 서면 이렇게 작아질까. 이럴 거면 애초에 왜 물어봤어. 자기 맘대로 주문할 거면서. 제대로 대꾸도 못 한 은결은 세영이 주문을 하기 위해 자리에서 일어나자 입술을 불퉁거렸다. 곧 뜨거운 커피 두 잔을 손에 들고 온 세영이 은결의 맞은편에 앉았다.

"뭐 하고 있었냐?"

세영이 커피 리드를 열자 뜨거운 김이 펄펄 났다. 장난스럽게 후후, 부는 꼴이 아무래도 진지한 얘기를 할 것 같지는 않게 생겼다. 슬며시 부아가 치밀어 올랐다. 나는 보고 싶어도 며칠이나 끙끙 앓으면서 연락도 안 되게 해 놓고, 지는 먼저 헤어지자고 한 주제에 '나와.' 한 마디로 나를 간단히 끌어내고, 그러면서 아무렇지도 않은 척 안부를 묻는다. 이렇게 세상 불공평한 게 없었다.

"남이사."

"어쭈? 말대꾸하네."

"왜 왔어?"

제 앞에 놓인 커피에는 손도 안 댄 채 은결이 씹어뱉었다. 커피를 후후 불던 세영이 대답 없이 고양이 같은 눈을 치켜뜨고 은결을 쏘아보았다.

"……."

"……."

"왜…… 왜."

그 눈빛에 지레 겁먹은 은결이 먼저 깨갱했다. 세영이 커피를 테이블 위에 내려놓으며 푹신한 소파 뒤로 기대앉으며 여전히 말 없이 은결을 바라보았다. 원망과 미움과 미련으로 만들어진 강에 푹 담갔다가 빼낸 얼굴을 하고선, 자꾸 눈을 찌르는 앞머리가 귀찮다는 듯 훅 불어 내고 있었다. 이게 어디서 센 척이야.

"나한테 할 말 없냐?"

세영이 느긋한 어조로 물었으나 돌아오는 건 울분에 차 따박거리는 대답이었다.

"할 말? 있어도 못 하게 하던 사람이 누군데? 제대로 듣지도 않고 지 말만 하고 쏙 사라진 게 누군데?"

"……."

"추억이라매? 그냥 재밌는 추억이라매?! 추억이 말도 하고 웃겨 증말. 나도 쌤 같은 냉혈한은 됐거든요? 다시는 만나고 싶지 않거든요? 저 먼저 좀 일어나도 되겠습니까?"

얄미운 딱따구리처럼 신나게 딱딱거린 은결은 제 앞에 놓인 커피를 집어 들었다. 그러나 곧 바보같이 아픈 소리를 내며 급하게 테이블 위에 다시 올려놓았다. 손끝에 감각이 돌아올 때까지 잠시 간 기다려야 했다. 얼얼해진 손가락에 망연해진 은결은 제 커피에만 홀더가 안 끼워져 있다는 사실을 뒤늦게 깨달았다.

"그 커피 식을 때까지 얘기 좀 하자."

세영이 커피를 호록 마시며 무심하게 말했다. 말초의 짜릿한 고통과 수치심이 뒤엉켜 코가 시큰해진 은결이 세영을 노려보며 데인 손을 탈탈 털었다.

"빨리 말해. 나 바빠."

"집에서 뒹굴다 왔으면서 뭘."

어떻게 한 마디도 그냥 넘어가는 법이 없어. 은결은 신경질적으로 앞머리를 쓸어 넘기며 세영의 다음 말을 기다렸다. 제 컵에만 홀더를 끼우고 커피의 따뜻함을 즐기며 세영은 한동안 말이 없었다. 의미 없는 시간이 몇 번의 호흡으로 세어지고 나서야 세영은 입을 뗐다.

"왜 힘들다고 안 했어?"

갑자기 무슨 소리야. 은결은 입술을 비죽거리며 비아냥댔다.

"힘들긴 개뿔. 살면서 지금처럼 행복한 적이 없는……."

"네가 네 입으로 말해."

"……."

"그럴 수밖에 없는 상황이었다고."

세영은 시종일관 담담한 표정이었으나 은결은 아연해졌다. 세영은 분명 제 직장 이야기를 하고 있는 거였다. 어디서 무슨 말을 듣고 온 거야. 부끄러움으로 얼굴이 붉어졌다.

"무슨 말인지 모르겠는데……."

"마지막으로 기회 준다."

"……."

"네가 날 생각해서 입 다물고 있었던 것처럼, 나도 널 위해서 물어봐 주는 거야. 그리고 이게 마지막이고."

여기서 한 발짝 더 뒤로 물러나면 세영이 더 볼 일 없는 사람처럼 의자에서 일어날 것 같아 가슴이 덜컹 내려앉았다. 이대로 세영을 보내면 정말로 되돌릴 수 없이 끝장나 버릴 것 같았다. 강세영은 간 보는 여자가 아니라는 건 최은결이 가장 잘 알고 있었다. 은결은 황급히 일어나 떠나려는 세영의 손목을 잡았다.

"……."

"……."

파도치던 둘 사이의 공기가 점차 잠잠해졌다. 그 끝에 반짝이던 바닷물 한 방울이 기어코 또르르 떨어졌다.

"나……."

"……."

"나 힘들어……."

＊ ＊ ＊

"사장님이 우리 이상하게 쳐다본다."

세영이 은결을 품에 안은 채 머리카락을 쓸어내리며 웃었다. 그도 그럴 것이, 은결은 세영에게 어린아이가 엄마 품에 안기듯 안겨 훌쩍거리고 있었다. 자초지종을 설명하다 울분에 받쳐 말을 잇지 못한 적도 몇 번이었다. 과연 조하나 사원이 말한 그대로였다. 게다가 당사자인 은결의 증언에는 하나가 미처 보지 못한 구석도 있었다.

"너어는, 진짜. 이런 일이 있으면서 나한테 얘기를 안 해?"

"쪽팔려서 어떻게 해⋯⋯."

"쪽팔리긴 뭐가 쪽팔려."

"멋진 모습만 보여 주고 싶었단 말야."

투덜대던 은결이 세영의 품으로 와락 얼굴을 묻는다. 거대한 하늘색 덩치는 세영의 작은 몸에 폭 싸이지는 못했지만, 그런대로 팔을 감싸 토닥여 줄 정도는 됐다. 세영은 은결의 등을 쓸며 이를 뿌득 갈았다.

"법무 팀 이 잡것들을 진짜."

"어떡하려고? 하지 마, 진짜. 나 쌤이 그러면 무서워."

"넌 가만있어. 누나가 다 해 줄 테니까 옆에서 맞장구나 쳐."

은결이 도무지 속을 모르겠다는 눈으로 세영을 바라보았다. 그래도 사회적 지위가 있는 사람인데 대책 없이 일을 벌이지는 않겠지. 불안함에 가져 보는 기대였다.

세영은 은결의 볼을 가만 쓰다듬어 보았다. 막 씻고 나와 촉촉하고 말간 얼굴에 눈물길이 한 줄 나 있었고, 세영은 그 자국을 지우겠다고 결심한 듯 엄지손가락으로 볼을 무자비하게 문질렀다.

"아, 아퍼."

"은결아."

"어?"

"항소 좀 해라."

그게 무슨 말이야. 은결이 서서히 세영의 품에서 벗어나 바로 앉았다. 세영은 고개를 돌려 자기가 아직도 강아지인 줄 아는 대형견을 물끄러미 바라보았다. 그리고 다시 한번 또박또박 말했다.

"한국 사람 삼세번이라며."

"……."

"기각인 걸로 할 테니까, 나한테 항소 좀 해."

흡. 은결이 다시 울컥했고, 세영은 은결의 큰 손을 포개어 잡았다. 그리고 작게 웃으며 말했다.

"나도 너 없으니까 죽겠더라……."

진심 어린 세영의 고백에 은결이 참지 못하고 고개를 푹 숙였다. 애는 왜 이렇게 눈물이 많은 거야. 애 같아서 귀엽긴 하다만. 세영은 작게 흔들리는 덩치를 뿌듯하게 그러안으며 빨개진 은결의 귓가에 속삭였다.

"울지 마."

"흑……."

"가슴이라도 만질래……?"

* * *

순식간에 감동 와장창 깨는 재주도 참 강세영답다 싶었다. 어쨌든 든든한 아군이 생긴 은결은 이전보다 힘찬 발걸음으로 병원을 향할 수 있었다. 언젠가는 강세영 때문에 출근하는 게 죽기보다도 싫었던 때가 있었는데, 사람 일이 이렇게 될 줄 누가 알았겠냐고. 어쨌든.

그런데 사무실에 들어서자마자 수석 변호사실에서 나오는 세영을 보았다. 제 방으로 쏙 들어가려던 은결이 멈칫했다. 설마 벌써 무슨 액션을 취한 건가……?

'누나가 다 해 줄 테니까 옆에서 맞장구나 쳐.'

은결이 지난 세영의 말을 되새기며 눈동자를 굴리다가, 세영을 배웅하러 나온 수석의 눈에 띄었다. 수석이 손을 들어 은결에게 아는 체를 하며 웃었다.

"어어, 우리 능력자 최 변호사."

"예…… 에?"

"일도 잘하고, 연애도 잘하고. 하여튼 최 변은 복덩이야."

은결이 빠르게 머리를 굴렸다. 그리고 법무 팀 직원들의 반응을 흘끔 훔쳐보았다. 제각기 일에 열중하는 듯했으나 다들 세영과 은결, 그리고 나은의 반응에 촉을 세우고 있는 게 티가 났다. 세영이 은결을 향해 웃으며 손을 흔들었고, 수석이 직원들을 향해 말했다.

"오늘 퇴근하고 할 일 없지, 들? 강 교수가 감사의 의미로 한 턱 쏜다는데."

"……."

"호텔 식사니까 빠지는 사람만 손해일 게야. 모두 참석했으면 좋겠어요."

그럼 저녁에 다시 뵙겠습니다, 세영이 수석을 향해 꾸벅 묵례를 했다. 수석이 방으로 들어가자 직원들의 눈이 저절로 세영과 은결에게 따라붙었다. 은결이 성큼성큼 걸어 세영의 손을 쥐고 제 방으로 끌고 들어갔고, 곧 문이 쾅 닫혔다.

"무슨 짓이야?"

"뭐가?"

"저 사람들이 뭐 이쁘다고 쌤이 밥을 사."

은결이 속상한 듯 말하자 세영이 피식 웃었다.

"내가 저 사람들 이뻐서 사 주는 거 같아?"

"어. 지금 애 잘 봐 달라고 촌지 주러 온 초등학생 엄마 같아."

"글쎄. 그런가?"

세영은 아무렇지도 않은 듯 흥흥 웃으며 은결의 볼에 쪽 소리 나게 뽀뽀를 했다.

"수고해."

그리고는 방문을 열고 나가며 은결을 향해 장난스럽게 말했다.

"이따가는 입술에 할 거야!"

나은이 기가 찬다는 눈으로 방에서 나오는 세영을 쏘아보았다. 사무실을 나가려던 세영이 나은의 살벌한 눈을 발견하고 미안한 듯 살풋 웃었다.

"어머, 들었나 봐."

"……."

"닭살 미안해요."

그리고는 흰 가운 자락을 휘날리며 법무 팀 사무실을 떠났다. 나은은 사라진 세영의 뒤꽁무니를 한 번, 굳게 닫힌 은결의 방문을 한 번 번갈아 보다가 중얼거렸다.

"늙어서 노망났나."

그런데 응당 되돌아와야 할 김 대리의 맞장구가 없었다. 나은이 흘긋 김 대리 쪽을 보자, 김 대리는 뒷자리의 하나와 쑥덕이고 있었다.

"아까 수석님이 연애도 잘한다고 한 거 맞지?"

"네."

"무슨 소리예요?"

나은이 애써 태연한 척 물었지만 목소리에 절로 날이 섰다. 김 대리는 뒤로 기울어뜨린 의자를 바로 세워 앉으며 나은의 눈치를 살폈다.

"아니, 수석님 말대로면 저 둘이 사귀는 거 같아서……."

"최 변이 아니라고 했잖아요."

"아니겠지? 그치? 뭔가 잘못 아셨나 보다."

"두 분 사귀는 거 맞아요."

나은과 김 대리가 동시에 하나 쪽을 돌아보았다. 하나는 무심하게 타이핑을 하면서 말을 이어 갔다.

"최 변이랑 강세영 교수랑 사귄 지 좀 됐어요."

"……."

"지금까지 이 주임 마음 쓰여서 얘기 안 한 거예요."

'사귀는 걸 알고 있었다고만 언급해 주세요.'

세영의 부탁이었다. 직접 알게 된 건 얼마 안 되었으나 만난다는 게 거짓말은 아니었으니 하나 입장에서 못 할 말도 아니었다. 나은은 입을 꾹 다물고 죽일 듯한 눈으로 하나를 노려보았고, 순식간에 모든 직원의 관심이 하나에게 쏠렸다.

"진짜?"

"하나 씨가 그걸 어떻게 알아?"

"왜 그걸 진작 얘기 안 했어?"

지금까지 그것도 모르고 나은과 은결을 신나게 엮고 있었다. 세영과 은결에게 미안하고 민망해진 직원들이 호들갑을 떨며 하나에게 되물었다. 이제는 정말 거짓말의 시간. 어떻게 말해야 두 사람에게 피해가 안 가게 입증해 줄 수 있을까…… 정말로 했을 법한 일을, 최대한 간단하게 표현해야 했다. 하나는 침을 꿀꺽 삼킨 뒤 천천히 뻥구라를 뱉었다.

"예전에…… 길에서 뽀뽀하는 거 봤어요."

"대박!"

"최 변이?! 길바닥에서?!"

"제가 길에서 뭐요?"

그때 은결이 방에서 텀블러를 들고나왔고, 직원들은 재빠르게 자기 자리로 흩어졌다. 뭔진 몰라도 내 욕을 하고 있던 모양인데. 은결은 정수기에서 뜨거운 물을 뽑으며 흥, 코웃음 쳤다. 어디 할 테면 해 봐라. 너희들 짱 센 누나한테 다 혼난다.

* * *

월요일부터 회식이라니 믿을 수 없었지만, 고가의 호텔 뷔페를 거절할 수 있는 사람은 없었다. 결국 법무 팀 전원이 참석한 회식에서 심기가 불편한 사람은 나은뿐이었다.

"이 호텔 바가 괜찮은데, 2차들 가실 거죠?"

"교수님, 너무 무리하시는 거 아니에요?"

"이럴 때 무리 안 하면 언제 하나요. 가요, 가요."

살갑게 웃으며 이끄는 통에 핑계를 대고 빠질 수도 없었다. 은결도 무리에 섞여 세영을 따라가면서 멍하니 그 뒷모습을 바라보았다.

처음 보는 착장이었다. 늘 너절한 당직복에 가운, 아니면 깔끔한 정장 차림으로만 만났던 세영은 몸에 달라붙는 진녹색 새틴 원피스를 입고 있었다. 훤하게 파인 가슴팍이 남자 친구로서 못마땅하지 않을 리 없었지만 절로 눈이 가는 것도 사실이었다. 이런 옷이 있었으면 가끔 좀 입어 주지, 맨날 트레이닝 복 차림만 보여 주더니.

힘들게 눈길을 거두고 세영의 얼굴을 바라보면, 제일 먼저 붉은 입술이 눈에 들어왔다. 여느 때 같지 않게 진한 화장이 어색할 법도 한데 세영에게는 찰떡처럼 잘 어울렸다. 보통 쌩얼이거나, 간단히 선크림에 립글로스만 바르고 다니던 세영의 화장한 얼굴이 이렇게 화려할 줄 몰랐다. 은결은 누나의 처음 보는 어른 맵시에 침을 꿀꺽 삼켰다.

"교수님이 한 말씀 하시죠."

직원들이 제각기 주문한 칵테일이며 술을 들고 세영의 건배사를 기다린다. 세영은 민망한 듯 웃으며 일어나면서도 제 술잔을 치켜들고 또렷하게 말했다.

"제 송사가 잘 마무리된 건 모두 여러분 덕분입니다."

"……."

"그래도……."

세영이 옆자리에 앉은 은결을 힐끔 바라보며 웃었다.

"이래저래 애써 준 남자 친구가 제일 고맙네요."

은결을 포함한 모두의 얼굴에 경악이 스쳐 지나갔다. 내가 이

하이에나들한테서 쌤을 어떻게 떼어 냈는데?! 놀란 은결의 눈이 커다래졌으나 세영은 생글생글 웃기만 했다.

"은결이를 위해서 건배했으면 좋겠습니다. 최은결을!"

"위하여! 어……."

반사적으로 위하여를 외치기는 했지만 뒤끝이 찜찜했다. 일단 뚱하니 앉아 있는 나은도 신경 쓰였고, 무엇보다…….

"변호사님. 지난번에 안 사귀신다면서요."

당황한 김 대리가 은결의 팔을 툭 치며 소곤거렸다. 은결이 섣불리 대답하지 못하고 굳어 버리자 세영이 은결의 팔을 감싸 안으며 대신 대답했다.

"그때 좀 싸워서 냉전 중이었거든요."

"아……."

"아시죠? 싸우면 애인이고 나발이고 그냥 선배 되는 거."

또 그러기만 해 봐, 세영이 보란 듯 눈을 부릅뜨고 은결을 올려다보았다. 은결이 멋쩍게 하, 하, 하, 웃으며 머리를 굴렸다. 맞장구, 그래, 맞장구치라고 했지. 은결이 세영의 몸에 팔을 둘러 감싸 안으며 말했다.

"그때 제가 좀 유치하긴 했죠."

"자기는 완전 애기야, 애기."

세영이 은결의 볼을 이리저리 꼬집자 맞은편에 앉아 있던 나은이 픽 웃었다. 그리고 파란빛 칵테일을 입술에 가져다 대며 비아냥댔다.

"의사가 좋긴 좋네요. 남자 친구도 척척 만들고."

드디어 시작됐구나. 세영과 나은 사이에 서리가 내리기 시작하는 공기를 아는지 모르는지 직원들은 자기들끼리 화제를 돌려 다른 이야기를 하기 시작했다. 나은과 은결과 세영 셋만이 벌이는 팽팽한 기 싸움이었다. 잔뜩 얼어붙은 은결과는 대조적으로 세영이 후훗 웃으며 여유롭게 대답했다.

"그럼요, 얼마나 좋은데요. 저 돈도 잘 벌어요."

"참 좋겠네요. 드러운 꼴도 많이 보시고요."

"드러운 꼴은 변호사들도 많이 보지 않나?"

네가 바로 그 '드러운 꼴'이라는 듯 눈을 동그랗게 뜨며 세영이 은결을 향해 물었다. 잠시 머리를 굴리던 은결이 세영의 의중을 눈치채고 천연덕스레 대답했다.

"어어. 세상에 별사람 다 있다 진짜."

"행동거지 조심한다고 될 일이 아니야. 마음이 아픈 사람이 너무 많아."

누구라고는 굳이 얘기할 필요도 없었다. 세영은 콕 집어 나은을 저격하고 있었으니까. 세영은 콧잔등을 찡그리고 웃으며 말했다.

"은결이가 너무 착해서 탈이에요."

"……."

"자기한테 관심 있는 줄 알고 착각하는 사람이 한둘이 아니라니까."

이런 상황에 익숙하다는 듯 세영은 어깨를 으쓱 들어 올렸다. 말속에 숨은 뜻을 눈치챈 나은이 어금니를 질끈 물었다. 최은결의 다정함에 착각하는 건 너 하나가 아니야, 너한테만 특별하게 대하는 게 아니야, 너 같은 애들 많이 봤어. 나은에게는 선전포고나 다름없었다.

"그럼 여자 친구한테는 달라요?"

그때 세 사람 사이의 냉전을 뚫고 한 직원이 세영을 향해 물었다. 눈치 없는 타이밍이었지만 악의 없는 백 프로의 호기심이었다. 세영은 보란 듯 생긋 웃고는 은결의 앞에 손바닥을 내밀었다.

"손."

은결이 세영의 손 위에 제 손을 강아지처럼 턱 올렸다.

"꽃받침."

이번에는 손 대신 제 얼굴을 세영의 손바닥 위에 착 올렸다.

"이쁜 짓."

은결이 세영의 손 위에 얼굴을 올려놓은 채 검지를 펴서 제 볼을 콕 찌른다. 다 큰 남자 어른의 불같은 애교에, 그리고 꽤나 냉랭하게 굴던 차도남 변호사의 예상치 못한 이쁜 짓 퍼레이드에 그 광경을 지켜보던 직원들이 으으으, 진저리를 쳤다. 세영은 잘했어, 하며 은결의 턱밑을 간질이며 거만하게 말했다.

"이 정도는 보통이죠, 보통."

"봐서는 안 될 걸 본 기분인데요……."

김 대리가 중얼거리자 직원들이 모두 웃음을 터뜨렸다. 다들 어느 정도 술이 올라 있어 그랬는지, 그간 냉랭하게 대하던 은결에게도 편하게 장난을 걸고 했다. 최 변호사님 덕분에 좋은 데서 먹고 마시는 호강을 한다고 대신 감사 인사도 여러 번 받았다. 이렇게 능력 있는 여자 친구는 어떻게 만났냐고 대단하다며 치켜세워졌다.

이게 얼마 만에 느껴 보는 소속감인지. 분명 원망스럽고 미웠던 직원들이었지만 또 막상 친근하게 대해 주니 영 싫지만은 않았다. 직장을 그만두지 않는 이상 함께 일을 하긴 해야 하니까, 계속 불편하게 지낼 수는 없으니까. 오히려 먼저 다가와 장난을 걸어주는 직원들이 내심 고맙기까지 했다. 혹시 이거, 스톡홀름 신드롬 아냐?!

그러다 은결은 문득 어떤 사실을 깨달았다. 강세영이 의도한 게 이거였구나. 직원들의 마음을 나에게로 돌려놓는 것. 유치하지만 가장 확실한 방법은 물질 공세라는 걸, 인생 선배인 세영은 아주 잘 알고 있었던 모양이었다. 그리고 강세영은 최은결에게 그렇게 해 줄 만한 능력이 차고 넘치는 여자였다.

그러니까 촌지 주러 온 엄마 맞잖아. 은결은 자꾸만 삐죽거리는 입술을 감춰물고 실실 웃었다. 꼭 돌아온 탕아가 된 기분이었다.

* * *

은결이 직원들 사이에 섞여 들면서 한 차례 자리 이동이 있었다. 이래저래 직원들이 자리를 바꾸며 하하 호호 하는 광경을 보며 세영은 뿌듯하게 미소 지었다.

"저 보여 주려고 자리 만드신 거예요?"

그럼에도 꿋꿋이 세영의 맞은편을 사수하는 요망한 어린 것. 세영은 얼음이 녹아 맛이 희미해진 술을 훌떡 마셔 넘기고 손을 들어 싱글 몰트를 병째로 주문했다. 그리고 다리를 꼬아 앉으며 여유롭게 웃었다.

"응."

"······."

"기분이 어때?"

"좆같아요."

예쁜 얼굴로 험한 말을 잘도 뱉는다. 세영은 피식 웃으며 종업원이 건네는 양주와 세팅되는 잔을 물끄러미 바라보았다.

"기분도 좆같은데 술이나 마셔. 비싼 거야."

"원래 이렇게 돈지랄 잘해요?"

"그럼. 너도 기분 좆같을 때 돈지랄해 봐."

"어린애 돈으로 찍어 누르니까 재밌기도 하겠다."

"어. 짜릿해."

꼴꼴꼴. 나은의 앞에 놓인 스트레이트 잔에 가득 차게 양주를 따른 세영이 제 것에도 가득 따랐다. 찰랑거리는 연한 갈색 액체를 한동안 노려보고만 있던 나은은 건배도 없이 잔을 들어 홀랑 마셔 버렸고, 그 모습을 본 직원들이 환호했다.

"붙는 거야? 둘이?"

"이 주임 말술이야! 교수님이 질걸?"

표정의 변화 하나 없이 잔을 내려놓는 나은을 흥미롭게 바라보던 세영이 피식 웃은 뒤 제 잔도 홀떡 마셔 버렸다. 우와아아. 환호하는 직원들 사이에서 은결만이 불안한 눈으로 나은의 싸늘한 얼굴을 바라보고 있었다. 쯔쯔, 쟤 죽었다 이제······.

"언제부터예요?"

나은이 빈 세영의 잔에 술을 가득 채우며 물었다. 세영은 음, 소리를 내며 골똘히 생각에 잠겼다.

"최은결이 전공의 때부터 나 좋아했어."

"거짓말."

"물어보든지."

제 술을 한 입에 털어 마신 세영이 쉴 틈 없이 나은의 잔에 양주를 가득 따랐다.

"넌 언제부터였니?"

"뭐가요?"

"망상증."

"망상 아니에요."

제 앞에 넘실대며 채워진 양주의 표면을 보던 나은이 씹어뱉듯 말했다. 그리고 죽일 듯한 눈으로 세영을 쏘아보았다.

"여자 친구면 더 열 받아야 되는 거 아닌가? 남자 친구가 헛짓거리 하고 다니는데."

"최은결 그런 적 없어."

"교수님은 나를 불쌍해해야 하는 거예요. 교수님 남자 친구가 저한테 어장……."

"나은 씨 연애 해 본 적 없지?"

세영이 자신의 잔에 양주를 가득 채운 뒤 다리를 벌리고 위압적인 자세로 고쳐 앉았다. 옆으로 깊이 트인 새틴 원피스 자락이 새하얀 허벅지 사이로 흘러내리자 나은은 자기도 모르게 침을 꿀꺽 삼켰다.

"있…… 있어요."

"그럼 알 만한 사람이 왜 그래."

세영이 건배하자는 듯 잔을 내밀었고, 나은도 주섬주섬 잔을 들었다. 그리고 세영의 눈치를 보며 잔을 살짝 부딪쳤다. 스트레이트로 벌써 몇 잔을 마셨는지, 이미 코에서 양주 냄새가 진동하고 있었다.

나은은 술을 조심스럽게 입가로 가져가 눈을 꾹 감고 독약 마시듯 꿀꺽 마셨다. 싸하게 올라오는 열기에 한동안 눈을 꾹 감았다 뜬 나은이 세영을 슬쩍 바라보자, 세영은 이번에도 어김없이 한입에 가볍게 털어 넣고 난 뒤였다.

"내가 무슨 말 하는지 모르겠어?"

제발 좀 천천히. 세영은 나은이 숨 쉴 틈도 주지 않고 잔에 양주를 가득 따르고 있었다. 그리고 한쪽 입꼬리를 올려 빙긋 웃으며 어금니를 지그시 물고 말했다.

"나는 내 남자가 너랑 좀 놀아도 상관없어."

"⋯⋯."

"어차피 다 놀고 나면 나한테 올 거거든."

최은결이 그럴 사람이라는 건 아니지만. 세영은 자신 있는 목소리로, 그러나 고압적인 표정을 풀지 않으며 나은에게 경고하듯 말했다.

"차라리 너랑 좀 놀았으면 최은결이 억울하지라도 않지."

"뭐라구요?"

"코딱지만 한 사무실에서 없는 말 지어 내면서 여왕벌 놀이 하는 거 재밌었어?"

"누가 없는 말을⋯⋯."

"진짜 여왕벌이 뭔지 보여 줘?"

낮게 목소리를 깐 세영이 으르렁거렸다.

"나이 먹고 유치하게 대응 안 하려고 했는데, 자기 말 들어 보니까 돈으로 한 번 찍어 눌러 주는 것도 나쁘지 않네."

"……."

"혼자 하는 사랑도 적당히 해. 자기 지금 변호사를 상대로 스토킹 하는 거야."

"뭐, 뭐라구요? 스토킹?"

더는 못 들어 주겠다는 듯 나은이 자리에서 벌떡 일어났다. 지금껏 지고지순하게 간직해 온 자신의 사랑 철학을, 세영이 난잡하고 더럽게 물들이는 것 같았다. 제 사랑은 그런 류의 것이 아니었다. 지고지순한 비서의 동경과 사랑을, 스토킹 따위로 취급해서는 안 됐다. 나은은 씩씩거리며 겉옷을 집어 들었다.

"멀쩡한 사람한테 스토커니 뭐니. 사람 몰아가는 거 아주 수준 급이시네요."

"칭찬 고마워."

"돈지랄 구경 잘했어요. 그럼 이만."

경멸하는 눈으로 세영을 내려다보던 나은이 팩 돌아서서 바를 나갔고, 웃고 떠들던 직원들이 모두 놀란 눈으로 그 뒷모습을 바라보았다. 조금 전까지 조폭 두목처럼 앉아 목소리를 깔던 세영은, 언제 그랬냐는 듯 순식간에 새초롬한 얼굴로 돌아와 손으로 입을 가리고 내숭을 떨었다.

"어떡해요, 제가 술을 너무 많이 줬나 봐요."

"교수님이 나은 씨 이긴 거예요?"

"이 주임이랑 술로 싸워서 이긴 사람이 한 명도 없었는데!"

새로운 강자의 탄생을 축하하며 직원들이 웃었다. 따지고 보면 술로 이긴 건 아니고, 지가 지 분에 못 이겨 뛰쳐나간 거긴 하지만. 어쨌든 못 버티고 먼저 일어나는 놈이 지는 거였다. 얼굴만 보면 알코올이 한 방울도 들어가지 않은 것 같은 세영을 제 옆으로 끌어 앉히며 은결이 물을 건넸다.

"너무 많이 마신 거 아니야?"

"내가?"

"쌤도 그렇고, 쟤도……."

"지금 내 앞에서 다른 여자를 걱정하는 거야?"

"아니, 너무 신나."

세영의 귀에만 들릴 정도로 킥킥 웃던 은결은 금세 시무룩해져 세영의 눈치를 살폈다.

"술값 많이 나올 텐데."

"원래 촌지는 비싼 거야."

"이렇게까지 안 해 줘도……."

"어허."

세영이 엄하게 은결을 다그쳤다. 입을 합 다문 은결이 차마 대꾸는 못 하고 손가락을 꼼질거렸다.

"누나를 뭐로 보고."

"……."

"그리고 너한테 쓰는 돈은 하나도 안 아까워."

카드 줘? 클러치에서 주섬주섬 카드를 꺼내려는 세영을 끌어안으며 은결이 파안대소했다.

* * *

"좋은 아침입니다."

은결이 꾸벅 묵례하며 제 방으로 쑥 들어갔다. 아무리 바로 전날 여자 친구가 대단한 회식을 쐈다고 해도, 그래서 직원들의 태도가 조금 바뀌었다고 해도, 하루아침에 지금껏 당했던 수모를 잊고 헤헤 웃기가 힘들었다. 남자가 쫀심이 있지, 쪼온심이. 천천히, 그러나 점진적으로 노기를 누그러뜨리며 융화될 생각이었다. 그런 은결의 쌀쌀맞음을 직원들은 아쉬운 눈으로 바라보았다. 은결의 방문이 닫히고 나자 직원들은 긴장이 풀린 듯 떠들어 대기 시작했다.

"아유, 오늘도 바람 쌩쌩하네."

"그래요? 오늘은 좀 덜한 것 같은데."

"아이, 나였으면 그만치 능력 좋은 여자 친구 있으면 매일이 싱글벙글이겠구만."

"꿈 깨세요. 그런 여자가 미쳤다고 이 실장님을 만나요?"

최 변씩이나 되니까 가능한 거지. 직원들이 까르르 웃었다. 그 누구도 맨 앞자리 주인의 살벌한 표정은 아랑곳하지 않았다. 어차피 뒤에서는 안 보였으니까.

"이 주임, 어제 왜 도망갔어?"

신나게 떠들던 김 대리가 좌우를 살핀 뒤 나은의 눈치를 힐끔 보며 물었다. 나은은 경직되어 있던 얼굴을 풀고 다시금 예전의 선하고 천진한 표정으로 돌아갔다. 그리고 어깨를 작게 으쓱하며 대답했다.

"도망간 거 아니에요. 그냥⋯⋯."

"⋯⋯."

"제가 있으면 안 될 자리 같아서."

부글거리는 속내를 꾹 참고 나은이 생긋 웃었다. 지난밤, 세영이 문득 여왕벌 노릇 재밌었냐고 물었다. 그때는 무슨 여왕벌 놀이냐고 받아쳤는데, 이제 생각하면 세영의 말이 맞는 듯도 했다. 나은은 제 뜻대로 돌아가지 않는 사무실 분위기에 대단히 불안을 느끼고 있었다.

'진짜 여왕벌이 뭔지 보여 줘?'

분노로 눈가가 홧홧해질 지경이었다. 자리에 없는 강세영은, 자리를 지키고 앉아 있는 이나은보다 더욱 떠받들어지고 있었다. 지금까지 제 왕국의 백성이었던 사람들이 세영의 능력과 배포를 찬양하며 지난밤의 즐거움을 제각기 복기하고 있었다. 이 얘기를 해도, 저 얘기를 해도 끝은 강세영이었다.

제일 열 받는 건, 최은결과 강세영이 잘 어울린다는 말을 듣는 거였다. 어제 이 시간만 해도 모두 입을 모아 은결을 비난해 주었다. 그런데 강세영이 돈 좀 쓴 게 뭐라고 판세가 이렇게까지 기울 수가 있어. 나은이 어금니를 꾹 물며 웃는 표정을 유지했다. 자신의 말에 당황한 김 대리가 다시 자신을 추켜세워 주기를 기다렸다. 그러고 나면 다시 제가 원하는 대로 세영은 자신에게서 은결을 빼앗아 간

천하의 몹쓸 년이 될 것이다.

"그런 게 어딨어. 어제 이 주임 가고 나서 얼마나 재밌었는데."

"아…… 교수님이 돈 많이 썼나 봐요."

그러니 너도 그 사탕발림에 넘어간 거냐, 떨떠름한 표정을 지어 보이며 나은이 김 대리를 떠보았다. 그러나 김 대리는 눈치 없이 떠벌이기 시작했다.

"돈도 돈이고, 생각보다 사람이 그리 나쁘지 않더라고. 프로페셔널하고."

이젠 내 앞에서 강세영을 편들어? 나은의 둥근 눈빛에 순간 날이 섰다. 하나는 그런 나은과 김 대리의 신경전을 불안한 듯 뒤에서 지켜보고 있었다.

"최 변이 그렇게 애교 부리는 스타일인 거 알았어? 진짜 충격 적이더라."

"……."

"여자도 능력이 있어야 돼. 강 교수 봐 봐, 능력 있으니 괜찮은 남자 절로 딸려 오잖아. 나은 씨도 응? 직장 놓치지 말고 꼭 붙들고 있어. 여자도 능력이 있어야……."

"대리님."

김 대리의 말을 듣다 못한 나은이 그녀의 말을 잘랐다. 김 대리는 악의라고는 전혀 없는 눈빛으로 나은을 바라보았고, 나은은 작게 한숨을 쉰 뒤 입을 열었다.

"전 나이 처먹고 아득바득 어린애 남자 뺏는 여자는 되기 싫어요."

"뭐라고?"

"최 변도 똑같아요, 지금까지 저한테 끼 부리는 거 같이 보셨잖아요."

"누가 끼를 부려요?"

가만가만 이야기를 듣고 있던 하나가 대화에 난입했다. 하나는 모니터를 바라보는 자세 그대로 눈동자만 굴려 나은을 응시했다. 나은은 네까짓 게 내 말을 끊어, 하는 고압적인 자세와 황당하다는 표정으로 하나를 바라보고 있었다. 김 대리의 시선까지 하나에게 닿자, 하나는 침을 꿀꺽 삼킨 뒤 용기를 내어 말했다.

"아니, 듣자 듣자 하니까 너무한 것 같아서. 엄밀히 말하면 최 변이랑 강 교수 사귀는 데 끼어든 건 나은 씨잖아."

"저기요."

"그리고 자꾸 최 변 몹쓸 놈으로 몰아가는데, 내가 보기엔 원래 그냥 다정한 사람인 것 같거든요? 그러니까, 나은 씨한테만 대단히 잘해 준 게 아니라고."

거기까지 말을 겨우 끝맺은 하나는 입 밖으로 튀어나올 것 같은 심장의 박동을 고스란히 느끼고 있었다. 처음으로 이나은에게 대등하게 맞섰다. 평생을 조용하고 소심한 성격으로 살아온 하나는 자신에게 어디서 이런 용기가 났는지 스스로도 궁금했다.

그러나 하나는 스스로 답을 알고 있었다. 지하철에서 쓰러진 사람을 만났을 때. 그리고 짧은 망설임 끝에 가슴을 누르기 시작했을 때 솟은 감정이 아직도 하나의 가슴을 데우고 있었다. 작게 트인 자신감이라는 거였다.

"조하나 씨, 뭐 모르면 빠지세요. 그쪽도 최 변한테 관심 있어요?"

"뭐, 뭐라구요?"

그러나 타고나길 옹골찬 어린 나은을 대하기에는 역부족이었다. 훅 들어오는 공격에 당황한 하나가 어버버거리자 나은이 싱긋 웃고는 다시 제자리로 돌아와 들릴 듯 말 듯 중얼거렸다.

"나이 먹은 여자들은 다들 왜 이러나 몰라, 추잡하게."

"뭐라고?"

어이없다는 듯한 김 대리의 목소리가 들려왔다. 당황한 나은이 아무 말 없이 김 대리를 곁눈질했고, 졸지에 '나이 먹은 여자들'의 범주에 끼게 된 김 대리는 아예 나은 쪽으로 몸을 돌아 세워 앉았다.

"지금 뭐라고 했어?"

"네?"

"나이 먹은 여자들이 다들 추잡하게 군다고?"

아이 씨, 들었나 보네. 그것도 제대로. 부탁한 적도 없는데 제가 한 말을 정리해서 읊어 주는 김 대리 덕분에 뒷자리 직원들의 반응도 싸늘해졌다. 당황한 나은이 냉큼 손을 저으며 입꼬리를 올려 보였다.

"누구 얘기 하는 건지 아시잖아요. 강세영……."

"하나 씨 얘기 하는 거 아니야, 지금."

"네에? 아니에요, 무슨, 완전 오해……."

"까부는 것도 정도껏이어야지. 하나 씨가 자기보다 몇 살 위인지는 알고 있어?"

갑자기 나 왜 혼나고 있어. 평소엔 조하나한테 관심도 없던 게. 나은이 어리벙벙한 얼굴로 김 대리를 바라보며 힘겹게 웃었다.

"저 진짜 하나 사원님한테 한 말 아니고, 강 교수한테……."

"이나은, 네가 방금 한 말이 기억이 안 나? 모르면 빠지라고? 그게 선배한테 할 소리야?"

선배라니, 어디서 굴러먹다 시간만 보내고 온 경력직 신입더러 선배래. 나은은 단 한 순간도 하나를 선배라고 생각한 적이 없었다. 지금 현 상황에서는 나은이 직급도, 병원 경력도 하나보다 위인 건 사실이니까. 뭐라 대꾸하려던 나은은 그만 입을 다물었다. 이런 사소한 이슈에는 항상 한 발 빠져 있는 이 실장마저 나은을 다그치기 시작했으니까.

"강 교수한테 했어도 문제야. 그게 윗사람 대하는 태도야?"

"……."

"아무리 이 주임이랑 사적으로 안 좋게 얽혔다고 해도, 이건 사람 간의 예의 문제야."

"죄송합니다……."

"나한테 죄송할 게 아니라 하나 씨한테 사과해. 어디서 버르장머리 없이……."

쯧. 이 실장이 혀를 차는 소리가 비수처럼 날아와 꽂혔다. 냉기 어린 사무실 한가운데서 나은은 홀로 부실한 뗏목에 겨우 올라타 있는 기분이었다. 조금만 삐끗하면 얼음물 아래로 떨어져 버릴 것 같은 느낌. 나은은 몸을 반쯤 돌려 하나를 향해 건성으로 말했다.

"죄송…… 합니다."

그러나 돌아오는 답은 없었고 기계적인 타이핑 소리만 들릴 뿐이었다. 등줄기에 소름이 쫙 돋으면서 숨이 가빠졌다. 다들 나한테 왜 이래?

* * *

"이 환자, 퇴원은 찍어 놨는데, 포타슘 팔로 업[27] 보고 보내."

"네."

"수고하고."

오후 당직인 다름에게 후루룩 인계를 마친 세영이 자리에서 일어났다. 찬희의 고백 이후로 짧지 않은 시간이 흘렀고, 다름은 여전히 세영 앞에서 쭈굴거렸으나 세영은 별 감정 없는 사람처럼 행동했다. 오히려 이찬희가 저에게 뭐 그리 대단한 사람이었다고 발끈했던 지난날이 부끄러워 시간을 되돌리고 싶은 기분이었다. 그리고 무엇보다, 세영은 새로운 연애 사업에 바빴다. 귀여운 애랑 꽁냥대느라 구남친이고 나발이고 신경 쓸 겨를도 없었다.

"나 끝났다."

─ 벌써? 나 좀 걸릴 거 같은데. 동송대 병원 미팅 나왔어.

"거기가 어딘데? 내가 그쪽으로 가지 뭐."

─ 하…… 누나, 사랑해.

불현듯 치고 들어오는 누나 소리에 세영은 미간을 확 찌푸렸다. 보이지도 않는 세영의 표정을 읽기라도 했는지 핸드폰 너머의 은결이 낄낄댔다. 신경질적으로 가운 주머니에 핸드폰을 넣는 세영을 흘긋거리던 다름이 남자 친구예요? 물으려다 그만두었다. 일하는

---

27) 재검 결과 (follow up)

데는 지장이 없었지만, 그렇다고 예전과 같이 친밀하게 사적 대화를 나누기에는 너무 멀어져 버린 사이. 다름의 표정이 어두워졌다.

"간다."

다름을 한 번 툭 치고 세영이 스테이션을 떠나려던 찰나, 저 멀리에서부터 사이렌 소리가 들려왔다. 세영이 멋쩍게 웃으며 다름의 뒤통수에다 대고 중얼거렸다.

"빨리 일어날 걸, 미안하네."

이번에도 저 때문에 119가 온 것 같은 느낌에 세영은 의국을 향해 바삐 발걸음을 옮겼다. 여느 때보다도 위용거리는 사이렌 소리가 유독 섬찟하게 들려왔다. 이 느낌은 뭐지. 세영이 고개를 갸웃했다. 사이렌 크게 키우고 오는 환자 중에 진짜 중환 의외로 잘 없는데. 응급실 복도 한가운데 멈춰 선 세영이 천천히 뒤를 돌아보았다. 그리고 한 쪽 벽에 붙어 서서 어떤 환자가 들어오는지 기다렸다.

"헤마테메시스(토혈) 환자, 멘탈 드라우지(기면) 해요!"

여자 구급대원이 카트를 끌고 들어오며 큰 소리로 소리쳤고, 다름의 지시에 따라 카트가 중환 구역으로 옮겨졌다. 의료진들이 환자에게 달려들어 처치하기 시작했고 멀찍이서 보던 세영은 눈썹을 들썩거렸다.

"저거 어디서 많이 본 신발인데."

사람들 사이에 가려 잘 안 보이지만 환자가 젊은 남자라는 건 알았다. 그런데 환자의 발에서 벗겨진 운동화가 낯익었다. 세영은 천천히 한 발짝, 한 발짝 환자 쪽으로 다가갔다. 그리고 침대 밑에 나동그라진 자주색 운동화에 초점을 맞추려 미간을 찡그렸다.

붉은 피가 점점이 박힌 자주색 운동화.

'넌 뭐 사도 그런 걸 사냐.'

'왜, 예쁘잖아. 이거 한정판이란 말이야.'

'고구마 신고 다니는 사람 같애.'

'이게 어딜 봐서 고구마냐!?'

하. 심장이 세차게 뛰기 시작했다. 아니겠지. 아닐 거야. 강도영이 등치기 얼만데? 간호사들 몇 명으로 들어 옮겨질 무게가 아니라고?

숨이 점점 가빠지는 줄도 모르고 세영은 살금살금 침상 가까이 다가갔다. 분주히 움직이는 간호사들 사이로 눈을 뜨지도 못하고 감지도 못한 남자의 얼굴이 보였다.

"야…… 야……."

너 왜 그래. 너 왜 여기 누워 있어. 이 피는 또 뭐야. 왜 이렇게 말랐어. 물어볼 질문이 한가득이었지만 따끔거리는 목을 붙잡고 겨우 뱉어 낸 게 '야.'뿐이었다. 그렇게 비틀거리며 침대에 가까이 다가가는 세영을 막아선 건 다름이었다.

"가세요."

"비켜."

"선생님 근무 끝났어요."

"쟤 왜 저래?"

세영의 눈은 이미 투명한 눈물로 출렁거리고 있었다. 뚜르르, 한 줄기 눈물길이 둑 터지듯 터졌고 입술이 파랗게 질리기 시작했다. 다름이 세영의 허리를 감아 안고 힘주어 그녀를 끌어내며 말했다.

"어떻게 된 일인지는 저도 모르겠고요. 저분이 선생님 베프인

건 알아요."

"너 알고 있었지."

"정말 몰라요. 저도 영문을 모르겠으니까! 진료 좀 하게 비켜 주세요."

"쟤 왜 피범벅이냐고!"

쿨럭. 그때 욕지기가 나는 듯 도영이 급하게 몸을 세우고 입에서 다시 한번 선혈을 한 움큼 흘렸다. 눈이 커진 세영은 비명이 새어 나올 것 같아 두 손으로 입을 막았다. 세상이 온통 슬로우 모션으로 보였다. 도영의 옷을 가위로 싹둑 잘라 내는 손들, 풀린 눈동자, 창백한 얼굴, 자신을 끌어당기는 다름의 움직임까지.

"제발, 선생님. 의국에 가 계세요."

"도영아…… 도영아."

"급한 불 끄고 나면 나오세요. 선생님 여기 계셔 봐야 하나도 도움 안 돼요."

무릎에 힘이 빠져 덜그덕거리는 다리 때문에 제대로 서 있을 수가 없었다. 세영은 자신보다 한참이나 키가 작은 다름에게 업히듯 부축 당해 절걱거리며 걸었다. 멀지 않은 의국까지 세영을 부축하고 걸으면서도 다름은 끊임없이 큰 소리로 오더를 내렸다. 다름은 의국 문을 열자마자 당직용 침대에 세영을 앉힌 뒤, 여전히 파들거리고 있는 세영을 세게 끌어안고 다짐하듯 힘주어 말했다.

"최선을 다할게요."

그러고는 다름은 쏜살같이 뛰어 의국을 나갔다. 쾅 닫히는 오래된 문을 보면서 세영은 망연해졌다. 눈에서는 쉬지 않고 눈물이 뚝뚝 흐르고 있었다. 최선을 다한다니. 강도영이 왜 최선을 받아야 해. 무슨 그런 다 죽어 가는 환자 대하듯 말해. ……혹시 저 사람, 강도영 아닌 거 아닐까?

기대는 희한한 방향으로 튀었고 세영은 파들거리는 손으로 핸드폰을 꺼내 도영에게 전화를 걸었다. 두어 번의 신호음 끝에 전화가 금방 연결되었다. 그리고 여보세요, 낮게 울리는 남자의 목소리가 있었다. 세영은 금세 활짝 웃었다. 울면서 웃었다. 역시, 네가 아닐 줄 알았어!

"여보세요? 강도영?"

- 강도영 선생님 보호자 분이세요?

"……."

- 여기 연희 병원인데요. 응급실로 좀 오셔야 할 것 같아요…….

* * *

강도영. 만 33세 남자. 7월 7일생.
특이사항 : 가정의학과 전임의 본인.

세영은 몽롱한 얼굴로 수많은 강도영 사이에서 제 친구 강도영을 찾아냈다. 딸칵, 마우스를 누르는 손가락에 추가 달린 듯 무거웠다. 곧 로딩되는 도영의 의무 기록에는, 세영이 모르는 도영의 세상이 펼쳐져 있었다.

"이게…… 무슨……."

내려도 내려도 끝이 없는 스크롤. 세영은 파들거리는 손가락으로 쥐콩만 한 스크롤을 집어 맨 끝으로 내렸다. 10년 전 학생 시절부터의 도영이 거기 있었다. 진단명 인대 염좌, 발목. 소화성 위염. 간간이 클릭해 보면 진료 차트에는 술 먹고 다리를 접질린 다음 날의 도영이 간단하게 그려져 있었다.

기록이 떼로 뭉쳐지기 시작한 건 반년 전이었다. 그간 가정의 학과에서 감기약 정도나 타 먹던 강도영은 소화기내과 교수에게 진료를 받기 시작했다. 진단명 소화불량. 상세불명의 위염. 상세불명의 위염. 상세불명의 위염. 상세불명의 위염. 그러다 내시경 기록이 한 번 있은 후부터는 진단명이 달라졌다. 담당 과도 달라졌다. 일반외과, 상세불명의 위의 악성 신생물, 진행형

날짜는 꼭 세달 전이었다. 세영이 은결을 다시 마주쳤던 즈음과 맞물리는 시기. 강도영이 나한테 아프다는 소리를 했던가? 잘 기억이 나지 않았다. 제 일에, 그리고 은결과의 관계에만 정신이 팔려 도영을 완전히 잊어버리고 있었다.

세영은 제 손목을 지긋이 잡아 맥박을 짚던 도영을 기억해 내고 두 손으로 얼굴을 폭 감쌌다. 강도영은 세영의 나쁜 버릇이 무엇인지, 평소의 제 맥박이 어떤지까지 꿰고 있는데. 나는 뭐 한다고 강도영이 저 지경이 될 때까지 모르고 있었나. 해일 같은 후회와 죄책감이 밀려들어 왔다.

"선생님."

그때 의국 문을 열고 다름이 살그머니 들어왔다. 모니터 앞에서 숨만 겨우 쉬고 있는 세영에게 천천히 다가온 다름이 의자를

끌어당겨 세영의 옆에 앉았다.

"강도영 쌤, 내시경 방 내려갔어요."

"……."

"괜찮아요?"

"피는?"

"팩 두 개 짜면서 갔어요."

후우. 깊게 한숨을 내쉰 세영이 천천히 얼굴에서 손을 내렸다. 눈물로 범벅된 얼굴이 딱딱하게 굳어 있었다.

"솔직히 말해. 너 알고 있었지."

세영의 손이 도영의 진료 차트를 다시 잡았다. 그리고 최근까지 쭉 밀어 올렸다. 끔찍한 진단명 옆에 어느새 일반외과는 사라지고 가정의학과만이 적혀 있었다. 주치의 이찬희, 이찬희, 이찬희, 이찬희. 처방 목록은 암성 통증으로 인한 모르핀뿐이었다. 이찬희가 지금껏 강도영을 돌봐 왔다면, 황다름에게 그 사실을 말하지 않았을 리 없었다.

"……몰랐어요."

그런데 이 말간 얼굴의 후배는 끝까지 모른 체를 한다. 세영은 문득 아랫배 쪽에서부터 뜨겁게 열이 뻗쳤다. 이제야 이찬희가 한 말의 의미를 깨달은 것이다.

'강 선생한테 신경 좀 써 줘.'

이런 일이 있었으면 제대로 말을 했어야지. 사색하느라 겨우 말랐던 눈에서 다시 눈물이 샘솟기 시작했다. 세영은 자리에서 벌떡 일어나 다름의 멱살을 잡았다. 헐렁한 당직복이 세영의 야무진 주먹에 쉽게 딸려 갔다.

"늬들은 도대체 왜 그래? 사람 엿 먹이는 거 취미야?"

"선생님, 잠깐만요, 진짜……."

"제발 한 번만이라도 나한테 진실할 수는 없어? 내가 늬들한테 그거밖에 안 되는 곁다리야?!"

세영이 쥐고 있던 다름의 멱살을 팩 집어 던지고 씩씩거렸다. 황다름도, 이찬희도, 강도영도, 왜 다들 나에게 진실을 말하는 걸 두려워하는 거야. 왜 나한테만 제일 중요한 것들을 숨기는 거야. 내가 너희들한테 그것밖에 안 돼?

울음이 터져 나올 것 같아 세영이 아랫입술을 꾹 물었다. 잠깐 휘청거리던 다름은 금세 중심을 잡고 단단하게 서서 침착한 눈으로 세영을 응시했다. 그리고 뭐라고 말하려던 찰나, 의국 문을 똑똑 두드리는 소리가 났다.

"황다름 선생 있나?"

귀에 익은 목소리였다. 세영의 눈이 절로 날카로워지며 문 쪽을 쏘아보았고, 다름은 작게 한숨을 내쉰 뒤 의국 문을 열었다. 문틀에 기대어 삐딱하게 선 찬희가 그곳에 있었다.

* * *

"강 선생이 너한테 절대 말하지 말라고 했어."

"그렇다고 진짜로 말을 안 해요?"

"금방 죽을 사람 소원인데 어떻게 안 들어주냐."

찬희가 답답한 듯 뒷머리를 긁적였고, 세영은 바람 빠진 소리로 헛웃음 쳤다.

"누가 죽어요? 오진이야."

"도영이 PET(양전자 단층 촬영) CT 찍은 거 안 봤구나."

"……."

"안 보는 게 정신 건강에 좋을 거야."

그리고 찬희는 세영의 곁에 앉아 등을 쓸어 주던 다름에게 시선을 두었다.

"너한테도 말하지 말라고 했어. 네가 알면 강세영이 알게 되는 거 시간문제라고."

"……."

"황다름은 진짜 몰랐으니까, 원망할 거면 나만 원망해."

내가 강도영 인생에 별거 아니라서 숨긴 게 아니고, 너무 별거라서 숨긴 거였다고. 하. 세영의 눈에서 점차 총기가 사라져 갔다. 찬희는 손목시계를 한 번 흘긋 본 뒤 세영을 향해 건조하게 말했다.

"막말로, 네가 먼저 알았으면 어쨌을 건데?"

그건 그랬다. 이미 퍼질 대로 퍼진 암을 한낱 응급의인 세영이 어찌할 도리는 없었다. 암을 긁어모을 수가 있나, 영기 치료를 받자고 사이비 종교를 향해 손을 이끌 수나 있나. 그래도 이렇게 상처받지는 않았을 거 아냐. 가장 친한 친구가 갑자기 피를 토하면서 실려 오는 꼴을 보고 이렇게 놀라지는 않았을 거 아냐.

세영이 고개를 푹 숙이자 마른 등이 다시 들썩이기 시작했다.

찬희는 다름과 무언의 눈빛을 주고받은 뒤 작게 한숨을 쉬며 의국을 나갔다. 아마 도영을 보러 가는 길일 테다. 다름도 벽에 걸린 시계를 한 번 쳐다보다가, 울음이 터진 세영을 토닥였다.

"저 이제 나가 봐야 해요."

"흐어…… 흐어엉……."

"집에 갈 수 있겠어요? 택시 불러 줄까요?"

세영은 제일 먼저 도영을 떠올렸다. 너무 힘들거나, 심적으로 지친 일이 있을 때는 늘 도영에게 SOS를 치곤 했다. 그러면 도영은 구시렁거리면서도 용케 저를 찾아내 끄집어내 주곤 했다. 한참을 울고 나서는 스트레스 풀고 싶다며 강도영은 먹지도 못하는 매운 닭발집에 끌고 갔다. 착한 도영이. 계란찜이랑 주먹밥만 겨우 주워 먹으면서, 같이 술잔을 기울여 줬던 착한 도영이. 혹시 나 때문인가. 내가 자꾸 매운 거 먹으러 가자고 해서 위가 아픈 건가.

세영의 울음이 좀처럼 그치지 않자, 그 모습을 가만 지켜보던 다름이 세영의 가운 주머니에서 핸드폰을 꺼냈다.

"어플로 택시 부를게요."

세영의 핸드폰을 만지작대던 다름이 세영을 흘긋 바라보았다. 숨도 제대로 쉬지 못하고 꺽꺽 우는 언니를 덩그러니 택시에 태워 보내자니 문득 걱정이 들었다. 누구라도 집까지 안전하게 데리고 가 줄 사람이 없을까. 다름은 주저 없이 통화 목록을 열고 들어갔다. 친구 아니면 부모님이라도, 어쨌든 가장 자주 연락하는 사람이 누구인지 확인해야 했다. 거기에서 옛 친구의 이름을 마주치리라고는 상상도 못 했다.

"최은결……?"

다름의 의문은 다행히도 세영의 울음소리에 묻혔다. 병원에서 걸려 온 전화를 제외하면 통화 목록에는 최은결 세 글자만이 끝도 없이 다다닥 박혀 있었다. 시간대를 보면 아침저녁 할 것 없이 하루에 세 통이고 네 통이고 통화를 한 기록이 남아 있었다.

흐음. 눈동자를 굴리며 생각에 잠겼던 다름은 곧 망설임 없이 핸드폰을 귓가에 가져다 댔다.

* * *

겨울바람을 맞고 뛰어와 머리가 엉망으로 헝클어졌고, 단추가 잘못 끼워져 비뚤어진 코트 자락이 휘날렸다. 은결은 신경질적으로 앞머리를 쓸어 올리며 익숙한 의국 문 앞에 섰다. 그리고 노크를 하려다가 핸드폰을 꺼내 든 찰나, 복도 저 끝에서 다름이 당직복 주머니에 손을 넣은 채 껄렁하게 걸어왔다.

"뭐냐, 배신자."

은결이 눈을 가늘게 뜨고 다름을 노려보았다. 다름은 어깨를 으쓱하며 대답했다.

"내가 할 말인데. 세영 쌤이랑 언제부터냐?"

"1억 5천만 년 전부터."

"누가 둘리고 누가 고길동이야?"

"당연히 귀여운 내가 둘리지."

우웩. 구역질하는 시늉을 한 다름이 은결에게 다가와 핸드폰을 뺏었다. 그리고 턱 끝으로 의국 안을 가리켰다.

"안에 있어. 무슨 일이냐고 들쑤시지 마."

"왜? 네가 뭔데?"

"쌤 또 울 거니까."

흥. 은결이 코웃음 치며 다시 다름의 손에서 제 핸드폰을 빼앗았다.

"너나 강세영 울리지 마, 이 배신자야."

그놈의 배신자 소리. 다름은 고개를 절레절레 저었고, 은결은 답답한 듯 눈을 빛냈다.

"뭔데 그래. 무슨 일인지 대충은 알아야 들쑤시든 말든 할 거 아냐."

"쌤 베프가 아파서 실려 왔어."

강세영의 베프. 은결이 눈동자를 굴렸다. 친구라고 할 것도 없는 좁은 인간관계의 소유자 강세영에게 베프라면 강도영 하나뿐이었다. 은결도 도영을 알았다. 인턴 시절, 종종 응급실 당직을 하러 내려오던 한 연차 위의 가정의학과 의사였다. 환자들에게 참 다정하고, 말을 따뜻하게 해 주던 선생님이어서 도영은 은결의 기억 속에도 좋은 사람으로 남아 있었다. 그런데 그 선생님이 아프다고?

"다치셨어?"

"위암 4기. 피 토하면서 실려 온 거 세영 쌤이 퇴근하다가 봤어."

아. 은결의 얼굴에서 한순간 장난기가 싹 지워졌다. 세영이 그랬던 것처럼 은결의 입술도 하얗게 질렸다. 다름은 쯧, 하고 혀를 차며 작게 한숨을 내쉬었다.

"세영 쌤 전혀 몰랐나 봐. 지금 배신감으로 멘붕 상태니까 보필 좀 잘해."

"어……."

"나 일하러 간다."

다름이 바쁘게 총총거리며 은결을 떠났고, 홀로 남은 은결은 의국 문의 손잡이만 잡았다 놨다를 반복했다. 그리고 깊은 고심에 빠졌다. 내가 강세영에게 위로가 될 수 있을까. 오랜 친구에게 받은 상처를 감히 내가 보듬어 줄 수 있을까. 나만이 할 수 있는 일은 뭘까……

더 깊이 생각할수록 자신이 없어졌다. 알고 지낸 세월만 따져 보자면, 도영보다도 제 처지에 확신이 없었다. 그래서 은결은 오직 세영만 생각하기로 했다. 힘든 순간에 가장 먼저 찾은 게 최은결이었다는 생각만 하기로 했다. 은결은 힘주어 의국 문을 열고 고개를 빼꼼 디밀었다.

"……."

"……."

"거기 이쁜 아가씨."

세영은 넋이 나간 채로 컴퓨터 앞에서 도영의 의무 기록만 딸각거리고 있었다. 은결은 의국 안으로 들어가 문을 닫고 팔짱을 끼고 기대섰다. 세영이 천천히 고개를 돌려 은결을 바라보았다. 총기라고는 하나도 찾아볼 수 없는 눈빛과 무감정한 표정. 은결은 가슴께가 따끔거려 손가락으로 대충 긁적이고 씩 웃어 보였다.

그러나 돌아오는 대답도, 모션도 없다. 세영은 영혼 없는 허수아비처럼 멍하니 은결을 바라볼 뿐이었다. 툭 하고 건드리면 바스라질 것 같은 얼굴. 부디 내 존재가 힘이 되어 줄 수 있기를 바라며. 은결은 앉아 있는 세영에게 성큼 다가가 그녀를 와락 안아 버렸다. 까실까실한 코트에서 겨울바람 냄새가 났다.

"집에 가자. 데려다줄게."

한동안 말없이 세영을 끌어안고 토닥여 주던 은결이 손을 잡고 일으켜 주었다. 세영은 제가 아직도 가운을 입고 있다는 사실을 그제야 깨달았다. 은결은 세심한 손놀림으로 세영의 가운 단추를 풀어내며 중얼거렸다.

"집에 가서 따뜻한 물로 씻고, 맛있는 거 시켜 먹자."

"……."

"술은 마시지 말자. 대신 마시멜로우 넣고 엄청 진하게 코코아 타 줄게."

"……."

"이쪽 팔도 빼고, 옳지. 가방 어딨어?"

책상 위에 오도카니 놓여 있던 핸드백까지 대신 어깨에 메고 은결이 세영 앞에 섰다. 그러나 세영은 여전히 얼어붙은 채 요지부동이었다.

"세영아."

은결이 무릎을 굽히고 쪼그려 앉아 의자에 앉은 세영을 올려다보았다. 헛헛한 눈동자가 은결을 향했고 은결이 세영의 차가운 손을 쓰다듬었다.

"나는 무슨 일 있으면 제일 먼저 자기한테 얘기할게."

"……."

"어디 조금만 다치거나 아파도 징징거리면서 호 해 달라고 할 거야."

낮은 저음과는 대조적인 장난스러운 말투에 결국 세영이 피식 웃었다. 은결은 이제야 한시름 놓았다는 듯 세영의 손을 들어 제 얼굴 위에 폭 가져다 댔다. 몸을 탈탈 말리고 짜내도 눈물은 자꾸 어디서 생겨나는지. 세영의 아랫입술이 다시 떨리기 시작하자 은결도 얼굴에서 웃음기를 지웠다. 그리고 너른 품에 세영을 꼭 끌어안았다.

겨울바람에 차게 식은 코트에 얼굴을 묻자 열기가 한층 가라앉는 기분이 들었다. 세영이 팔을 뻗어 은결의 커다란 등을 꼭 감싸안으며 읊조렸다.

"강도영이 아프대."

"들었어."

"죽을 만큼 아프대. 통증 강도가 아니라, 진짜 죽기 직전이래."

맥없는 목소리가 입술 사이로 겨우 흘러나온다.

"난 그걸 하나도 몰랐어. 제일 친한 친군데도. 나한테 꽁꽁 숨겼어."

"……."

"강도영한테는 내가 제일 친한 친구가 아니었던 걸까?"

다시금 울음이 터지려는 세영의 이마에 은결이 촉 소리 나게 입을 맞추었다. 그리고 종전보다 더욱 세게 세영을 끌어안았다.

"그럴 리가 있어? 제일 좋아하는 친구니까 걱정시키고 싶지 않았던 거겠지."

"……."

"괜찮을 거야, 도영 쌤. 금방 괜찮아질 거야."

"괜찮아질 수 없는 상태인 건 누구보다 내가 잘 알아."

단호한 세영의 말에 은결은 그만 입을 다물었다. 세영은 열로 달뜬 머리를 은결의 서늘한 목덜미로 파고들며 다짐을 받듯 재촉했다.

"너는 아프지 마."

"응."

"나한테 아무 말 없이 어디 가지도 마."

"응."

은결이 다시금 힘주어 세영을 단단히 끌어안았다.

"아무 데도 안 가. 네가 나 지겹다고 쫓아내도 절대 안 떨어져."

그럼에도 앞으로 나아가는 것

찬희가 코트 주머니에 손을 넣으며 가라앉은 눈으로 도영을 응시했다. 도영은 취기로 불콰해진 얼굴로 비실거리며 웃었다.

"심심해서 와 봤는데 집에 없더라고요."

"……."

"교수님이 잘 데려다주셔서 다행임다. 저 먼저 가게씀다."

그러고는 고개를 푹 숙이더니 비틀거리며 돌아섰다. 저벅, 저벅, 눈 쌓인 길바닥을 밟는 소리가 처량했다. 찬희는 도영의 풀 죽은 어깨를 바라보았다. 눈이 더께로 쌓여 있었다. 저 자식, 얼마나 기다리고 있었던 거야. 찬희가 도영보다 빠르게 걸어 그 앞을 막아섰다.

동그란 안경 너머로 심드렁한 붉은 얼굴이 보였다. 그리고 다짜고짜 본론부터 내뱉었다.

"너 강세영 좋아해?"

찬희의 직구에 도영이 천천히 고개를 들었다. 그리고 피실피실 웃으며 손을 내저었다.

"징그러워요, 제가 그놈을요?"

"그런데 왜 집 앞에 기다리고 서 있어."

"교수님, 이찬희 교수님."

찬희보다 키가 한 뼘은 큰 도영이 팔을 뻗어 찬희의 어깨 위에 손을 얹었다. 졸지에 도영의 무게를 오롯이 받아 내게 된 찬희가 잠시 휘청했다. 도영에게서 짙은 술 냄새가 풀풀 풍겼고, 찬희는 인상을 찌푸렸다.

"교수님 이름이 참 좋아요. 찬희, 이찬희."

"이거 완전 술탱이 됐네. 인마, 정신 차려."

"이찬희가 아니고 강찬희였으면 어땠을까요."

"뭐?"

후우, 깊게 내쉬는 한숨에 울음기가 담뿍 묻어 있었다. 안경 너머로 울렁거리는 눈이 미어지도록 슬펐다.

"저도 강도영이 아니고 이도영이었다면."

"······."

"그랬으면 세영이가 한 번쯤은 저를 봐 줬을까요."

늘 진중하고 침착하던 후배의 눈에서 눈물이 후드득 떨어진다. 찬희는 복잡해진 머릿속을 정리하며 숨을 골랐다. 도영은 어느새 저의 어깨에 얼굴을 묻고 흐느끼고 있었다. 까마득한 선배인 자신에게, 대놓고 제 애인을 마음에 두었노라 고백한 도영의 목소리에는 찬희에 대한 원망이나 분노가 단 한 톨도 섞여 있지 않았다. 그 점이 찬희를 혼란스럽게 했다.

찬희는 힘주어 도영을 떼어 냈다. 흡, 흡. 저보다 키도, 덩치도 훨씬 큰 도영은 어린애처럼 들썩거리며 울고 있었다.

"언제부터야."

"처음부터요. 첫눈에, 첫 인사에, 첫 대화에."

"······."

"이젠 제가 하는 짓이 뭔지도 모르겠어요. 너무 오래 곪아서 터뜨릴 수도 없어요······."

도영은 연적의 앞에서 울음을 토해 냈다.

* * *

기억은 이미 끊긴 지 오래였다. 다음 날 숙취로 웅웅거리는 머리를 부여잡고 일어난 도영은 제가 술집에서 어떻게 집에 기어들어 왔는지도 기억하지 못했다. 다만 핸드폰에 남겨진 수십 개의 메시지와 부재중 전화로 세영에게 무슨 일이 일어났다고만 짐작할 뿐이었다.

- 이찬희미친새끼개돌아이새끼
- 제발 전화 좀 받아 봐 너네 선배 욕 좀 하자
- 야 명목상 사촌 아직도 자냐? 니 욕 하려는 거 아니니까

좀 받아 봐

도영은 자리에서 벌떡 일어나 앉았다. 머릿속에 스치는 장면들이 있었다. 눈 내리는 밤, 세영의 집 앞 골목, 멍한 얼굴의 찬희. 설마 아니겠지, 설마 내가 교수님한테…….

도영은 출근하자마자 가운만 겨우 꿰어 입고 찬희를 찾아 달려갔다. 외래 진료 중이던 찬희의 방에는 환자가 있었고, 문밖의 도영을 눈치챈 찬희가 기다리라는 눈짓을 했다. 도영은 콩닥거리는 가슴을 애써 진정시키며 벽에 등을 대고 심호흡을 했다.

"강 선생, 들어와."

환자를 내보낸 뒤 찬희가 도영을 불렀다. 도영은 주춤거리며 찬희의 외래 진료실 안으로 들어갔다. 모니터에 시선을 고정한 채 바쁘게 타이핑하던 찬희가 도영에게 눈짓했다.

"앉아. 어쩐 일이야?"

"교수님……."

혹시 제가 어제 무례한 짓을 저질렀나요. 스툴에 차마 앉지도 못하고 망설이던 도영이 입만 벙긋거리자, 찬희가 도영을 향해 비죽 웃었다.

"강세영이가 내 욕 많이 하디?"

"네?"

"어차피 헤어질 생각이었어."

앞서 나간 환자의 처방 목록을 완성한 찬희가 의자를 돌려 도영을 바라보았다. 온통 혼란스러운 도영의 표정과는 다르게,

찬희의 얼굴은 차분하고 담담해 보였다.

"제가, 제가 무슨 말을……."

"기억이 안 나?"

"네……."

"어제 강 선생 집 앞에서 마주친 건 기억 나?"

찬희가 황당하다는 듯 도영을 바라보았다. 정말로 난처한 듯 도영은 찬희의 얼굴을 제대로 쳐다보지도 못하고 우물거리고 있었다. 찬희의 눈썹이 한 번 들썩거렸다. 이 자식 이거, 민망해서 기억 안 나는 척하는 게 아니라 진짜로 기억 안 나는 모양인데. 찬희는 천연덕스럽게 거짓말을 했다.

"강세영이 좀 잘 봐 달라고 했어, 네가."

"그 얘기 말고는 더…… 안 했나요?"

찬희가 고개를 돌려 도영을 힐긋 응시했다. 손가락을 꾸물거리는 폼이 당장에라도 진실이 튀어나올까 두려운 모습이었다. 찬희는 도영을 한 번, 모니터를 한 번 번갈아 보다가 무심하게 말했다.

"안 했어."

"……."

"어쩌냐, 기껏 부탁했는데 하필 타이밍이 이래서."

"아닙니다."

도영의 얼굴에 희미하게 미소가 떴다. 안심한 까닭이리라. 강세영의 남자 친구에게 강세영을 마음에 두고 있다는 천인공노할 고백을 하지 않았다는 생각에. 찬희는 기가 막힌 듯 웃었다.

"형이 이별했다는데 웃고 있네."

"예? 아니, 그게 아니라."

"가 봐. 나 환자 밀린다."

도영이 고개를 꾸벅 숙이고 도망치듯 찬희의 진료실을 나갔다. 쏜살같이 사라지는 커다란 덩치의 가운 자락을 멍하니 보며 찬희는 생각에 잠겼다. 강세영과 강도영을 저울질했다. 그 결과 무게는 도영에게로 쉽게 기울었다. 세영은 여차하면 언제까지고 안 볼 수도 있었지만, 도영은 아니었다.

게다가 도영의 횡설수설하는 이야기를 들어 봐도 도영의 마음이 저보다 훨씬 깊고 오래되었다. 찬희는 미처 이루어지지 못한 둘 사이에 자기가 뒤늦게 끼어든 것 같은 불쾌한 기분에 밤새 괴로웠다. 어떻게 생각해도 자신이 빠져 주는 게 맞다는 결론으로 도달했기 때문이었다.

그렇다고 여자 친구인 세영에 대한 마음이 종이 접듯 쉽게 접히는 건 아니었다. 하지만 모든 이별이 그렇듯 시간이 지나면 옅어질 테고, 희미해질 테고, 종국엔 자국이나 겨우 남을 것이다. 꼴랑 몇 년 더 살았다고 찬희는 그 사실을 알고 있었다.

여자 하나 놓고 남자 새끼 둘이서 기 싸움 하는 건 딱 질색이었다. 차라리 강도영이 기억하지 못해서 잘됐다 싶었다. 강세영에게 자기 하나만 이상한 놈 되고 말면 끝이었으니까.

찬희는 가벼운 목소리로, 그러나 무거운 마음으로 외래 간호사에게 대기 환자를 들여 달라 말했다.

도영의 기억은 차츰 풍화되었다. 이불을 발로 찰 만큼 쪽팔린 기억도 언젠가는 잊히는데, 하물며 술 마시고 드문드문 나는 기억이 오래 갈 리 없었다. 대신 세영에게 이찬희 욕을 옴팡지게 들으며 세뇌되었다. 응, 그랬구나. 왜 그러셨대, 진짜. 정말 나빴다. 진지한 얼굴로 대답하면서도 마음 한구석에는 찬희를 감싸는 자신이 있었다. 이유는 모르겠지만 그렇게 나쁜 사람은 아닌 것 같은데. 그러나 그 말을 입에 올리는 순간 강도영은 강세영에게 산산조각 날 것임을 알기에 입을 꾹 다물기만 했다.

찬희의 기억도 차츰 풍화되었다. 일 년 남짓 사귄 여자 친구 대신 평생 함께 걸어갈 후배를 곁에 둔 것만으로도 찬희는 감사해했다.

과연 세영이 찬희에게 운명적인 사랑은 아니었는지 찬희는 세영을 쉽게 잊었다. 쉽게 다른 사람을 만났고 헤어졌다. 가끔 세영이 그립거나 생각날 때도 있었지만 한순간이었다. 어차피 강세영에게 자신은 뜬금없이 이별을 선고한 이상한 구남친 그 이상도 이하도 아니었으니까.

몇 년이 지났다. 병원 뒤편에서 환자를 잃고 혼자 훌쩍거리는 여자를 만났다. 누군지도 모르는 남자의 손수건을 넙죽 받아 눈물 콧물을 묻히며 통곡하는 얼굴이 왜 그리 예뻐 보였을까. 찬희는 우는 여자 곁에 같이 쪼그려 앉았다. 그리고 횡설수설하는 넋두리에 대충 맞장구쳐 주며 고개를 숙이고 몰래 웃었다.

여자는 한참 후에야 눈물을 그치고 찬희에게 손수건을 내밀었다.

그리고 부은 눈으로 씩 웃었다. 찬희는 그제야 가슴팍에 오버로크된 여자의 이름을 알 수 있었다. 응급의학과 황다름. 찬희는 직감했다. 운명의 여자를 이제야 만난 것 같다고.

* * *

도영이 눈을 뜨고 마주한 건 익숙한 천장이었다. 하얀색의 불연소 천장재가 조금씩 어긋나게 끼워져 있었다. 귓가에서 삑삑거리는 일정한 소리가 들렸다. 몸에는 모니터링 전극이, 손가락에 산소포화도 측정기가 달려 있으리라. 그리고 여기는…… 아마도 병원이겠지. 그렇게 피를 토하고도 나 아직 살아 있나 보다.

도영이 천천히 침을 모아 삼켰다. 잔뜩 말라붙은 목구멍이 따갑기만 했다. 한밤중에도 환한 준중환자실이라 몇 시간이 지났는지, 며칠이 지났는지도 가늠이 안 됐다. 코에 꽂힌 산소 캐뉼라(산소를 공급하는 튜브)가 근질거리고 거슬렸다. 하물며 산소마스크는 얼마나 불편했을까. 같은 처지가 되고 나서야 호스피스 환자들의 심정을 이해했다. 조금 부끄러워졌다.

그날 오후 강도영은 일반 병실로 옮겨졌다. 병원 식구라고 VIP 1인실을 내주었다. 한 식구면 싸게 먹히는 다인실 줘야 하는 거 아니에요? 질문하는 도영에게 간호사는 웃으며 말했다. 이찬희 교수님이 어찌나 성화신지 무조건 VVIP로 봐 달라 하셨어요. VIP 병실 문이 열리고 도영이 감탄하며 힘겹게 입꼬리를 올렸다. 그리고 끊어져 가는 목소리로 겨우 말했다. 죽기 전에 호강하네요.

눈 뜨면 멍하고 눈 감으면 자고의 연속이었다. 퇴사 처리는 진작 되었으나 해결해야 할 일이 산더미였다. 제 일을 가져갈 사람에게 엉망으로 마무리된 일 뭉치를 던져 주고 싶지는 않았다. 그러나 손가락 까딱도 힘들 만큼 기력이 없었고 무엇보다 계속 졸렸다. 극심한 빈혈 때문이었다. 도영은 하릴없이 텔레비전 채널만 넘기다가 또 기절하듯 까무룩 잠들었다. 옅은 잠이 흘러가고 눈을 떴는데, 보호자 소파에 세영이 앉아 있었다.

"……."

이상하다. 세영이 키가 저렇게 컸나. 왜 남자 정장을 입고 있지. 도영은 힘 빠진 눈꺼풀을 몇 번이고 끔벅거리며 세영의 상에 초점을 맞추려 노력했다. 세영은 소파에 앉아 핸드폰을 두드리느라 여념이 없었다. 머리카락은 또 왜 저렇게 짧아. 도영은 몇 번 숨을 고른 뒤 힘을 내어 그리운 이름을 불렀다.

"세영아."

형편없이 쉰 목소리가 흘러나오고, 소파에 앉은 세영이 고개를 번쩍 들었다. 그리고는 반가운 표정으로 제 곁에 뚜벅뚜벅 걸어와 보호자 의자를 빼고 앉았다. 그리고 걸걸한 목소리로 말했다.

"정신이 드세요."

"너는……."

도영은 스스로에게 어이가 없어 피식 웃었다. 도영을 바라보고 있는 건 말끔하고 예쁘게 생긴 미남자였다. 아무리 죽을 판이어도 그렇지, 어떻게 남자를 강세영이랑 착각할 수가 있어. 도영은 작게 고개를 저으며 사과했다.

"미안해요. 내 친구인 줄 알고."

"괜찮습니다. 그 친구분이 보내서 왔습니다."

미남자가 재킷 안주머니를 뒤적거리며 명함을 찾는다. 도영은 덜컥 겁이 났다. 강세영이 보냈다는 말끔한 정장 차림의 남자라면 저승사자 말고는 떠오르지 않았다. 이게, 죽다 겨우 살아났는데 다시 나를 죽이려고. 남자는 싱긋 웃으며 도영에게 제 명함을 건넸다.

"연희 병원 사내 변호사 최은결이라고 합니다."

"……"

"지금은 잠깐 강세영 교수님 개인 변호사이기도 한데……."

이제 겨우 깨어나신 분에게 이런 말씀을 드려도 될지. 은결이 머뭇거리자 도영이 세영의 의중을 눈치채고 힘없이 웃었다.

"말해 봐요."

"제일 친한 친구를 속인 무슨 무슨 괘씸죄로 고소당하셨습니다."

"푸하."

새하얗다 못해 푸르뎅뎅한 얼굴에 순간 웃음꽃이 피었다. 은결도 겨우 긴장을 풀고 도영을 따라 웃었다. 그리고 가져온 쇼핑백을 올려 보였다. 거대한 쇼핑백 안에는 환자들이 먹는 유동식 몇 박스, 슬리퍼, 편안한 파자마, 털모자와 수면 양말 같은 것들이 한가득 들어 있었다.

"다 낫기 전까지는 연락 금지라고도 전해 달라 하셨습니다."

"어째. 나는 다 나을 수가 없는 사람인데."

"아…… 그러면 기력을 차리기 전까지는, 으로 정정하겠습니다."

당황한 은결이 말을 덧붙이자 도영이 소리 없이 웃었다. 잔뜩 말라붙어 허예진 입술이 툭 터지는 느낌이 났다. 왜 이 남자를 보고 있으면 자꾸 세영이가 떠오를까.

그러다 문득 세영이 소송 문제로 골머리를 싸맸던 날들이 떠올랐다. 암 선고를 받았을 때와 비슷한 시기여서 많이 신경 못 써줬는데. 도영이 은결의 얼굴을 빤히 바라보며 생각에 잠겼다.

"혹시 우리 구면이에요?"

왜 낯이 익지. 연예인처럼 생겨서 그렇게 느껴지는 건가. 골똘한 도영을 향해 은결이 웃어 보였다.

"저를 기억하세요, 선생님?"

"어디서 본 것 같기도 하고, 아닌 것 같기도 하고……."

"연희 병원에서 인턴 했었습니다. FM(가정의학과)은 안 돌았긴 하지만."

"……."

"EM(응급의학과) 1년 못 채우고 그만뒀어요. 선생님이랑 근무 몇 번 같이 섰었습니다."

아아. 도영이 바보 같은 신음을 내뱉었다. 언젠가 세영이 제 사무실에 찾아와 힘겹게 고백했던 말이 뒤늦게 떠올랐다. 제 사건을 맡게 된 사내 변호사가, 예전에 그리 혼내고 미워했던 응급실 후배라고 했었다. 심지어 강세영 때문에 병원도 그만뒀다고 들었는데, 지금 보니 세영과 그리 나쁜 관계는 아닌 듯 보였다.

"그만두고 로스쿨에 재입학해서 현재는 변호사로 일하고 있습니다."

"능력이 대단하네요."

"감사합니다."

망설임 없이 대답하는 목소리에 자신감이 실린다. 도영은 그런 은결을 물끄러미 바라보며 생각에 잠겼다. 사내 변호사가 무슨 일로 왔지. 강세영 개인 변호사라는 말은 장난일 테니, 전할 말이 있어서 대신 보낸 거겠지. 아니, 세영이가 보통 놀란 게 아닐 텐데. 나한테 화도 많이 났을 텐데. 웬만하면 자기가 직접 와서 날 조질 일을, 다른 사람을 시켜? 이 남자, 강세영이랑 무슨 관계지? 혹시?

도영은 문득 제 손을 들어 팔에 꽂힌 카테터 관을 바라보았다. 나는 꺼져 가는 불쏘시개, 저 남자는 타오르는 횃불. 강세영 아닌 그 어떤 여자라도 최은결에게 끌릴 게 확실했다. 삶에 불쑥 오기가 치밀었다. 도영은 은결에게 말라비틀어진 손을 내밀었다.

"우리 세영이 잘 부탁해요."

"예."

"내 여자 친구거든."

"예?"

지나치게 당황하는 은결을 보며 도영이 씨익 웃었다.

이놈 봐라.

* * *

은결은 순간 숨이 멎는 듯했다. 홀로 사랑꾼 이나은에게서 벗어난 지 얼마 되지도 않았는데 새로운 빌런의 등장인가. 잘생긴 미간이 꽉 찌푸려졌다.

"재미…… 없습니다, 선생님."

"티 나요?"

"저도 얼마 전에 비슷한 착각을 당해서…… 그런 장난에 좀 예민합니다."

"그런 일이 있는 줄 몰랐네. 미안해요."

거기까지 말하고 목구멍이 들러붙은 도영이 몇 번 기침했다. 은결이 얼른 일어나 머리맡에 놓인 종이컵에 생수를 따라 내밀었다. 도영은 눈짓으로 감사를 표하고 혀가 겨우 적셔질 만큼만 물을 머금었다. 그러면서 곁눈질로 은결을 훔쳐보았다. 참 잘생겼다. 몸도 좋네. 바쁠 텐데 운동도 열심히 하나 보다. 어떻게 봐도 허약한 자신이 감히 상대할 수 없었다. 도영은 종이컵을 두 손으로 감싸 쥐며 물었다.

"몇 살이에요?"

"서른둘입니다."

"두 살 차이, 딱 좋네."

"예?"

"세영이랑 사귀죠?"

얼마간 체념한 도영의 목소리에 은결은 부끄러운 듯 대답했다.

"티 납니까?"

힘없는 도영에 비해 은결은 몸짓도, 목소리도, 말투도 모두 여유로웠다. 이렇게 잘난 남자면 내가 라이벌이라고 자처하기도 민망하잖아. 게다가 둘은 지독한 악연으로 엮여 있었다. 세영과 가까이 지내며 그녀의 심기를 거스르지 않기 위해 무던히 노력한 자신과는 반대로, 이 남자는 세영과 서로 못 잡아먹어 으르렁댔다고 했다.

그런데 사귄다니. 자신은 어떻게 해도 해낼 수 없던 일을, 이 남자는 과거라는 장애물마저 가뿐히 뛰어넘었다. 될 놈은 된다는 건가. 심술이 난 도영은 다시 한번 창을 쥐고 은결을 슬쩍 찔러 보았다.

"남자 친구라는 말은 뻥인데, 내가 걔를 많이 좋아해요. 친구로 말고, 여자로."

"……."

"난 세영이가 사람 죽이면 빵에도 대신 들어가 줄 수 있거든."

어느 정도 진심이 섞인 도영의 공격에도 은결은 털끝 하나 움찔하지 않았다. 오히려 태연한 목소리로 재게 대답했다.

"많이 놀랍진 않습니다."

"왜?"

"남자는 여자를 그냥 친구로는 곁에 안 둔다는 주의거든요. 잠재적 애인일 뿐이지."

"그쪽은 여사친 없나 봐요."

"남자랑 여자랑 어떻게 친구를 합니까?"

뭐 그런 당연한 걸 묻냐는 듯 은결이 눈을 찡그리며 웃었다. 은결의 대답에 도리어 놀란 건 도영이었다. 내가 강세영을 좋아한다는 걸 은연중에 짐작하고 있었으면서도, 남자 친구라 나서서 밝힌다고? 다 죽어 가는 사람 앞에서 부려 보는 생명력 넘치는 자신감인가? 도영은 헐어 버린 입가를 조심스레 매만지며 말을 이었다.

"그럼 이 기회에 부탁 하나 합시다. 죽어 가는 사람 소원 하나 들어준다 치고."

도영의 제안에 은결의 눈빛이 천천히 변해 갔다. 답답하게, 그리고 싸늘하게 식어 가는 그 눈빛을 도영은 뿌듯하게 바라보며 말했다.

"세영이 좀 빌려줘요. 나 살아 있는 동안만."

"……."

"강세영이야 내 부탁이라면 당연히 들어줄 거고, 애인 허락만 받으면 끝."

어때. 은결을 흘긋 보는 도영의 눈에 개구진 생기가 감돌았다. 그러나 은결은 도영의 황당한 제안에도 단단한 목소리로 대답했다.

"강세영 선생님이 안 들어줄 텐데요. 물론 저도 허락 못 하고요."

"다 죽어 가는 사람 부탁인데도?"

"안 되는 건 안 된다는 거, 아시잖아요."

은결의 단호한 거절에 놀란 도영의 눈이 둥그레졌다. 이거, 생각보다 강세영을 잘 알고 있네. 죽음을 담보로 덤벼드는 미친놈 앞에서도 심지가 굳고. 대화를 나누면 나눌수록 은결이 마음에 들었다. 도영이 은결의 얼굴을 바라보며 힘없이 웃었다.

"장난이에요. 얼굴 풀어요."

"어디서부터 장난입니까?"

"어디겠어요, 내가 미쳤다고 강세영을 여자로 좋아해요? 그 선머슴을?"

질색하는 도영의 표정에 이제야 안도했다는 듯 은결의 눈썹이 무너져 내렸다. 의자에 앉은 은결이 발을 동동 구르며 도영에게 툴툴거렸다.

"아, 진짜, 선생님, 아, 진짜 놀랬잖아요."

"으하하하."

"저 진짜 얼마나 긴장했는지 아세요?"

다행이다. 연신 한숨을 내뱉으며 가슴을 쓸어내리는 은결이 귀엽게 느껴졌다. 그렇구나. 남자가 봐도 잘나고 귀여운데, 그래서 세영이가 너를 좋아하게 됐구나. 나 같은 진지 먹은 샌님이 아니라 이렇게 생명력이 넘치는 남자를. 도영은 소리 내어 웃으면서도 입이 썼다.

"세영이한테 잘해 줘요."

강도영의 보살핌에는 한계가 있다. 세영의 삶에 어느 이상 다가가지 못하고, 그렇다고 월권으로 침범할 수도 없으며, 그게 가능하다고 해도 남은 시간이 현저히 짧았다. 사람 일 어떻게 될지 모른다고는 해도, 통상적으로 눈앞에 앉은 이 건장한 남자와 대비조차 못 할 정도로 확고한 진실이었다.

코끝이 시큰해져 도영은 얼른 고개를 숙였다. 연적 앞에서 제가 마음에 둔 여자를 잘 부탁한다며 눈시울 붉히는 것만큼 추접스러운 짓이 없었다. 그러나 도영의 행동이 컨디션이 저조해서라 생각했는지 은결은 얼른 자리에서 일어나 꾸벅 인사했다.

"선생님 시간 너무 오래 뺏은 거 같습니다. 피곤하실 텐데."

"아니에요. 즐거웠어요."

"이만 가 보겠습니다. 쾌차…… 하십시오."

자신에게 쾌차라는 단어가 가당키나 한가. 복잡해진 마음을 아는지 모르는지 은결은 들고 온 물품을 도영의 손이 닿는 바닥에 가지런히 두고 일어서 두 손을 공손히 모았다. 그리고 씩 웃었다.

"강세영 교수님은, 걱정하지 마십쇼. 세상에서 가장 행복한 여자로 만들어 줄 겁니다."

그러고는 다시 인사를 꾸벅한 뒤 바람처럼 걸어 VIP 병실을 나갔다. 드르륵, 부드러운 미닫이문이 닫히는 소리가 나고 홀로 남은 도영이 은결이 앉았다 일어선 의자를 바라보았다. 엉덩이 모양으로 꺼진 의자의 쿠션, 중량이 머물다 간 흔적. 만져 보면 아마 아직 온기가 남아 있을 그것을 마냥 흐뭇하게 보다가, 문득 은결이 두고 간 쇼핑백에 눈이 갔다.

"……."

수액이 주렁주렁 달린 야윈 팔을 뻗어 그것을 집어 올렸다. 소싯적 도영의 몸통만 한 거대한 쇼핑백 안에는 이런저런 물품 들이 제 마음처럼 엉망으로 돌아다녔다. 정리 못 하는 강세영이 아무렇게나 쑤셔 넣었겠지. 피식 웃음이 났다. 그러다 유동식 박스 위에 붙은 종이쪽지를 발견했다. 도영은 천천히 그것을 떼어 내었다. 익숙한 악필이었다.

다 낫고 나서 연락하든지 말든지.

은결에게 전달받은 메시지와 같았다. 도영은 건조한 손가락 끝 으로 제멋대로 날아다니는 글씨를 어루만졌다. 세영의 틱틱거리는 목소리가 들리는 것 같았다. 새초롬한 눈초리로 자신을 쏘아보며 툴툴거리는 입술이 눈에 선했다. 장난스러운 입맞춤이라도 한번 해 볼 수 있다면. 아니 손끝으로 만져 볼 수만이라도 있다면. 도영의 '만약'은 초라했고 금방 끝이 났다.

눈 뜬 지 얼마 되지도 않았는데 또 잠이 스며들어 오기 시작했다. 도영은 코에 끼워진 산소 줄을 매만져 조정한 뒤 천천히 눈을 감았다. 볼에 뜨거운 길이 새겨지는 걸 느끼고 나서야 내가 울고 있구나, 뒤늦게 깨달을 뿐이었다.

* * *

공기가 차가워질수록 밤은 길어진다. 이른 밤임에도 불구하고 사위는 가로등 불빛 없이는 사리 분간이 안 될 정도로 어두웠다.

"뭐가 겁이 나서 들어오지도 못하고 복도에서 서성이고 있어."

"……."

"쌤이 생각하는 만큼 카켁시아[28] 심하지 않아. 좀 많이 마른 정도?"

생각에 잠긴 듯한 표정의 세영이 쉽게 대답을 못하자, 은결이 잡고 있던 세영의 손을 힘주어 붕붕 휘둘렀다.

"완치라고 단언은 못 하지만, 괜찮아지실 거야. 젊잖아! 치료도 공격적으로 하고 있고."

"……."

"처음 보는 나한테 장난도 걸었다구. 간 떨어지는 줄 알았어."

폭탄선언을 하는 도영의 야윈 얼굴이 아직도 눈에 선한지 은결이

---

28) 전신쇠약

몸을 부르르 떨었다. 장난? 강도영이 아무한테나 장난 거는 스타일이 아닌데. 세영이 곁눈으로 은결을 흘긋 보자, 은결은 입술을 쭉 빼고 툴툴거리고 있었다.

"아니이…… 내 앞에서 자기가 세영 쌤 남자 친구라잖아. 남자 친구 여기 뻔히 있는데."

"강도영이?"

세영이 콧잔등을 찌푸리며 질색했다. 세영도 은결과 같은 생각을 하고 있었다. 세상 사람들 다들 미친 거 아니야. 이나은도 그렇고 강도영까지, 왜들 혼자 썸 타고 혼자 사귀는지 몰라. 은결도 세영의 표정을 읽었는지 꼭 일러바치듯 종알거렸다.

"나중에 장난이라고는 했는데…… 나더러 죽기 전까지만 쌤 좀 빌려 달라더라고."

"이것들이, 내가 물건이야?"

분개하는 세영을 가만 응시하던 은결이 걸음을 멈추고 조심스레 물었다.

"있잖아. 만약에. 정말 만약에 말이야."

왠지 뭘 물으려는지 알 것 같아서 세영은 잡힌 손을 풀어내고 귀를 막았다.

"아! 징그러우니까 가정도 하지 마. 말하지도 마."

"왜! 상상하는 것도 안 되냐?"

"절대 싫어. 강도영이랑 그런 거 단 한 번도 생각해 본 적 없어."

은결의 눈이 의심으로 가늘어지자 세영이 주먹을 쥐어 은결의 옆구리를 툭 쳤다.

"아야!"

"사촌지간을 두고 무슨 생각을 하는 거야, 너?"

"둘이…… 사촌이야? 그냥 친구 아니었어?"

"말하자면 길다. 요약하자면 우리 할아버지 마누라가 둘이었어."

아. 바보 같은 탄성을 내뱉은 은결이 머쓱해진 분위기를 수습하기 위해 아무 말이나 던졌다.

"할아버지가…… 능력 있으셨네."

"아무튼 너, 쓸데없는 생각 하지 마. 그리고 강도영 그런 딜 할 만큼 치사한 새끼 아니야."

세영이 난데없이 보인 도영에 대한 확고하고 두터운 신뢰에 은결이 쓰게 웃었다. 치사한 새끼 아니라고. 나는 그런 도발에 발끈하기나 하는 유치한 새끼였는데. 은결은 딴청 피우듯 고개를 돌리며 우물거렸다.

"난 또, 혹시 간다고 할까 봐 쫄았네."

"뭐?"

세영의 눈초리가 날카로워졌다. 은결은 세영보다 세 발짝 앞에 서서 놀리듯 빙글빙글 웃고 있었다.

"아니면 됐어. 난 쌤 보내 줄 생각 전혀, 눈곱만큼도 없었거든."

"넌 나를 뭐로 보고……."

제대로 열 받은 세영이 한 방 먹이려다가, 주머니에서 울리는 핸드폰 진동에 멈칫했다. 새벽녘의 전화 테러 이후 세영은 걸려 오는 모든 전화에 민감해졌다.

설마, 지금은 아직 새벽도 아니고 늦은 밤도 아닌데. 심장이 쿵쾅거리기 시작했다. 만약 그 인간이 맞다고 해도, 바로 집 앞이고, 지금은 은결이도 같이 있으니까. 아무 일도 일어나지 않을 거야. 스스로 세뇌하며 세영은 주머니에서 핸드폰을 꺼냈다.

010-XXXX-XXXX

그러나 저장되지 않은 번호에 덜컹하고 마는 건 여전했다. 세영은 쉽사리 통화 버튼도, 종료 버튼도 누르지 못한 채 핸드폰 액정에 눈을 두고 있었다. 멍한 채로 자신을 뒤따라오지 않는 세영에 의아해진 은결이 성큼성큼 걸어와 세영의 핸드폰을 빼앗았다.

"누군데?"

"……."

"여보세요?"

세영이 미처 말릴 틈도 없이 은결은 통화 버튼을 눌렀고, 굵은 남자의 음성을 들었을 상대방은 놀랐는지 얼른 통화를 종료한 모양이었다. 뚜- 뚜- 끊어진 연결 음이 세영에게까지 들렸다. 여전히 넋이 나가 있는 세영에게 핸드폰을 돌려주며 은결이 걱정스러운 목소리로 물었다.

"모르는 번호인데. 누구야?"

"……모르지."

다정한 목소리에 세영의 가슴이 마구 두방망이질 쳤다. 은결이한테 얘기할까. 매일 이상한 번호로 전화가 온다고. 받고 나면 욕만 하고 끊는다고. 경찰서에 찾아가 봤지만, 잡기 힘들다는 이야기만 듣고 말았다고. 그리고 그게…… 형사 고소에서 각하 당한 그 신경과 의사인 것 같다고.

"들어가. 잘 자고."

"……너는?"

"나도 들어가?"

그러나 천진한 얼굴로 저를 가리키며 되묻는 은결에게 그런 사소한 문제까지 알리고 싶지 않았다. 세영은 뭐든지 혼자서 해결하고자 하는 마음이 컸다. 특히 연하인 은결에게 약한 모습을 보이고 싶지 않았다. 누구에게고 약한 모습을 보이면, 늘 그게 약점이 되어 세영을 괴롭혔다. 물론 은결이 그 사실을 빌미로 세영을 힘들게 할 이유라고는 단 1g도 없었지만, 지금껏 살아온 삶의 관성이 이번에도 세영을 입 다물게 했다.

"어딜 기어들어 오려고. 넌 빨리 가."

"모임 일찍 끝나면 여기로 와도 돼?"

"술 냄새 나는 애랑 키스하기 싫…… 읍."

세영의 투정을 입으로 짙게 막아 버린 은결이 입술을 맞붙인 채 피식 웃었다.

"술 냄새 나기 전에 하고 간다."

"……."

"갈게."

잘생긴 눈썹과 입술이 호선을 그리며 작별을 고한다. 세영은 엘리베이터를 타러 들어가면서도 찜찜한 마음에 자꾸만 뒤를 돌아보았다. 불안했다. 왜 이렇게 불안하지. 전화가 늘 오던 시간대가 아니라 그런가. 은결이한테 동기 모임 가지 말고 같이 있자고 할까. 그리고 사실 나한테 무서운 일이 있다고 고백할까.

거기까지 생각이 닿자 엘리베이터는 1층에 도착했고 뒤돌아봤을 때 이미 은결은 가고 없었다. 세영은 작게 한숨을 내쉬며 철문의 아가리로 발을 디뎌 넣었다.

* * *

세영을 들여보낸 뒤 약속 장소를 다시 확인하려 핸드폰을 꺼낸 은결은 순간 볼에 와 닿는 차가운 것에 깜짝 놀라 고개를 들었다.

"눈……?"

손바닥을 꺼내 하늘을 향해 들어 올리자 과연 드문드문 차가운 눈송이가 날리는 게 보였다. 하얀 가로등 불빛에 투영되어 덩달아 희어진 눈송이들이 제 몸을 주체 못 하고 넘실거리다 은결의 콧잔등으로, 볼 위로, 손바닥 위로 마구 떨어졌다.

"조금만 더 있다가 보낼걸."

첫눈인데. 방금 헤어진 애인을 아쉬워하며 은결이 웃었다. 찬 공기에 하얀 입김이 스며 나왔다. 지금이라도 전화해서 눈 구경 하자고 할까. 그렇게 반짝거리던 은결의 눈 끝에 순간 검은 그림자가 걸렸다.

"……."

분명 눈이 마주쳤는데. 누가 봐도 수상했다. 갑자기 아파트 화단 뒤로 숨는 것도 그랬다. 딴청 피우면서 돌아서 가더라도, 보통 화단으로 숨지는 않잖아. 별거 아니라고 하더라도 여자 친구 집 앞이라 보안차 한 번쯤 확인할 필요가 있었다.

얼굴에서 웃음기를 지워 낸 은결이 그림자가 사라진 쪽을 향해 천천히 걸었다. 빽빽하게 심어진 키 작은 회양목 너머 웅크린 검은 그림자가 보였다. 길고양이라고는 착각할 수도 없는 커다란 그림자. 키가 최소 백칠십 중반은 될 법한 성인 남자였다. 은결은 슬금슬금 내빼는 그림자를 따라 걸으며 보속을 높였다.

"저기요."

"……."

"이봐요!"

그림자는 은결의 목소리를 듣자마자 쏜살같이 달아나기 시작했다. 그러나 화단을 타고 넘은 은결의 보폭이 유난히 컸던 탓에 금방 목덜미를 잡았다. 은결은 힘으로 남자를 돌려세웠다. 패딩에 털모자, 검은 마스크까지 쓴 남자는 어둠 속에서 눈만 반짝였으나 은결은 그가 누구인지 단박에 알 수 있었다.

'가서 전해. 난 오로지 그년을 괴롭히기 위해 여생을 바칠 거라고.'

당신이 왜 여기에. 놀란 은결이 잡고 있던 남자의 목덜미를 놓고 뒷걸음질 쳤으나, 남자가 휘두르는 칼이 조금 더 빨랐다.

* * *

삣. 삣. 삣.

무미건조한 기계음이 귓가에 울렸다. 시퍼렇게 하얀 천장과 대조적으로 온화한 크림색 벽에 꽂힌 산소 발생기에서 쉬지 않고 보글보글 거품이 났다. TV도 켜지 않아 고요한 병실 한가운데에서, 세영은 죽은 듯 숨 쉬고 있었다.

침대의 난간에 기대어 엎드린 채 깜빡 잠이 들었다. 영 불편한 자세로 잠이 들었던지라 목이며 어깨가 다 아팠다. 얼마나 잠들었던 거지. 잘 떠지지 않는 눈꺼풀을 억지로 들어 올리며 수액 걸이에 걸린 수액 봉지를 올려다보았다. 노란색 비타민이 섞인 수액이 잠들기 전과 마찬가지로 그대로 남은 걸 보면 시간이 오래 지나지 않은 모양이었다.

"……"

삣. 삣. 삣. 작고 규칙적인 기계음이 이렇듯 평화롭게 들릴 수가 있다니. 누군가의 심장박동이기 때문인 걸까. 세영은 고개를 이리저리 꺾으며 기지개를 켰다. 그리고 침대 위에 곧게 누워 눈을 감고 있는 환자복 차림의 남자를 아스라이 바라보았다.

"……"

"……"

"빨리 일어나. 혼나기 전에."

작게 중얼거린 세영이 힘없이 한숨을 내쉬며 애꿎은 수액 세트만 만지작거렸다. 왜 이렇게 잘 안 들어가, 챔버[29]를 손가락으로 틱틱 때렸다. 세영의 말이 환자에게 가닿았는지 그저 스쳐 지나갔는지는 아무도 알 수 없었다.

---

29) 수액 방울이 떨어지는 관

은결을 보내고 세영은 따뜻한 물로 오래도록 샤워했다. 우울한 감정은 수용성이라 물에 녹는다는 속설을 좋아했다. 거기에 어떤 과학적인 이유를 굳이 찾자면 몇 개라도 댈 수 있겠지만, 그냥 그 속설이 주는 느낌이 좋았다. 따뜻한 물로 녹일 수 있는 우울함이라니. 이 얼마나 간단하고 가소로운 감정이냔 말이야. 우울함은 별거 아니야. 몇 번이나 되새기며 세영은 기운을 차리고자 노력했다.

샤워를 마치고 화장실 문을 열자 하얀 김이 풀풀 빠져나갔다. 세영은 젖은 머리 위에 수건을 올리고 발가락으로 리모컨을 눌러 TV를 켰다. 뚱뚱한 개그맨들 몇이 모여 맛집을 탐방하는 프로그램이었다. 그런데 그 배경이 익숙했다. 언젠가 도영과 함께 갔던 음식점이었다.

"강도영이랑 맛집 진짜 엄청 다녔었는데."

실실 웃으며 맥없이 중얼거리던 세영은 금세 몰려오는 피로감에 얼른 채널을 변경했다. 내가 또 강도영이랑 맛있는 집에 가서 밥을 먹을 수 있을까. 겨우 멎은 눈물이 다시 새어 나올 것 같았다. 더는 도영의 생각을 하고 싶지 않았다. 채널이 한 바퀴를 돌고 결국 정착한 게 24시간 아나운서들만 등장하는 딱딱한 뉴스 채널이었다.

"한국인들의 식습관이 점차 서구화되면서 젊은 층의 위암 발병률이 점점 높아지고 있다는……."

"아, 오늘 왜 이래 진짜?"

세영은 신경질적으로 리모컨을 눌러 텔레비전을 꺼 버렸다. 짜증 나, 진짜. 세영이 침대에 대자로 엎어져 베개에 얼굴을 묻었다.

흐윽. 저절로 우는 소리가 났다.

누가 우울감이 물로 씻어진대. 물로 씻어 낼 건 내 머릿속의 강 도영인데. 도영이 아직 안 죽었잖아. 너무 슬퍼하지 말자. 아예 강 도영 생각을 하지 말고, 좋은 생각만 하자. 재밌는 생각만 하자.

자연스레 도영을 밀어내고 떠오른 게 은결의 장난스러운 얼굴이었다. 세영은 침대에 모로 누워 고인 눈물을 빠르게 닦아 내며 은결의 생각에 몰두했다.

아, 최은결 있으면 좋은데. 은결은 배달 메뉴도 신박하게 잘 고르고, 세영이 좀처럼 흐름에 집중하지 못하는 드라마도 잘 봤다. 주인 공들이 알콩 달콩 닭살 떨면 방청객처럼 호들갑 떨고, 악역이 제 역할을 다하면 세상에 저런 놈이 다 있냐며 쉽게 핏대를 세웠다. 세영은 보통 그 곁에서 드라마보다 최은결을 더 흥미롭게 구경하는 편이었다.

'왜 이래. 네가 차였어?'

'아니, 이건 도리가 아니지! 여주가 남주한테 해 준 게 얼만데!'

작가에게 항의 메일을 써야겠다고 분개하던 최은결을 떠올리며 세영이 피식 웃었다. 그러나 머지않아 서늘하게 식은 몸과 머리카락이 어서 현실로 돌아오라 재촉하는 것 같았다. 머리에서 젖은 수건이 툭, 떨어졌다. 발가락으로 대충 수건을 꼬집어 올리며 세영이 한숨을 쉬었다. 은결을 알기 전에는 몰랐던 감정이었다. 지금까지 혼자서도 잘만 살았는데. 평생을 이렇게 내 몸 하나만 건사하고 멋지게 살 수 있을 줄 알았는데. 괜히 아랫입술이 비죽 튀어나왔다.

지이잉—

그때, 핸드폰의 진동음에 세영이 몸을 흠칫 떨었다. 혹시 또 그 인간일까. 모르는 번호면 안 받으면 그만이잖아…… 그래도 불안한 감정은 다시금 짙게 피어오르기 시작했다. 세영이 곁눈질로 핸드폰 액정을 슬쩍 보았다.

02-XXXX-XXXX

저장 안 된 번호인 건 마찬가지긴 했으나, 공이? 그 남자는 늘 010 번호로 전화하곤 했다. 그냥 스팸 전화인가, 받아서 아무 말 없이 듣고만 있다가 끊어 버려야지. 핸드폰을 들고 잠시 고민하던 세영이 통화 버튼을 누르고 조용히 귀에 가져다 댔다.

"……."

– 여보세요. 최은결 씨 보호자 되십니까?

그런데 튀어나온 목소리는 사근사근한 여자 상담원이 아니라 투박한 남자의 것이었다. 게다가 최은결의 보호자라니. 내가? 그러다 문득 목덜미를 타고 오소소 소름이 돋아났다. 무엇보다 자신이 수도 없이 걸었던 낯익은 루틴이었다.

'여보세요, 연희 병원 응급실인데요. 혹시 김홍 님 보호자분.'

'여보세요, 윤성희 님 보호자분이시죠. 여기 연희 병원 응급실 인데요.'

설마 최은결한테 무슨 일이 일어난 건 아니겠지. 다리에 힘이 풀린 세영이 바닥에 털썩 주저앉았다.

"네…… 네 맞아요. 어디시죠?"

- 여기 연희1동 지구대인데요. 보호자분이 좀 오셔야 해서요.

"예? 경찰서요? 왜요?"

- 최은결 씨가…….

핸드폰을 쥔 손이 파르르 떨렸다. 세영은 젖은 머리를 미처 말릴 새도 없이 급히 외투를 껴입었다. 그리고 가방도 챙길 틈 없이 지갑만 주머니에 쑤셔 넣고 집을 뛰쳐나왔다. 제발 무사해, 제발 무사해. 몇 번이고 울컥 올라오는 울음을 삼켜 내면서.

* * *

여기가 맞겠지. 택시에서 내린 세영은 지구대 건물로 쏜살같이 뛰어 들어가며 계단을 두 개씩 올랐다.

"최은겨얼!"

별안간 쩌렁쩌렁한 여자의 목소리가 온 건물을 울리자 야근 중이던 직원들이 모두 세영을 돌아보았다. 황급히 주변을 두리번거리던 세영은 사무실 한 켠에 찌그러진 채 앉아 고개를 푹 숙인 은결을 발견하고 달려갔다.

"은결아. 은결아, 나 왔어. 괜찮아?"

"……."

"많이 다쳤어? 어떤 새끼야. 어떤 새끼가 21세기에 칼을 들고 설쳐!"

곧이어 쏟아지는 무시무시한 욕설에 산전수전 다 겪은 경찰들도 눈이 휘둥그레졌다. 그러다 세영이 은결과 멀찍이 떨어져 수갑을 차고 앉은 패딩 차림의 남자를 발견했다. 저 새끼구나. 저 새끼 머리털을 다 쥐어뜯어 버릴 거야. 황소처럼 돌진하는 세영을 은결을 포함한 몇 명이 저지하려 했으나 세영의 몸놀림은 지나치게 날랬다.

"너어어어어어!"

"아이, 보호자분. 참아요, 참아!"

푹 숙이고 있던 뒤통수의 머리카락을 한 움큼 쥐어 들어 올리자, 총기 없는 얼굴이 힘없이 딸려 올라왔다. 지저분하게 수염이 난 마른 얼굴. 아는 사람인데. 어디서 봤더라. 세영은 경찰들에게 연행당하듯 남자에게서 떼어지며 몇 번이고 기억을 되짚었다.

"강세영, 너 이리 와."

노기가 들어찬 낮은 목소리가 세영의 폭주를 멈추게 했다. 세영의 뒤에 선 은결이 손목을 잡아 돌려세웠다. 한 번도 본 적 없는 얼음장 같은 은결의 표정에 세영은 멈칫하면서도, 당장 눈에 보이는 상처가 없다는 데에 안도했다. 은결이 강한 힘으로 세영을 지구대 구석으로 몰아세웠다. 그리고 분노를 꾹꾹 눌러 담아 한 글자, 한 글자씩 세영을 취조하기 시작했다.

"왜 말 안 했어."

"뭐…… 뭘."

"저 새끼가 매일 새벽마다 전화하는 거."

아. 눈이 둥그레진 세영이 고개를 획 돌려 수갑을 찬 남자를 다시 한번 돌아보았다. 그래, 저 남자를 직접 만난 건 벌써 몇 개월 전이었으니 대번에 기억이 나는 게 이상했다. 보통 서면이나 변호사를 통해서만 이야기가 왔다 갔다 했으니까. 그러니까 은결이를

공격한 저 인간이…… 그 신경과 의사라고?

"너 어떻게 알았어……?"

"뭘 어떻게 알아? 저 새끼가 지 입으로 다 불었는데."

경찰이 범행 동기를 묻자 남자가 주절거린 말은 하등 황당하고 허무했다. 의대생 시절, 간호대생 주제에 자신을 안 만나 준 여자와 세영이 도플갱어처럼 비슷하게 생겼다고 했다.

게다가 남자는 선생님, 여자 의사는 전부 아가씨, 라 칭하는 지독한 남녀 차별 주의자였다. 그러니 그 괘씸한 얼굴을 한 세영이 응급실에서 흰 가운씩이나 입고 저에게 따따부따 따져 대니 심사도 꼬이고, 사람들 앞에서 체면도 말이 아니었을 것이다.

설상가상 세영이 진료를 맡았던 마누라도 죽었다. 자연스레 분노와 원망과 허망함이 세영에게 향했다. 그저 세영의 운이 나빴다고밖에 말할 수 없었다. 후우, 은결이 답답한 듯 앞머리를 쓸어 냈다. 그리고 곧 세영에게 와 꽂히는 원망스러운 눈빛이 있었다.

"나더러는 무슨 일 있으면 바로 말하래 놓고. 뭐냐?"

"……."

"말해 봐. 왜 숨겼냐고."

"숨긴 거…… 아니야. 그냥."

네가 걱정하는 게 싫어서. 변명을 겨우 내뱉는 목이 따끔거렸다. 사실 너무너무 말하고 싶었다. 누구보다도 은결에게 제일 먼저 말하고 안전하게 보호받고 싶었다. 하지만 이미 형사 고소 건이 끝난 이상 은결이 할 수 있는 일은 없다고 생각했다. 그래서 세영 혼자서 어떻게든 해결해 보려 했다. 비록 경찰서에서 장난 전화의 범인은 못 잡는다고 했지만…… 전화 따위는 안 받으면 그만이니까.

"그걸 왜 못 잡아? 누가 그딴 소리를 했어?"

"진짜야. 경찰서에서 그랬어."

"찾기 귀찮으니까 대충 대답한 거지, 씨발. 그 경찰 누군지 기억나? 국민 신문고에도 올리고 청와대 청원도 올려 버릴라니까."

남자를 향해 으르렁대던 은결의 시선이 문득 세영의 발치에 가 앉았다. 눈 오는 추운 밤인데도 세영은 젖은 머리에 외투만 겨우 걸치고 맨발에 슬리퍼를 꿴 상태였다. 그것도 왼쪽 오른쪽 바꿔 비뚤게 신은 채.

"앉아 봐."

들릴 듯 말듯 작게 한숨을 쉰 은결이 보호자 의자에 세영을 앉혔다. 그리고 그 앞에 꿇어앉아 슬리퍼를 벗겨 내고 얼음처럼 꽁꽁 언 세영의 작은 발을 두 손으로 감쌌다. 너무 긴장하고 있 어서 발이 시린 줄도 몰랐다가, 이제야 감각이 조금씩 돌아오며 찌릿거리기 시작했다.

"발…… 더러워."

"안 무서웠어? 매일 그 테러를 받고서."

"무섭기는…… 무서웠지. 어떻게 안 무서워."

저 인간 때문에 저장 안 된 번호가 액정에 뜨면 덜컥 겁부터 나는데. 그래서 못 받은 택배 아저씨들 전화가 얼마나 많은데. 의 기소침한 목소리가 안쓰러워 은결은 농담을 던졌다.

"그런 거치곤 죽일 듯이 달려들던데."

"그건! 그건……."

그놈이 그놈이라는 사실을 몰라서 용감했던 거였을까. 잠시 고민하던 세영은 곧 아니라는 결론에 이르렀다. 아예 다른 사람이었다고 하더라도, 아파트 입구에서 칼을 든 사람과 1대 1로 붙었더라면 두려움으로 얼어붙어 소리도 못 지르고 해코지당했을지도 몰랐다.

세영이 미친 사람처럼 남자에게 덤벼들 수 있었던 건 최은결이 엮였기 때문이었다. 최은결을 다치게 했다. 그 사실 하나만으로 세영은 기꺼이 눈을 까뒤집고 미친년이 되었다.

"……너는 어째 다친 데가 없어 보이냐."

그렇게 걱정을 해 줬는데 너무 멀쩡했다. 세영은 옆눈으로 흘깃 남자를 다시 쳐다보았다. 패딩씩이나 입어 놓고 얼굴에 신선한 생채기들이 새겨져 있었다. 세영의 발을 호호 불던 은결이 피식 코웃음 쳤다.

"내가 저깟 놈 하나 못 당할까 봐?"

"그래도, 칼 들었잖아."

"나 주짓수 블랙 벨트야. 10년도 넘게 했어."

"……나도 태권도 검은 띠야."

"아잇, 그거랑 그거랑 달라!"

따뜻한 손으로 얼음장 같은 발바닥을 찰싹 때린 은결이 밉지 않게 세영을 타박했다. 똑같은 검은 띤데 왜 너만 더 좋은 거야. 툴툴거리는 세영의 앞에 경찰이 펜을 불쑥 내밀었다.

"보호자분, 신원 확인 한 번만 하겠습니다. 여기 개인 정보 공란에 쓰시고."

"네, 네."

"본 사건 연희 경찰서로 이관될 겁니다. 저희 차량으로 이동하겠습니다."

"네에."

빠르게 서류를 작성한 뒤 펜을 돌려주며 세영이 한숨을 쉬었다. 긴 밤이 되겠구나. 그래도 최은결이 안 다쳐서 다행이라는 생각뿐이었다. 세영은 여전히 제 앞에 꿇어앉아 발을 녹이고 있는 은결의 머리카락을 쓰다듬었다.

"한 시간 사이에 10년은 늙은 거 같애."

"뭐? 그렇게 빨리? 안 돼."

"아이씨, 뭔 농담을 못 해. 쪼크 모르냐, 쪼크?"

퍽 소리 나게 은결의 어깨를 때린 세영이 발을 탈탈 털어 손을 떨쳐 냈다. 얇은 홈웨어 바지를 멀거니 바라보던 은결은 세영의 옆자리에 천천히 일어나 앉았다.

"경찰서 가면 진짜 정신없을 테니까."

중얼거린 은결이 핸드폰을 꺼내 폰 뱅킹 어플을 켰다. 얘, 뭐 하는 거야? 세영이 의아한 눈으로 은결의 하는 양을 가만 지켜보았다. 은결은 주거래 은행의 어플 비밀번호를 빠르게 풀고 계좌 잔액을 세영에게 내밀어 보여 주었다. 과연 사회생활 한 지 얼마 되지 않은 직장인의 작고 소중한 잔액이었다. 세영이 눈썹을 흘긋 들어 올렸다.

"열심히 모아."

"얼마 전에 집 사서 앵꼬 났어."

"집을 샀다고? 아니, 집을 샀는데 돈이 남았다고?"

"난 뭐든지 현찰 박치기로 사."

작고 소중해 보이던 계좌가 마이너스가 아닌 것만으로도 한순간 위대해 보였다. 어린 녀석이 벌써 주거의 안정을 꾀하다니 대단하구먼. 그런데 갑자기 이걸 나한테 왜 보여 주는 건데.

의뭉스러운 세영의 시선이 핸드폰 액정에서 은결의 얼굴로 꽂혔다. 자기 돈 있다고 자랑쯤이나 하고 끝낼 줄 알았던 최은결은, 세상 진지한 표정으로 자꾸 입술을 말아 물었다.

"그러니까…… 세영아."

"뭐."

"나 집도 있고 차도 있어."

"자랑하냐?"

"다 네 거야."

"엥?"

바보 같은 소리를 내뱉는 세영의 손을 은결이 와락 잡았다. 그리고 떨리는 목소리로 한 음절 한 음절 소중하게 발음했다.

"우리 결혼하자."

* * *

"셋 센다. 하나, 둘."

"아오…… 눈 뜬다, 떠."

학을 떼는 표정으로 도영이 힘겹게 눈꺼풀을 들어 올렸다. 삡. 삡. 삡. 규칙적인 알람을 온종일 듣고 있으면 누구라도 무기력해진다.

무조건 오래 잠자고 회복하는 게 내 일이라고! 얼마간 억울하기도 했다.

치료가 잘 받는 탓에 주렁주렁 달고 있던 수액의 종류가 많이 줄었다. 몸에 붙이고 있던 전극도 떼고, 산소 포화도 정도만 모니터링하기 시작했다. 세영이 도영의 병실에 드나들기 시작한 것도 그때쯤부터였다. 심지어 호스피스도 안 가고 퇴원을 하겠다고 해서 세영과 큰소리를 내며 싸우기도 했다.

'네 몸 상태를 봐라, 어머니가 집에서 너를 어떻게 간호해!'

'내가 명색이 호스피스 전문인데, 호스피스에 들어가라고?'

'네가 지금 가오 따질 때야? 일단 살고 봐야 할 거 아니야!'

'나 아직 살아 있거든⋯⋯.'

응급의인 강세영은 강도영을 아마 평생 이해하지 못할 것이다. 세영이 맞닥뜨린 죽음은 모두 갑작스러웠다. 골골 앓던 사람이 죽어서 들어온다고 해도, 어쨌든 세영이 마주한 건 갑작스러운 죽음이었으니까. 그러니 세영은 죽음 앞에서 마음의 준비 같은 걸 할 시간도, 그럴 생각도 하지 못할 것이다. 일단 어떻게든 환자를 죽음에서 끌어내는 것이 세영의 업이었으므로.

하지만 도영은 달랐다. 도영은 한 환자를 오래도록 보았다. 지병이 발병하고 악화하여 죽음에 이를 때까지, 긴 시간 환자를 돌봤다. 세영과 마찬가지로 늘 죽음이 곁에 있었지만, 그 결이 확연히 달랐다. 갑작스레 죽음을 마주치는 세영과는 다르게, 도영에게는 죽음을 준비할 수 있는 여유가 있었다. 오랜 시간 죽음을 곁에 두고 다스리며 삶을 영위하도록 하는 것은 도영의 업이었으므로.

물론 강세영에게 너와 나는 평생 서로를 이해하지 못할 거야, 왜 나하면…… 같은 소리는 입도 뻥긋하지 않았다. 돌팔이 새끼가 헛소리한다고 길길이 날뛸 게 눈에 선했으니까. 대신 퇴원하고 나서 강세영 전화는 재깍 받는 걸로 합의를 봤다. 연결 음 세 번 이상 울리면 자연사 못 할 줄 알아. 으름장을 놓는 세영의 눈가가 빨개서, 도영은 그러겠노라 고개를 끄덕였었다.

"할 말 있어서 왔는데 왜 잠만 자고 있어!"

"내 탓이냐? 뭔데, 할 말이."

"누나 조만간 시집갈 것 같다."

푸학. 생수로 입을 축이던 도영이 물을 뿜었다. 그 남자랑? 벌써? 사레가 들려 한동안 캑캑대던 도영이 겨우 추스른 뒤 단호하게 말했다.

"내 눈에 흙이 들어가기 전까진 안 돼."

"그럴 줄 알고 이 앞에 화단에서 흙 퍼 왔어."

어떻게, 한번 맞아 볼래? 가방을 주섬주섬 여는 세영의 귓바퀴가 빨간 걸 발견한 도영이 허리를 꺾으며 웃었다. 강세영이 부끄럼을 타다니, 상상도 해 본 적 없었다. 물론 강세영이 웨딩드레스를 입는 상상도 한 번도 해 본 적 없었다. 한데, 그것까지 볼 시간이 내게 남아 있을까. 도영은 몸을 들썩이며 과장스럽게 웃었다. 진작 맺힌 눈물은 꼭 웃다가 생긴 것처럼 손등으로 대강 닦아 냈다.

너 진짜 웃겨. 되도 않는 칭찬은 덤이었다. 세영이 눈치채지 못한 것 같아 다행이었다. 세영이 머쓱한지 발을 구르며 툴툴거렸다.

"무조건 나아서 내 결혼식 와. 알았어?"

"진짜 할 거야, 결혼?"

"네가 원한다면 아빠 대신 네 손잡고 들어갈 수도 있어."

"……."

"……이건 좀 그렇지?"

친구를 생각하는 마음이 과했다. 민망한 듯 웃는 세영을 도영이 사랑스럽게 바라보며 쓰게 웃었다. 언제고 네 손을 잡고 식장에 들어서는 꿈을 몇 번이나 꾸었다. 그건 언제까지나 아버지 대신이 아니라 너의 반려로서였다. 그러나 이 맹한 친구는 도영의 애달픈 마음 같은 건 전혀 눈치채지 못하는 듯했다. 어차피 기대도 안 했다. 외방향 짝사랑만 10년이 넘었다. 익숙했다.

그래도 한 번쯤은 내 욕심껏 너를 가져 보아도 되지 않을까. 당장 내일 죽을지도 모르는 사람을 오늘 죽이기야 할까. 도영이 진지한 얼굴을 하고 세영에게 가까이 오라 손짓했다. 무슨 중요한 얘기라도 하려나 싶어 덜컥 겁먹은 세영이 얼른 도영의 곁으로 쪼르르 다가가 귀를 가까이 가져다 댔다. 낯익은 샴푸 냄새가 훅 끼쳤다.

도영은 그녀의 머리카락 끝을 조심스럽게 만지다가, 용기를 내어 하얀 볼에 마른 입술을 가볍게 가져다 댔다. 짧은 입맞춤은 영원처럼 달콤했다. 그리고 이윽고 이어진 침묵은 영원처럼 길고 또 길었다.

"……."

"……."

"……."

"결혼 선물."

"미쳤나?"

얼굴이 새빨개진 세영이 주먹을 쥐어 허공에 붕붕댔고, 도영은 그런 세영을 보며 파안대소했다. 일부러 얼굴을 찡그려 가며, 허리를 숙여 가며 웃었다. 도영은 웃음이 그치지 않는다는 듯 힘겹게 아하, 아하하, 웃으며 손등으로 눈가를 쓸었다. 이번에도 세영이 눈치채지 못해 다행이었다.

* * *

머리에 하얀 면사포를 달고 부케를 쥔 최은결은 도망치는 세영에게 무섭도록 따라붙었다.

'왜, 왜, 왜, 왜, 왜!?'

'싫다면 싫은 줄 알아!'

'그러니까, 왜, 왜, 왜, 왜, 왜!'

그러더니 주짓수 기술인지 뭔지 세영의 다리를 걸어 넘어뜨리고는 몸을 깔아뭉갰다. 아파서 비명을 지르는데도 은결은 아랑곳하지 않고 세영의 귓가에 똑같은 말만 읊조리고 있었다.

'왜, 왜, 왜. 왜애!'

은결의 밑에 깔려서 바르작대던 세영은 더 이상 남은 숨이 없다는 걸 깨닫고 필사적으로 은결을 밀어내기 시작했다. 그러나 돌처럼 굳건한 은결의 몸은 단 일 센티도 밀리지 않았다. 세영은 점점 조여 오는 숨에 마지막 힘을 짜내어 비명을 질렀다.

"으아악!"

실로 물리적인 성대의 떨림이 느껴지면서 세영은 눈을 번쩍 떴다.

헉. 헉. 아직 가시지 않은 흥분감에 심장이 쿵쿵 울렸다. 낯익은 이불의 촉감을 아스라이 느끼며 세영은 숨을 골랐다. 지독한 악몽이었다. 제 몸 위로 깔고 앉은 은결이 밀리지 않은 이유도 금세 깨달았다. 맨손으로 딱딱한 벽을 밀어 대니 벽이 밀리겠느냐고.

세영은 자신이 식은땀 범벅이라는 것도 일어나 앉은 후에야 깨달았다. 최은결이 그렇게 무섭게 따라오는 꿈이라니. 그것도 남자가 면사포를 얹고 부케를 쥔 채, 아직도 소름이 끼쳤다. 세영은 이마에 배어 난 식은땀을 손바닥으로 대충 닦아 내며 심호흡을 했다.

확고한 비혼주의자라고 하기에는 딱히 그렇지도 않았지만, 한 번도 결혼에 진심이었던 적 없었다. 결혼을 한다면 아주 먼 미래의 일이거나, 아니면 자신에게 평생 일어나지 않을 이벤트라고 생각했다. 그러니 여자들이 으레 가질 법한 웨딩드레스나 웨딩 베뉴에 대한 로망도 전무했다. 무엇보다 그 누구와도 생활을 공유하며 삶을 나눠 가질 자신이 없었다. 그래서 더 혼란스러웠다. 은결의 청혼에 사시나무 흔들리듯 흔들린 자신의 모습이. 그래! 하고 덥석 손을 잡아 버릴 뻔했던 파출소에서, 세영은 반대급부로 더더욱 매몰차게 거절했다.

'싫어.'

'왜!?'

'싫다면 싫은 줄 알아!'

'그러니까 왜애!?'

울상이 되어 이유를 묻는 은결과는 대조적으로 세영은 그저 밀어내기에만 급급했다. 하다못해 내가 아직 마음의 준비가 안 됐어, 미안, 정도만 했었어도 상식인 최은결은 알아서 한 발짝 물러나

기다려 주었을 텐데. 이제 와서 주절거리며 감히 변명할 꿈도 못 꿨다. 있는 대로 속이 상한 은결은 그대로 일어나 혼자서 경찰서로 가 버렸으니까.

"후우…… 어쩐다."

최은결, 쫌생이 같은 자식. 어째 두 번 물어보는 게 없어? 복잡해진 마음에 머리를 벅벅 긁던 세영은 다시 침대에 드러누워 텔레비전을 켰다. 여전히 24시간 뉴스만 하는 채널에 고정된 텔레비전은 오늘도 딱딱한 소식만 전하고 있었다.

"명원 생활 건강의 주력 상품인 '돌핀' 섬유 유연제가 미세 플라스틱 이슈로 식약처의 경고처분을 받았습니다. 명원 생활은 현재 해당 제품을 사용하고 있는 소비자들에게 무상으로 제품을 교환하여 주겠다고……."

한숨이 절로 나왔다. 공부만 하고 일만 했지 살림에는 젬병이라, 처음 자취를 시작했을 때 뭐가 세제고 섬유 유연제인지 구분도 못 했다. 그냥 둘 다 좋은 냄새 나니까 다 쏟아부으면 되겠지 생각했었고 지금도 별반 다르지 않았다. 결혼하게 되면 제일 먼저 살림 못 하는 것부터 탄로 날 텐데. 최은결이 나 한심하게 보면 어떡하지.

뚜두두두두두. 핸드폰에서 뒤늦게 알람이 울렸다. 세영은 무심하게 핸드폰을 들어 알람을 끈 뒤 잠금을 열었다. 역시나 은결에게서 온 연락은 단 하나도 없었다. 상처 많이 받았겠지. 화가 많이 났을 것 같아서 선불리 연락도 못 하겠다. 나오는 게 한숨 말고는 없었다.

그때, 한 어플에서 알림 배너를 띄웠다. 생리 예정일이 3일 지났습니다. 뭐래. 세영은 신경질적으로 알림을 지우고 핸드폰을 침대

한편에 던져두었다. 그리고 번쩍거리는 텔레비전 화면을 멍하니 보다가, 문득 어떤 생각이 머릿속을 번개처럼 스쳐 지나갔다. 세영은 다시 핸드폰을 쥐고 자리에서 튀어 올랐다.

야아, 야, 강세영, 너 설마.

* * *

은결도 제대로 잠을 이루지 못한 지 벌써 며칠 째였다. 제 나름 열심히 살아온 증거도 보여 주었고, 한결같은 마음도 이만치 보여 줬으면 그냥 믿고 따라와도 되잖아. 혹시 내가 연하에, 자기 후배였어서 그런가? 실수투성이인 데다가 마냥 어리게만 보이나? 상념이 머릿속에서 가시질 않았다.

"좋은 아침입니다······."

"좋은, 변호사님, 코피!"

간단히 아침 인사를 나누고 제 방으로 들어가려던 은결이 멈칫했다. 코에서 뭐가 물처럼 흐른다 했더니, 손등으로 닦아 내자 시뻘건 코피가 묻어났다.

흐엥. 팔자 눈썹이 된 은결에게 김 대리가 얼른 티슈를 두어 장 뽑아 건넸다. 나은이 부재중이기에 할 수 있는 행동이었다. 혹여나 나은이 이 광경을 보았다면, 김 대리에게도 은결을 마음에 두고 있느냐는 헛소리를 해 댈 게 뻔했다. 은결은 고개를 꾸벅 숙이며 티슈로 코를 막았고, 맨 뒤에서 은결을 바라보던 이 실장이 혀를 찼다.

"눈 밑에 시커메진 거 봐. 무슨 일 있으세요?"

"일은요, 무슨……."

"며칠 잠 못 잔 사람 같은데. 여자 친구랑 싸웠어요?"

실실거리던 이 실장의 얼굴에서 웃음이 싹 가셨다. 여자 친구라는 단어를 듣자마자 은결이 그 자리에 우뚝 멈춘 탓이었다. 진짜 싸웠나. 설마 헤어졌나? 얼마 전까지만 해도 그렇게 닭털을 내뿜으면서 회식 시켜 줬을 때는 언제고?

은결은 사무실을 한 번 휘 둘러보았다. 법무 팀 직원들은 나은 빼고는 전부 기혼자들이었다. 이 실장만 해도 큰 아이가 제대했다는 말을 들은 것 같다. 기혼자들한테 조언을 구해 보는 게 어떨까……
은결은 파티션에 기대어 한숨을 쉬었다.

"청혼했는데 까였어요."

"네?!"

땅이 꺼져라 한숨을 쉬는 은결에게 위로의 말들이 쏟아졌다.

"강 교수가 변호사님보다 나이가 위 아니에요? 결혼이 급해도 그쪽이 급해야지, 왜 깠대?"

"요새 유행하는 그 뭐냐, 비혼! 그거래요?"

"눈이 엄청나게 높은가?"

"엄청나게 높은 사람도 최 변호사님이면 감사 땡큐지! 어디 하나 빠지는 거 없는 신랑감인데."

"예……? 어, 감사합니다……."

갑작스레 쏟아지는 자신을 향한 칭찬에 은결은 코끝이 찡해졌다. 우이씨, 차인 마당에 갑자기 감동 주기 있냐. 콧잔등을 찡그려 킁, 훌쩍이는 은결을 향해 하나가 조곤조곤 말했다.

"오래 사귄 게 아니라서 거절했을 수도 있지 않아요?"

"······."

"이 남자 가볍다고 생각하고 있을지도······."

모두가 생각만 하고 입 밖으로 뱉지 못한 그 진실을, 하나가 몸쪽 꽉 찬 직구로 던졌다. 콧구멍에 휴지를 돌돌 말아 넣던 은결의 손놀림이 그대로 굳어 버렸다. 잔인하긴 하지만 하나의 말이 맞았다. 세영을 알고 좋아한 기간은 길었지만 그건 오로지 은결의 쪽에서였다. 강세영이 저에게 마음도 열고 몸도 열고 한 건 채 반년도 지나지 않았기 때문에, 뭐라 반박할 수가 없었다.

"그럼······ 저 어떡해요?"

울상이 된 은결이 해결책을 갈구했으나 직원들은 애써 그의 눈을 피했다. 답은 뻔했다. 사귀는 사이에 청혼을 거절했다, 그건 곧 이별이었다. 한쪽은 결혼을 원하고, 한쪽은 원하지 않으니 둘 다를 위해서라도 이별이라는 결론에 다다라야 했다. 은결도 은연중에 그 사실을 알고 있었다. 세영을 만나면 그 예쁜 입에서 대뜸 이별이 내뱉어질 것 같았다.

"어떻게, 방법 없어요?"

"이미 돌아선 마음을 어떻게······."

"마음이 돌아섰어요!?"

멘붕에 빠진 은결의 귀가 종잇장처럼 얇아져 팔락거렸다. 직원들이 하는 말이 다 진실처럼 들렸다. 거절당한 프러포즈. 돌아선 마음. 예기된 이별. 하늘이 무너지는 것 같다.

평생을 굳건한 멘탈의 소유자라고 자부했던 적도 있었다. 그 자부심은 살면서 딱 두 번 무너졌었다. 첫 번째가 레지던트 시절 강세영한테 뒤지게 혼나면서. 두 번째가 지금이었다. 강세영한테 프러포즈 까이고 나서. 둘 다 원인은 강세영이었지만 심리적인 타격감은 후자가 압도적이었다.

"뭐가…… 돌아서요?"

물뿌리개에 물을 떠온 나은이 사무실 입구에 서서 대화에 끼어들었다. 은결은 고개를 절레절레 저으며 제 방으로 들어가 버렸고, 직원들은 나은을 한 번 흘깃 보더니 각자 하던 일에 집중했다. 자신의 등장으로 순식간에 싸늘해진 분위기는 도저히 적응되지 않았다. 뭐야, 진짜. 시무룩해진 나은이 난 화분에 물을 주며 김 대리에게 슬쩍 말을 건넸다.

"최 변, 무슨 일 있대요?"

"몰라. 직접 물어 보든가."

냉랭한 대답에 지레 주춤해진 나은이 더는 대화를 이어 나가지 못하고 입술을 깨물었다. 세영이 주최한 회식 이후로 사무실 분위기가 이상해졌다. 아무도 나은을 보호하거나, 예뻐해 주지 않았다. 그게 다 자신의 입에서 비롯된 결과라는 걸 당사자만 몰랐다. 안 그래도 얼마 전 사촌 오빠의 말 때문에 찜찜한 상태였는데, 사람들이 저에게만 뭔가 숨기고 있는 것 같아 기분이 엉망이었다.

'오빠 혹시 알아? 응급의학과 강세영 교수.'

'강세영이? 알지.'

'오빠는 신경외과 교수인데 어떻게 알아?'

'강세영은 왜? 친하게 지낼 거 아니면 걔랑은 그냥 안 엮이는 게

상책이야.'

'나 일하다가…… 근데 왜?'

'내가 걔보다 두 학번 선밴데, 선배한테도 성깔이, 성깔이 어휴. 별명이 응나니야.'

'응급실…… 못난이?'

'그 얼굴에 못난이가 가당키나 하냐? 응급실 망나니.'

'……'

'여차하면 여자도 때린다는 소문이 있어. 절대 적으로 만들지 마.'

이미 그렇게 되어 버렸는데 어떡하라고. 나은은 난초 화분에 흘러넘치도록 성의 없게 물을 붓고 물뿌리개를 쾅 소리 나게 내려놓았다. 뭐 하나 생각대로 되는 게 없어. 나은은 터덜터덜 걸어 의자에 주저앉았다. 눈물마저 찔끔 날 것 같았다.

* * *

세영은 떡볶이를 앞에 두고 상념에 잠겼다. 덩달아 상념에 잠긴 다름도 섣불리 젓가락을 들지 못하고 있었다.

"딱히…… 무슨 계기가 있어서 생각한 건 아닌데요."

"그래도. 이찬희랑 결혼을 결심한 이유가 있을 거 아니야."

세영의 눈치를 흘금 보던 다름이 고개를 숙이고 웃었다. 이게, 왜 웃어? 세영이 젓가락을 세워 집고 지저분한 의국 테이블을 딱, 딱, 소리 나게 때리며 무서운 얼굴을 했다. 웃음기를 지우지 못한 다름이 세영에게 물었다.

"최은결이랑 결혼하실 거예요?"

"몰라. 아오, 내가 왜 너를 붙들고 이런 걸 물어보고 있냐."

"그냥, 같이 있으면 재밌고, 헤어지면 아쉽고. 그래서 같이 살면 어떨까 한 거죠."

"그건 모든 연인들이 다 그렇잖아. 동거하면 그만이고."

"법적으로 단단하게 엮이는 안정감을 갖고 싶었어요."

젓가락 끝을 입에 문 다름이 눈동자를 굴리며 잠시 생각에 잠겼다.

"저는 아빠가 안 계시잖아요. 엄마랑 언니까지 여자만 셋이 살면서, 항상 성인 남자의 부재가 아쉬웠어요."

"……."

"엄마가 사회생활 하면서 남편 없는 여자라고 무시당하는 거 너무 많이 봤거든요. 아빠 아니라 아쉬운 대로 형부라도 있었으면 드러운 꼴을 좀 덜 봤을 텐데."

다름이 심드렁한 표정으로 떡볶이를 뒤적였다. 다 식은 치즈가 젓가락 끝에 턱턱 걸렸다.

"제가 파더 콤플렉스가 있어서 그런지, 저보다 한참 연상인 것도 좋았고…… 무엇보다 이 교수님이 잘해 줘요."

"하긴 넌 예전부터 나이 많은 남자 좋아했었지."

"그렇다고 반드시 그분이랑 결혼을 하고 말겠다는 집념 같은 건 없어요. 교수님 집에서 반대가 심하대요. 의사 며느리는 안 된다고."

그 얘기는 언젠가 세영도 구차한 변명으로 들었다. 찬희가 한 말이 영 거짓말은 아니었던 것이다. 게다가 시어머니 자리는 3선 의원으로, 여러모로 대단한 분이었다. 한 번 반대한 사안을 손바닥

뒤집듯 쉽게 뒤집을 위인이 아니었다. 다름이 쓰게 웃으며 떡볶이를 푹푹 찔렀다.

"아무튼, 그래요. 제 결심은 그렇게 대단한 이유가 아니라니까요."

"……."

"아, 확신 같은 건 있어요."

바람 빠진 풍선 인형처럼 늘어져 있던 세영이 몸을 곧추세우고 다름의 말에 집중했다. 다름은 다른 사람도 아닌 세영에게 이런 말을 해도 되나, 몇 번이고 고심하다가 침을 꿀꺽 삼켰다. 제 사랑에는 한 치의 거짓이나 부끄럼이 없었으니까.

"이 사람이랑 결혼해서 살면 재밌겠다. 행복하겠다. 그런 확신이요."

"……."

"사실 그것만으로도 결혼을 결심할 이유는…… 충분하다고 생각해요."

그러더니 격렬하게 반대당하는 제 처지가 다시금 떠올랐는지 다름의 목소리가 점점 작아졌다. 세영은 그런 다름을 가만 바라보다가, 종이컵에 복숭아 맛 음료수를 한 잔 따라 건넸다. 그리고 단어를 골라 가며 느릿하게 말했다.

"이찬희랑 결혼해서 행복할 확신이 있다면…… 넌 반드시 행복해질 거야."

"……."

"부케는 나 주면 되겠다 야."

"에?"

"아니야, 먹어, 먹어. 나 갈게!"

세영이 급하게 손짓하며 다름을 두고 일어나 의국을 빠져나갔다. 이제야 정답을 찾은 것 같았다. 심장이 쿵쿵 뛰었다. 한 손은 가슴에, 그리고 한 손은 아랫배에 올린 세영이 의국 문에 기대어 심호흡을 했다. 당장 최은결을 만나야 했다.

* * *

"싫어."

"나 아무 말도 안 했어."

"무슨 말 할지 알아."

집에 콕 박혀 안 나오겠다는 최은결을 어르고 달래서 집 앞 카페로 끄집고 나왔다. 코발트 블루색 후드 티의 모자를 푹 덮어쓴 은결은 이미 입술이 댓 발 나와 있었다. 울었는지 알러지인지 눈가가 촉촉하니 벌겋다. 세영은 따뜻한 커피 컵을 만지작거리기만 할 뿐, 좀처럼 입에 대지 않았다. 분명 이별의 단어를 고르고 있음이라. 그 생각을 하니 또 가슴이 울렁거려 금방이라도 울음이 터져 나올 것 같았다.

"은결아."

"싫어. 싫다고! 헤어지자고 할 거지? 다 알아."

"엉?"

"내가 잘할게. 사귄 기간이 짧아서 그런 거면, 앞으로 찬찬히 알아가면 돼. 내가 애 같고 못 미더워서 그런 거면, 앞으로는 투정도 안 부리고 고집도 안 세울게. 혹시 나한테 정이 떨어진 거면……

그래도 안 돼. 내 마음이 안 돼. 아직은 못 헤어져. 싫어. 싫다고!"

쉬지도 않고 따발총처럼 말을 뱉으면서도 은결은 불안감에 후드 티에 달린 줄을 연신 매만지며 훌쩍거렸다. 발개진 눈가에 눈물이 그렁하게 맺히는 걸 보며 세영은 아연해졌다. 얘가 뭐래. 내가 헤어지자고 할 줄 알았는가 봐. 머리가 지끈해진 세영이 미간에 손을 짚었다.

"너는 파출소에서 프러포즈를 하고 싶냐?"

"……장소가 문제였던 거야?"

"은결아. 지금부터 내 말 잘 들어."

세영이 주머니에서 핸드폰을 꺼냈다. 그리고 주거래 은행의 폰뱅킹을 열어 잠금을 해제했다. 두둑한 계좌 잔액이 뜨는 걸 본 뒤 핸드폰을 테이블에 내려놓고 은결 쪽으로 밀어냈다.

"내가 너보다 사회생활을 칠 년은 더 했어. 너 군대 이 년, 로스쿨 삼 년, 두 살 누나니까 또 이 년."

은결은 세영의 계좌를 보며 망연해졌다. 작고 귀여운 제 잔고와는 차원이 달랐다. 뭐 그리 대단한 잔고라고 세영에게 보였을까. 자괴감이 들었다. 아무래도 세영에게 저는 딱히 필요 없는 사람이라는 생각만 들었다. 그리고 곧 나올 말은 정방향의 흐름대로 이별이겠지.

"나도 집 있고 차 있어. 네 거 안 줘도 돼. 너 가져, 그냥."

"……"

"그러니까, 은결아."

긴 호흡을 내뱉은 세영이 은결의 우는 얼굴에 손을 뻗어 다정스럽게 눈물을 닦아 냈다.

"시집은 네가 나한테 와야 되는 거 아니야?"

"어……?"

"너한테 줄 수 있는 게 내가 훨씬 많은데."

그리고는 다시 주머니에 손을 넣어 길쭉한 막대기 하나를 꺼내 건넸다. 은결의 젖은 눈이 휘둥그레졌다.

"나도 주고, 내 미래도 나눠 줄게."

"……."

"너랑 같이 있으면 재미있을 것 같아. 그런 게 확신이라면, 내 확신은 처음부터 있었어."

선명한 빨간 줄이 두 개 그어진 임신 테스터. 은결은 입을 틀어 막았다. 그리고 소리 죽여 통곡하기 시작했다. 맞은편에서 약간 머쓱해진 세영이 목덜미를 긁었다. 보통 프러포즈하면 여자가 울고, 남자가 머쓱해하고 민망하게 안아 주는 패턴 아닌가.

일단 본격적으로 몸을 떨며 우는 은결을 달래야 했다. 세영은 자리에서 일어나 은결의 곁에 가 앉았다. 은결은 자연스럽게 콩벌레처럼 몸을 말아 세영에게 폭 안겼다. 임신 테스터를 손에 꼭 쥐고 달달 떠는 커다란 등을 세영은 몇 번이고 쓸며 토닥였다.

"파출소 건은 기각할 거야. 다시 멋진 데서 항소해."

"응. 응. 그렇게, 세상에서 제일 멋진, 흐어억, 흐어어억. 그렇게, 으허엉. 으흐어어어엉."

세영아, 사랑해애애애. 어어, 그래, 나도. 나도 사랑해. 한 쌍의 바퀴벌레 커플을 보며 카페 사장이 혀를 쯧쯧 찼다. 참, 세상에 별사람 다 있다니까.

그때, 달그랑- 출입문에 달린 종이 울렸고 손님이 들어왔다. 오픈한 지 얼마 되지 않은 카페라 다시 오고 싶게 만드는 분위기 조성이 가장 중요했다. 사연 있는 손님은 정말이지 노 땡큐였다.

사장은 울고불고 육갑을 떠는 그들에게 새 손님이 신경 쓰지 않도록 호들갑을 떨며 인사를 했다.

어서 오세요, 손님! 밖에 많이 춥죠?!

〈로맨스를 기각합니다〉 FIN

외전 I : 메리지 블루

그런 게 확신이라면, 내 확신은 처음부터 있었어. 너랑 같이 있으면 재미있을 것 같아. 재미있을 것 같아. 재미. 재미. 잼.

"꼴랑 그거 때문이라고?"

겨우 다스리던 불이 가슴 속에서 확 치솟았다. 은결은 이불을 박차고 일어나 침대 위에 삐딱하게 걸터앉았다. 굳이 시계를 쳐다 보지 않아도 대강 몇 시인지 알 수 있었다. 창밖이 시퍼렇게 변색 하는 걸 보면 곧 해가 뜰 시간이었다. 말인즉슨 밤을 꼬박 새워 뒤척였단 얘기였다. 은결은 흥, 하고 세게 콧방귀를 뀌었다.

"내가 이래 봬도 진중한 사람인데."

최은결을 아는 누가 그 명제에 동의하겠느냐마는 아무튼 은결은 꽁한 마음이 좀처럼 풀리지 않은 채였다.

오래전 짝사랑했던 여자를 다시 만났다. 긴 여정을 돌고 돌아 후배에서 남자로 보이는 데에 골인했다. 여자 친구가 되었을 때는 하늘을 뚫고 우주로 날아갈 것 같았다. 평생을 곁에서 함께 지내고 싶다는 생각은 언감생심이라는 걸 알고 있었다.

그러나 간절함이 이성을 찍어 누르고 급하게 내민 프러포즈가 시원하게 까였다. 혼자 땅 파고 있던 은결을 긍휼히 여긴 누나는 곧 젖과 꿀이 흐르는 넉넉한 세상으로 그를 인도했다. 은결은 넘치는 눈물과 포옹으로 그것을 기꺼이 받아들였다. 그렇게 행복에 겨워 목이 메지 않으면 이상한 날들이 계속되었다.

그런데 시간이 지나고, 들떴던 가슴이 차분하게 가라앉은 뒤에 생각해 보니까 좀 이상하잖아. 사랑한다는 말은 맨날 나만 하는 것 같잖아. 결혼하고 싶다고 내민 이유도, 그렇잖아.

은결은 촛불만 몇 개 켜 놓은 어둑한 초고층 레스토랑에서 덜덜 떨면서 제 마음을 고백하고 또 고백했었다. 태어나서 고백이란 걸 처음 해 보는 사람처럼 속을 다 긁어 내보였다. 세영이 당연히 수락하리라는 걸 알면서도, 부정맥 온 듯 뛰는 심장을 어쩌지는 못했다.

그런데 강세영은 어땠는가?

"잠 못 잤나?"

드레스 샵에서 내어 준 다과는 신부가 먹으라고 준 게 아닐 텐데. 세영은 벌써 세 개째 과자를 까먹고 있었다. 긴장감이 없어도 어떻게 이렇게 없을 수가 있지. 그것도 드레스 투어씩이나 와서. 복잡해진 심경을 애써 숨기고 은결은 힘없이 웃어 보였다.

"신부님, 이쪽으로 들어오시겠어요."

"앗, 네."

사각거리는 과자를 한입에 털어 넣은 세영이 손을 탁탁 털고는 은결의 손을 잡아챘다. 그리고 은결의 손바닥에 과자 기름이 묻은 손가락을 슥슥 닦아 냈다. 뭐 하는 거야! 질색하는 은결을 향해 세영이 흥 웃으며 자리에서 일어섰다.

"너 리액션 잘해라."

세영이 낮은 목소리로 으르렁댄 뒤 곧 직원의 안내에 따라 무대처럼 생긴 단상 커튼 뒤로 사라졌다. 적막 속에 홀로 남은 은결은 몸에 힘을 빼고 소파에 파묻히듯 기대앉았다.

* * *

요즘 정말 왜 이러는지 모르겠다. 저나 세영에게 특별히 안 좋은 일이 있는 것도 아니었다. 그렇다고 둘이 싸웠냐, 그건 더더욱 아니었다.

은결에게 임신 사실을 알리고 난 뒤 세영은 양쪽 팔이 없는 사람이 되었다. 끔찍하게 절단했다는 건 아니고, 손이 없어도 생활에 전혀 지장이 없는 사람처럼 완벽하게 수발을 들었다는 뜻이었다.

결혼 준비를 하면서도 뭐 하나 어긋나는 게 없었다. 시집도 안 간 외동딸을 임신시킨 죄로 장인어른께 부지깽이로 몇 대는 맞을 각오를 하고 세영의 집에 인사하러 갔으나, 살면서 그렇게 융숭한 대접은 처음 받아 보았다.

제 눈엔 귀엽기만 한 강세영은 본가에서 과년하고 괴팍한 노처녀 취급을 당하고 있었다. 장모님이 은결의 어깨를 토닥이며 눈물까지 보일 정도로.

'강세영, 저거 저거, 내 속으로 낳은 딸이지만 성격이…… 너무, 좀, 그래서. 응.'

'아닙니다, 어머님. 톡톡 튀고 귀엽기만 합니다.'

'시집은커녕 연애도 안 하는 이유가 있었구나. 우리 딸 눈이 이렇게 높았어.'

물론 저의 본가에서도 은결은 노답 나르키소스로 통하고 있었다. 세영이 대학 병원 교수에, 연상이라는 사실을 알자마자 은결의 부모님도 남몰래 눈물을 훔쳤었다.

30년을 계도해도 한참 부족한 아들을 훌륭하게 이끌어 줄 여자가 나타나다니. 게다가 금쪽같은 손주까지 품고 있다니, 오히려 은결이 호되게 등짝을 맞은 건 이쪽 집에서였다.

결혼식 날짜 잡는 것도, 상견례도, 신혼여행지 선택도 마찰음 없이 부드럽게 해냈다. 그러니 전혀 걸림돌이 될 만한 게 없었다. 결혼 준비 하면서 그렇게들 많이 싸운다는 다른 사람들의 말은 먼 나라 얘기처럼만 들렸다.

결혼식 준비를 착실하게 해 나가며 은결은 제 마음 한구석에 똬리 튼 어두운 감정을 애써 외면했었다. 좋은 일 앞두고 일부러 안 좋은 감정을 들쑤실 필요가 없었다. 그런데 이 찝찝한 기분은 뭐냐고.

마음 한구석 작은 공간만을 차지하고 있던 그 감정은 점점 공기를 파랗게 물들이고 기세를 확장했다. 은결은 어느새 온종일 서늘하고 쿰쿰한 진청색 세상에 갇힌 기분이었다. 언제까지고 외면만 해서 될 일이 아니었다.

"하암……."

파란 감정의 정체에 대해 며칠을 골몰했다. 은결은 늘어지게 하품을 한 뒤 눈가에 맺힌 눈물을 손등으로 쓱 닦아 냈다. 통찰은 오늘 새벽녘에서야 찾아왔다. 하필 드레스 투어가 약속되어 있는 오늘 새벽에.

이게 다 강세영 때문이야. 은결은 비딱하게 소파에 눕듯 기대어 단상을 가린 커튼을 멍하니 응시했다. 밑도 끝도 없는 피해 의식이 온 머리를 쓸고 다녔다. 제 마음의 크기에 비해 세영의 마음이 비교도 할 수 없을 만큼 작은 것 같다는 깨달음. 그걸 결혼으로 향하는 징검다리 한가운데서 깨달아 버렸다.

여기서 멈춰 서거나 흔들리면 곧장 차가운 물로 빠지는 상황임에도 불구하고, 은결은 발을 내딛지 못하고 그 자리에 멈춰 버렸다.

"재미…… 라고."

언젠가의 카페에서 세영이 했던 말을 되새긴다. 너랑 같이 있으면 재밌을 것 같아. 은결은 머리를 벅벅 긁었다. 자신은 뭐라고 했던가. 뱃속 아기에게는 세상 둘도 없이 사랑 많은 아빠가 되겠다고, 세영에게는 평생을 바쳐 늘 웃게 만들어 주겠다 다짐했었다.

유독 진상을 타는 세영의 인생에 들러붙은, 가장 악질 진상 사랑쟁이가 되겠노라고- 그 얘기를 했을 때 세영은 큰 소리로 웃었다.

그런데 세영이 은결과의 결혼을 확신했다는 이유가, 생각할수록 마음에 안 들었다. 같이 있으면 재밌을 것 같다고. 그건 분명 칭찬이었다. 그런데 보통은 그런 이유로 미래를 나눠 갖자는 얘기 같은 거 잘 안 하잖아.

덧붙여지는 그럴듯한 사유가 없었다. 하다못해 너를 믿어, 너와 서로 의지하며 살아가고 싶어. 그런 말 한마디 정도는 더 해 줄 수 있었잖아. 답답한 마음에 뜨거운 커피를 한 입에 털어 버린 은결을 보던 웨딩 플래너가 놀라서 물었다.

"신랑님…… 커피 한 잔 더 드릴까요?"

"아뇨, 괜찮습니다."

혼자만의 생각이 꼬리에 꼬리를 물고 나아간다. 저기에 지뢰가 있다는 걸 뻔히 알면서도 그쪽을 향해 걸어가는 사람처럼, 은결은 해서는 안 될 생각을 향해 다가갔다.

그리고 그 지뢰를 물끄러미 응시하다가, 다리에 힘을 주어 그것을 꾸욱 눌렀다. 혹시 임신해서 억지로 나랑 결혼하는 거 아니야?

퍼엉- 은결의 평정심이 산산조각 나는 소리가 들렸다.

"신랑님, 괜찮으세요? 안색이……."

"괜찮…… 괜찮. 괜찮우욱."

갑자기 속이 뒤집어진다. 빠르게 두 손으로 입을 막은 은결보다도 더 놀란 플래너가 허둥거리며 화장실이 있는 쪽을 가리켰다.

갑자기 왜 이러지? 은결은 후다닥 일어나 화장실로 달려가 변기를 붙잡고 몇 번이나 구역질을 했다. 우에엑. 우욱. 연이은 구역으로 벌게진 눈가에 눈물이 맺혔다.

잠을 못 잤다. 컨디션이 안 좋다. 나만 좋아하고. 왜 이렇게 울 렁거리지. 나만 진심이지, 맨날. 서럽다. 시야가 어질어질하다.

은결은 찬 수돗물로 입안을 헹구며 머릿속에 마구잡이로 떠오르는 잡생각들도 함께 뱉어 냈다. 이렇게 좋은 날 쓸데없는 생각으로 가득 찬 약한 모습을 보이고 싶지 않았다. 내친 김에 세수까지 해 버린 은결은 페이퍼 타월로 얼굴을 닦아 내며 심기를 다스렸다.

강세영이 바보도 아니고 임신했다고 덜컥 결혼하겠다 나서겠어. 그런데 왜 파출소에서는 단칼에 거절했지. 혹시는 그때는 임신 사실을 모르는 상태였어서……?

은결의 얼굴이 파리해졌다. 거울에 비친 자신의 모습이 지금처럼 초라해 보인 적이 없었다.

* * *

"너 어디 아파?"

은결의 구역질 소리와 플래너의 호들갑을 들어 버린 커튼 너머의 세영이 걱정스러운 목소리로 물었다. 은결은 터덜터덜 자리로 돌아와 소파에 앉으며 플래너가 건네주는 물을 한 모금 마셨다. 그리고 부러 밝은 목소리를 흉내 내며 세영에게 대답했다.

"별거 아니야, 혀 씹었어."

"뭐야…… 바보야?"

다행히 세영은 눈치채지 못한 듯 피식 웃으며 넘어가 주었다. 다행히 은결이 생각한 것보다 피팅이 오래 걸리는 탓에, 화장실에 다녀온 후에도 세영은 아직 준비를 다 마치지 못한 상태였다. 길게 한숨을 내쉬는 어두운 표정의 은결을 향해 플래너가 작게 물었다.

"신랑님, 무슨 일 있으세요?"

"아뇨, 아무 일도요."

"큰 고민이 있으신 것 같아서……."

차분하고 단정한 표정의 플래너는 은결을 걱정스러운 눈으로 바라보고 있었다. 은결도 고개를 들어 슬며시 플래너를 곁눈질했다. 벌써 세영과 몇 번이나 만나고 이래저래 이야기 나누어 본 결과, 믿을 만한 여자였다.

가슴 한구석에서 충동이 일었다. 저 사람은 프로잖아. 결혼을 앞두고 불안해하는 신랑들도 여럿 봤을 거야. 어쩌면 나에게 유용한 조언을 해 줄지도 몰라. 은결은 찬물이 든 종이컵을 만지작대다가 조심스럽게 입을 열었다.

"결혼이 이렇게 쉽게 되는 건 줄 몰랐어요. 너무 수월해서 느낌이 이상합니다."

"어머나, 그건 신랑 신부님 복이에요. 얼마나 감사한 일이에요."

"그래서 그런지 자꾸 잡생각이 듭니다. 이를테면……."

고개를 갸웃하는 플래너를 향해 은결은 무겁고 느릿하게 최근의 고민을 털어놓았다.

"제 마음은 확고한데, 여자 친구도 같은 마음인지 모르겠어요."

"……."

"혹시 아이 때문에 어쩔 수 없이 나랑 결혼하는 거 아닌지…… 아야!"

매운 손이 날아와 제 손등을 찰싹 때렸고, 놀란 은결이 단말마의 비명을 외쳤다. 뭐야? 정신을 차리고 보니 굳은 표정의 플래너가 무시무시한 눈으로 은결을 쏘아보고 있었다.

"신랑님 죄송하지만, 신부님께 굉장히 무례한 말씀이에요. 그거."

"무례…… 요?"

"여자는 그런 이유로 결혼을 결심하지 않아요. 물론 결심의 계기 중 하나가 될 수는 있겠죠. 하지만 신부님은."

플래너가 하려는 말이 뭔지 짐작할 수 있었다. 까고 말해서 강세영은 애 아빠 없이 미혼모로 아이를 낳는다고 해도 전혀 부족함 없이 키울 수 있는 능력을 갖춘 여자였다. 오히려 출산과 육아가 커리어 발목을 잡았으면 잡았지.

은결은 얼얼한 손등을 어루만지며 플래너의 말에 고개를 끄덕였다. 연륜 있는 실장급인 플래너는 연신 엄한 목소리로 은결을 혼내듯 타일렀다.

"혹여나 신부님이 신랑님 그런 생각 하시는 거 아시면."

"저 지구 밖으로 날아갈걸요……."

"……그게 아니라, 두고두고 원망하실지도 몰라요."

"……."

"혼자 생각만으로 여자의 마음을 가늠하거나 재단하지 마세요. 특히 평생을 함께하기로 결심한 여자한테요."

플래너는 생각에 잠긴 은결을 툭툭 치고 고개를 들어 정면을 보게 했다. 첫 드레스가 선보이기 직전이었다. 드레스 샵 직원이 커튼을 걷어 내려 손잡이를 잡았고, 플래너가 은결의 귓가에 빠르게 속삭이며 웃었다.

"보통은 신부님들한테 이런 게 오거든요. 메리지 블루."

"메리지…… 블루요?"

"신랑님이 이런 생각 하시는 거 처음 봐요. 그리고 방금 입덧도 대신 하시는 거 같던데……."

헙. 은결이 두 손으로 입을 가리고 플래너를 노려보았다. 입덧이라니? 남자가 무슨 입덧을 한단 말이야? 플래너는 흥흥거리며 팔짱을 끼고 서서히 거두어지는 커튼을 바라보았다.

"신랑님이 신부님을 너무 사랑하셔서 그런 거예요. 저기, 신랑님 사랑."

두꺼운 벨벳 커튼이 천천히 양쪽으로 열리면서 환한 빛이 쏟아졌다. 그 한가운데 눈부시게 흰 드레스를 입고 베일을 쓴 반짝이는 여신이 있었다.

어떤 감탄도 리액션도 차마 나오지 않았다. 은결은 그저 허, 입을 벌리고 세영을 바라볼 뿐이었다. 머리끝부터 발끝까지 눈부셨다. 말을 잃은 은결을 보고 민망해진 세영이 툴툴거렸다.

"A 라인 나랑 안 어울리는 거 같아."

"……."

"결혼식 날은 배 나와서 머메이드 못 입을 텐데…… 야, 평가 좀 해 봐."

"내가…… 내가 어떻게 감히."

두 손으로 입을 막은 은결이 필사적으로 숨을 골랐다. 설마 이런 데서 울진 않겠지, 다급해진 세영이 은결을 향해 손사래 쳤다.

"어우, 야, 싫어. 네가 조인성이야? 빨리, 이 드레스 어떻냐고!"

"감히 내가…… 어떻게 평가를……."

"아, 나 미쳐 버리겠네."

조화로 만들어진 부케를 쥔 손이 아래로 툭 떨어진다. 잠시 못마땅한 표정을 짓던 세영은 은결에게 손짓해서 가까이 오라 일렀다. 은결은 얼른 손등으로 눈가를 세게 비빈 뒤 주춤거리며 단상 위로 올라섰다.

눈부신 조명 아래에 선 세영은 멀리 보는 것보다도 가까이 보는 게 더 아름다웠다. 우아한 티아라 아래에 더 고아한 미간이 살짝 찌푸려지며 세영은 손을 들어 은결의 볼을 토닥였다.

"감동 받은 건 알겠는데, 객관적으로 봐. 좀."

"응. 사랑해."

어린애처럼 필사적으로 울음을 참는 은결의 모습이 우습기도 하고 짠하기도 했다. 이래서는 남편이 아니라, 다 큰 아들 하나 입양한 거 같잖아. 세영이 난감한 듯 웃으며 은결의 엉덩이를 톡톡 두드리는데, 단상 아래 선 플래너가 핸드폰을 쥐고 자리에서 일어섰다.

"신랑님이 슈트 입고 오셔서 그림이 좋네요. 실장님, 투 샷 좀 찍어도 될까요?"

"그럼요, 신랑님 이쪽 보고 서세요!"

은결이 후다닥 얼굴을 정리한 뒤 세영을 향해 애써 밝게 웃어 보였다.

"사진 찍는대, 자기야."

"어, 제발 울지 마. 나 웃겨 죽을 거 같애."

세영과 은결은 꼭 돌 사진 찍는 돌쟁이 아기처럼 플래너와 드레스 샵 실장의 주문에 따라 포즈를 취하고 얼굴 각도를 조절하며 활짝 웃는 사진을 몇 장 찍었다.

마지막으로는 마음대로 포즈를 취해 보라는 플래너의 말에, 잠시 고민하던 은결은 익숙하게 세영의 어깨를 끌어안았다. 자연스럽게 품에 기대 오는 작은 머리에서 나지막이 들려오는 목소리. 은결의 눈물샘을 향해 멀리서부터 사이렌 소리가 들리기 시작했다.

"은결아."

은결의 품에 살짝 기댄 세영이 수줍은 듯 웃으며 속삭였다.

"너를 모르고 살았던 시간들이 너무 아쉬워."

"……"

"왜 이제 나타났어."

은결은 흡, 숨을 들이마시고 꾹 참았다. 빨간 사이렌이 미친 듯이 돌아간다. 비상, 비상.

"내가 다른 사람을 이렇게 사랑할 수 있는 사람이라는 게 신기해."

"……"

"나를 다 줘도 아깝지 않을 만큼 너를…… 야!"

뿌앵, 찰칵. 결국 피날레를 장식한 건 차마 누구에게 보일 수도 없는 사진이었다.

그렇게 최은결은 전설로 남았다. 플래너도, 드레스 샵 직원들도 모두 울려 버렸다는 전설의 예비 신랑. 너무 사랑해서 메리지 블루는 물론이고, 입덧까지 대신해 주었다는 그 남자.

그의 드레스 투어 리액션은 이후 숱한 예랑이들의 행동 지침이 되어 구전설화처럼 떠돌았다.

"대박 웃기다. 이 사람들 완전 쌤이랑 지훈이 애비 같아요."

"뭔데?"

제 남편이 전설의 주인공이 되어 인터넷 세상을 떠돌고 있다. 강세영이 그 사실을 알게 된 건 몇 년이 지나고 다름의 결혼 준비를 도울 때였다. 세영은 빠르게 스크롤을 내리며 등줄기에 흐르는 땀을 애써 모른 체했다. 자꾸만 커지는 목소리로 부정하고 또 부정했다.

야, 지훈이 아빠 저렇게 눈물 찔찔이 아니거든……?

외전 II : 꿈이고 희망이었던

"아빠, 안나."

"······어어?"

"안나."

도영은 잠이 덜 깬 채 눈앞에서 알짱거리고 있는 어린아이를 바라보았다. 두 살 쯤이나 됐을 튼실한 남자아이가 제게 안아 달라며 팔을 벌리고 있었다. 낯익은 아기였다. 누구 조카였던 것 같은데, 방금 나한테 아빠라고 하지 않았나? 부스스 일어난 도영이 잠시 멍하니 아기의 얼굴을 바라보았다.

"안으라고?"

"응."

아기가 안아 달라니 일단 안아 주자. 도영이 두 팔을 활짝 벌렸고 아기가 침대 위를 아장아장 걸어와 도영의 목을 꼭 끌어안았다. 아. 도영은 작게 탄식하며 아기를 힘주어 끌어안았다. 아들에 대한 흐뭇하고 뿌듯한 감정과 애정이 한꺼번에 밀려들어 왔다. 아빠는 바보야. 어떻게 너를 잊을 수가 있지, 너를.

도영은 아기가 금세 사라지기라도 할 것처럼 연신 아기의 등을 쓸며 온기를 느꼈다. 호흡하느라 작게 오르내리는 등, 제 목을 두르고 있는 짧고 통통한 팔. 생명력을 충전하듯 도영은 아기를 안은 채 몇 번이고 심호흡을 했다.

"얘네 왜 안 나와. 이놈들아, 맘마 먹어라!"

그때 문 밖에서 낯익은 불호령이 떨어졌다. 도영은 잠시 머뭇거리다가, 아기를 안고 끙차 소리를 내며 일어섰다. 모든 게 꿈결 같았다. 안온한 집 안인데도 온통 뿌연 안개로 꽉 들어찬 것 같았다. 아기를 안은 도영이 한 발짝씩 발을 내딛을 때마다, 안개는 구름이 걷히듯 조금씩 거두어졌다. 아스라이 사라져 가는 안개 너머로 환하게 햇빛이 들이치는 부엌과 분주하게 움직이는 실루엣이 보였다.

"암마, 암마."

도영에게 안겼던 아기가 실루엣을 향해 손을 뻗었다. 실루엣은 앞치마에 서둘러 젖은 손을 닦아 내고 도영에게서 아기를 받아들었다. 순식간에 허전해지는 두 팔에 어안이 벙벙한 도영을 향해 실루엣이 제 모습을 드러냈다.

"왜 그래?"

그토록 애달프게 그리워했던 여자가 앞에 있었다. 형용할 수 없는 알싸한 감정이 휘몰아쳤다. 도영은 아기를 안은 세영을 너른 품에 와락 끌어안았다. 우리 가족은 무사하구나. 안도감이 몰려왔다. 엉겁결에 도영에게 안긴 세영이 답답한지 구시렁댔다.

"왜 이래, 아침부터. 어디 아파?"

"아니. 안 아파. 안 아파서 이상해."

"늦잠 잘 자고 일어나서 왜 이런대. 얼른 앉아. 우리 애기도 맘마 먹자?"

밉지 않은 채근에 묘한 기시감을 느끼며 도영이 세영을 품에서 놓아주었다. 여전히 꿈꾸듯 몽롱한 발걸음으로 식탁에 가 앉은 도영은 세영이 익숙하게 아기 의자에 아기를 앉히는 모습을 물끄러미 보았다. 목이 메는 기분에 도영은 얼른 헛기침을 한 뒤 제 앞에 놓인 샐러드 접시로 시선을 돌렸다.

"이 접시, 우리 얼마 전에 샀던 거지."

"응, 아울렛에서. 살까 말까 고민했는데 진짜 잘 샀어."

"그러게. 샐러드 담으니까 예쁘다."

잊고 있었던 기억들이 떠오르면서 도영은 점차 현실감을 되찾았다. 아기를 유모차에 태우고 심심해서 나들이 갔던 아울렛에서, 세영은 접시 하나를 두고 오래도록 고민했었다.

'집에 있는 거랑 비슷한데, 또 갖고 싶어.'

'사.'

'너 돈 많아? 나 몰래 꿍쳐 둔 돈 있니?'

'뭐래.'

도영에게 세상 물정도 모른다며 툴툴대더니 결국 계산대에 올랐던 그 그릇. 도영은 살그머니 미소를 지었다. 사소하지만 생활감 넘치는 이야기들이 도영의 머릿속에 다시금 반짝거렸다. 세영과 알콩달콩 연애했던 기억, 즐거웠던 신혼 생활, 더 행복했던 아기의 탄생까지.

아무래도 여기가 현실이 맞는 것 같았다. 그건 길고 나쁜 꿈인 모양이었다. 도영은 절로 배어 나오는 눈물을 손등으로 찍다가 빵 접시를 내려놓는 세영에게 걸렸다.

"너 울어?"

"건조해서."

"에에? 코가 빨간데. 왜 그래, 오늘 진짜?"

아기에게 말랑한 빵을 하나 쥐여 준 세영이 도영의 곁에 가 섰다. 후우, 길게 한숨을 내쉰 도영이 포크를 집어 들며 조심스럽게 입을 열었다.

"너무 진짜 같은 꿈을 꿨어."

"무슨?"

"꿈에서 내가 위암 말기 환자였어."

으으. 세영이 진저리 치는 표정을 지었다.

"그래서 우리 두고 먼저 죽었어? 보험금만 남기고?"

"아니, 너는 아예 나랑 결혼을 안 했어. 다른 남자랑 했어."

"그건 좀 흥미로운데?"

맞은편의 의자를 빼서 앉은 세영이 그리고 컵에 우유를 따라 아기에게 건네며 그 뒤의 이야기를 재촉했다. 제법 귀담아 듣는 모습에 더더욱 그것이 꿈에 불과했다는 확신이 들었다. 어쩜 이야기는

구멍 난 곳 하나 없이 성실하게도 기억이 나는지. 도영은 신이 나서 꿈 이야기를 떠들었다.

"우리 지훈이도 너랑 그 남자 아들로 나왔어."

"그 남자 잘생겼어?"

"……말 안 할래."

"아 왜, 말 해 봐. 재밌잖아."

"어. 드럽게 잘생겼다. 배우 뺨칠 만큼."

호오. 버터나이프를 든 세영이 장난기 어린 표정으로 눈동자를 굴렸다. 그러더니 순식간에 정색하며 도영을 바라보았다. 붉은 입술에서 낮고 차가운 목소리가 흘러나왔다.

"눈치가 빠르시군요 강도영님. 사실 여기는…… 사후 세계입니다."

뭐라고. 머리로는 장난임을 인지하면서도 온몸에 소름이 돋았다. 사후 세계라니. 그럼 내가 정말 위암으로 죽었단 말인가. 너무 놀라 쪼그라든 동공을 본 세영이 도리어 당황할 정도였으니까.

"진짜 리얼 했나 보네."

"아, 하지 마, 진짜……."

"울어? 너 진짜 울어?"

도영이 두 손으로 얼굴을 가리고 고개를 푹 숙였다. 놀란 세영이 벌떡 일어나 도영 곁으로 가 등을 끌어안았다. 장난 안 칠게, 뭐 그런 끔찍한 꿈이 다 있나. 진정해. 강지훈 아빠 좀 보래요. 다 큰 어른이 운대요. 종국에는 결국 놀림이었다.

아내에게 전달받는 따뜻한 체온이 서러웠다. 도영은 한동안 고개를 들지도, 말을 잇지도 못했다. 그 꿈에서 내가 너를 얼마나 간절히 원했는지, 주어지지 않는 기회에 얼마나 오랫동안 괴로워했는지 너는 몰라. 모를 거야.

* * *

"지훈아, 엄마 여기!"

빙글빙글 돌아가는 말 위에 앉은 도영은 아기의 손을 잡고 세영을 향해 휭휭 흔들었다. 늘 바쁜 엄마 아빠라 주말만큼은 오롯이 아이에게 집중하기로 약속했었다. 오늘 역시 그 일련의 약속으로 나온 놀이공원이었다. 아직 말문이 트이지 않은 아기지만 함박웃음을 짓는 걸 보면 행복해하고 있음이 분명했다.

오르락내리락하는 말 위에서 아기는 봉을 꼭 잡고 반짝거리는 조명에 넋을 뺐다. 팔이 떨어져라 손을 흔드는 세영이 스쳐 지나간다. 만들어진 지 오래된 음악이 반 음 삐끗하게 흘러나오긴 했지만 그런대로 축제 분위기가 났다. 도영은 다시 마주친 세영을 향해 손을 흔들며 웃었다.

"너 좋아하는 롤러코스터 못 타서 어떡해. 내가 지훈이 보고 있을 테니까 혼자 타고 올래?"

"됐어. 애도 아니고."

"여기까지 왔는데."

"괜찮아. 지훈아, 우리 솜사탕 먹을까?"

"톰타땅!"

세영은 아이의 손을 잡고 솜사탕을 파는 마차를 향해 걸어갔다. 도영은 주위를 두리번거리다 가까이 있는 벤치에 앉아 솜사탕을 사는 모자의 모습을 바라보았다. 아기의 입에 달콤한 것이 들어가며 느끼는 행복이 전염되었는지 세영 역시도 아기를 따라 활짝 웃고 있었다.

한동안 히히덕대며 솜사탕을 찢어 나누어 먹던 두 모자는 뒤늦게 아빠가 생각난 모양이었다. 아기가 손에 솜사탕 막대를 꼭 쥐고 도영에게 달려오기 시작했다. 벤치에서 엉거주춤 일어나 팔을 벌린 도영의 품으로 아이가 와락 안겼다. 세영은 웃으며 그 광경을 흐뭇하게 지켜보고 있었다.

가족만이 누릴 수 있는 완전하고 굳건한 안도감이 온몸을 휩쓸었다. 언제고 도영이 꿈꿔 왔던 순간이었다. 행복의 극치. 도영은 꼭 시간이 슬로 모션처럼 흘러가는 것 같다고 느꼈다. 이 순간이 끝나지 않기를 바라고 또 바랐다.

* * *

"피곤하겠다."

"놀다 왔는데, 뭐."

아기는 피곤했는지 저녁밥을 입에 물고 꾸벅꾸벅 졸았다. 아기를 얼른 자리에 눕힌 뒤 세영과 도영은 어두컴컴한 거실에서 TV를 켜 놓고 둘만의 시간을 가졌다.

"맥주?"

"좋지."

냉장고에서 맥주 두 캔을 꺼내 온 세영이 도영의 곁에 앉았다. 도영은 익숙하게 세영을 한 팔로 감싸 안으며 리모컨으로 영화를 골랐다. 먼저 맥주 캔을 따 한 모금 마신 세영은 잠시 TV 화면에 집중하는가 싶더니, 아침의 이야기를 다시 꺼냈다.

"그 꿈 말이야."

"응."

"혹시 전생 아니었을까?"

"전생?"

리모컨을 누르던 도영의 손가락이 멈칫했다. 세영은 맥주를 한 모금 더 마신 뒤 천천히 말을 이어 갔다.

"너무 리얼 한 것도 그렇고, 원래 꿈은 드문드문 기억나야 되는데 그렇지도 않고."

"……"

"자기는 전생을 기억하고 있는 사람인 거지. 우와, 신기해."

"무슨 전생이야. 사람은 죽으면 끝이야, 그냥."

콧잔등을 찡그리며 안경을 추켜올린 도영이 맥주 캔을 따서 후룩 마셨다. 실로 오랜만에 느껴 보는 알코올의 맛과 탄산. 분명 어제도 마셨는데 왜 이렇게 그립게 느껴지지.

"윤회 모르냐, 윤회. 짜식이 로맨스가 없어."

"죽었다 다시 태어나는 게 왜 로맨스야."

"이 생에 미처 못 이룬 일을 내세에서 이루는 거지. 로맨틱 하지 않나?"

"내가 말했지. 죽으면 끝이라고."

심드렁하게 대답하는 도영의 옆구리를 세영이 팔꿈치로 퍽 쳤다.

"아악!"

"그냥 네, 해. 알았어?"

"네……."

"전생의 네가 나를 너무너무 사랑했는데 잘 안 돼서, 너를 불쌍하게 여긴 천지신명이 보너스를 준 거야."

그러니까 얼마나 행복하냐. 세영이 도영을 향해 눈을 흘겼다. 안경 너머로 세영을 흘긋 보던 도영이 피식 웃으며 세영을 더욱 강하게 끌어안았다.

"보너스가 너무 과하다."

"행복한 줄 알어, 짜식아."

"그럼, 행복하고말고."

그제야 사랑스러운 아내의 얼굴에 웃음이 감돌았다. 도영은 세영의 이마에 쪽 소리 나게 입을 맞춘 뒤 곧 시작하는 영화에 빠져들었다. 그러다 점점 무거워지는 눈꺼풀을 이겨 내지 못하고 아내의 허벅지를 베고 소파에 쪼그려 누워 잠이 들었다.

곧 안경을 벗겨 내는 조심스러운 손길이 있었고 바야흐로 완전한 평화가 찾아왔다.

* * *

"20XX년 7월 6일 오전 07시 30분, 강도영 님 사망하셨습니다."

내내 고요하던 병실에서 한꺼번에 울음이 터져 나왔다. 오케스트라처럼 제각기 다른 높낮이로 사람들은 울었다.

온통 미간을 찌푸린 사람들 사이에서 도영만이 홀로 평안해 보였다. 입가에는 은은하게 미소마저 감도는 것 같았다. 그 얼굴에서 숨을 옥죄는 극렬한 고통 같은 건 전혀 찾아볼 수 없었다.

도영의 머리맡에 놓인 동그란 안경이 스르륵, 떨어져 내렸다.